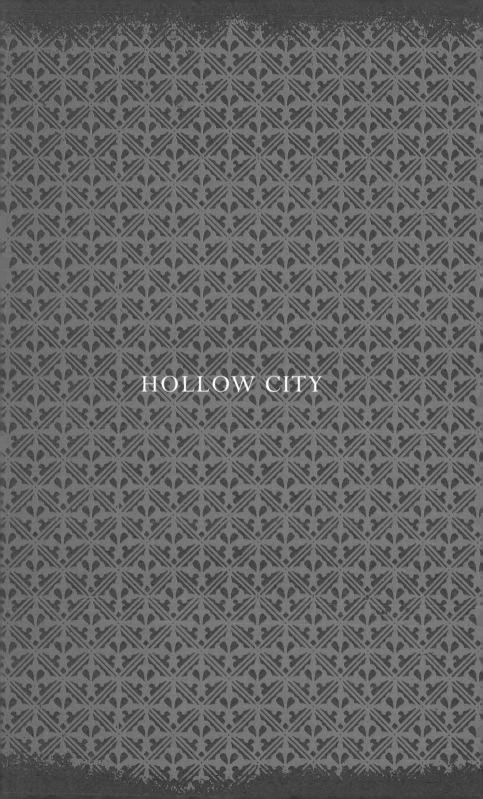

HOLLOW CITY

HOLLOW CITY

LE DEUXIÈME VOLUME DE

MISS PEREGRINE

ET LES ENFANTS PARTICULIERS

RANSOM RIGGS

Traduit de l'anglais (États-Unis) par Sidonie Van den Dries

bayard jeunesse

Photographie de couverture :
John Van Noate, Rex USA, et la collection Everett
Design : Doogie Horner

Pour la traduction française
© 2014, Bayard Éditions.
18, rue Barbès, 92128 Montrouge Cedex
ISBN : 978-2-7470-4498-1
Dépôt légal : juin 2014
Sixième Edition
Imprimé en Italie
Loi 49-956 du 16 juillet 1949 sur les publications destinées à la jeunesse
Reproduction, même partielle, interdite

POUR TAHEREH

Et voici venir vers nous, dans une barque,
un vieillard blanchi par de longues années,
criant : « Malheur à vous, âmes perverses !

N'espérez pas voir jamais le ciel ;
je viens pour vous mener à l'autre rive,
dans les ténèbres éternelles, dans le feu et la glace.

Et toi que voilà, âme vivante,
sépare-toi de ces morts ! »
Et voyant que je ne m'en allais pas...

Dante, *La divine comédie*, l'Enfer, Chant III
(Traduction : Félicité Robert de Lamennais, 1855)

PERSONNAGES PARTICULIERS

Jacob Portman

Notre héros, capable de voir
et de sentir les Sépulcreux.

Emma Bloom

Une jeune fille qui peut faire jaillir
du feu entre ses mains. Elle a entre-
tenu une relation amoureuse avec
le grand-père de Jacob.

Abraham Portman
dit Abe (décédé)

Le grand-père de Jacob, tué
par un Sépulcreux.

Bronwyn Bruntley

Une jeune fille d'une force
exceptionnelle.

Millard Nullings

Un garçon invisible, très érudit,
et spécialiste de tout ce qui a trait
aux particuliers.

Olive Abroholos Elephanta

Une fillette plus légère que l'air.
Elle porte des chaussures lestées
de plomb pour éviter de s'envoler.

Horace Somnusson

Un garçon sujet à des visions
et des rêves prémonitoires.

Enoch O'Connor

Un garçon capable de ranimer
les morts pendant de brèves
périodes.

PERSONNAGES PARTICULIERS

Hugh Apiston

Un garçon abritant dans son estomac de nombreuses abeilles, qui
obéissent à ses ordres.

Claire Densmore

Une fillette possédant une seconde
bouche à l'arrière de la tête ;
c'est la plus jeune des protégés
de Miss Peregrine.

Fiona Frauenfeld

Une jeune fille silencieuse
qui possède un talent particulier
pour faire pousser les plantes.

Peregrine Faucon

Cette ombrune, capable de
manipuler le temps, est la directrice
de la boucle de Cairnholm. Elle
est piégée sous sa forme d'oiseau.

Esmeralda Avocette

Une ombrune dont la boucle
a été envahie par les corrompus.
Elle a été enlevée par des Estres.

PERSONNAGES NON PARTICULIERS

Franklin Portman

Le père de Jacob. Ornithologue
amateur. Rêve de devenir écrivain.

Maryann Portman

La mère de Jacob. Héritière
de la deuxième chaîne
de pharmacies de Floride.

Ricky Pickering

Le seul ami normal de Jacob.

Docteur Golan (décédé)

Un Estre qui s'est fait passer
pour un psychiatre pour tromper
Jacob et sa famille. Jacob finira
par le tuer.

Ralph Waldo Emerson (décédé)

Un essayiste, conférencier
et poète.

CORROMPUS

Creux ou Sépulcreux

Des monstres, sortes d'âmes
damnées, issus d'expériences
désastreuses menées par le
propre frère de Miss Peregrine
dans l'espoir d'acquérir
l'immortalité. Ils se nourrissent
de particuliers de préférence.

Estres

Des Creux qui ont évolué après
s'être nourris de nombreux
particuliers. Ils ont une apparence
humaine et sont maîtres dans l'art
du déguisement.

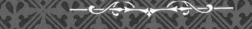

PREMIÈRE PARTIE

CHAPITRE UN

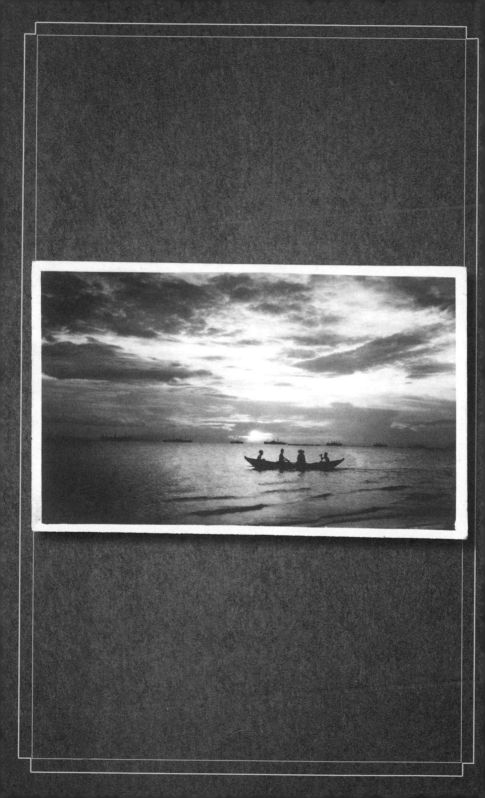

*N*ous avons traversé le port à la rame. Ici et là, des bateaux dansaient sur l'onde en pleurant des larmes de rouille le long de leurs soudures. Des jurys d'oiseaux de mer silencieux nous regardaient passer, perchés sur les vestiges de quais effondrés, colonisés par les bernacles.

Les pêcheurs qui jetaient leurs filets interrompaient leur besogne pour nous observer, sans savoir si nous étions réels ou imaginaires : des fantômes flottants ou des fantômes en devenir.

Notre petite procession – dix enfants et un oiseau, entassés dans trois frêles embarcations – ramait vers la haute mer avec une tranquille intensité. Nous laissions derrière nous le seul refuge sûr à des kilomètres à la ronde – notre île magique, dont le relief escarpé se découpait dans la lumière bleu doré de l'aube –, pour rejoindre la côte déchiquetée du pays de Galles. Le continent était quelque part devant nous, à peine plus visible qu'une bavure d'encre à l'horizon.

Dans notre dos se dressait le vieux phare qui avait servi de théâtre aux incidents tragiques de la veille au soir. C'était là que, sous une pluie de bombes, nous avions failli nous noyer et périr déchiquetés par des balles. Là aussi que j'avais saisi un revolver, appuyé sur la détente et tué un homme – un acte que j'avais encore du mal à comprendre. C'était là, enfin, que nous avions perdu Miss Peregrine, avant de la retrouver et de la soustraire aux mâchoires d'acier d'un sous-marin.

Hélas, notre directrice était blessée. Elle avait cruellement besoin d'aide, et nous étions impuissants à la secourir. Perchée à l'arrière de notre barque, elle regardait l'abri qu'elle avait créé pour ses protégés s'estomper dans le lointain.

Passé le môle, nous avons mis le cap vers le large. Les eaux calmes et miroitantes du port avaient cédé la place à des vaguelettes qui léchaient les flancs de nos barques. J'ai entendu un avion filer entre les nuages et je me suis immobilisé, le cou tendu, l'oreille aux aguets. Je venais d'avoir une vision de notre petite armada depuis le ciel. Ce monde que j'avais choisi, et tout ce qu'il contenait de précieux pour moi. Nos vies fragiles et particulières, entassées dans trois coques de bois, à la dérive sur le vaste œil de la mer, qui jamais ne cillait.

Miséricorde.

***

Nos embarcations glissaient de front entre les vagues, portées par un courant bienveillant. Nous avions prévu de ramer à tour de rôle pour éviter de nous épuiser, mais je me sentais si vaillant que, pendant presque une heure, j'ai refusé de céder ma place. Je m'oubliais dans le mouvement mécanique de mes bras. Je traçais d'amples ellipses dans l'air, comme si je voulais attirer à moi une chose qui me résistait. Hugh maniait les rames en face de moi. Derrière lui, assise à la proue, les yeux dissimulés par la visière d'un chapeau de soleil, Emma étudiait une carte déployée sur ses genoux. De temps à autre, elle levait le nez pour scruter l'horizon, et le simple fait de voir son visage baigné de soleil me donnait un regain d'énergie. J'avais l'impression que je pourrais ramer indéfiniment. Mais soudain, Horace, qui pilotait la barque voisine, nous a demandé quelle distance nous séparait encore du continent. Emma a lorgné l'île en plissant les yeux. Puis elle s'est penchée sur sa carte et a évalué la distance en écartant les doigts. Finalement, elle a déclaré, hésitante :

– Sept kilomètres.

Millard, qui était dans notre barque, lui a glissé quelques mots à l'oreille avant de faire pivoter la carte. Emma a froncé les sourcils, recommencé l'opération et rectifié :

– En fait, non. Plutôt huit et demi.

Je me suis senti faiblir ; et visiblement, je n'étais pas le seul.

Huit kilomètres et demi ! Ce trajet aurait pris une heure avec le ferry qui m'avait largué à Cairnholm, l'estomac en vrac, quelques semaines plus tôt. N'importe quel bateau à moteur aurait couvert cette distance en un rien de temps. Mais nous étions en 1940, et le ferry n'entamerait ses navettes entre l'île et le continent que trente ans plus tard.

Mes oncles, pourtant en piètre condition physique, couraient dix kilomètres à pied certains week-ends, pour des galas de charité. Quant à ma mère, elle se vantait de parcourir virtuellement la même distance pendant un cours de rameur, dans sa salle de gym branchée. Sauf que les appareils de musculation n'étaient pas chargés de passagers et de bagages...

Pour couronner le tout, l'étendue d'eau que nous traversions était dangereuse, réputée pour ses naufrages. Huit kilomètres et demi de mer capricieuse, changeante, dont les fonds étaient encombrés d'épaves et d'ossements de marins. Sans oublier nos ennemis, qui rôdaient quelque part dans les profondeurs.

Ceux d'entre nous qui s'en inquiétaient pensaient que les Estres étaient dans les parages, probablement dans le sous-marin allemand, et qu'ils attendaient leur heure. S'ils ne savaient pas encore que nous avions quitté l'île, ils ne tarderaient pas à le découvrir. Avec le mal qu'ils s'étaient donné pour enlever Miss Peregrine, ils n'allaient sûrement pas renoncer au premier échec. Les vaisseaux de guerre qui progressaient lentement au loin, semblables à des mille-pattes, et les avions britanniques qui montaient la garde au-dessus de nos têtes, devaient dissuader les sous-marins de faire surface en plein jour. Mais, dès la nuit tombée, nous deviendrions des proies faciles. Ils nous attaqueraient, captureraient Miss Peregrine et se débarrasseraient des autres. Aussi continuait-on à pagayer, dans l'espoir d'atteindre le continent avant la nuit.

***

Nous avons ramé jusqu'à ce que nos bras douloureux et nos épaules meurtries refusent de nous obéir. Jusqu'à ce que la brise du matin retombe, et que le soleil darde sur nous des rayons si brûlants qu'ils semblaient concentrés par une loupe. La sueur trempait nos cols. J'ai réalisé que personne n'avait songé à emporter d'eau douce, et aussi qu'en 1940, l'écran solaire n'existait pas. Pour se protéger des coups de soleil, on se mettait à l'ombre, voilà tout. Nous avons ramé jusqu'à ce que nos mains se couvrent d'ampoules. Ramé au-delà de l'épuisement, alors même que nous étions certains de ne plus pouvoir faire un geste.

– Tu sues à grosses gouttes, m'a dit Emma. Passe-moi les rames, avant de fondre complètement.

Sa voix m'a arraché à mon état d'hébétude. J'ai sursauté et hoché la tête avec reconnaissance, avant de lui céder ma place. Mais au bout de vingt minutes, j'ai voulu la récupérer. Je n'aimais pas les pensées qui venaient me hanter quand mon corps était au repos. J'imaginais mon père, se réveillant dans notre chambre d'hôtel de Cairnholm pour s'apercevoir que je lui avais faussé compagnie. Découvrant la lettre troublante d'Emma, paniquant... Des souvenirs des évènements terribles que j'avais vécus récemment me revenaient par flashes. Un monstre me traînait dans ses mâchoires ; mon ex-psychiatre faisait une chute mortelle ; un homme enseveli dans un cercueil de glace, arraché momentanément à l'autre monde, me croassait quelques mots à l'oreille, la gorge déchiquetée. Alors, malgré mon épuisement, mes mains écorchées, ma colonne vertébrale douloureuse, j'ai recommencé à ramer. J'ai essayé de me vider la tête, de ne penser à rien. J'avais une étrange impression de dédoublement. Comme si j'étais à la fois un forçat condamné aux galères, et un naufragé s'échinant pour sauver sa peau à bord d'un radeau.

Bronwyn, apparemment inépuisable, ramait seule dans une autre barque. Olive était assise en face d'elle, mais la fillette ne lui était d'aucune aide ; elle était si légère qu'elle n'aurait pas pu actionner les rames sans se propulser en l'air, malgré ses chaussures lestées. Elle se contentait donc de crier des encouragements à Bronwyn, qui trimait pour deux – voire trois ou quatre, si l'on comptait les valises et les cartons qui alourdissaient leur embarcation, pleins à craquer de vêtements, de nourriture, de cartes et de livres, et de quantités d'autres choses moins utiles. Au nombre de celles-ci, on comptait plusieurs bocaux de cœurs de reptiles, qui fuyaient dans le sac marin d'Enoch. Un bouton de porte arraché à la maison de Miss Peregrine, que Hugh avait ramassé dans l'herbe avant de prendre la mer, et qu'il avait tenu à garder en souvenir. Le volumineux oreiller qu'Horace avait sauvé de la maison en flammes. C'était son «doudou» : le seul accessoire qui lui permettait de tenir à distance ses cauchemars terrifiants.

Quant aux objets auxquels ils tenaient le plus, les enfants avaient carrément refusé de s'en séparer. Ainsi Fiona avait-elle un pot de terre du jardin pleine de vers de terre coincé entre les genoux. Millard s'était zébré le visage avec la poussière des briques pulvérisées par les bombes : un geste insolite, qui faisait penser à un rituel de deuil. Même si je trouvais curieuses ces choses auxquelles ils se raccrochaient, au fond de moi, je les comprenais. C'était tout ce qu'il leur restait de leur maison. Il ne leur suffisait pas de savoir qu'ils l'avaient perdue pour se résoudre à lâcher prise.

Au bout de trois heures, l'île de Cairnholm était réduite à la taille d'une main ouverte. De loin, elle n'avait plus grand-chose à voir avec l'impressionnante forteresse cerclée de falaises que j'avais admirée pour la première fois, quelques semaines plus tôt.

Elle semblait vulnérable. Une frêle saillie rocheuse que les vagues menaçaient d'ensevelir.

— Regardez ! a crié Enoch, en se mettant debout sur la barque voisine. L'île disparaît !

Un brouillard fantomatique l'enveloppait, tel un suaire, la dissimulant progressivement à notre vue. Nous avons cessé de ramer. Emma s'est levée ; elle a ôté son grand chapeau.

— C'est le moment de lui dire adieu. On risque de ne jamais la revoir.

— Adieu, notre île…, a fait Hugh. Tu as été si bonne pour nous.

Horace a posé sa pagaie et agité une main.

— Au revoir, chère maison ! Tes pièces et ton jardin vont me manquer, mais c'est surtout mon lit que je vais regretter !

— Adieu, boucle, a reniflé Olive. Merci de nous avoir protégés pendant toutes ces années.

— C'étaient de bonnes années, a ajouté Bronwyn. Les meilleures de ma vie.

Moi aussi, j'ai adressé un adieu silencieux à cette île qui m'avait changé définitivement. Ce lieu qui, plus que n'importe quel cimetière, abriterait pour toujours le souvenir et l'histoire de mon grand-père. Ils étaient liés de façon inextricable. Je me suis demandé, maintenant qu'ils étaient tous les deux sortis de ma vie, si je pourrais vraiment comprendre un jour ce qui m'était arrivé. Ce que j'étais devenu ; ce que je devenais. J'avais fait le voyage jusqu'à Cairnholm pour élucider le mystère de mon grand-père, et à cette occasion, j'avais découvert le mien. En regardant l'île s'estomper, j'avais l'impression de voir la dernière clé de cette énigme sombrer dans la mer.

L'instant d'après, elle avait disparu derrière une montagne de brume.

Comme si elle n'avait jamais existé.

***

Le brouillard n'a pas tardé à nous rattraper et nous a peu à peu aveuglés. On ne distinguait plus le continent, et une pâle lueur blanche nous enveloppait, seul vestige du soleil. Nous avons tourné en rond quelque temps dans cette purée de pois, jusqu'à perdre totalement le sens de l'orientation. Finalement, nous avons posé nos rames et attendu dans un silence morose. Continuer à nous échiner n'aurait servi à rien.

– Je n'aime pas ça, a grommelé Bronwyn. Si on tarde trop, la nuit va tomber, et on devra affronter des adversaires autrement plus dangereux que le mauvais temps.

Alors, comme si les éléments l'avaient entendue et décidé de nous donner une leçon, la météo s'est réellement dégradée. Un vent violent s'est levé, la mer s'est déchaînée. Des vagues puissantes, ourlées d'écume, ont commencé à fouetter nos coques et jaillir dans les barques, éclaboussant nos pieds d'eau glacée. Puis des torrents de pluie se sont déversés du ciel. Les gouttes nous martelaient la peau sans répit. Nous étions ballottés, tels des jouets en caoutchouc dans une baignoire.

– Tournez dans les vagues ! a crié Bronwyn, qui fendait l'eau avec une énergie hors du commun. Si on les prend par le travers, elles vont nous faire chavirer, c'est sûr !

Mais Horace était aussi exténué que moi, et les autres, terrifiés, ne trouvaient pas le courage de nous remplacer. Nous nous sommes contentés d'empoigner les plats-bords, nous en remettant à la Providence.

Un mur d'eau s'est soudain dressé devant nous. Nos barques l'ont gravi en s'inclinant presque à la verticale. Emma s'est accrochée à moi, tandis que je m'agrippais au tolet. Derrière nous, Hugh se retenait au banc. Nous avons dévalé l'autre versant de la vague comme un wagonnet de montagnes russes. Mon estomac est allé se loger dans mes pieds, et tout ce qui n'était pas fixé dans notre embarcation – la carte d'Emma, le sac de Hugh, la valise rouge à roulettes que j'avais apportée de Floride – a volé par-dessus bord.

Le moment était mal choisi pour s'inquiéter de ce que nous avions perdu. On ne voyait même plus les autres barques. Après avoir retrouvé un semblant d'équilibre, nous avons scruté le maelström en hurlant les noms de nos amis. Un silence terrible a plané un bref instant, puis des voix nous ont répondu, et la barque d'Enoch est sortie de la brume. À bord, ses quatre passagers nous faisaient de grands signes de main.

– Ça va ? leur ai-je crié.

– Par ici ! Regardez par ici !

J'ai compris qu'ils n'agitaient pas les bras pour nous saluer, mais pour attirer notre attention sur la chose qui flottait sur l'eau, à une trentaine de mètres de là. La coque d'une embarcation retournée.

– C'est la barque d'Olive et de Bronwyn ! s'est exclamée Emma.

J'ai plissé les yeux sans parvenir à distinguer les naufragées.

– Il faut s'approcher ! a crié Hugh.

Oubliant notre fatigue, nous avons empoigné les rames et foncé vers la coque en appelant nos amies.

Nous avons traversé une marée de vêtements, éjectés des valises éventrées. Les robes tourbillonnantes ressemblaient toutes à des filles en train de se noyer. Mon cœur tambourinait dans ma poitrine. J'étais trempé et je tremblais de tout mon corps, mais je sentais à peine le froid.

Nous avons rejoint Enoch et ses passagers près de la barque retournée et scruté l'eau ensemble.

— Où sont-elles ? a gémi Horace. On ne les a pas perdues, ce n'est pas possible...

— Dessous ! s'est écriée Emma. Elles sont peut-être piégées dessous.

J'ai détaché une rame de son logement pour la cogner contre la barque.

— Si vous êtes là, sortez en nageant ! ai-je braillé. On va vous secourir.

Pas de réponse. J'étais désespéré, quand soudain, un poing a traversé la coque, envoyant voler des éclats de bois.

— C'est Bronwyn ! a crié Emma. Elles sont vivantes !

Avec ses poings, Bronwyn a percé un trou assez large pour s'y introduire. Je lui ai tendu ma rame, qu'elle a attrapée. Hugh et Emma se sont joints à moi pour la traîner dans l'eau bouillonnante, jusqu'à notre barque. Une seconde après, la sienne sombrait, avalée par les vagues. Bronwyn, paniquée, s'est mise à pousser des cris hystériques. Elle appelait Olive, qui n'était pas sous la coque avec elle. La fillette avait disparu.

— Olive ! A-allez chercher Olive ! a-t-elle bredouillé, après s'être hissée à grand-peine dans notre barque.

Elle frissonnait et recrachait de l'eau en toussant. Elle s'est mise debout dans le bateau et a tendu une main.

— Là ! Vous la voyez ?

J'ai abrité mes yeux de la pluie battante et regardé dans la direction qu'elle indiquait, mais je n'ai distingué que des vagues et du brouillard.

— Non. Je ne vois rien.

— Elle est là-bas ! a insisté Bronwyn. La corde !

J'ai enfin vu ce qu'elle indiquait : non pas une fillette en train de se débattre dans l'eau, mais une épaisse corde de chanvre qui sortait des flots et montait vers le ciel, à peine visible au milieu du chaos. Olive devait être attachée à l'autre extrémité, invisible.

Nous avons rejoint les lieux en quelques coups de rame, et Bronwyn a entrepris d'enrouler la corde. Au bout d'une minute, Olive est sortie du brouillard, une extrémité de la corde nouée autour de la taille. Elle avait perdu ses chaussures quand la barque avait chaviré, mais Bronwyn l'avait attachée au filin de l'ancre, laquelle reposait désormais au fond de l'eau. Sans cette précaution, la fillette se serait probablement perdue dans les nuages.

Olive s'est jetée au cou de Bronwyn en croassant :

— Tu m'as sauvée ! Tu m'as sauvée !

Elles se sont longuement étreintes. Je les ai regardées, une grosse boule dans la gorge.

— Nous ne sommes pas encore tirés d'affaire, a rappelé Bronwyn. Si on n'atteint pas la côte avant la nuit, on va avoir de sérieux problèmes.

***

La tempête est retombée, et les vagues se sont calmées peu à peu, mais donner un coup de rame de plus me semblait inconcevable, fût-ce sur une mer d'huile. Nous n'avions même pas parcouru la moitié du chemin, et j'étais à bout de forces. Je sentais mon cœur battre jusque dans mes paumes, et mes bras me paraissaient aussi lourds et inertes que des troncs d'arbre. En outre, le roulis avait un effet déplorable sur mon estomac. À en croire la teinte verdâtre des visages de mes amis, je n'étais pas le seul à souffrir du mal de mer.

— On va se reposer en attendant que ça se lève, a dit Emma d'une voix encourageante. Profitons-en pour écoper les bateaux.

— Ce genre de brouillard est imprévisible, a souligné Enoch. Il peut se dissiper dans plusieurs jours. La nuit va tomber dans quelques heures. Espérons que les Estres ne nous repéreront pas d'ici là. On serait totalement à leur merci.

— En plus, on n'a pas d'eau, a rappelé Hugh.

— Et rien à manger, a ajouté Millard.

Olive a levé une main.

— Je sais où elle est !

— Quoi ? De quoi tu parles ? l'a interrogée Emma.

— De la terre. Je l'ai vue quand j'étais là-haut, au bout de la corde.

Olive nous a expliqué qu'elle avait brièvement aperçu le continent lorsqu'elle s'était élevée au-dessus du brouillard.

— Ça nous fait une belle jambe, a grommelé Enoch. On a tourné sur nous-mêmes une demi-douzaine de fois depuis qu'on t'a fait redescendre.

— Dans ce cas, laissez-moi remonter.

Emma a froncé les sourcils.

— Tu es sûre ? C'est dangereux. Imagine que tu sois emportée par un coup de vent, ou que la corde casse…

Olive a pris un air buté.

— Faites-moi remonter, a-t-elle répété.

— Quand elle est comme ça, c'est inutile de discuter, a soupiré Emma. Bronwyn, passe-nous la corde.

— Olive, tu es la petite fille la plus courageuse que j'aie jamais rencontrée, a déclaré l'intéressée, avant de se mettre au travail.

Elle a sorti l'ancre de l'eau et l'a hissée dans la barque. Avec la longueur de corde supplémentaire, nous avons attaché nos embarcations pour éviter qu'elles ne soient de nouveau séparées. Puis nous avons lâché Olive dans le brouillard. Nous avons fixé la corde en silence, la tête renversée, attendant un signe des cieux.

Enoch a craqué le premier.

— Alors ? a-t-il crié, impatient.

— Je la vois ! a fait Olive.

Le vacarme des vagues rendait sa voix à peine audible.

— Droit devant !

— Entendu ! a déclaré Bronwyn.

Alors, pendant que les autres se tenaient le ventre ou s'affalaient sur leurs sièges, elle a pris place dans le bateau de tête et a recommencé à ramer, guidée par la voix lointaine d'Olive.

— À gauche… encore à gauche. Pas autant ! commandait la fillette, tel un ange invisible.

Nous avons vogué lentement vers le continent, poursuivis par le brouillard. Ses longues volutes grises m'évoquaient une main de fantôme essayant de nous retenir.

CHAPITRE DEUX

*N*os coques jumelles se sont échouées dans l'eau peu profonde, le long d'une côte rocheuse. Nous les avons traînées sur la terre ferme au moment où le soleil disparaissait derrière un banc de nuages gris, une heure à peine avant la nuit noire. La petite anse caillouteuse était encombrée d'algues et de débris charriés par les marées, mais elle m'a paru plus sublime que n'importe quelle plage au sable blanc de Floride. Pour moi, c'était la preuve tangible de notre succès. Ce qu'elle signifiait pour les autres, j'osais à peine l'imaginer. La plupart n'avaient pas quitté Cairnholm depuis une éternité. Ils regardaient autour d'eux avec émerveillement, stupéfaits d'être encore en vie, et se demandant ce qu'ils allaient faire de ce sursis.

Nous avons quitté nos embarcations sur des jambes flageolantes. Fiona a ramassé une poignée de petits cailloux gluants qu'elle a mis dans sa bouche. Elle les a fait rouler sous sa langue, comme si elle avait besoin de ses cinq sens pour se convaincre qu'elle ne rêvait pas. J'avais ressenti exactement la même chose lorsque j'avais pénétré pour la première fois dans la boucle de Miss Peregrine, à Cairnholm. Jamais, de toute ma vie, je n'avais à ce point douté de ce que je voyais.

Bronwyn a grogné et s'est laissée tomber par terre, épuisée. Nous l'avons entourée, acclamée, remerciée, mais notre dette envers elle était tellement immense, et le mot merci si petit… Elle nous a chassés d'un geste, peinant à lever la main tant elle était fatiguée.

Sur ces entrefaites, les garçons ont fait redescendre Olive des nuages.

– Oh là là ! Tu es toute bleue ! s'est exclamée Emma en voyant la fillette sortir du brouillard.

Elle s'est précipitée pour la prendre dans ses bras. Olive, gelée, claquait des dents. Nous n'avions pas de couverture, pas même un vêtement sec à lui donner. Emma lui a appliqué ses mains toujours chaudes sur le corps, jusqu'à ce que ses frissons s'apaisent. Puis elle a envoyé Fiona et Horace ramasser du bois pour faire un feu. En attendant leur retour, nous nous sommes rassemblés autour des bateaux, afin de faire le point sur ce que nous avions perdu dans le naufrage. C'était un sinistre inventaire. Presque tout ce que nous avions emporté jonchait désormais le fond de la mer.

Il ne nous restait que les vêtements que nous avions sur le dos, quelques boîtes de conserve rouillées et la malle de Bronwyn : un vrai tank, indestructible et apparemment insubmersible. Elle était si lourde que notre amie était la seule à pouvoir la porter. Nous avons fait sauter ses fermoirs métalliques, espérant y trouver quelque chose de comestible. Mais elle n'abritait qu'un recueil d'histoires en trois volumes, intitulé *Les contes des particuliers*, dont les pages étaient trempées d'eau de mer, une paire de chaussures aux semelles de plomb, qu'Olive s'est empressée d'enfiler, et un joli tapis de bain brodé aux initiales de la directrice : PF, pour Peregrine Faucon.

— Ouf ! Quelqu'un a pensé à emporter le tapis ! a ironisé Enoch. On est sauvés.

Tout le reste avait disparu, y compris nos deux cartes : la petite qu'Emma avait utilisée pour nous guider en mer, ainsi que la «Carte des Jours», le gros atlas relié de cuir auquel Millard tenait comme à la prunelle de ses yeux. Quand il s'est aperçu de sa disparition, il s'est mis à suffoquer.

— Il n'en restait que cinq exemplaires au monde ! a-t-il gémi. Cet ouvrage était d'une valeur inestimable ! Sans parler de toutes les notes que j'avais inscrites dans ses marges !

— Au moins, on a toujours *Les contes des particuliers*, a dit Claire en essorant ses boucles blondes. Je ne peux pas m'endormir le soir sans qu'on me lise une histoire.

— À quoi nous serviront des contes de fées, si on n'est même pas capables de trouver notre chemin ? a objecté Millard.

«Trouver notre chemin pour aller où ?» me suis-je demandé.

J'ai songé que, dans notre empressement à fuir l'île, nous avions simplement parlé de rejoindre le continent. Personne ne s'était demandé ce que nous ferions ensuite. Il était tellement inimaginable que l'on puisse survivre à une traversée dans ces barques minuscules. Pour se projeter au-delà, il aurait fallu faire preuve d'un optimisme délirant.

J'ai regardé Emma pour me rassurer, comme souvent. Elle fixait d'un air sombre la plage caillouteuse, bordée de dunes où poussaient de hautes herbes coupantes. Au-delà se dressait une forêt. La végétation, en apparence impénétrable, s'étendait dans toutes les directions, à perte de vue. Quand elle consultait encore sa carte, Emma nous avait fait mettre le cap sur un port dont j'avais oublié le nom. Mais après la tempête, atteindre la terre ferme était devenu notre seul objectif. Dans quelle mesure avions-nous dévié de notre trajectoire ? C'était impossible de le savoir. Il n'y avait aucune route, aucun panneau, pas même de chemin. Rien qu'une végétation luxuriante tout autour de nous.

Bien sûr, plus que d'une carte, d'un écriteau, ou de n'importe quoi d'autre, nous aurions eu besoin de Miss Peregrine. Des conseils qu'elle nous aurait prodigués si elle avait été en pleine possession de ses moyens. Elle aurait su exactement où aller, et comment nous y mener sains et saufs.

L'oiseau, perché sur un gros rocher, battait d'une aile pour se sécher. L'autre, blessée, pendait tristement. Les enfants étaient peinés de la voir ainsi. C'était à la fois leur mère adoptive, leur protectrice… Sur l'île, elle était la reine de leur petit univers. Aujourd'hui, elle ne pouvait plus parler ni créer de boucle temporelle ; elle ne pouvait même plus voler. Ils se contentaient de lui jeter de brefs coups d'œil, puis grimaçaient et détournaient le regard.

Quant à Miss Peregrine, elle fixait obstinément la mer grise. Ses yeux noirs étaient durs, empreints d'un profond chagrin.

« Je vous ai trahis », semblaient-ils dire.

***

Fiona et Horace sont revenus vers nous en décrivant un grand arc de cercle sur la plage. Le vent gonflait les cheveux ébouriffés de Fiona, donnant l'impression qu'un nuage d'orage planait au-dessus de sa tête. Horace avançait par petits bonds, en tenant à deux mains son haut-de-forme pour l'empêcher de s'envoler. Je ne sais comment cet accessoire avait survécu à notre quasi-naufrage. Il était plissé d'un côté comme un tuyau de poêle coudé, mais Horace refusait de s'en séparer. C'était le seul couvre-chef qui, selon lui, se mariait avec son élégant costume dégoulinant d'eau et taché de boue.

Ils étaient bredouilles.

— On n'a vu du bois nulle part, a expliqué Horace en s'arrêtant devant nous.

Emma a indiqué d'un geste la ligne sombre des arbres, derrière les dunes.

— Vous êtes allés dans la forêt ?

— Ça fait trop peur, a répondu Horace. On a entendu une chouette.

— Depuis quand tu crains les oiseaux ?

Horace a haussé les épaules et fixé le sable. Fiona lui a donné un petit coup de coude, et il a paru reprendre ses esprits.

— Par contre, on a trouvé autre chose, a-t-il annoncé.

— Un abri ? a demandé Emma.

— Une route ? s'est enquis Millard.

— Une oie à rôtir pour le dîner ? a suggéré Claire.

— Non. Des ballons.

La surprise nous a laissés un instant sans voix. Emma a réagi la première :

– Comment ça, des ballons ?

– Des gros ballons, dans le ciel, avec des hommes dedans.

La mine d'Emma s'est assombrie.

– Montre-nous.

Nous avons emboîté le pas à Horace, qui rebroussait chemin sur la plage. Au détour d'un virage, il a escaladé un petit talus. Je me suis demandé comment nous avions pu passer à côté de choses aussi visibles que des ballons d'air chaud, jusqu'au moment où je les ai aperçus. Ce n'étaient pas les grosses montgolfières bariolées en forme de larmes que l'on voit en photo sur les calendriers, mais une paire de zeppelins miniatures. Des sacs de gaz ovoïdes, au-dessous desquels étaient suspendues des cages prévues pour un seul pilote. Les appareils étaient petits et volaient bas, décrivant des zigzags paresseux. Le bruit des vagues nous avait dissimulé les gémissements subtils de leurs propulseurs. Emma nous a ordonné de nous coucher dans les hautes herbes, afin de passer inaperçus.

– Ce sont des chasseurs de sous-marins, a dit Enoch.

Si Millard était incollable concernant les cartes et les livres, c'était Enoch l'expert en équipement militaire.

– C'est du ciel qu'on repère le mieux les sous-marins ennemis, a-t-il expliqué.

– Dans ce cas, pourquoi volent-ils au ras du sol ? me suis-je étonné. Et pourquoi ne sont-ils pas au-dessus de la mer ?

– Ça, je n'en sais rien…

– Tu crois qu'ils pourraient être en train de… nous chercher ? s'est inquiété Horace.

– Tu penses que ce sont des Estres ? a traduit Hugh. Bien sûr que non ! Les Estres sont avec les Allemands dans le sous-marin.

— Les Estres s'allient avec n'importe qui, pourvu qu'ils y trouvent un intérêt, a objecté Millard. Ils ont probablement infiltré des organisations dans les deux camps.

J'étais incapable de quitter des yeux ces étranges appareils, aux allures surnaturelles : des insectes mécaniques affublés d'excroissances ovales.

Enoch a froncé les sourcils.

— Je n'aime pas leur façon de voler. C'est clair qu'ils explorent la côte, pas la mer.

— Mais qu'est-ce qu'ils cherchent ? a marmonné Bronwyn.

La réponse était tellement évidente, et surtout si terrifiante, que personne n'avait envie de la formuler à voix haute.

C'était nous qu'ils cherchaient.

Tapi dans les hautes herbes tout contre Emma, j'ai senti qu'elle gonflait ses muscles, prête à bondir.

— À mon signal, courez ! a-t-elle soufflé. On commence par cacher les barques, puis on se met à l'abri.

Nous avons attendu que les ballons s'éloignent avant de sortir de notre cachette, en espérant qu'ils étaient trop loin pour nous remarquer. Tout en courant, j'ai songé que le brouillard, qui nous avait exaspérés en mer, aurait été le bienvenu maintenant. Puis j'ai réalisé qu'il nous avait sauvé la vie ; sans lui, ces ballons nous auraient repérés depuis des heures sur nos bateaux, alors que nous n'avions aucun moyen de leur échapper. C'était l'une des dernières choses que l'île avait accomplies pour protéger ses enfants particuliers.

***

Nous avons traîné les barques sur la plage en direction d'une grotte : une simple fissure noire dans un amas rocheux. Bronwyn, à bout de forces, avait déjà du mal à se porter elle-même ; on ne pouvait pas compter sur elle pour nous aider. Nous avons donc tiré et poussé les coques en grognant, et en pestant lorsqu'elles s'enfonçaient dans le sable mouillé. À la moitié du chemin, Miss Peregrine a lancé un cri d'avertissement. Presque aussitôt, les deux zeppelins sont apparus au-dessus des dunes. Dopés à l'adrénaline, nous avons redoublé de vigueur, et piqué un sprint en traînant les barques jusque dans la caverne, comme si elles avaient coulissé sur des rails. Miss Peregrine sautillait tristement près de nous, son aile cassée derrière elle.

Une fois à l'abri, nous nous sommes assis sur les coques retournées. L'écho de nos respirations sifflantes se réverbérait dans l'obscurité moite. Emma s'est mise à prier tout haut :

— S'il vous plaît, s'il vous plaît ! Faites qu'ils ne nous aient pas vus.

— Ah, flûte ! Nos traces ! s'est écrié Millard.

Il s'est débarrassé à la hâte de son manteau et a foncé dehors pour effacer les traînées que nos barques avaient laissées dans le sable. Depuis le ciel, elles auraient pointé en direction de notre cachette.

Nous l'avons regardé s'éloigner, impuissants. Millard était le seul à pouvoir se risquer à l'extérieur. Tous les autres se seraient fait repérer à coup sûr.

Une minute plus tard, il est revenu tout tremblant, couvert de sable. Une tache rouge s'élargissait sur sa poitrine.

— Ils sont tout près, a-t-il haleté. J'ai fait mon possible…

— Tu recommences à saigner ! s'est inquiétée Bronwyn.

Une balle avait frôlé Millard pendant la bagarre autour du phare de Cairnholm, la veille au soir. Sa guérison, bien que remarquable, était loin d'être achevée.

— Qu'est-ce que tu as fait de ton pansement ?

— Je l'ai jeté. Il était trop casse-pieds à retirer. Un garçon invisible doit pouvoir disparaître en un éclair. Sans quoi son talent ne lui sert à rien ! Il devient inutile.

— Il est encore plus inutile s'il est mort, espèce de tête de mule ! a grommelé Emma. Maintenant, tiens-toi tranquille et évite de te mordre la langue. Ça risque de faire mal.

Elle a appuyé deux doigts contre la paume de sa main et s'est concentrée un bref instant. Quand elle les a retirés, ils rougeoyaient comme des tisons ardents. Millard s'est affolé.

— Euh, Emma, je préférerais que…

L'intéressée a fait la sourde oreille et elle a appuyé ses doigts contre l'épaule blessée de Millard. Il a écarquillé les yeux et ouvert la bouche. Puis on a entendu un grésillement, et on a vu s'élever une volute de fumée. Le saignement s'est arrêté instantanément.

— Je vais avoir une cicatrice ! a gémi Millard.

— Ah oui ? Et qui la verra ?

Il s'est enfermé dans un silence boudeur.

Le bruit des zeppelins se rapprochait, amplifié par les parois de pierre de notre caverne. J'ai imaginé les Estres, flottant au-dessus de la grotte, en train d'examiner nos empreintes de pas, prêts à donner l'assaut.

Emma s'est serrée contre moi, tandis que les plus jeunes se ruaient vers Bronwyn. Elles ont enfoui leur visage dans sa poitrine, et elle les a serrés contre elle. Malgré nos talents particuliers, nous

nous sentions totalement désarmés. Je me suis forcé à rester assis et j'ai regardé mes amis en plissant les yeux dans la pénombre, priant en silence pour que nos ennemis passent sans nous voir. Mon vœu a été exaucé, et bientôt, le gémissement des moteurs s'est perdu dans le lointain. Le silence revenu, Claire a imploré Bronwyn de sa voix flûtée :

— S'il te plaît, Wyn, raconte-nous une histoire ! J'ai horriblement peur. Il faut que je me change les idées.

— Oh oui, tu veux bien ? a renchéri Olive. Une histoire du livre des *Contes*... Ce sont mes préférées.

Bronwyn, dotée d'un puissant instinct maternel, était davantage une mère pour les plus jeunes que ne l'avait été Miss Peregrine elle-même. C'était elle qui les bordait dans leur lit le soir ; elle qui leur lisait des histoires et leur embrassait le front. Ses bras solides semblaient faits pour les étreindre ; ses épaules larges, pour les transporter. N'empêche, le moment était mal choisi pour leur raconter une histoire. C'est ce qu'elle leur a répondu.

— Mais non, pas du tout ! a protesté Enoch, d'une voix dégoulinante de sarcasme. Pour une fois, oublie *Les contes*, et raconte-nous comment les protégés de Miss Peregrine ont réussi à se mettre à l'abri sans carte et sans nourriture, et sans se faire dévorer par un Sépulcreux ! Je suis curieux de savoir comment cette histoire se termine.

— Si seulement Miss Peregrine pouvait nous parler, a soupiré Claire.

Elle a quitté les bras de Bronwyn pour s'approcher de l'oiseau, qui nous observait depuis son perchoir, sur l'une des barques retournées.

— Que doit-on faire, directrice ? S'il vous plaît, reprenez votre forme humaine. S'il vous plaît, réveillez-vous !

Miss Peregrine a gazouillé et caressé les cheveux de Claire de son aile valide. Olive les a rejointes, le visage ruisselant de larmes.

— On a besoin de vous, Miss Peregrine ! On est perdus, en grand danger, et on meurt de faim. On n'a plus de maison ni d'amis. Nous sommes seuls, et nous avons besoin de vous !

Les yeux noirs de Miss Peregrine ont scintillé. Elle s'est détournée.

Bronwyn est venue s'agenouiller près des fillettes.

— Elle ne peut pas reprendre sa forme humaine maintenant, ma chérie. Mais nous allons la soigner, je te le promets.

— Comment ? a demandé Olive.

Les parois de la grotte ont renvoyé l'écho de sa voix, de sorte que sa question s'est répétée à l'infini. Emma s'est levée.

— Je vais vous dire comment.

Tous les regards se sont tournés vers elle.

— On va marcher, a-t-elle repris, avec une telle conviction que j'en ai frissonné. On va marcher jusqu'à ce qu'on trouve une ville.

— Et s'il n'y a pas de ville dans un rayon de cinquante kilomètres ? a objecté Enoch.

— Alors, nous marcherons cinquante et un kilomètres. Mais je suis sûre qu'on ne s'est pas écartés à ce point-là de notre trajectoire.

— Et si les Estres nous repèrent de là-haut ? a rétorqué Hugh en montrant le ciel.

— Ça n'arrivera pas. Nous serons prudents.

— Et s'ils nous attendent en ville ? a insisté Horace.

— On se fondra dans la foule. On fera semblant d'être normaux.

— Je n'ai jamais été très doué pour ça, a gloussé Millard.

— Toi, personne ne te verra. Tu seras notre éclaireur, et tu chaparderas de la nourriture pour nous.

— Je suis un voleur hors pair ! a-t-il affirmé, non sans fierté. Un véritable maître dans l'art de la prestidigitation.

— Et ensuite ? a grommelé Enoch. On aura peut-être le ventre plein et un endroit où dormir, mais on sera toujours vulnérables, dans le monde extérieur... Il nous faut une boucle, et Miss Peregrine est... elle est toujours...

— Nous en trouverons une quelque part, l'a rassuré Emma. Il y a des signes et des panneaux indicateurs, pour ceux qui savent les chercher. Et si nous n'en voyons pas, nous trouverons quelqu'un comme nous, un particulier qui pourra nous indiquer la boucle la plus proche. Dans cette boucle, il y aura une ombrune, qui aidera Miss Peregrine à reprendre sa forme humaine.

Emma était bluffante. Je n'avais encore jamais rencontré de personne possédant une telle confiance en elle. Tout en elle disait son assurance : sa façon de se tenir, les épaules en arrière ; la légère crispation de sa mâchoire quand elle prenait une décision ; sa façon de conclure chaque phrase par un point d'exclamation. C'était contagieux, et j'adorais ça. J'ai réprimé une envie pressante de l'embrasser, là, devant tout le monde.

Hugh a toussé, et des abeilles ont jailli de sa bouche pour former un point d'interrogation dans l'air, tout frissonnant.

— Comment peux-tu en être aussi sûre ? a-t-il demandé.

— Je le suis, un point c'est tout.

Elle s'est frotté les mains, comme pour clore la conversation.

— Tu nous fais un joli petit discours d'encouragement, et je m'en voudrais de gâcher ton plaisir, a dit Millard. Mais si j'ai bien compris, Miss Peregrine est la seule ombrune qui n'ait pas encore été capturée. Rappelle-toi ce que Miss Avocette nous a appris : les Estres ont attaqué toutes les boucles et enlevé les ombrunes depuis plusieurs semaines déjà. Autrement dit, même si on trouvait une boucle, on n'aurait aucun moyen de savoir si son ombrune y est encore, ou si les lieux sont occupés par nos ennemis avant d'y entrer. On ne peut pas toutes les visiter en espérant qu'elles ne sont pas tombées aux mains des Estres.

— Ou surveillées par des Creux affamés, a ajouté Enoch.

— Nous n'aurons pas besoin d'espérer, a souligné Emma.

Elle m'a souri avant d'ajouter :

— Jacob nous le dira.

Un froid glacial m'a envahi.

— Moi ?

— Tu peux sentir les Sépulcreux de loin, n'est-ce pas ? En plus de les voir ?

— Quand il y en a un dans les parages, j'ai des crampes d'estomac, comme si j'allais vomir, ai-je confirmé.

— Qu'est-ce que tu appelles « dans les parages » ? a voulu savoir Millard. Si c'est à quelques mètres, ça ne nous laisse pas le temps de nous échapper. Il faudrait que tu puisses les sentir de plus loin.

— Je n'ai pas vraiment testé, ai-je admis. C'est assez nouveau pour moi, tout ça.

Jusque-là, j'avais seulement croisé Malthus, le Sépulcreux du docteur Golan. La créature qui avait tué mon grand-père, puis failli me noyer dans le marais de Cairnholm. À quelle distance s'était-il trouvé la première fois que j'avais senti sa présence près de chez moi, à Englewood ? C'était impossible à dire.

— Ton talent doit pouvoir s'aiguiser, a affirmé Millard. Les particularités, c'est un peu comme les muscles : plus on les entraîne, plus elles se développent.

— C'est de la folie pure ! s'est écrié Enoch. Vous êtes désespérés au point de vous fier à lui ? Regardez-le ! C'est juste un garçon normal, à l'estomac sensible, qui ne sait quasiment rien de notre monde !

— Il n'est pas *normal*, a protesté Emma.

Elle a répété ce mot en grimaçant, comme si c'était la pire des insultes.

— Il est des nôtres !

— N'importe quoi ! a continué Enoch. Ce n'est pas parce qu'il y a une goutte de sang particulier dans ses veines que cela fait de lui mon frère. Et certainement pas mon protecteur ! On ne sait pas de quoi il est capable. Je te parie qu'il ne ferait pas la différence entre un Sépulcreux à cinquante mètres et une crise d'aérophagie.

Bronwyn a volé à mon secours :

— Il en a tué un, quand même ! Il l'a poignardé dans les yeux avec des cisailles ! Depuis quand n'aviez-vous pas vu un tel exploit réalisé par un particulier aussi jeune ?

— Depuis Abe, a admis Hugh.

À la mention de son prénom, les enfants ont observé un silence respectueux.

— On raconte qu'il en a tué un à mains nues, a ajouté Bronwyn.

— Et moi, j'ai entendu dire qu'il en avait tué un avec une aiguille à tricoter et un bout de ficelle, a dit Horace. En vérité, je l'ai rêvé, alors je suis certain qu'il l'a fait.

— La moitié de ces histoires sont des légendes, et elles s'étoffent chaque année, a protesté Enoch. Le véritable Abraham Portman, celui que j'ai connu, n'a jamais levé le petit doigt pour nous aider.

— C'était un particulier exceptionnel ! s'est insurgée Bronwyn. Il combattait avec courage, et il a tué des centaines de Creux !

— Ouais. Et ensuite, il a filé, en nous abandonnant dans cette maison, pendant qu'il se pavanait en Amérique, et jouait les héros !

— Tu ne sais pas de quoi tu parles, a dit Emma, rougissant de colère. Il avait de très bonnes raisons d'agir ainsi.

Enoch a haussé les épaules.

— De toute façon, c'est hors sujet, a-t-il conclu. Quoi que tu penses d'Abe, ce garçon n'est que son petit-fils.

À cet instant, je me suis surpris à haïr Enoch. Pourtant, je ne pouvais pas lui en vouloir de nourrir des doutes à mon sujet. Comment les autres, qui maîtrisaient si bien leurs talents particuliers, pouvaient-ils fonder autant d'espoirs sur moi ? J'avais découvert le mien depuis quelques jours seulement, et je commençais à peine à comprendre en quoi il consistait. Peu importe qui était mon grand-père. Je manquais cruellement d'expérience.

— Tu as raison, je ne suis pas mon grand-père, ai-je dit. Je suis un garçon banal venu de Floride. J'ai sans doute eu de la chance quand j'ai tué ce monstre.

— Ne dis pas de bêtises ! s'est emportée Emma. Un jour, tu seras un tueur de Creux aussi redoutable que l'était Abe.

— Un jour très prochain, espérons-le, a ajouté Hugh.

— C'est ton destin, a déclaré Horace.

Son intonation m'a fait soupçonner qu'il savait une chose que j'ignorais.

Hugh m'a asséné une tape dans le dos.

— Et même si ce n'est pas le cas, tu es notre seul espoir, mon ami.

— Si c'est vrai, que l'oiseau nous aide, a lâché Enoch.

La tête me tournait. Soudain écrasé par le poids de leurs attentes, je me suis levé et je suis sorti de la grotte sur des jambes flageolantes.

— J'ai besoin d'air, ai-je dit en dépassant Enoch.

— Jacob, attends ! a crié Emma. Les zeppelins !

Heureusement, les ballons dirigeables avaient disparu depuis longtemps.

— Laisse-le partir, a grommelé Enoch. Avec un peu de chance, il regagnera l'Amérique à la nage.

***

En descendant au bord de l'eau, j'ai essayé d'imaginer comment mes nouveaux amis me voyaient, ou voulaient me voir. Non pas comme Jacob, le gamin qui s'était cassé une cheville, un jour, en courant après une camionnette de glaces. Ni comme l'adolescent qui avait fait le désespoir de son père en échouant par trois fois au test d'entrée dans l'équipe de cross-country. Mais comme Jacob, inspecteur des ombres, prodigieux interprète de crampes d'estomac, guetteur et tueur d'authentiques monstres, et de tout être susceptible d'attenter à la vie de notre petite troupe d'enfants particuliers.

Je ne voyais pas comment je pourrais un jour faire honneur à l'héritage de mon grand-père.

J'ai escaladé un amas de rochers au bord de l'eau et je me suis assis au sommet, espérant que la brise sécherait mes vêtements

trempés. Dans la lumière déclinante, j'ai regardé la mer : un dégradé mouvant de gris. Dans le lointain, une petite lumière s'allumait par intermittence. C'était le phare de Cairnholm qui nous souhaitait le bonjour, et nous faisait un dernier adieu. J'ai laissé mon esprit dériver. Il m'a entraîné dans un rêve éveillé :

Je vois un homme. Un adulte entre deux âges, couvert de boue et d'excréments, qui marche lentement au bord d'une falaise. Ses cheveux fins, ébouriffés, sont plaqués sur son visage. Le vent agite sa veste comme une voile. Il s'arrête soudain, se laisse tomber sur les coudes dans l'herbe rase. Il les enfonce dans des dépressions qu'il a creusées des jours plus tôt, alors qu'il arpentait ces criques à la recherche de nids de puffins, ou de sternes en train de s'accoupler. Il porte une paire de jumelles à ses yeux et les oriente vers le bas, au-delà des nids. Il scrute un fin croissant de plage où, à la marée montante, s'échouent du bois flotté, des algues, des débris de bateaux naufragés, et parfois — à en croire les autochtones — des cadavres.

Cet homme est mon père. Il cherche une chose qu'il ne veut surtout pas trouver.

Il cherche le corps de son fils.

J'ai senti quelque chose effleurer ma chaussure. J'ai sursauté et ouvert les yeux, brusquement arraché à ma rêverie. Il faisait presque nuit. J'étais toujours assis sur mon rocher, les genoux contre la poitrine. Et soudain, j'ai aperçu Emma, debout sur le sable non loin de moi. Le vent agitait ses cheveux.

— Comment vas-tu ? m'a-t-elle demandé.

Pour répondre convenablement à cette question, j'aurais eu besoin d'une bonne heure de discussion. J'éprouvais une centaine de sensations contradictoires, dont la plupart auraient pu se résumer à : « J'ai froid, je suis fatigué, et je n'ai pas trop envie de parler. » J'ai fait plus simple :

— Ça va. J'essaie de sécher.

En guise de démonstration, j'ai agité mon pull trempé devant moi.

— Pour ça, je peux t'aider, m'a-t-elle dit.

Emma a escaladé la pile de rochers pour venir s'asseoir à côté de moi.

— Passe-moi un bras.

J'ai obéi. Elle l'a posé sur ses genoux, puis elle a approché les mains de sa bouche et penché la tête au-dessus de mon poignet. Après quoi, elle a pris une profonde inspiration et expiré lentement entre ses paumes arrondies. Une chaleur incroyable, à la limite de la douleur, a envahi mon bras.

— C'est trop chaud ?

Un frisson m'a traversé. J'ai secoué la tête.

— C'est parfait.

Elle a remonté le long de mon bras et expiré à nouveau. Entre deux souffles, elle m'a glissé :

— J'espère que tu n'es pas contrarié par ce que t'a dit Enoch. Cela n'engage que lui. Tous les autres croient en toi, Jacob, et moi la première. Enoch me fait parfois penser à un petit rongeur mesquin, au cœur racorni. Surtout quand il est jaloux.

— Je pense qu'il a raison, ai-je murmuré.

— Tu plaisantes ?

Il ne m'en fallait pas davantage pour vider mon sac.

— Je n'ai pas la moindre idée de ce que je fais, ai-je avoué. Et je suis effaré de voir que vous comptez sur moi. Si je suis particulier, alors c'est sûrement un tout petit peu. Mettons que je le sois à 25 %, alors que vous l'êtes à 100 %. Vous êtes des pur-sang.

— Ça ne marche pas comme ça, a-t-elle dit en riant.

— En tout cas, mon grand-père était beaucoup plus particulier que moi. Forcément. Il était si fort...

Emma m'a observé en plissant les yeux.

— Non, Jacob. C'est étonnant, tu sais. Par plein d'aspects, tu lui ressembles. Tu es différent, aussi, bien sûr. Tu es plus doux, plus gentil. Mais tout ce que tu me dis là... J'ai l'impression d'entendre Abe, quand il est venu vivre avec nous, au début.

— C'est vrai ?

— Oui. Lui aussi, il doutait. Il n'avait jamais rencontré d'autres enfants particuliers. Il ne comprenait pas son pouvoir, la façon dont il fonctionnait. Il ne savait pas encore de quoi il était capable. Nous non plus, d'ailleurs. Tu possèdes un talent très rare. Mais ton grand-père a appris.

— Comment ? ai-je demandé. Où ça ?

— À la guerre. Il faisait partie d'une cellule secrète de l'armée britannique, exclusivement composée de particuliers. Ils combattaient à la fois les Sépulcreux et les Allemands. On ne décerne pas de médailles pour ce genre d'actions. Mais pour nous, c'étaient des héros, surtout ton grand-père. Grâce à leur sacrifice, ils ont sauvé la vie à d'innombrables particuliers. Ils ont retardé de dizaines d'années les projets des corrompus.

« Et pourtant, il n'a pas été capable de sauver ses propres parents, ai-je songé. C'est tragique. »

— Tu es aussi particulier qu'il l'était, et largement aussi courageux, a continué Emma.

— Ha, ha ! Tu dis ça pour me réconforter.

— Non. Certainement pas. Tu vas apprendre, Jacob. Un jour, tu seras un tueur de Creux encore plus redoutable que lui.

— Ouais. C'est ce que tout le monde me dit. Comment pouvez-vous en être aussi sûrs ?

— C'est une vérité que je ressens tout au fond de moi. Je suis convaincue que tu n'es pas là par hasard. Tu es censé nous aider. C'est pour cela que tu es venu à Cairnholm.

— Je ne crois pas à ce genre de choses. Le destin. Les étoiles, et tout…

— Je n'ai pas parlé de destin.

— Tu as dit : « Tu es censé… » Ça revient au même. Le destin, c'est pour les personnages de roman avec des épées magiques. Tout ça, c'est des conneries. Je suis ici parce que mon grand-père a mentionné votre île dans les dix secondes qui ont précédé sa mort, point final. C'était un accident. Je suis content qu'il en ait parlé, mais il délirait. Il aurait pu tout aussi bien réciter une liste de courses.

— Sauf qu'il ne l'a pas fait, a-t-elle objecté.

J'ai soupiré, exaspéré.

— Imagine qu'on se mette à la recherche d'autres boucles. Vous dépendez de moi pour vous protéger des monstres. Si je ne suis pas à la hauteur, et qu'on se fait tous tuer… Ça aussi, c'est le destin ?

Emma a froncé les sourcils et reposé mon bras sur mes genoux.

— Je n'ai pas parlé de *destin*, a-t-elle répété. Ce que je crois, c'est qu'il n'y a pas de hasard dans la vie. Surtout concernant les choses importantes. Tu n'es pas venu ici par hasard, et ce n'est pas pour échouer et mourir.

Je n'avais plus envie de me disputer.

– D'accord. Je n'y crois pas, mais j'espère que tu as raison.

Je m'en voulais de lui avoir répondu sèchement tout à l'heure, mais j'avais froid, peur, et j'étais sur la défensive. Comme tout le monde, j'avais mes bons et mes mauvais moments. Je nourrissais tour à tour des pensées terrifiantes et confiantes, même si, là, les premières étaient largement majoritaires. Dans mes accès d'angoisse, j'avais l'impression d'endosser un rôle malgré moi. D'être envoyé en première ligne dans une guerre dont aucun de nous ne connaissait la véritable étendue. Le mot « destin » était pour moi synonyme d'obligation. Or, si je devais me battre contre une légion de créatures de cauchemar, je voulais l'avoir décidé moi-même.

Cela dit, j'avais déjà fait ce choix quand j'avais accepté de partir vers l'inconnu avec les enfants particuliers. Et, pour être honnête, j'avais rêvé d'aventure depuis que j'étais petit. À l'époque, je croyais au destin. J'y croyais dur comme fer. J'éprouvais une drôle de démangeaison dans la poitrine quand j'écoutais les histoires extraordinaires de mon grand-père. « Un jour, ce sera moi. » Ce qui me semblait aujourd'hui une contrainte avait autrefois des allures de promesse. Je me disais qu'un jour, je quitterais ma petite ville pour vivre une vie extraordinaire. Et un jour, comme Grandpa Portman, je ferais quelque chose d'important. D'ailleurs, il ne cessait de me le répéter : « Tu vas devenir un grand homme, Yakob. Un très grand homme.

– Comme toi ? lui demandais-je.

– Mieux. »

Sur le moment, je le croyais. Et aujourd'hui encore, j'avais envie de le croire. Mais plus j'en apprenais sur lui, plus son ombre s'allongeait, et plus il me semblait impossible de devenir aussi important que lui. J'étais convaincu que le simple fait de marcher dans ses pas était suicidaire. Et quand je me figurais suivre son exemple, je me mettais aussitôt à penser à mon père. Mon pauvre père, qui serait fou de chagrin. Et je me demandais comment un grand homme pouvait infliger une souffrance pareille à quelqu'un qui l'aimait.

J'ai frissonné.

— Tu as froid, a dit Emma. Laisse-moi finir de te réchauffer.

Elle a soufflé de l'air chaud sur mon autre poignet. C'était à la limite du supportable. Quand elle a atteint mon épaule, au lieu de reposer mon bras sur mes genoux, elle l'a passé autour de son cou. J'ai soulevé le second pour l'enlacer, et elle m'a rendu mon étreinte. Nos fronts se sont touchés.

— J'espère que tu ne regrettes pas ton choix, a-t-elle chuchoté. Je suis tellement heureuse que tu sois ici, avec nous. Je ne sais pas ce que je ferais si tu partais. Je me sentirais très mal.

J'ai réfléchi à cette éventualité. J'ai essayé de m'imaginer, montant dans une de nos barques pour regagner Cairnholm et rentrer chez moi.

C'était impossible, bien sûr. Mais c'était surtout inconcevable.

— Comment pourrais-je faire ça..., ai-je murmuré.

— Quand Miss Peregrine reprendra sa forme humaine, elle aura les moyens de te renvoyer dans le présent. Si tu veux partir.

Ma question n'était pas d'ordre pragmatique. Ce que j'avais voulu dire, c'était simplement : « Comment pourrais-je te quitter ? » Mais ces mots-là refusaient de franchir mes lèvres. Aussi me suis-je contenté de l'embrasser.

Cette fois, c'est Emma qui a manqué de souffle. Elle a levé les mains pour les poser sur mes joues, mais s'est arrêtée une seconde avant. La chaleur irradiait de ses paumes.

— Touche-moi, l'ai-je suppliée.

— Je ne veux pas te brûler.

Un feu d'artifice a explosé dans ma poitrine. « Ça m'est égal », ai-je songé.

J'ai saisi ses doigts et je les ai posés sur ma joue. C'était chaud, mais je n'ai pas bronché, de peur qu'elle ne retire sa main. Puis nos lèvres se sont de nouveau rencontrées. Nous avons échangé un second baiser, et sa chaleur extraordinaire s'est diffusée dans tout mon corps.

J'ai fermé les yeux. Le monde a disparu.

Je ne sentais plus la fraîcheur de la brise nocturne. Je n'entendais plus la mer rugir dans mes oreilles. C'est à peine si je remarquais que le rocher sur lequel j'étais assis était déchiqueté et tranchant. Tout ce qui était extérieur à nous, à notre baiser, glissait sur moi sans m'atteindre.

À un moment, un craquement a déchiré l'obscurité, sans vraiment m'alerter. J'étais incapable de m'arracher aux bras d'Emma. Puis le son s'est amplifié, s'accompagnant d'un horrible crissement de métal. Une violente lumière nous a aveuglés, et je n'ai pu ignorer plus longtemps le danger.

« Le phare, ai-je pensé. Le phare s'effondre dans la mer ! »

Mais le phare n'était qu'une tête d'épingle dans le lointain, et cette source de lumière, aussi vive qu'un soleil. Le faisceau se déplaçait dans une seule direction, comme s'il cherchait quelque chose.

Ce n'était pas un phare, mais un projecteur qui flottait sur l'eau, tout près de la côte. Le projecteur d'un sous-marin.

***

Pendant quelques secondes, la terreur a déconnecté mes jambes de mon cerveau. Mes yeux et mes oreilles avaient enregistré la présence du sous-marin, mais mon corps était pétrifié. J'ai regardé, impuissant, le monstre de métal surgir lentement de la mer, des trombes d'eau jaillissant de ses flancs. J'ai vu des hommes sortir des écoutilles, puis braquer sur nous des canons de lumière. Alors, seulement, la connexion s'est rétablie, et j'ai retrouvé l'usage de mes membres. J'ai suivi Emma, qui dévalait les rochers, et nous avons couru sur la plage comme des dératés.

Les spots projetaient nos ombres démesurées sur le sable. Les balles sifflaient dans l'air autour de nous et creusaient de petits cratères dans le sol. Un homme a braillé dans un porte-voix.

— Stop ! Ne bougez plus !

Nous nous sommes engouffrés dans la grotte en hurlant :

— Ils arrivent ! Ils sont là ! Levez-vous ! Levez-vous !

Les enfants, alertés par le vacarme, étaient déjà debout. Tous, sauf Bronwyn, tellement épuisée qu'elle s'était endormie, adossée à la paroi de la caverne. Nous l'avons secouée, nous avons crié sous son nez, mais elle nous a repoussés d'un bras en grommelant. Finalement, nous avons dû la soulever en la tirant par la taille, ce qui équivalait à déplacer une tour de briques. Heureusement, une fois debout, elle a ouvert brusquement les paupières et recouvré son équilibre.

Nous avons rassemblé nos affaires, ravis qu'elles soient aussi peu encombrantes, et aussi peu nombreuses. Emma a pris Miss Peregrine dans ses bras, et nous avons foncé dehors. En gravissant une dune, je me suis retourné et j'ai vu des hommes patauger dans les quelques mètres d'eau qui les séparaient de la plage. Au-dessus de leur tête, au sec, ils tenaient des fusils.

Nous avons traversé en courant un bosquet d'arbres battus par le vent, avant d'entrer dans la forêt. Les ténèbres nous ont aussitôt enveloppés. Le croissant de lune épargné par les nuages était désormais masqué par les arbres ; les branches ne laissaient filtrer qu'une lueur blême. Quasiment aveugles, nous n'avions d'autre choix que de courir les bras tendus devant nous, afin d'éviter de nous assommer sur les troncs qui semblaient surgir soudainement à quelques centimètres de nous.

Au bout de quelques minutes, nous nous sommes arrêtés, à bout de souffle, et nous avons dressé l'oreille. Les voix étaient toujours derrière nous, mais elles s'accompagnaient d'autres sons, plus inquiétants encore. Des aboiements.

Nous nous sommes remis à courir.

CHAPITRE TROIS

— De toute façon, il ne sert à rien de tourner en rond dans le noir, a décrété Emma. On va finir par se retrouver à notre point de départ.

— On se repérera mieux en plein jour, a ajouté Millard.

— Si on est encore en vie demain matin, a souligné Enoch.

Une bruine légère s'est mise à tomber. Fiona a tapoté l'écorce de quelques arbres disposés en cercle ; elle s'est adressée à leurs troncs à voix basse, jusqu'à ce qu'ils enlacent leurs branches, formant un toit de feuilles imperméable juste assez haut pour qu'on puisse s'asseoir dessous. Réfugiés dans cet abri improvisé, nous avons écouté le bruit de la pluie sur le feuillage et les lointains aboiements des chiens. Quelque part, dans cette forêt, des hommes armés de fusils nous cherchaient. J'étais à peu près sûr qu'on se demandait tous la même chose : que se produirait-il si on se faisait prendre ?

Claire a commencé à pleurer. Tout doucement au début, puis de plus en plus fort. Ses deux bouches ont fini par laisser échapper de bruyants sanglots. C'est à peine si elle parvenait à respirer.

— Arrête ! l'a grondée Enoch. Si les Estres t'entendent, on aura tous une bonne raison de chialer.

— Leurs chiens vont nous dévorer ! a-t-elle gémi. Ils vont nous tirer dessus et emporter Miss Peregrine !

Bronwyn s'est accroupie à côté de la fillette. Elle l'a prise dans ses bras.

— S'il te plaît, Claire ! Il faut absolument que tu penses à autre chose !

— J-je n'y arrive pas ! a-t-elle hoqueté.

— Essaie !

Claire a fermé les yeux. Elle a pris une profonde inspiration et retenu son souffle. On aurait dit un ballon de baudruche sur le point d'exploser. Puis elle a craqué, et piqué une crise de larmes plus bruyante que jamais. Enoch lui a plaqué une main sur la bouche.

— Chut !

— Je-je suis d-désolée ! a-t-elle bégayé. P-peut-être que si on me racontait une histoire... un c-conte...

— Ah non ! s'est insurgé Millard. Ça ne va pas recommencer ! Je regrette qu'on n'ait pas perdu ces fichus livres en mer, avec le reste de nos affaires !

Miss Peregrine est intervenue. Elle a sauté sur la malle de Bronwyn et l'a tapotée du bec. Celle-ci renfermait le reste de nos maigres possessions, ainsi que le recueil de contes.

— Je suis d'accord avec Miss P., a dit Enoch. Ça vaut le coup d'essayer. N'importe quoi pourvu qu'elle arrête de brailler !

— D'accord, ma chérie, a accepté Bronwyn. Mais juste un conte, et après, tu nous promets de te calmer !

— C'est p-promis ! a reniflé Claire.

Bronwyn a ouvert la malle, dont elle a sorti un volume tout gondolé des *Contes des particuliers*. Emma a fait jaillir une minuscule flamme au bout de son index pour lui permettre de lire. Puis Miss Peregrine, qui semblait impatiente d'apaiser Claire, a pris un coin de la couverture dans son bec. Elle a ouvert le livre à une page au hasard — du moins, en apparence. Bronwyn a commencé à raconter à voix basse :

«Autrefois, au temps des particuliers, de nombreux animaux vivaient dans une forêt profonde et reculée. Il y avait des lapins, des cerfs et des renards, mais on y trouvait aussi des animaux d'espèces moins communes : des grizzyrelles à échasses, des lynx à deux têtes et des ému-rafes parlantes. Ces animaux particuliers étaient le gibier préféré des chasseurs, qui empaillaient leurs victimes pour les accrocher aux murs et exhibaient leurs trophées devant leurs amis. Quand ils parvenaient à les capturer vivants, ils les vendaient à des directeurs de zoos, qui les enfermaient dans des cages et faisaient payer les visiteurs pour les admirer. On pourrait penser qu'il est préférable d'être prisonnier d'une cage, plutôt que d'être tué et empaillé. Mais les animaux particuliers, comme toutes les créatures, ne sont heureux qu'en liberté. Leurs esprits finissaient par se flétrir, et ils se surprenaient à envier leurs amis empaillés. »

— C'est une histoire triste, a grommelé Claire. Raconte-m'en une autre.

— Moi, elle me plaît ! a protesté Enoch. Je voudrais bien savoir comment ils empaillaient les animaux.

Bronwyn les a ignorés.

« À l'époque, ainsi qu'au temps d'*Aldinn*, on trouvait encore des géants sur la terre, a-t-elle enchaîné. Ils étaient fort peu nombreux, et leur espèce était déjà menacée. Or, l'un d'eux vivait près de la forêt. C'était un être d'une extrême gentillesse, qui parlait doucement et se nourrissait exclusivement de plantes. Il se prénommait Cuthbert.

Un jour, Cuthbert, qui s'était aventuré dans la forêt pour cueillir des baies, aperçut un chasseur pourchassant une ému-rafe. En bon géant, il souleva la petite créature par la peau de son long cou et, se redressant de toute sa hauteur — ce qu'il faisait rarement, car ses vieux os avaient tendance à craquer –, il la déposa au sommet d'une montagne, à l'abri du danger. Après quoi, il écrabouilla le chasseur entre ses orteils.

La renommée de Cuthbert se répandit dans toute la forêt, et bientôt, les animaux particuliers vinrent le voir les uns après les autres pour qu'il les hisse au sommet de la montagne. "Je vous aiderai volontiers, mes amis, leur répondit Cuthbert. La seule chose que j'exige de vous, c'est que vous me teniez compagnie et que vous me parliez. Il n'y a plus beaucoup de géants dans ce monde, et j'avoue que je me sens un peu seul parfois.

– Bien sûr, Cuthbert, nous acceptons !" firent les animaux.

Ainsi, chaque jour, Cuthbert sauvait de nouveaux animaux particuliers des chasseurs. À la longue, c'est toute une ménagerie qui se trouva réfugiée là-haut. Et les animaux s'y sentaient heureux, car ils vivaient enfin en paix. Cuthbert aussi était heureux : il lui suffisait de se mettre sur la pointe des pieds et de poser le menton au sommet de la montagne pour discuter avec ses nouveaux amis.

Hélas, un matin, une sorcière vint le trouver. Il se baignait dans un petit lac, à l'ombre de la montagne, quand elle lui annonça :

"Je suis navrée, mais je vais devoir te changer en pierre.

– Pourquoi donc ? lui demanda l'intéressé. Je suis très gentil. Je suis un géant serviable.

– J'ai été engagée par la famille du chasseur que tu as écrasé, l'informa la sorcière.

– Ah, soupira Cuthbert. Je l'avais oublié, celui-là.

– Je suis vraiment désolée…"

Sur ces mots, la sorcière agita une branche de bouleau sous le nez du géant, qui se changea en pierre.

Cuthbert se sentit soudain devenir très lourd. Si lourd qu'il commença à couler dans le lac. Il ne cessa de s'enfoncer que lorsqu'il eut de l'eau jusqu'au cou. Ses amis animaux avaient assisté à la scène. Cela les chagrinait terriblement, mais ils ne pouvaient rien faire pour l'aider.

"Je sais que vous ne pouvez pas me sauver, leur cria Cuthbert, mais venez au moins me parler ! Je suis coincé ici, et je me sens affreusement seul !

– Si on descend, les chasseurs nous tueront !" répondirent-ils.

Ils avaient raison, mais Cuthbert continua de les implorer :

"Parlez-moi ! Je vous en prie, venez me parler !"

Les animaux chantèrent des chansons et racontèrent des histoires au pauvre Cuthbert en criant à tue-tête, depuis leur refuge au sommet de la montagne. Hélas, ils étaient trop loin, et leurs voix trop faibles. Pour l'infortuné géant, elles étaient plus discrètes que le bruissement des feuilles dans le vent.

"Parlez-moi ! les suppliait-il. Venez me parler !"

Hélas, ils ne vinrent jamais. Et le géant pleurait encore quand sa gorge se changea en pierre, comme le reste de son corps.

Fin.»

Bronwyn a fermé le livre. Claire était consternée.

– C'est tout ?

Enoch a éclaté de rire.

– C'est tout, a confirmé Bronwyn.

– Quelle histoire horrible ! s'est écriée la fillette. Raconte-m'en une autre !

– Une histoire, c'est une histoire ! a tranché Emma. Maintenant, c'est l'heure de dormir.

Claire a fait la moue, mais elle ne pleurait plus. Au moins, le conte avait servi à quelque chose.

– Demain risque d'être aussi éprouvant qu'aujourd'hui, a prédit Millard. Il faut nous reposer le plus possible.

Nous avons récolté des morceaux de mousse alentour. Emma les a séchés en y appliquant ses mains, puis nous les avons glissés sous nos têtes en guise d'oreillers. Faute de couvertures, nous nous sommes blottis les uns contre les autres pour nous réchauffer. Bronwyn serrait les petites dans ses bras ; Fiona et Hugh étaient enlacés. Les abeilles du jeune garçon entraient et sortaient de sa bouche lorsqu'il ronflait, veillant sur leur maître endormi. Horace et Enoch grelottaient, dos contre dos, trop fiers pour se rapprocher. Quant à moi, j'étais lové tout contre Emma. Elle reposait dans le creux de mon bras, la tête sur ma poitrine. Son visage était si proche du mien que j'aurais pu lui embrasser le front. Je ne m'en serais pas privé si je n'avais pas été aussi exténué. J'avais l'impression d'être un vieillard, et elle était aussi chaude qu'une couverture électrique. Je n'ai pas tardé à m'endormir et j'ai rêvé de choses plaisantes, faciles à oublier. Des petits riens. Je ne me rappelle jamais les rêves agréables ; seuls les cauchemars continuent longtemps de me hanter.

À un moment, au cours de la nuit glaciale, Claire s'est mise à trembler et à tousser. Bronwyn a secoué Emma pour la réveiller.

– Miss Bloom, la petite a besoin de toi ; j'ai peur qu'elle ne soit malade.

Emma s'est excusée à voix basse et s'est glissée hors de mes bras. J'ai ressenti un pincement de jalousie envers Claire, puis de la culpabilité d'avoir envié une amie malade. Finalement, je me suis laissé envahir par un sentiment d'abandon totalement irrationnel. J'ai scruté les ténèbres, plus épuisé que jamais, mais incapable de me rendormir. C'était déjà un miracle si j'avais réussi à m'assoupir la première fois, étant donné les circonstances. Nous étions traqués, confrontés à la mort, et couchés à la belle étoile mais dans les bras d'Emma, j'étais encore capable de trouver un semblant de paix.

Les yeux noirs de Miss Peregrine luisaient dans les ténèbres. Même blessée et diminuée, elle continuait de veiller sur nous. J'ai écouté les autres remuer et gémir, en proie à des cauchemars probablement dérisoires, comparés à celui dans lequel nous allions nous réveiller.

Les ténèbres se sont dissipées peu à peu, et le ciel a pris une délicate teinte bleu pâle.

***

À l'aube, nous avons quitté notre refuge à quatre pattes. J'ai ôté la mousse de mes cheveux et frotté sans succès la boue qui maculait mon pantalon. Je n'ai réussi qu'à l'étaler davantage. J'avais des allures de créature des marais, vomie de la terre. Et j'étais affamé. Je n'avais jamais éprouvé une telle fringale : comme si mon ventre se mangeait lui-même de l'intérieur. J'avais mal partout d'avoir ramé, couru, et dormi à même le sol. Mais j'avais heureusement plusieurs motifs de satisfaction. Pendant la nuit, la pluie avait cessé, et l'air commençait à se réchauffer. Et nous avions semé les Estres et leurs chiens – du moins pour le moment. Soit ils avaient cessé d'aboyer, soit ils étaient trop loin pour qu'on les entende.

Hélas, dans notre fuite, nous nous étions définitivement perdus. Il n'était pas plus facile de se repérer en plein jour que dans le noir. Des sapins s'étendaient à perte de vue, et tout se ressemblait, où que l'on pose le regard. Le sol était jonché d'aiguilles qui dissimulaient toutes les traces que nous aurions pu laisser. Nous étions au cœur d'un labyrinthe vert, sans carte ni boussole. Avec son aile brisée, Miss Peregrine était incapable de prendre son envol pour nous guider. Enoch a suggéré qu'on fasse monter Olive au-dessus des arbres, comme nous l'avions fait la veille, dans le brouillard. Mais cette fois, nous n'avions pas de corde pour la tenir.

Claire était effectivement malade, et son état empirait. Elle était pelotonnée sur les genoux de Bronwyn. Malgré la fraîcheur de l'air, des gouttes de sueur perlaient sur son front. Elle était si maigre qu'on aurait pu compter ses côtes à travers sa robe.

– Qu'est-ce qu'elle a ? Vous croyez que c'est grave ? ai-je demandé.

Bronwyn a posé une main sur la joue de la fillette.

– Elle a de la fièvre. Il lui faut des médicaments.

– Ça supposerait qu'on trouve notre chemin dans cette maudite forêt, a grommelé Millard.

– Et si on mangeait ? a suggéré Enoch. Mangeons, et discutons de nos options.

– Quelles options ? a répliqué sèchement Emma. On choisit une direction et on marche. À mon avis, elles se valent toutes.

Nous nous sommes assis en rond et nous avons mangé dans un silence morose. Je n'ai jamais goûté de pâtée pour chiens, mais ça ne doit pas être pire que ces petits cubes marron de graisse figée que nous avons extraits avec les doigts de boîtes de conserve rouillées.

— J'avais emporté cinq pintades, trois boîtes de foie gras et des cornichons, a dit Horace d'une voix pleine d'amertume. Et c'est tout ce qu'il reste de notre naufrage.

Il s'est pincé le nez et a avalé sans mâcher un petit morceau gélatineux.

— Je pense qu'on est punis.

— Punis pour quoi? a demandé Emma. On est tous des anges... Enfin, presque tous.

— Je ne sais pas, moi. On expie peut-être les péchés de nos vies antérieures...

— Les particuliers n'ont pas de vies antérieures, a objecté Millard. On les vit toutes en même temps.

Nous nous sommes dépêchés de terminer notre repas, puis nous avons enterré les boîtes de conserve vides. Au moment où on allait se mettre en route, Hugh a jailli d'un fourré et nous a rejoints au pas de course. Un nuage d'abeilles bourdonnait autour de sa tête. Il haletait et paraissait surexcité.

— Où étais-tu passé? a voulu savoir Enoch.

— Je recherchais un peu d'intimité pour faire mes besoins. Et j'ai trouvé...

— Qui t'a autorisé à quitter le groupe? l'a interrompu Enoch. On a failli partir sans toi!

— Depuis quand il faut une permission? Enfin bref, j'ai vu...

— Tu ne peux pas disparaître comme ça! Imagine que tu te sois perdu?

— On est déjà perdus, non?

— Espèce d'idiot! Et si tu n'avais pas retrouvé ton chemin?

— J'ai laissé une traînée d'abeilles derrière moi…

— Enoch, tu peux avoir l'amabilité de le laisser terminer !
a grondé Emma.

Hugh l'a remerciée et a indiqué la direction d'où il était venu.

— J'ai vu de l'eau. Beaucoup d'eau, à travers les arbres, là-bas.

Emma s'est assombrie.

— On essaie de s'éloigner de la mer, pas d'y retourner. On a dû
revenir sur nos pas pendant la nuit.

Nous avons suivi Hugh. Bronwyn portait Miss Peregrine sur
son épaule et la pauvre petite Claire dans ses bras. Après avoir
marché une centaine de mètres, nous avons aperçu un scintille-
ment derrière les arbres. Une vaste étendue d'eau.

— Oh, c'est affreux ! a gémi Horace. À force de courir, on s'est
précipités dans la gueule du loup !

— Je n'entends pas de soldats, a signalé Emma. En fait, je n'entends rien du tout. Même pas le bruit des vagues.

— Forcément, puisque ce n'est pas la mer ! a claironné Enoch.

Il s'est élancé dans la direction de l'eau. Quand on l'a rattrapé,
il avait les pieds enfoncés dans le sable mouillé et nous regardait
avec un sourire satisfait, l'air de dire : «je vous avais prévenus».
Il avait raison : devant nous s'étendait un grand lac gris et bru-
meux, entouré de sapins. Sa surface était aussi lisse qu'une ardoise.
Il a fallu que Claire le montre du doigt pour que je distingue le
gros amas rocheux qui émergeait de l'eau peu profonde, non loin
de la rive. Sa forme avait quelque chose d'étrangement familier.

— C'est le géant de l'histoire ! a dit la fillette, toujours dans les
bras de Bronwyn. C'est Cuthbert !

Bronwyn lui a caressé les cheveux.

— Chut, ma chérie ! Tu as de la fièvre.

— N'importe quoi ! a fait Enoch. Ce n'est qu'un rocher.

Mais Claire disait vrai. Bien que le vent et la pluie aient légèrement érodé ses traits, on aurait cru la tête d'un géant, enfoncé jusqu'aux épaules dans le lac. On apercevait clairement son cou, son nez, et même sa pomme d'Adam. Quelques arbres maigrichons poussaient à son sommet, dessinant une couronne de cheveux. Mais le plus frappant, c'était la position de sa tête, renversée en arrière, la bouche ouverte. Comme si, tel le héros de l'histoire, il s'était changé en pierre alors qu'il s'adressait à ses amis, perchés sur la montagne.

— Regardez ! a fait Olive en indiquant une crête rocheuse dans le lointain. C'est sûrement la montagne de Cuthbert !

— Les géants existent, a murmuré Claire, émerveillée. Et les *Contes* sont réels !

— Ne tirons pas de conclusions absurdes, est intervenu Enoch. Qu'est-ce qui est le plus probable ? Que l'auteur du conte ait été inspiré par un rocher en forme de tête de géant, ou que ce rocher en forme de tête soit réellement un géant ?

— Il faut toujours que tu te moques de tout, a riposté Olive. Si tu ne crois pas aux géants, moi, j'y crois !

— Les contes sont des contes, rien de plus, a grommelé Enoch.

— C'est drôle. C'est exactement ce que je pensais de vous, avant de vous rencontrer. Pour moi, vous étiez juste des personnages de contes…

Olive a éclaté de rire.

— Jacob, tu exagères. Tu croyais vraiment qu'on était inventés ?

— Bien sûr. Et j'ai continué à le penser encore quelque temps après avoir fait votre connaissance. J'étais convaincu d'avoir perdu la boule.

— Que ce géant soit réel ou pas, c'est une coïncidence incroyable, a dit Millard. On lit cette histoire hier soir, et, aujourd'hui, on tombe sur le lieu qui l'a inspirée... Quelles sont les probabilités pour que ça arrive ?

Emma a secoué la tête.

— Pour moi, ce n'est pas une coïncidence. C'est Miss Peregrine qui a ouvert le livre, souvenez-vous. Elle a dû choisir cette histoire exprès.

Bronwyn a regardé l'oiseau perché sur son épaule.

— C'est vrai, Miss Peregrine ? Mais pourquoi ?

— Parce que ça signifie quelque chose, a suggéré Emma.

— Absolument, a confirmé Enoch. Ça signifie qu'on doit escalader cette montagne. De là-haut, on verra par où on peut sortir de cette forêt !

— Non. Je veux dire que le conte a une signification, a rectifié Emma. Que voulait le géant de l'histoire ? Que demandait-il sans cesse ?

— Il voulait quelqu'un avec qui discuter ! a répondu Olive, en bonne élève.

— C'est ça ! Eh bien, s'il veut parler, écoutons ce qu'il a à nous dire.

Sur ces mots, elle est entrée dans le lac. Nous l'avons regardée s'éloigner, perplexes.

— Où elle va ? s'est étonné Millard.

Il s'adressait à moi. J'ai secoué la tête.

— On a des Estres aux trousses ! lui a crié Enoch. On est complètement perdus ! Quelle mouche t'a piquée ?

— Je raisonne comme un particulier ! a répliqué Emma. Elle a pataugé dans l'eau peu profonde jusqu'à la base du rocher, puis elle a escaladé le menton du géant et s'est hissée dans sa bouche.

— Alors ? Qu'est-ce que tu vois ?

— Pas grand-chose pour l'instant. J'ai l'impression que ça s'enfonce assez loin. Je vais voir de plus près !

Emma s'est engagée dans la gorge du géant.

— Reviens avant de te blesser ! a hurlé Horace. Tu nous inquiètes.

— Un rien t'angoisse, a ironisé Hugh.

Emma a lancé un caillou dans l'orifice et tendu l'oreille.

— Ça pourrait être une…

Elle a glissé sur des gravillons, et la fin de sa phrase s'est perdue dans une exclamation de surprise.

— Attention ! ai-je braillé, le cœur battant. Attends-moi ! J'arrive !

Je suis entré dans l'eau à mon tour.

— Quoi ? Qu'est-ce que ça pourrait être ? a demandé Enoch.

— Il n'y a qu'un moyen de le savoir ! a crié Emma, surexcitée.

Sur ces mots, elle a disparu dans la bouche du géant.

— Oh non ! a gémi Horace. Qu'est-ce qu'elle fabrique ?

— Attends-moi ! ai-je répété.

Mais Emma avait déjà disparu.

***

De près, le géant de pierre était encore plus imposant. Une fois dans sa gorge, j'ai presque cru entendre respirer ce bon vieux Cuthbert. J'ai mis les mains en porte-voix et appelé Emma. Seul l'écho de ma voix m'a répondu. En me retournant, j'ai vu les autres avancer dans le lac, mais je ne pouvais pas les attendre. Je craignais qu'Emma ne soit en danger. J'ai serré les dents, engagé mes jambes dans les ténèbres et lâché prise.

Ma chute a duré une bonne seconde, qui m'a paru une éternité. À l'arrivée, j'ai plongé dans une eau si froide que j'en ai eu le souffle coupé. Tous mes muscles se sont contractés en même temps. Je me suis obligé à faire des mouvements de brasse pour éviter la noyade. J'ai refait surface dans une caverne sombre et étroite, sans autre issue que l'œsophage du géant : un long boyau lisse, sans corde ni échelle. Aucune prise pour les pieds. J'ai appelé Emma, en vain.

« Oh mon Dieu ! ai-je songé. Elle s'est noyée ! »

Puis quelque chose m'a chatouillé les bras, et des bulles ont éclaté tout autour de moi. Une fraction de seconde plus tard, Emma a troué la surface et aspiré une énorme goulée d'air.

Elle n'avait pas l'air spécialement mal en point.

— Qu'est-ce que tu attends ? m'a-t-elle demandé en frappant l'eau du plat de la main, comme si elle voulait que je plonge avec elle. Viens !

— Tu es folle ? On est prisonniers de cette grotte.

— Mais non ! Bien sûr que non !

La voix de Bronwyn a résonné au-dessus de nous.

— Ohé ! Je vous entends ! Vous avez découvert quelque chose ?

— Je crois que c'est l'entrée d'une boucle ! a crié Emma. Dis à tout le monde de sauter. N'ayez pas peur, ça ne risque rien. Jacob et moi, on vous retrouve de l'autre côté !

Sur ces mots, elle m'a saisi la main. Docile, j'ai inspiré profondément et je l'ai laissée m'entraîner sous l'eau. Elle m'a indiqué un trou de la taille d'une personne percé dans le rocher, d'où filtrait un rayon de lumière du jour. Nous nous sommes engagés dans l'orifice. C'était l'entrée d'un tunnel de trois mètres de long environ, qui débouchait dans le lac. Au-dessus de nous, le ciel était d'un bleu limpide, et l'eau m'a paru nettement plus chaude. L'air était moite, étouffant, et la lumière plus vive. Même la profondeur du lac avait changé. Désormais, le géant avait de l'eau jusqu'au menton.

— Tu vois, a fait Emma en souriant. On est ailleurs !

J'ai hoché la tête. C'était clair que nous étions entrés dans une boucle. On avait troqué une fraîche matinée de 1940 contre une radieuse après-midi d'une autre année, plus ancienne. Laquelle ? C'était difficile à dire au beau milieu de la forêt, loin de toute civilisation.

L'un après l'autre, nos amis ont surgi autour de nous. Surpris par les changements d'atmosphère, ils n'ont pas tardé à comprendre ce qui s'était passé.

— Vous réalisez ce que ça signifie ? s'est écrié Millard, ravi.

Il tournait sur lui-même en éclaboussant alentour, surexcité.

— Ça veut dire que les *Contes* ont un sens caché !

— On dirait que tu ne les trouves plus aussi inutiles, l'a taquiné Olive.

— J'ai hâte de les étudier et de les annoter !

— Ne t'avise pas d'écrire dans mon livre, Millard Nullings ! l'a prévenu Bronwyn.

— Mais c'est quoi, cette boucle ? est intervenu Hugh. À votre avis, qui vit ici ?

— Les amis animaux de Cuthbert, bien sûr ! a répondu Claire.

Enoch a levé les yeux au ciel, mais il s'est bien gardé de formuler ses réserves à haute voix. Peut-être commençait-il à douter, lui aussi.

— Il y a une ombrune dans chaque boucle, a rappelé Emma. Même dans les boucles mystérieuses des livres de contes. Je propose qu'on se lance à sa recherche.

— D'accord, a fait Millard. Mais où ?

— Le seul endroit que l'histoire mentionne — hormis le lac —, c'est cette montagne, a dit Emma en désignant la falaise. Vous vous sentez prêts à faire un peu d'escalade ?

Nous étions fatigués et affamés, mais trouver la boucle nous avait redonné un peu de vigueur. Nous avons tourné le dos au géant de pierre pour entrer dans le sous-bois, au pied de la falaise. Nos vêtements séchaient rapidement dans la chaleur ambiante. Au pied de l'escarpement rocheux, nous avons pris un sentier de terre qui montait entre les sapins. Par endroits, il était tellement pentu que nous étions obligés d'avancer à quatre pattes.

— J'espère qu'il y a quelque chose au bout de cette piste de malheur ! a grommelé Horace en épongeant son front couvert de sueur. Un gentleman ne doit pas transpirer.

Le sentier s'est rétréci, devenant un étroit ruban de roche entre la paroi verticale, à notre gauche, et le précipice, à notre droite. De la forêt en dessous, on ne voyait plus qu'un tapis de cimes vertes.

— Serrez-vous contre le mur ! nous a recommandé Emma.
La moindre chute serait fatale.

Le simple fait de regarder le vide me rendait nauséeux, comme si je souffrais d'un soudain vertige. J'en avais des crampes d'estomac, et je devais faire un effort de concentration surhumain pour continuer à poser un pied devant l'autre.

Emma m'a effleuré le bras.

— Ça va ? Tu es tout pâle.

J'ai réussi à feindre que tout allait bien pendant trois virages supplémentaires. Mais brusquement, le cœur battant à cent à l'heure, les jambes flageolantes, j'ai été forcé de m'asseoir au milieu du chemin, bloquant tout le monde derrière moi.

— Ah, mince ! a fait Hugh. Jacob a le vertige.

— Je-je ne sais pas ce qui m'arrive, ai-je bredouillé.

J'éprouvais cette sensation pour la première fois de ma vie, et c'était atroce. J'étais incapable de regarder en bas sans que mon estomac fasse des sauts périlleux.

Puis une pensée terrible m'a traversé : et si mon malaise n'était pas dû au vertige, mais à la proximité d'un Sépulcreux ?

Non, c'était impossible ! Nous étions dans une boucle, où les Creux ne pouvaient pas pénétrer.

Pourtant, plus j'analysais la sensation qui me tordait le ventre, plus j'étais convaincu que ce n'était pas le vide qui la causait, mais quelque chose d'autre. Plus loin.

Il fallait que j'en aie le cœur net.

Mes amis, inquiets, m'assaillaient de questions. Ils voulaient savoir si j'allais bien… J'ai tenté de faire abstraction de leurs voix et je me suis avancé en rampant vers le bord du sentier. Plus j'approchais, plus j'avais mal au ventre, comme si l'on me dévorait de l'intérieur. Finalement, allongé à plat ventre, j'ai tendu les bras pour me tracter jusqu'au bord du précipice.

J'ai mis un moment à localiser le Creux. Au début, je ne distinguais qu'un léger frémissement sur la paroi rocheuse, semblable à des vagues de chaleur. Un mouvement d'air presque imperceptible.

C'était ainsi que les monstres apparaissaient aux gens normaux et aux autres particuliers. À tous ceux qui ne possédaient pas mon don, en fait.

Mais soudain, j'ai senti se manifester mon talent particulier. Très vite, la douleur dans mon ventre s'est contractée, avant de se concentrer sur un simple point. Puis ce point s'est étiré pour former une ligne, passant d'une à deux dimensions. La ligne, telle l'aiguille d'une boussole, a pointé vers cette tache frémissante, une centaine de mètres au-dessous de nous, sur la gauche. Les vagues ondulations se sont alors cristallisées en une masse noire solide, une créature humanoïde faite de tentacules et d'ombre, accrochée au rocher.

Le Creux a vu que je l'avais repéré. Il a ouvert sa bouche hérissée de dents coupantes, telles des lames de scie, et poussé un hurlement à déchirer les tympans.

Les enfants n'avaient pas besoin que je leur décrive ce que je voyais. Le son était assez éloquent.

— Un Creux ! a crié quelqu'un.

— Courez ! ai-je hurlé.

J'ai reculé à quatre pattes. Mes amis m'ont aidé à me relever, et nous avons détalé sans réfléchir. Au lieu de dévaler la montagne en direction de la sortie de la boucle, nous avons foncé vers le sommet et l'inconnu. Quand nous avons réalisé notre erreur, il était trop tard pour changer d'avis. Une sorte de sixième sens m'avertissait des déplacements du Creux. Le monstre sautait de rocher en rocher pour rejoindre le sentier, en contrebas, et nous couper toute retraite. Nous étions pris au piège.

C'était une sensation nouvelle. Jusque-là, je n'avais jamais été capable d'anticiper la trajectoire d'un Creux, ni de la suivre autrement qu'avec mes yeux. À présent, je sentais la petite aiguille de boussole, au fond de moi, pointer derrière nous. Je pouvais presque me représenter la créature se hissant sur le chemin. Comme si, à l'instant où je l'avais repérée, je l'avais équipée d'une balise me permettant de suivre ses déplacements sans même la voir.

Passé un virage, nous nous sommes retrouvés face à un mur de rocher lisse, d'une quinzaine de mètres de haut. Le sentier s'achevait à sa base. Il n'y avait pas d'échelle, aucune prise permettant d'escalader cette paroi. Nous avons cherché frénétiquement un passage secret, une porte, un tunnel... En vain. La seule façon de continuer, c'était de monter. Et pour cela, il nous aurait fallu un ballon d'air chaud, ou la main secourable d'un géant imaginaire.

La panique s'est emparée de nous. Miss Peregrine s'est mise à crier. Claire a fondu en larmes, tandis qu'Horace gémissait :

— C'est la fin. On va tous mourir !

Les autres espéraient toujours trouver une issue. Fiona faisait courir ses mains sur le mur, à l'affût de crevasses susceptibles de contenir de la terre où faire pousser une plante que nous aurions pu escalader. Hugh s'est approché du précipice. Il a jeté un coup d'œil en bas.

— On pourrait sauter, si on avait un parachute !

— Je veux bien faire le parachute ! a proposé Olive. Vous n'avez qu'à vous accrocher à mes jambes !

Mais la descente aurait été longue, périlleuse, et l'atterrissage dans la forêt, incertain. D'après Bronwyn, il aurait été plus judicieux d'envoyer la fillette vers le haut. Tout en continuant de porter Claire, qui grelottait de fièvre, elle a conduit Olive au pied de la falaise.

— Tu vas retirer tes chaussures, prendre Claire et Miss Peregrine, et atteindre le sommet le plus vite possible !

Olive a paru terrifiée.

— Je ne sais pas si je suis assez forte !

— Il faut que tu essaies, ma petite pie ! Tu es la seule qui puisse les mettre hors de danger !

Elle s'est agenouillée pour déposer Claire à terre. La malade a titubé jusque dans les bras d'Olive, qui l'a enlacée. Bronwyn a aidé cette dernière à retirer ses souliers de plomb. Au moment où la fillette s'est s'élevée, elle a déposé Miss Peregrine sur sa tête. Ainsi chargée, Olive montait très lentement ; il a fallu que Miss Peregrine batte de son aile intacte pour que le trio décolle enfin.

Le Creux avait presque atteint le sentier. Je le savais aussi sûrement que si je l'avais vu de mes propres yeux. Quant à nous, nous explorions le sol, à la recherche de tout ce qui aurait pu nous servir d'arme. Hélas, on ne trouvait que des petits cailloux.

— Moi, je suis une arme vivante ! a rappelé Emma.

Elle a frappé dans ses mains et les a écartées. Une boule de feu a jailli entre ses paumes.

— N'oubliez pas mes abeilles ! a dit Hugh.

Il a ouvert la bouche, laissant s'échapper une nuée d'insectes.

– Elles peuvent être féroces, si on les provoque !

Enoch, qui avait toujours un sarcasme au bord des lèvres, a pouffé bruyamment.

– Qu'est-ce que tu comptes faire ? Le polliniser à mort ?

Hugh l'a ignoré. Il s'est tourné vers moi.

– Tu seras nos yeux, Jacob. Il suffira que tu nous dises où est le monstre, et on lui piquera le cerveau !

Ma petite boussole interne m'a confirmé que le Creux avait atteint le sentier. À en croire la violence de mes crampes d'estomac, il se rapprochait à toute vitesse.

– Il sera là d'une minute à l'autre. Préparez-vous !

Sans les flots d'adrénaline qui se diffusaient dans mes veines, je crois que la douleur aurait été intolérable.

Certains ont adopté des positions de combat, les poings serrés, tels des boxeurs, tandis que d'autres prenaient des poses de sprinteurs dans les starting-blocks – même si personne ne savait dans quelle direction s'enfuir.

– Qui aurait cru que nos aventures connaîtraient une fin aussi déprimante, a dit Horace. On va finir dévorés par un Creux, au fin fond du pays de Galles.

– Je croyais que les Creux ne pouvaient pas pénétrer dans les boucles, a observé Enoch. Comment est-il entré ici ?

– Il semblerait qu'ils aient évolué, a dit Millard.

Emma a mis fin à la discussion d'un ton sec :

– Qu'importe comment c'est arrivé ! Il est là, et il a faim !

Sur ces entrefaites, une petite voix au-dessus de nous a crié :

– Attention en bas !

J'ai levé la tête et vu le visage d'Olive disparaître au sommet de la falaise. Presque aussitôt, une corde a dégringolé le long de la paroi. Lorsqu'elle s'est tendue, un filet s'est déployé à son extrémité. Il frôlait le sol.

— Vite ! a crié Olive. Il y a une manivelle ici. Accrochez-vous au filet, je vais le remonter !

Nous avons couru jusqu'à la nacelle, mais elle était toute petite : juste assez grande pour deux personnes. Une photographie fixée à la corde montrait un homme assis dans le filet, les jambes repliées devant lui. Au dos du cliché, on pouvait lire le texte suivant :

UNIQUE ACCÈS À LA MÉNAGERIE !
UN PASSAGER SEULEMENT.

Évidemment ! Cet ascenseur primitif était conçu pour transporter une personne, et non dix. Mais nous n'avions pas le temps de respecter les consignes. Nous nous sommes entassés dans le filet, passant les bras et les jambes entre ses mailles. Les derniers ont dû se contenter de se suspendre à la corde, au-dessus.

— Fais-nous remonter ! ai-je crié à Olive.

Ma douleur avait atteint une intensité extraordinaire, signe que le Creux était tout proche. Pendant quelques secondes, interminables, il ne s'est rien passé. Puis le monstre a surgi au détour du virage. Il courait en utilisant ses langues musculeuses comme des jambes, tandis que ses membres humains, atrophiés, pendaient sur ses flancs.

Enfin, un grincement métallique a déchiré l'air, la corde s'est tendue, et nous sommes montés avec une secousse.

Le Creux avait presque franchi la distance qui nous séparait. Il galopait, les mâchoires béantes, comme pour nous recueillir entre ses dents, telle une baleine se nourrissant de plancton. Nous n'étions pas tout à fait au milieu de la falaise quand il s'est arrêté à l'aplomb de notre nacelle. Il s'est ramassé, pareil à un ressort.

– Il va sauter ! ai-je vociféré. Rentrez les jambes dans le filet !

Le Creux a repoussé le sol de ses langues et a bondi. Comme nous nous élevions rapidement, j'ai d'abord cru qu'il allait manquer sa cible. Mais, au sommet de sa trajectoire, le monstre a fait jaillir une langue qui a entouré la cheville d'Emma, tel un lasso.

Emma a hurlé et tenté de se libérer en le frappant de son pied libre. Le filet s'était immobilisé. La poulie n'était pas assez puissante pour supporter le poids du Creux en plus du nôtre.

– Au secours ! criait Emma. Délivrez-moi !

J'ai envisagé de donner des coups de pied au monstre, mais sa langue était aussi solide que de l'acier tissé, et son extrémité, couverte de ventouses, adhérait à tout ce qu'elle touchait.

L'instant d'après, la créature se hissait vers nous. Ses mâchoires se rapprochaient dangereusement, et son haleine de charogne empestait l'air.

Emma nous a demandé de la retenir. D'une main, j'ai saisi l'arrière de sa robe, tandis que Bronwyn se suspendait au filet par les jambes, telle une trapéziste. Elle a enlacé la taille d'Emma, qui a lâché prise à son tour. De ses mains libres, elle a empoigné la langue du Creux.

Le monstre a hurlé. Les ventouses de sa langue se sont racornies, produisant une épaisse fumée noire. Sa chair grésillait. Emma l'a serrée plus fort ; elle a fermé les yeux et hurlé à son tour. Ce n'était pas un cri de douleur, mais une clameur guerrière. Vaincu, le Creux a déroulé son tentacule blessé, et libéré la cheville d'Emma. Nous avons alors assisté à une scène totalement surréaliste : ce n'était plus le Creux qui tenait Emma, mais Emma qui refusait de le libérer. La créature se tortillait en hurlant au-dessous de nous. L'odeur âcre de sa chair brûlée emplissait nos narines. Il nous a fallu crier « lâche ! » à tue-tête pour que notre amie cède enfin. Elle a rouvert brusquement les yeux, a paru se rappeler où elle était, et desserré les mains.

Le Creux a dégringolé la falaise en agitant avec frénésie ses tentacules, tentant en vain de se raccrocher quelque part. Soudain libéré, le filet est remonté à la vitesse d'une fusée. Nous avons culbuté par-dessus bord et atterri pêle-mêle sur le plateau, en haut de la falaise. Olive, Claire et Miss Peregrine nous attendaient. Olive nous a acclamés. Miss Peregrine a crié et battu de son aile valide. Claire, allongée sur le sol non loin de là, nous a adressé un faible sourire.

Nous avons fait quelques pas en titubant, pris d'un joyeux vertige. Nous avions frôlé la mort pour la deuxième fois en deux jours, et nous étions stupéfaits d'être encore entiers.

— Ça fait deux fois que tu nous sauves la vie, ma petite pic ! a lancé Bronwyn à Olive. Et toi Emma ! Je te savais courageuse, mais là, ça dépasse tout !

L'intéressée a haussé les épaules.

— C'était lui ou moi.

— Je n'en reviens pas que tu l'aies touché, a dit Horace.

Emma s'est essuyé les mains sur sa robe. Elle les a approchées de son nez et grimacé.

– J'espère que cette odeur ne va pas rester. Cette bête pue comme une charogne !

– Comment va ta cheville ? ai-je voulu savoir. Elle ne te fait pas trop mal ?

Emma s'est agenouillée. Sous sa chaussette, sa peau était cerclée d'un large anneau rouge. Elle a tâté l'articulation avec précaution.

– Non. Ça devrait aller.

Toutefois, quand elle s'est remise debout et qu'elle a déplacé son poids sur sa cheville blessée, je l'ai vue tressaillir.

– Et toi aussi Jacob, tu nous as bien aidés ! a ironisé Enoch. « Courez ! » a dit le petit-fils du tueur de Creux !

– C'était un conseil judicieux, me suis-je défendu. Si mon grand-père s'était enfui devant le Creux qui l'a assassiné, il serait peut-être encore en vie aujourd'hui.

Soudain, des cognements sourds ont fait vibrer l'air, et une nouvelle crampe m'a tordu les entrailles. Le bruit provenait de la paroi que l'on venait de quitter. Je me suis approché du bord et j'ai regardé en bas. Le Creux était toujours en vie, au pied de la falaise.

– Mauvaise nouvelle ! ai-je annoncé à mes amis. La chute ne l'a même pas assommé.

Une seconde plus tard, Emma était à mes côtés.

– Qu'est-ce qu'il fait ?

Nous avons observé le monstre caler une de ses langues dans le trou qu'il avait creusé, puis se hisser vers le haut et en percer un second. Il s'appliquait à créer les prises qui lui manquaient pour escalader la paroi.

– Il est en train de monter, ai-je soupiré. Ma parole, c'est un vrai Terminator !

– Un quoi? a demandé Emma.

J'ai failli me lancer dans une explication, puis j'ai secoué la tête. De toute façon, la comparaison était idiote. Les Sépulcreux étaient bien plus terrifiants, et plus redoutables que n'importe quel monstre de cinéma.

– Il faut l'arrêter, a dit Olive.

– Ou mieux, filer! a suggéré Horace.

– On a assez couru, a râlé Enoch. Est-ce qu'on ne pourrait pas plutôt tuer cette saloperie?

– Si, bien sûr! a admis Emma. Mais comment?

– Quelqu'un a-t-il une cuve d'huile bouillante?

– Est-ce que ça ferait l'affaire? a demandé Bronwyn.

Je me suis tourné vers elle. Elle portait un gros rocher au-dessus de sa tête.

– Pourquoi pas? Ça dépend comment tu vises. Tu crois que tu pourrais le lâcher exactement à l'endroit que je t'indiquerai?

– Je peux essayer.

Bronwyn s'est avancée, le rocher dans les mains. J'ai regardé en bas et fait quelques pas vers la gauche.

– Par là!

J'allais lui donner le signal, quand le Creux a sauté d'une prise à la suivante. Du coup, Bronwyn n'était plus au-dessus de lui.

Le monstre trouait la paroi avec une efficacité redoutable. C'était une cible en mouvement. Si Bronwyn manquait son coup, nous n'aurions pas de seconde chance.

Je me suis forcé à fixer le Creux, malgré une envie irrésistible de détourner les yeux. Pendant quelques secondes, les voix de mes amis se sont estompées. J'ai entendu mon sang pulser dans mes oreilles et mon cœur tambouriner dans ma cage thoracique. J'ai songé à la créature qui avait tué mon grand-père ; celle que j'avais aperçue au-dessus de son corps mutilé, et qui s'était enfuie lâchement dans le sous-bois.

Ma vue s'est brouillée ; mes mains se sont mises à trembler. J'ai essayé de me calmer.

«Tu es né pour cela, me suis-je dit. Tu as été conçu pour détruire ces monstres.»

Je me suis répété cette phrase à mi-voix, comme un mantra.

– Dépêche-toi, s'il te plaît, Jacob ! a dit Bronwyn.

La créature a fait mine d'aller vers la gauche, avant de se précipiter à droite. Je ne voulais pas gâcher notre unique chance de l'anéantir. Je devais être sûr. Et, étrangement, j'ai senti que c'était possible.

Je me suis agenouillé si près du bord qu'Emma a crocheté deux doigts dans la ceinture de mon pantalon pour m'empêcher de tomber. Concentré sur le Creux, je me suis répété la formule : «Je suis né pour te tuer… né pour te…» Le monstre était immobile, occupé à percer le rocher, mais j'ai senti l'aiguille de ma boussole interne dévier légèrement vers la droite.

C'était comme une prémonition.

Bronwyn commençait à trembler sous le poids du rocher.

– Je ne vais pas pouvoir tenir très longtemps ! m'a-t-elle prévenu.

J'ai décidé de me fier à mon instinct. Même si l'endroit que ma boussole indiquait était vide, j'ai crié à Bronwyn de le viser. Elle a lâché son projectile avec un grognement.

Une fraction de seconde plus tard, le Creux a bondi vers la droite, se retrouvant à l'endroit exact que ma boussole avait pointé. Il a juste eu le temps de lever la tête pour voir le rocher fondre sur lui. Il a voulu l'esquiver, mais c'était trop tard. Le projectile a broyé sa tête et l'a arraché du mur. Le monstre et le rocher se sont écrasés au sol dans un fracas de tonnerre. Les langues tentaculaires ont jailli de dessous le bloc de pierre. Elles ont frissonné un bref instant avant de s'immobiliser définitivement. Une flaque de sang noir, visqueux, s'est étalée autour du cadavre.

— En plein dans le mille ! ai-je annoncé.

Les enfants ont trépigné de joie.

— Il est mort ! Il est mort ! s'est écriée Olive. L'horrible Creux est mort !

Bronwyn s'est pendue à mon cou. Emma m'a embrassé le crâne. Horace m'a serré la main et Hugh m'a frappé dans le dos. Même Enoch m'a félicité.

— Joli travail, a-t-il lâché à contrecœur. Enfin, inutile de prendre la grosse tête.

J'aurais dû être comblé de bonheur, mais je ne ressentais quasiment rien. Juste une espèce d'engourdissement qui s'étendait à mesure que la douleur dans mon ventre diminuait.

Emma a remarqué que j'étais lessivé. Avec une infinie douceur, elle a passé mon bras sur ses épaules et m'a soutenu, tandis que l'on s'éloignait de la corniche.

— Ce n'était pas de la chance, m'a-t-elle chuchoté à l'oreille. Je ne me suis pas trompée sur ton compte, Jacob Portman.

***

Le sentier qui s'était achevé au pied de la falaise réapparaissait ici, au sommet. Il décrivait des zigzags sur la pente d'une colline.

– L'écriteau sur le filet disait : «Accès à la ménagerie», a rappelé Horace. À votre avis, qu'est-ce qu'on va trouver derrière cette butte ?

– C'est toi qui fais des rêves prémonitoires, a rétorqué Enoch. Si tu nous le disais...

– C'est quoi, une ménagerie ? a voulu savoir Olive.

– Une collection d'animaux, a expliqué Emma. Un peu comme au zoo.

Olive a gloussé joyeusement et battu des mains.

– Ce sont les amis de Cuthbert ! Ceux de l'histoire. Oh, j'ai hâte de les rencontrer ! Vous croyez que les ombrunes vivent là-bas, elles aussi ?

– À ta place, je ne me ferais pas trop d'illusions, a marmonné Millard.

Nous nous sommes mis en route. Je n'étais pas complètement remis de ma rencontre avec le Creux. Ainsi que l'avait prédit Millard, mon talent se renforçait de jour en jour, tel un muscle souvent sollicité. Désormais, lorsque je repérais un Creux, j'étais capable de le suivre à la trace. Si je me concentrais vraiment, je pouvais même anticiper ses mouvements. C'était une réaction viscérale plus que consciente. J'étais heureux d'avoir découvert quelque chose de nouveau sur ma particularité en la mettant à l'épreuve, mais je n'étais pas rassuré. J'apprenais sur le terrain, je travaillais sans filet, et la moindre erreur de ma part aurait pu avoir des conséquences mortelles, pour moi et pour mes amis. Je ne voulais pas que les autres me croient infaillible, ou pire :

me persuader moi-même que je l'étais. Je pressentais qu'à l'instant où j'aurais confiance en moi, où j'arrêterais d'être terrifié par les Creux, il se produirait quelque chose de terrible. Dans ces conditions, mieux valait que ma peur l'emporte encore longtemps sur mon assurance.

En attendant, je marchais les mains dans les poches, pour masquer leur tremblement. Soudain, Bronwyn s'est arrêtée au milieu du sentier.

— Regardez! Une maison dans les nuages!

Nous étions à mi-pente de la colline. Là-haut, dans le lointain, une maison semblait posée en équilibre sur un banc de nuages. Au fur et à mesure de notre avancée, les nuages se sont dissipés, et l'édifice nous est apparu entièrement. C'était une minuscule bicoque, perchée tout en haut d'une immense tour faite de traverses de chemin de fer empilées. L'ensemble était érigé au milieu d'un pré verdoyant. C'était l'une des constructions les plus étranges que j'aie jamais vues. Autour d'elle, sur le plateau, on distinguait quelques cabanes, et tout au fond, une petite forêt à laquelle nous n'avons guère prêté attention. Nous avions les yeux rivés sur la tour.

— Qu'est-ce que c'est? ai-je soufflé.

— Un poste de guet? a proposé Emma.

— Une tour de contrôle pour les avions? a fait Hugh.

Mais il n'y avait aucun avion en vue, et pas de piste d'atterrissage non plus.

— Peut-être un endroit pour lancer des zeppelins, a hasardé Millard.

Je me suis rappelé de vieilles images de l'explosion du Hindenburg[1], en 1937. Sur les photos, on distinguait une espèce de tour de radio, assez semblable à la structure qui se dressait devant nous. J'ai été pris de sueurs froides. Se pouvait-il que les ballons qui nous pourchassaient sur la plage soient basés ici ? Aurions-nous été assez stupides pour nous précipiter dans un repaire d'Estres ?

– Ou alors, c'est la maison de l'ombrune, a suggéré Olive. Pourquoi imaginez-vous toujours le pire ?

– Je suis sûr qu'Olive a raison, a dit Hugh. Il n'y a pas de danger ici.

Comme pour lui prouver le contraire, un grondement féroce a déchiré l'air. Il venait de la pénombre, au pied de la tour.

– C'était quoi, ça ? a demandé Emma. Encore un Creux ?

– Non, je ne crois pas, l'ai-je détrompée, me fiant à mes sensations.

Mon malaise était toujours en train de régresser.

– Je ne sais pas, et je ne veux pas le savoir ! a déclaré Horace en reculant.

Hélas nous n'avions pas le choix : la créature, elle, semblait vouloir nous rencontrer. Un nouveau grondement m'a hérissé les poils des bras, et presque aussitôt, une tête hirsute est apparue entre deux traverses de chemin de fer. Elle nous a fixés en grondant, tel un chien enragé, les crocs dégoulinants de bave.

– Au nom de l'Elderfolk ! Qu'est-ce que c'est que cette chose ? a gémi Emma.

---

1. Le 6 mai 1937, le zeppelin Hindenburg, le plus grand dirigeable jamais construit, a pris feu lors de son atterrissage à Lakehurst, près de NewYork.

— On peut dire que c'était une riche idée d'entrer dans cette boucle, a ironisé Enoch.

La créature a quitté sa cachette et s'est avancée dans la lumière. Assise sur son arrière-train, elle nous a observés avec un sourire de travers : elle se régalait par avance à l'idée de nous dévorer. Je n'aurais su dire si c'était un être humain ou un animal. Son corps était celui d'un homme, vêtu de haillons, mais son attitude évoquait davantage celle d'un singe. Il avait la silhouette voûtée d'un ancêtre depuis longtemps disparu. Ses yeux et ses dents étaient d'un jaune triste. Sa peau blême était constellée de taches sombres, et sa tignasse, aussi broussailleuse qu'un nid de moineaux.

— Tuez-le, quelqu'un ! a imploré Horace. Ou faites au moins qu'il arrête de me regarder !

Bronwyn a déposé Claire sur le sol et pris une pose de combat. Emma a tenté de faire jaillir du feu entre ses mains, mais n'a produit qu'une bouffée de fumée, tant elle était surprise.

La créature humanoïde a bandé ses muscles, grondé, et sprinté à l'égal d'un champion olympique. Mais, contre toute attente, au lieu de se ruer vers nous, elle est allée se cacher derrière un gros tas de rochers. Elle est réapparue presque aussitôt en souriant de toutes ses dents. J'avais la désagréable impression qu'elle jouait avec nous, comme les chats s'amusent avec leurs proies avant de leur porter le coup de grâce.

La chose semblait prête à bondir — pour nous foncer dessus, cette fois —, quand un ordre a fusé :

— Stop ! Assieds-toi et tiens-toi bien !

Le monstre a obéi. Il s'est rassis sur son arrière-train avec un sourire abruti, la langue pendante.

Nous nous sommes retournés, curieux de découvrir à qui apparetenait cette voix. Un chien venait vers nous d'un petit pas tranquille. J'ai scruté les alentours, me demandant qui avait parlé. Il n'y avait personne d'autre. Puis le chien a ouvert la gueule pour s'excuser :

— Ne prenez pas garde à Grunt, il est très mal élevé ! C'est sa façon à lui de vous remercier. Ce Sépulcreux était vraiment très gênant.

Le chien s'était adressé à moi, mais j'étais trop sidéré pour lui répondre. Non content de parler d'une voix presque humaine, avec un élégant accent anglais, il tenait une pipe dans sa gueule et portait une paire de lunettes rondes aux verres teintés.

— Oh, mon cher, je comprends que vous soyez offensé ! a-t-il repris, se méprenant sur la raison de mon silence. Grunt est très maladroit, mais il faut lui pardonner. Le pauvre n'a reçu aucune éducation. Il a grandi dans une étable, pour ainsi dire. Contrairement à moi, qui ai été élevé dans une superbe propriété. J'étais le septième chiot du septième chiot d'une illustre lignée de chiens de chasse.

Il a incliné le museau vers le sol, dans une tentative de révérence.

— Addison MacHenry, à votre humble service.

— C'est un nom drôlement chic pour un chien, a dit Enoch, qui ne paraissait pas impressionné de voir un animal parlant.

Addison l'a étudié par-dessus ses lunettes.

— Et vous, jeune homme, comment vous prénomme-t-on ?

— Enoch O'Connor, a répondu l'intéressé en bombant le torse.

— C'est un nom très élégant pour un gamin crasseux et rondouillard, a répliqué Addison.

Il s'est dressé sur ses pattes arrière avant de reprendre :

— Je suis un chien, c'est vrai, mais un chien particulier. Pourquoi devrais-je être affublé d'un nom ordinaire ? Mon ancien maître m'avait appelé Boxie. Je détestais ce surnom, que je jugeais offensant. Alors, je l'ai mordu au visage et je lui ai pris son nom, Addison, bien plus seyant pour un animal doté de mes facultés intellectuelles. C'était juste avant que notre ombrune, Miss Wren, me découvre et m'amène ici…

Les visages de mes amis se sont éclairés.

— Miss Wren vous a amené ici…, a murmuré Olive, pensive. Mais alors, et Cuthbert ?

— Qui ? a fait Addison.

Il a hoché la tête.

— Ah oui, le géant du conte… Au risque de vous décevoir, ce n'est qu'une vieille histoire, inspirée par l'étrange rocher qui affleure à la surface du lac, et la ménagerie particulière de Miss Wren.

— Je vous l'avais dit ! a triomphé Enoch.

— Où est Miss Wren en ce moment ? a voulu savoir Emma. Nous aimerions lui parler.

Addison nous a montré la maisonnette perchée sur la tour.

— C'est sa résidence. Hélas, elle a dû s'absenter. Elle est partie pour Londres, voici quelques jours, afin de porter secours à ses sœurs ombrunes. Une guerre fait rage, voyez-vous… Je suppose que vous en avez entendu parler, vous qui voyagez en haillons, comme des fugitifs.

— Notre boucle a été attaquée, a confirmé Emma. Ensuite, on a failli faire naufrage en mer, et on a perdu toutes nos affaires.

— On l'a échappé belle, a ajouté Millard.

Au son de sa voix, le chien a sursauté.

— Un être invisible ! Quelle rare surprise ! J'ai l'impression que vous êtes des particuliers… très particuliers.

Il s'est laissé tomber sur ses quatre pattes.

— Venez, je vais vous présenter aux autres ! Ils seront enchantés de faire votre connaissance. Et puis, vous devez être affamés, mes pauvres amis. Une collation s'impose !

— Il nous faudrait des médicaments, aussi, a signalé Bronwyn.

Elle s'est agenouillée pour soulever Claire dans ses bras.

— Cette petite est très malade.

— Nous ferons notre possible pour la soigner, lui a assuré le chien. C'est la moindre des choses. Nous vous sommes infiniment reconnaissants d'avoir réglé notre petit problème de Sépulcreux. Très gênant, comme je le disais tantôt.

— C'est quoi, une collation ? a demandé Olive.

— Un repas, un casse-croûte, un frichti, a répondu le chien. Soyez sans crainte, vous allez manger comme des rois.

— Mais, euh… Je n'aime pas la nourriture pour chiens, a grimacé Olive.

Addison s'est esclaffé. Le timbre de son rire était étonnamment humain.

— Moi non plus, ma chère.

CHAPITRE QUATRE

ddison marchait à quatre pattes, la truffe en l'air, tandis que le prénommé Grunt gambadait autour de nous comme un chiot surexcité. Des visages nous épiaient derrière les touffes d'herbe et les fenêtres des bicoques qui se dressaient ici et là. Ils avaient différentes formes et différentes tailles, mais la plupart étaient poilus. Quand nous sommes arrivés au milieu du plateau, Addison s'est de nouveau dressé sur ses pattes arrière.

— Soyez sans crainte, mes amis ! a-t-il crié. Venez faire la connaissance des enfants qui ont occis notre visiteur indésirable !

Plusieurs animaux bizarres sont sortis de leurs cachettes. La première créature était la plus étrange. On aurait dit la moitié supérieure d'une girafe, cousue sur la croupe d'un âne. Elle se dandinait sur deux pattes arrière, ses seuls membres.

— Je vous présente Deirdre, a fait Addison. C'est une ému-rafe : un assemblage d'âne et de girafe, avec moins de pattes et un caractère de cochon !

Puis, à mi-voix :

— Elle est très mauvaise joueuse. Ne jouez jamais aux cartes avec une ému-rafe. Dis bonjour Deirdre !

— Adieu ! a fait Deirdre.

Un sourire a retroussé ses grosses lèvres d'équidé, découvrant des dents proéminentes.

— Mauvaise journée ! Très contrariée de vous rencontrer.

Sur ces mots, elle a éclaté de rire — un braiment aigu — et a ajouté :

— Je plaisante, bien sûr !

— Deirdre a un sens de l'humour assez particulier, l'a excusée Addison.

— Si vous êtes moitié âne, moitié girafe, a demandé Olive, pourquoi ne vous appelez-vous pas « âne-rafe » ?

Deirdre a froncé les sourcils.

— Parce que c'est un nom affreux ! Alors qu'« ému-rafe » roule sur la langue. Vous ne trouvez pas ?

Comme pour illustrer son propos, elle a tiré une grosse langue rose, de un mètre de long au moins. De sa pointe, elle a repoussé le diadème d'Olive. La fillette a couiné et s'est réfugiée derrière Bronwyn en gloussant.

— Tous les animaux parlent, ici ? ai-je voulu savoir.

— Seulement Deirdre et moi, et c'est tant mieux ! a répondu Addison. Les poules ne se lassent jamais de jacasser, mais elles sont incapables d'articuler un seul mot !

Sur ces entrefaites, une volée de poules est sortie en caquetant d'un poulailler calciné.

— Ah ! Voilà les filles ! a fait Addison,

– Qu'est-il arrivé à leur cabane ? s'est renseignée Emma.

– Ne m'en parlez pas ! Chaque fois qu'on la répare, elles recommencent !

Le chien s'est tourné vers nous.

– Vous devriez reculer un peu. Quand elles sont excitées...

« BOUM ! »

Une violente déflagration, semblable à l'explosion d'un bâton de dynamite, nous a fait sursauter. Les rares planches intactes du poulailler ont volé en éclats.

– ... leurs œufs explosent, a achevé Addison.

Quand la fumée s'est dissipée, nous avons vu les poules réapparaître, indemnes et apparemment indifférentes à ce qui venait de se passer. Des nuages de plumes flottaient autour d'elles, comme de gros flocons de neige.

Enoch en est resté bouche bée.

– Vous voulez dire que ces volailles pondent des œufs explosifs ?

– Seulement quand elles sont énervées, a rectifié Addison. La plupart sont inoffensifs – et délicieux ! Mais ce sont leurs œufs explosifs qui leur ont valu leur surnom de « poules Armageddon[1] ».

– Restez où vous êtes ! a crié Emma, voyant que les volailles s'approchaient de nous. Vous allez tous nous faire sauter !

Addison a éclaté de rire.

– Mais non. Vous ne risquez rien, je vous assure ! Elles sont très gentilles, et elles ne pondent que dans leur poulailler.

---

1. Le terme Armageddon, issu de la Bible, est parfois employé pour qualifier une destruction catastrophique.

Pour preuve, les poules sont venues glousser joyeusement à nos pieds.

— Là, vous voyez ? a fait le chien. Elles vous trouvent sympathiques !

— On est chez les fous ! a murmuré Horace.

— Pas du tout, mon cher ! s'est esclaffée Deirdre. Vous êtes dans une ménagerie.

Addison nous a ensuite présenté d'autres animaux aux particularités plus subtiles. Parmi eux, une chouette qui nous observait depuis une branche, silencieuse et grave, et un groupe de souris qui apparaissaient et disparaissaient par intermittence, comme si elles passaient la moitié du temps dans une autre dimension. Il y avait aussi une chèvre aux longues cornes et aux yeux noirs insondables : le dernier spécimen d'un troupeau qui vivait autrefois dans la forêt en contrebas.

Quand tous les animaux ont été rassemblés, Addison a crié : « Pour les tueurs de Creux, hip, hip, hip, hourra ! » Deirdre a brait, la chèvre a frappé le sol de ses sabots, la chouette a ululé, les poules ont gloussé et Grunt a grogné. Pendant ce temps, Bronwyn et Emma échangeaient des regards entendus. Bronwyn a fixé son manteau, où se cachait Miss Peregrine. Elle a haussé les sourcils à l'intention d'Emma, comme pour lui demander : « Maintenant ? » Celle-ci a secoué la tête : « Pas encore. »

Bronwyn a déposé Claire sur l'herbe à l'ombre d'un arbre. La fillette transpirait, grelottait et perdait connaissance à intervalles réguliers.

— J'ai vu Miss Wren préparer un élixir pour combattre la fièvre, nous a confié Addison. C'est un breuvage infect, mais efficace.

— Ma mère me faisait du bouillon de poule...

Les volailles ont caqueté avec anxiété. Addison m'a fusillé du regard.

— Il plaisante ! a-t-il affirmé. C'est juste une mauvaise blague ! Ha ha ! Le bouillon de poule, ça n'existe pas !

Avec l'aide de Grunt et de ses pouces opposables, Addison et l'ému-rafe sont allés concocter l'élixir. Ils sont revenus peu après en portant un bol de liquide qui ressemblait à de l'eau sale. Après l'avoir bu jusqu'à la dernière goutte, Claire s'est endormie. Les animaux nous ont alors invités à partager un modeste festin : du pain frais, de la compote de pommes et des œufs durs – non explosifs, ceux-là. Comme ils ne possédaient ni assiettes ni couverts, nous avons mangé avec les mains, à la bonne franquette. J'étais tellement affamé que j'ai englouti trois œufs et une tranche de pain en moins de cinq minutes.

Mon repas terminé, j'ai roté discrètement, je me suis essuyé la bouche et j'ai regardé autour de moi. Les animaux me fixaient avec impatience de leurs yeux vifs, pétillants d'intelligence. Soudain groggy, je me suis pincé pour m'assurer que je ne rêvais pas.

J'ai interrogé Millard, assis à côté de moi :

— Tu avais déjà entendu parler d'animaux particuliers ?

— Seulement dans les histoires pour enfants, m'a-t-il répondu, la bouche pleine. C'est étrange que ce soit l'un de ces contes qui nous ait conduits jusqu'à eux, non ?

Seule Olive semblait trouver tout cela normal. Peut-être parce qu'elle était encore très jeune – au moins en apparence – et qu'elle mettait peu de distance entre les histoires et la vie réelle.

– Où sont les autres animaux ? a-t-elle demandé à Addison. Dans l'histoire de Cuthbert, il y avait des grizzlyrelles à échasses et des lynx à deux têtes.

La bonne humeur des animaux s'est éteinte brusquement. Grunt a caché son visage dans ses grosses mains et Deirdre a poussé un braiment de tristesse.

– Croyez-moi, il vaut mieux ne pas le savoir, a-t-elle dit en redressant son long cou.

– Ces enfants nous ont aidés, lui a rappelé Addison. Ils méritent d'entendre notre histoire, s'ils le désirent.

– Si cela ne vous dérange pas de nous la raconter, est intervenue Emma.

– J'adore les histoires tristes ! a affirmé Enoch. Surtout celles où les princesses se font dévorer par un dragon, et où tout le monde meurt à la fin.

Addison s'est éclairci la gorge.

– Dans notre cas, c'est souvent le dragon qui se fait dévorer par la princesse. Ces dernières années ont été tragiques pour nous et nos semblables. Et bien avant cela, nous avons vécu des temps difficiles.

Le chien s'est mis à faire les cent pas. Il parlait avec grandiloquence, d'une voix de prêcheur :

– Autrefois, le monde était plein d'animaux particuliers. Aux temps d'*Aldinn*, ils étaient même plus nombreux sur la terre que les humains particuliers. Ils pouvaient prendre toutes les formes imaginables. Il y avait des baleines volantes, des vers aussi gros que des maisons, et des chiens deux fois plus intelligents que moi

— c'est dire ! Certains vivaient dans leur propre royaume, gouverné par des animaux.

Une étincelle s'est allumée dans les yeux du chien, presque imperceptible. Comme s'il était assez vieux pour se rappeler cette époque ancienne. Puis il a soupiré, l'étincelle s'est éteinte, et il a repris :

— Hélas nous ne sommes plus qu'une infime fraction de ceux que nous étions jadis. Je dirais même que nous frôlons l'extinction. Savez-vous seulement ce que sont devenus les animaux particuliers ?

Aucun de nous n'était capable de répondre. Nous avons continué à mastiquer en silence, penauds.

— Je vois…, a-t-il murmuré. Suivez-moi, je vais vous montrer.

Il s'est éloigné de quelques pas et s'est retourné pour nous attendre.

— S'il te plaît, Addie, pas maintenant ! l'a imploré l'ému-rafe. Nos invités sont en train de manger !

— Ils m'ont posé une question, je leur réponds ! a protesté Addison. Leur pain ne va pas disparaître !

Nous avons posé nos casse-croûte à contrecœur et suivi notre guide. Fiona est restée pour veiller sur Claire, toujours endormie. Grunt et l'ému-rafe marchaient à grandes enjambées derrière nous. Nous avons traversé le plateau en direction du petit bois et emprunté un sentier caillouteux qui serpentait entre les arbres.

— Je vais vous présenter aux plus élégants des animaux particuliers qui aient jamais existé, nous a prévenus Addison.

Au détour du sentier, nous avons débouché dans une petite clairière, où s'alignaient des pierres tombales blanches.

– Oh non ! a gémi Bronwyn.

– Il y a probablement plus d'animaux particuliers enterrés ici qu'il n'y en a de vivants dans toute l'Europe, a déclaré Addison.

Il s'est faufilé entre les tombes pour s'arrêter près de l'une d'elles. Il a posé les pattes avant sur le marbre.

– Cette superbe chienne se prénommait Pompée. Elle était capable de guérir les blessures en quelques coups de langue. Un don merveilleux ! Et pourtant, voyez comment on l'a traitée !

Sur un signe d'Addison, Grunt m'a tendu un album photo ouvert. Un chien était attaché à une petite carriole, harnaché comme une mule.

– Des forains ont fait d'elle leur esclave, a expliqué Addison. Ils l'obligeaient à promener des enfants. Ils la fouettaient avec une cravache !

Ses yeux luisaient de colère.

– Quand Miss Wren l'a sauvée, Pompée était si désespérée qu'elle n'avait plus envie de vivre. Elle s'est éteinte quelques semaines après son arrivée. Nous l'avons enterrée ici.

J'ai fait passer l'album à la ronde.

Mes amis ont soupiré et secoué tristement la tête.

Addison s'est approché d'une autre tombe.

– Ca'ab Magda était plus impressionnante encore. Ce gnou femelle à dix-huit cornes arpentait les boucles de la Mongolie-Extérieure. Quand elle galopait, le sol tremblait sous ses sabots ! On raconte qu'elle a traversé les Alpes avec l'armée d'Hannibal, en 218 avant Jésus Christ. Un chasseur l'a tuée quelques années plus tard.

Grunt nous a montré la photographie d'une vieille femme en tenue de safari, assise dans une étrange chaise à cornes.

— Je ne comprends pas, a dit Emma. Où est Ca'ab Magda ?

— La femme est assise dessus, a répondu Addison. Le chasseur a fabriqué un fauteuil avec ses cornes.

Emma a failli lâcher l'album.

— C'est affreux !

Enoch a tapoté le cliché.

— Si c'est elle, alors qui est enterré ici ?

— La chaise, a dit Addison. Quel terrible gâchis, n'est-ce pas ? Ce cimetière renferme des tas d'histoires comme celle de Magda. Miss Wren voulait que cette ménagerie soit une arche, mais elle ressemble de plus en plus à un tombeau.

— Comme nos boucles, a dit Enoch. Comme la Particularité elle-même. C'est une expérience ratée.

Addison a imité la voix haut perchée de Miss Wren.

« Cet endroit se meurt, et je ne suis que le témoin de ses longues funérailles ! » nous répétait souvent notre ombrune.

— Elle était très théâtrale, a-t-il ajouté, les yeux brillants.

— Ne parle pas de Miss Wren au passé, s'est insurgée l'ému-rafe.

— Elle *est,* a-t-il rectifié. Pardonne-moi, Deirdre.

— Ils vous ont pris pour gibier, a résumé Emma d'une voix chargée d'émotion. Ils vous ont empaillés ou enfermés dans des zoos…

— Comme les chasseurs dans l'histoire de Cuthbert, a signalé Olive.

— En effet, a confirmé Addison. Certaines vérités s'expriment mieux sous la forme de contes.

Olive commençait à comprendre.

— Mais Cuthbert n'a pas existé. Il n'y avait pas de géant. Juste un oiseau.

— Un oiseau très spécial, a dit Deirdre.

— Vous êtes inquiets pour elle ? ai-je demandé.

— Bien sûr ! s'est exclamé Addison. À ma connaissance, Miss Wren est la seule ombrune qui n'ait pas encore été capturée. Quand elle a appris que ses sœurs avaient été emmenées à Londres, elle a volé à leur secours sans une seconde d'hésitation. Et sans penser un instant à sa propre sécurité.

— Et à la nôtre, a marmonné Deirdre.

— À Londres ? a répété Emma. Vous êtes sûrs que c'est là qu'ils ont emmené les ombrunes ?

— Absolument certain ! Miss Wren a des espions en ville. Des pigeons qui font le guet et lui rapportent tout ce qu'ils voient. Ces derniers temps, plusieurs sont revenus bouleversés. Ils tenaient de source sûre que les ombrunes étaient — et sont encore — détenues dans des boucles punitives.

Plusieurs enfants ont suffoqué. Quant à moi, j'ignorais de quoi il parlait.

— Qu'est-ce qu'une boucle punitive ?

— C'est une boucle temporelle conçue pour emprisonner les Estres capturés, les criminels endurcis et les fous dangereux, a expliqué Millard. Rien à voir avec celles que nous connaissons. Ce sont des endroits terribles.

— Et désormais, ce sont les Estres et les Creux qui les contrôlent, a ajouté Addison.

— Malédiction ! s'est exclamé Horace. C'est encore pire que ce qu'on craignait !

— Pas du tout ! est intervenu Enoch. C'est exactement ce que je craignais !

— Quels que soient les méfaits que les Estres cherchent à accomplir, a enchaîné Addison, il est clair qu'ils ont besoin des ombrunes. Aujourd'hui, il ne nous reste plus que Miss Wren… notre courageuse, intrépide Miss Wren… Mais qui sait pour combien de temps encore ?

Sur ces mots, il s'est mis à gémir comme le font certains chiens pendant les orages, les oreilles rabattues et la tête baissée.

***

Nous sommes retournés à l'ombre de l'arbre pour terminer notre repas. Une fois rassasiée, Bronwyn s'est adressée à Addison :

Vous savez, monsieur, la situation n'est pas aussi désespérée que vous le pensez…

Elle a regardé Emma en haussant les sourcils. Cette fois, l'intéressée a hoché la tête.

— Comment cela ? a demandé le chien.

— En fait, j'ai une chose à vous montrer, qui devrait vous faire énormément plaisir.

— J'en doute fort, a grommelé Addison.

Il a tout de même levé la tête pour voir de quoi il s'agissait. Bronwyn a ouvert son manteau et annoncé :

— Je vous présente l'avant-dernière ombrune encore en liberté : Miss Peregrine Faucon.

L'oiseau a sorti la tête et cligné les yeux, ébloui par la lumière.

C'était au tour des animaux d'être stupéfaits. Deirdre a écarquillé les yeux, Grunt a poussé un couinement et frappé dans ses mains, tandis que les poules battaient des ailes.

— Mais... on nous a dit que votre boucle avait été attaquée ! Que votre ombrune avait été enlevée, a protesté Addison.

— C'est vrai. Mais nous l'avons délivrée ! a dit Emma, non sans fierté.

Addison s'est incliné devant Miss Peregrine.

— C'est un plaisir immense de vous rencontrer, madame ! Je suis à votre service. Si vous souhaitez que je vous indique un lieu où changer de forme, je vous conduirai volontiers aux quartiers privés de Miss Wren.

— Elle ne peut pas changer de forme, a dit Bronwyn.

— Pourquoi donc ? s'est étonné Addison. Est-elle timide ?

— Non. Elle est coincée.

Addison en a lâché sa pipe.

— Oh non ! a-t-il fait tout bas. En êtes-vous certains ?

— Elle est comme ça depuis deux jours, a dit Emma. Je pense que, si elle pouvait changer, elle l'aurait fait, à l'heure qu'il est.

Addison a ôté ses lunettes et posé sur l'oiseau un regard soucieux.

— Puis-je l'examiner ?

— Addie est un vrai docteur Dolittle[1], a dit l'ému-rafe. C'est lui qui nous soigne quand nous sommes malades.

_____

1. Le docteur Dolittle, héros d'une série de romans pour enfants publiée aux États-Unis dans les années 1920, a la capacité de communiquer avec les animaux.

Bronwyn a sorti Miss Peregrine de son manteau et l'a posée à terre.

— Attention à son aile blessée, a-t-elle prévenu.

— Bien sûr !

Addison a commencé par tourner autour de l'oiseau en l'étudiant sous toutes les coutures. Puis il a reniflé sa tête et ses ailes avec sa grosse truffe humide.

— Dites-moi ce qui lui est arrivé, nous a-t-il finalement demandé. Quand, et dans quelles conditions. Racontez-moi tout.

Emma lui a relaté comment Miss Peregrine avait été kidnappée par le docteur Golan, comment elle avait failli se noyer dans sa cage dans l'océan, et comment nous l'avions arrachée à un sous-marin piloté par des Estres[1]. Les animaux l'écoutaient, captivés. À la fin du récit, le chien a réfléchi quelque temps avant de livrer son diagnostic :

— Elle a été empoisonnée. J'en suis certain. On lui a administré une substance qui la maintient artificiellement sous sa forme d'oiseau.

— Vraiment ? a fait Emma. Comment le savez-vous ?

— Enlever et transporter des ombrunes est dangereux quand elles sont sous leur forme humaine, et capables de manipuler le temps. En revanche, quand elles sont oiseaux, leurs pouvoirs sont très limités. Elles sont ainsi relativement peu encombrantes, et faciles à dissimuler...

Il a regardé Miss Peregrine.

— L'Estre qui vous a enlevée vous a-t-il vaporisé un produit sur les plumes ? Un liquide ou un gaz ?

---

1. Lire *Miss Peregrine et les enfants particuliers*, tome I.

Miss Peregrine a hoché la tête comme pour acquiescer. Bronwyn a failli s'étrangler.

— Oh, Miss, je suis terriblement désolée. Nous l'ignorions.

J'ai éprouvé un pincement de culpabilité. C'était moi qui avais conduit les Estres jusqu'à l'île. Ce qui était arrivé à Miss Peregrine était ma faute. C'était à cause de moi si les enfants particuliers avaient perdu leur foyer. Au moins en partie. La honte me serrait la gorge.

— Elle va se remettre, n'est-ce pas ? ai-je demandé. Ce n'est pas définitif ?

— Son aile guérira, a répondu Addison. Mais sans aide, elle ne pourra pas reprendre sa forme humaine.

— Comment peut-on l'aider ? a demandé Emma. En avez-vous les moyens ?

Le chien a secoué la tête.

— Seule une autre ombrune le pourrait. Et il ne reste que très peu de temps.

Je me suis tendu. Emma aussi s'est alarmée :

— Comment ça ?

— Je déteste être porteur de mauvaises nouvelles, a dit Addison. Mais pour une ombrune, deux jours sous sa forme d'oiseau, c'est très long. Son essence humaine s'évapore petit à petit. Sa mémoire, ses mots... tout ce qui constitue sa personnalité. À la longue, elle deviendra un simple oiseau, pour toujours.

J'ai eu une vision terrifiante de Miss Peregrine étendue sur un brancard, dans un service des urgences, entourée d'une équipe de docteurs en effervescence. Sa respiration s'arrêtait, et chaque seconde qui s'écoulait causait à son cerveau des dommages irréparables.

— Combien de temps ? a demandé Millard. Combien de temps a-t-elle encore ?

Addison a plissé les yeux.

— Trois jours, si elle est forte.

Nous sommes tous devenus très pâles.

— Vous en êtes sûr ? a insisté Emma. Absolument certain ?

— J'ai déjà vu une telle chose se produire.

Addison s'est approché de la petite chouette perchée sur une branche voisine.

— Olivia, que vous voyez ici, était une jeune ombrune. Elle a été victime d'un grave accident durant son entraînement. Ils nous l'ont amenée ici au bout de cinq jours. Miss Wren et moi avons fait notre possible pour lui rendre sa forme humaine, mais il était trop tard. C'était il y a dix ans ; elle est ainsi depuis.

La chouette nous dévisageait en silence, l'air morne. La seule intelligence qui l'habitait était celle d'un animal.

Emma s'est levée. Elle a paru sur le point de dire quelque chose. J'espérais que, comme à son habitude, elle trouverait les mots pour nous rassurer, nous donner le courage de continuer. Mais elle a simplement ravalé un sanglot et s'est éloignée en titubant.

Je l'ai appelée ; elle ne s'est pas arrêtée. Les autres l'ont regardée partir, assommés par la terrible nouvelle et troublés d'avoir assisté à un tel aveu de faiblesse de sa part. Jusqu'à maintenant, Emma avait fait preuve d'une étonnante force de caractère. Elle ne s'était jamais laissé abattre. Mais elle venait de nous prouver qu'elle n'était pas invincible. Elle avait beau être particulière, elle n'en était pas moins humaine.

— Tu devrais aller la chercher, Jacob, m'a glissé Bronwyn. Il ne faut pas traîner ici trop longtemps.

***

Quand je l'ai rejointe, Emma était debout à la lisière du plateau et fixait les collines verdoyantes en contrebas. Elle m'a entendu arriver, mais elle ne s'est pas retournée. J'ai cherché quelque chose de réconfortant à lui dire.

— Je sais que tu as peur, et... quatre jours, ça peut paraître très court, mais...

— Trois jours, a-t-elle rectifié. Trois jours, *peut-être*.

Sa lèvre inférieure tremblait.

— Et ce n'est même pas ça, le plus grave.

J'ai hésité.

— Comment les choses pourraient-elles être pires ?

Emma n'a pas pu contenir ses larmes plus longtemps. Elle s'est laissée tomber par terre et s'est mise à sangloter, submergée de chagrin. Je me suis agenouillé près d'elle et je l'ai prise dans mes bras.

— Je suis tellement désolée ! a-t-elle répété à trois reprises, d'une voix rauque. Tu n'aurais jamais dû rester. Je n'aurais pas dû te laisser faire. J'ai été égoïste... Affreusement égoïste !

— Ne dis pas ça, ai-je protesté. Je suis là... Je suis là et je ne vais nulle part.

Mes paroles ont fait redoubler ses pleurs. J'ai pressé mes lèvres sur son front et je l'ai embrassée jusqu'à ce que l'orage s'éloigne. Peu à peu, ses sanglots se sont changés en gémissements,

— S'il te plaît, parle-moi, l'ai-je implorée. Dis-moi ce qui ne va pas.

Au bout d'une minute, elle s'est redressée, s'est essuyé les yeux et a tenté de respirer calmement.

— J'espérais ne jamais avoir à t'en parler. Que cela n'aurait aucune importance. Tu te rappelles le soir où tu as décidé de nous accompagner ? Quand je t'ai dit que tu risquais de ne jamais pouvoir rentrer chez toi ?

— Bien sûr.

— Jusqu'à maintenant, je n'avais pas réalisé à quel point c'était vrai. Jacob, j'ai peur de t'avoir condamné à une vie courte, prisonnier d'un monde qui se meurt.

Elle a poussé un soupir chevrotant avant de poursuivre :

— Tu es venu à nous grâce à la boucle de Miss Peregrine, mais elle s'est défaite. Que se passera-t-il si la directrice ne reprend jamais sa forme humaine ?

J'ai avalé ma salive. J'avais la gorge affreusement sèche.

— Alors, je serai coincé dans le passé.

— Oui. Et le seul moyen de regagner ton époque sera d'attendre que les années passent.

Soixante-dix ans. Mais dans soixante-dix ans, mes parents, et toutes les autres personnes que j'aimais — ou que je connaissais — seraient morts. Si je survivais aux périls qui s'annonçaient, je pourrais toujours aller les trouver dans quelques décennies, après leur naissance, mais à quoi cela rimerait-il ? Ce seraient des enfants, et des étrangers pour moi.

Des questions m'ont assailli : quand mes parents du présent renonceraient-ils à l'espoir de me revoir vivant ? Quelle histoire se raconteraient-ils pour donner du sens à ma disparition ? Avais-je fugué ? Étais-je devenu fou ? À moins que je ne me sois jeté du haut d'une falaise...

Organiseraient-ils mon enterrement ? M'achèteraient-ils un cercueil ? Feraient-ils graver mon nom sur une pierre tombale ? Pour eux, je serais un mystère à jamais insoluble. Une blessure inguérissable.

— Je suis désolée, a répété Emma. Si j'avais su que l'état de Miss Peregrine était aussi critique, je ne t'aurais jamais demandé de rester. Le présent n'a aucun intérêt pour nous, au contraire. Si on s'y attarde trop longtemps, il nous tuera. Mais toi, tu as encore une famille, une vie...

— Non !

J'ai frappé le sol pour m'éclaircir les idées. J'étais en train de m'apitoyer sur mon sort.

— C'est fini, tout ça ! J'ai fait mon choix. J'ai choisi de rester ici avec vous.

Emma a posé une main sur la mienne et a repris d'une voix douce :

— Si les animaux disent vrai, et si toutes les ombrunes ont été kidnappées, bientôt, même ceci n'existera plus.

Elle a pris un peu de terre dans sa paume et l'a éparpillée dans le vent.

— Sans les ombrunes pour les entretenir, nos boucles disparaîtront. Les Estres utiliseront les oiseaux pour recréer leur maudite expérience, et l'enfer de 1908 recommencera. Ensuite, soit ils échoueront et feront exploser l'univers, soit ils réussiront à se rendre immortels, et nous serons gouvernés par ces monstres. Dans un cas comme dans l'autre, je ne donne pas cher de notre peau. Nous serons une espèce aussi menacée que les animaux particuliers! Et moi, je t'ai entraîné dans ce désastre – et pourquoi?

– Rien n'arrive par hasard.

Je n'en revenais pas d'avoir prononcé ces paroles. Mais elles avaient à peine franchi mes lèvres que j'ai senti leur vérité se répandre en moi, résonner comme un son de cloche.

J'étais là pour une bonne raison, et certainement pas pour subir les évènements sans réagir. J'avais une tâche à accomplir. Je n'allais pas m'enfuir, ou renoncer, parce que la situation me paraissait désespérée, terrifiante.

Emma m'a regardé d'un air dubitatif.

– Tu m'as dit que tu ne croyais pas au destin.

Je n'y croyais pas, en effet. Pas vraiment. Mais je ne savais pas non plus expliquer en quoi je croyais. J'ai repensé aux histoires que me racontait mon grand-père. Elles étaient pleines d'aventures et de merveilleux, mais un sentiment plus profond les sous-tendait. Une immense gratitude. Enfant, je m'étais intéressé aux descriptions que me faisait Grandpa Portman de cette île magique et de ces enfants particuliers, dotés de pouvoirs fantastiques. Mais au fond, ses histoires parlaient surtout de Miss Peregrine, qui lui était venue en aide à un moment de grande détresse. Quand il avait débarqué au pays de Galles, mon grand-père était un jeune garçon terrifié qui ne parlait pas la langue du pays. Il était pourchassé par deux sortes de monstres. Les premiers finiraient par tuer sa famille, et les seconds, des créatures de cauchemar dignes de films d'épouvante, étaient invisibles pour tous, sauf pour lui. Miss

Peregrine l'avait caché. Elle lui avait offert un foyer et l'avait aidé à découvrir sa véritable identité. Elle lui avait sauvé la vie et, par extension, nous avait permis de venir au monde, à mon père et à moi-même. Mes parents m'avaient donné naissance. Ils m'avaient aimé et protégé. Je leur en étais redevable. Mais je ne serais jamais né sans la grande bonté et la générosité que Miss Peregrine avait témoignées à mon grand-père. Je n'étais pas loin de croire que j'avais été envoyé ici pour acquitter une dette : la mienne, celle de mon père, et aussi celle de mon grand-père.

J'ai tenté de l'expliquer à Emma :

— Ce n'est pas une question de destin. Mais je pense qu'il y a un équilibre dans le monde, et que, parfois, des forces que nous ne comprenons pas font pencher la balance du bon côté. Miss Peregrine a sauvé mon grand-père. Aujourd'hui, je suis ici pour aider à la sauver.

Emma a plissé les yeux et hoché lentement la tête. Je n'aurais su dire si elle était d'accord avec moi, ou si elle réfléchissait à une façon polie de me dire que j'avais perdu la boule.

Puis elle m'a pris dans ses bras.

Je n'avais pas besoin de m'expliquer davantage. Elle avait compris.

Elle aussi, elle devait la vie à Miss Peregrine.

— Nous avons trois jours, ai-je enchaîné. On va rejoindre Londres, libérer une ombrune, et soigner Miss Peregrine. Tout espoir n'est pas perdu. Nous allons la sauver, Emma. Quitte à y laisser notre peau…

Ce discours était si plein de courage et de résolution que j'ai douté un bref instant : était-ce bien moi qui l'avais prononcé ?

Emma a ri et s'est détournée. Quand elle m'a enfin regardé, elle avait la mine déterminée et les yeux brillants ; elle avait retrouvé sa légendaire confiance en elle.

— Parfois, je me demande si tu es un fou, ou un miracle ambulant, a-t-elle dit. Je commence à pencher pour la seconde option.

Elle m'a de nouveau enlacé, et nous sommes restés ainsi longtemps, sa tête sur mon épaule, son souffle chaud dans mon cou. Et brusquement, j'ai été pris d'une envie irrésistible de me fondre en elle, de fusionner pour former un seul être. Mais elle s'est détachée de moi. Elle m'a embrassé sur le front avant de rebrousser chemin. J'étais trop abasourdi pour la suivre. Une sensation nouvelle venait de s'imposer à moi : une roue, dans mon cœur, s'était mise à tourner si vite que j'en avais le vertige. Plus Emma s'éloignait, plus elle accélérait, tel un Yo-Yo dont la corde se déroulait pour se tendre entre nous. Si la distance était trop grande, la corde risquait de se rompre, et j'en mourrais.

J'ai songé que cette douleur étrange et douce était probablement de l'amour.

***

Les animaux et les enfants nous attendaient à l'ombre de l'arbre. Nous les avons rejoints d'un bon pas. Pris d'un élan soudain, j'ai failli glisser un bras sous celui d'Emma, mais je me suis ravisé en voyant Enoch nous fixer d'un air soupçonneux. Ce n'était pas le moment de faire bande à part, ni de donner aux autres l'impression que nous avions conclu une sorte d'alliance secrète.

Bronwyn s'est levée à notre approche.

— Ça va, Miss Bloom ?

— Oui, oui ! l'a rassurée Emma. J'ai juste reçu une poussière dans l'œil. Ramassez vos affaires ! Nous partons immédiatement pour Londres, afin de porter secours à Miss Peregrine !

Enoch a levé les yeux au ciel.

— Ah, quand même ! Nous sommes arrivés à la même conclusion il y a quelques minutes, pendant que vous étiez occupés à faire des messes basses.

Emma a rougi, mais elle s'est gardée de répondre. L'heure n'était pas aux querelles mesquines : nous étions au seuil d'un périlleux voyage vers l'inconnu.

— Vous devez tous avoir conscience que c'est une entreprise très risquée, avec peu de chances de succès.

Elle nous a exposé ses motifs d'inquiétude : Londres était éloigné — pas selon les critères du monde moderne, bien sûr. Au XXIe siècle, nous aurions utilisé un GPS pour rejoindre la gare de chemin de fer la plus proche, puis nous serions montés dans un train express, qui nous aurait déposés quelques heures plus tard en centre-ville. Mais en 1940, dans une Grande-Bretagne éprouvée par la guerre, Londres était au bout du monde. Les routes et les voies de chemin de fer risquaient d'être obstruées, encombrées par des réfugiés, détruites par les bombes, ou monopolisées par des convois militaires. Il nous faudrait un temps fou pour rejoindre la capitale, et pour Miss Peregrine, les heures étaient comptées. Sans oublier les Estres, qui nous pourchasseraient sans répit afin de capturer l'une des dernières ombrunes.

— Le voyage est le cadet de vos soucis ! est intervenu Addison. Je n'ai peut-être pas été assez clair tout à l'heure. Je crains que vous n'ayez pas bien compris les conditions d'incarcération des ombrunes.

Il articulait chaque syllabe, comme si nous étions durs d'oreille.

— N'avez-vous jamais entendu parler des boucles punitives dans vos manuels d'histoire des particuliers ?

— Bien sûr que si ! a dit Emma.

— Dans ce cas, vous devez savoir qu'il est suicidaire de s'y introduire. Ce sont toutes des pièges mortels, conçus autour des épisodes les plus sanglants de l'histoire de Londres : le grand incendie de 1666 ; le siège viking sanglant de 842 ; l'apogée de la Grande Peste ! En outre, il n'existe aucune carte temporelle de ces lieux, pour des raisons évidentes. Alors, à moins que l'un de vous ne possède une connaissance approfondie des secrets de la Particularité...

— Je suis spécialisé dans l'étude des boucles sinistres et déplaisantes, a signalé Millard. C'est un de mes passe-temps favoris.

— Grand bien vous fasse ! a répondu Addison. Dans ce cas, j'imagine que vous avez aussi un moyen de tromper la vigilance des hordes de Creux qui en garderont l'entrée...

J'ai eu l'impression soudaine que tous les regards étaient rivés sur moi. J'ai avalé péniblement ma salive, levé le menton et confirmé :

— Oui. En fait, oui.

— Ça vaudrait mieux, a grommelé Enoch.

— Je crois en toi, Jacob ! est intervenue Bronwyn. Je ne te connais pas depuis longtemps, mais j'ai l'impression de connaître ton cœur. C'est un cœur de particulier, fort et sincère. Je te fais confiance.

Elle m'a passé un bras autour des épaules, et j'ai senti ma gorge se serrer. Je n'étais pas à la hauteur d'une telle dévotion.

— Merci, ai-je croassé.

Le chien a fait claquer sa langue.

— Folie pure ! Vous, les enfants, vous n'avez aucun instinct de conservation. Je m'étonne que vous soyez encore en vie !

Emma s'est avancée devant Addison pour lui voler la vedette.

— C'est incroyable, en effet ! Merci de nous avoir éclairés avec votre opinion. Maintenant, trêve de pessimisme ! J'ai besoin de savoir si quelqu'un a des objections. Je ne voudrais pas que quiconque se sente contraint d'entreprendre ce voyage.

Horace a levé une main timide.

— Si tous les Estres sont à Londres, ne va-t-on pas se jeter dans la gueule du loup ? Je ne suis pas sûr que ce soit une bonne idée...

— C'est une idée géniale, au contraire ! a rétorqué Enoch, agacé. Les Estres sont persuadés que les enfants particuliers sont faibles et dociles. Ils n'imagineront jamais qu'on puisse venir à leur rencontre.

— Et si on échoue ? a insisté Horace. On leur aura livré Miss Peregrine sur le pas de leur porte.

— On n'en sait rien, est intervenu Hugh. Je veux dire : on ne sait pas si les Estres sont tous à Londres.

Enoch a pouffé.

— Inutile de vous voiler la face. S'ils ont réussi à ouvrir les boucles punitives pour y emprisonner nos ombrunes, je suis prêt à parier qu'ils ont aussi envahi toute la ville. Londres doit grouiller d'Estres. S'ils sont venus nous chercher dans un coin aussi perdu que Cairnholm, c'est forcément qu'ils contrôlent tout le reste. C'est de la stratégie militaire de base. Dans une bataille, on ne commence pas par viser l'orteil de l'ennemi. On le poignarde en plein cœur !

— Arrête, s'il te plaît, a murmuré Horace. Tu fais peur aux petites.

— Je n'ai pas peur, s'est défendue Olive.

— Froussard ! a chuchoté une voix.

Horace s'est replié sur lui-même.

— Pas de ça ! a fait Emma d'un ton sec. Il n'y a aucun mal à avoir peur. Au contraire : c'est la preuve que vous prenez notre proposition très au sérieux. Car notre plan est dangereux, et ses chances de succès sont minimes. En admettant qu'on arrive à Londres sains et saufs, nous ne sommes pas sûrs d'y trouver les ombrunes, et encore moins de réussir à en libérer une. On risque de finir dans une cellule de prison gardée par des Estres, ou pire : dissous dans le ventre d'un Sépulcreux. Tout le monde l'a bien compris ?

Les enfants ont acquiescé d'un air morose.

— Enoch ? Tu penses toujours que je me voile la face ?

L'intéressé a secoué la tête.

— En allant là-bas, on prend aussi le risque de perdre Miss Peregrine, a enchaîné Emma. Mais si on ne tente rien, on la perdra à coup sûr, et les Estres nous captureront de toute manière. Voilà. Maintenant, ceux ou celles qui ne se sentent pas à la hauteur peuvent attendre ici.

Elle songeait à Horace, c'était évident pour tout le monde. Le jeune garçon fixait le sol en silence.

— Tu peux rester ici. Nous reviendrons te rechercher une fois notre mission accomplie. Il n'y a aucune honte à avoir.

— Impossible ! a dit Horace. Je ne me pardonnerais jamais de vous avoir fait faux bond.

Claire aussi voulait venir. Elle s'est dressée sur un coude.

— Je viens de passer quatre-vingts ans à m'ennuyer dans un cocon, a-t-elle déclaré. Pas question de moisir ici pendant que vous partez tous à l'aventure.

Elle a voulu se lever, mais s'est rallongée aussitôt, prise de vertige. Le remède de Miss Wren avait fait légèrement baisser sa fièvre, mais elle était incapable d'entreprendre le voyage jusqu'à Londres aujourd'hui, ni même demain. Il fallait que quelqu'un accepte de demeurer avec la fillette pendant sa convalescence. Emma a demandé un volontaire. Olive a levé une main, mais Bronwyn a refusé, au motif qu'elle était trop jeune. Elle a failli se proposer, mais s'est ravisée. Elle était partagée entre l'envie de protéger Claire et son sens du devoir envers Miss Peregrine.

Enoch a donné un coup de coude à Horace.

— Qu'est-ce qui te prend ? C'est l'occasion ou jamais !

— Je veux faire partie de l'aventure, je vous assure, a affirmé Horace. Seulement, j'aimerais bien vivre jusqu'à mon 105e anniversaire. Promettez-moi que vous n'essaierez pas de sauver le monde.

— On veut juste sauver Miss Peregrine, a affirmé Emma. Mais je ne donne aucune garantie sur les anniversaires.

Horace a paru se satisfaire de cette réponse. Emma a jeté un coup d'œil autour d'elle.

— Quelqu'un d'autre ?

— Ça va, est intervenue Claire. Je peux me débrouiller toute seule.

— Ça suffit ! a tranché Emma. Nous, les particuliers, nous sommes solidaires.

Fiona a levé la main. Elle était si silencieuse que j'avais presque oublié sa présence.

— Fi, tu ne peux pas faire ça ! a protesté Hugh.

Il paraissait blessé. Comme si, en se portant volontaire, Fiona le rejetait. Elle l'a fixé avec de grands yeux tristes, mais a gardé la main en l'air.

— Merci, Fiona, a dit Emma. Avec un peu de chance, on se retrouvera dans quelques jours.

— Si l'oiseau le veut, a dit Bronwyn.

— Si l'oiseau le veut, ont répété les autres à l'unisson.

***

Le soir tombait. D'ici une heure, la boucle des animaux serait plongée dans l'obscurité, et descendre la montagne dans le noir serait beaucoup plus périlleux. Nous achevions les préparatifs du départ, quand les animaux nous ont aimablement offert des provisions et des chandails tricotés en laine de moutons particuliers. Deirdre assurait qu'ils avaient des propriétés particulières, mais elle ne savait pas exactement lesquelles.

— Je crois qu'ils résistent au feu... Ou peut-être à l'eau. Oui, c'est ça : ils vous empêcheront de couler, comme des gilets de sauvetage. Ou alors... Oh, je n'en sais rien. En tout cas, ils sont bien chauds !

Nous l'avons remerciée et nous avons rangé les chandails dans la malle de Bronwyn. Puis Grunt est arrivé avec un paquet soigneusement emballé.

– Un cadeau des poules, m'a dit Deirdre avec un clin d'œil. Surtout, ne le laisse pas tomber.

Une personne plus sensée que moi aurait sans doute hésité à emporter des explosifs en voyage. Mais nous nous sentions vulnérables, et le chien comme l'ému-rafe nous ont juré que les œufs n'exploseraient pas si on les maniait avec délicatesse. Nous les avons calés entre les chandails, dans la malle de Bronwyn. Au moins, si l'on tombait nez à nez avec des hommes armés de fusils, on ne serait pas sans défense.

Il ne nous restait plus qu'un détail à régler avant de partir. Une fois sortis de cette boucle, nous serions aussi perdus qu'avant d'y entrer. Nous devions absolument nous orienter.

– Je peux vous indiquer comment sortir de la forêt, a proposé Addison. Retrouvons-nous au sommet de la tour de Miss Wren.

Emma et moi avons escaladé les traverses de chemin de fer comme les barreaux d'une échelle géante. Grunt, qui portait Addison sous un bras, montait avec l'agilité d'un singe. Il est arrivé là-haut bien avant nous.

La vue du sommet de la tour était époustouflante. À l'est, des pentes boisées s'étiraient jusqu'à une vaste plaine aride. À l'ouest, la mer s'étendait à perte de vue. Un bateau aux voiles géantes glissait le long de la côte. Je n'avais pas demandé aux animaux à quelle année correspondait leur boucle. 1492 ? 1750 ? En même temps, pour eux, cela n'avait guère d'importance, puisqu'ils vivaient à l'écart de la civilisation des hommes.

Addison a pointé le tuyau de sa pipe vers un chemin qui serpentait entre les arbres, à peine plus visible qu'un trait de crayon.

— Cette route monte vers le nord. Elle mène à une ville et à une gare de chemin de fer — du moins, à votre époque. De quelle année venez-vous ? 1940 ?

— C'est ça, a confirmé Emma.

J'avais perdu le fil.

— Pourquoi ne sort-on pas dans ce monde-ci ? ai-je demandé. Ne peut-on pas rejoindre Londres à la date d'aujourd'hui — quelle qu'elle soit ?

— Il vous faudrait voyager à cheval ou en carriole, a expliqué Addison. Cela vous prendrait plusieurs jours, et vous irriterait au plus haut point, croyez-en mon expérience. Je crains que vous n'ayez pas une seconde à perdre.

Il a poussé du museau la porte de la petite cabane et nous a invités à entrer.

— Je vous en prie... J'aimerais vous montrer une dernière chose.

La pièce, aussi modeste que minuscule, n'avait rien à voir avec la chambre luxueuse de Miss Peregrine à Cairnholm. Pour tout mobilier, elle contenait un petit lit, une armoire et un secrétaire. Un télescope posé sur un trépied était pointé vers la fenêtre. C'était le poste de guet de Miss Wren, d'où elle surveillait les allées et venues de ses pigeons espions et l'arrivée d'éventuels ennemis.

Addison s'est approché du bureau.

— Nous avons ici une carte de la forêt, au cas où vous ne trouveriez pas la route.

Emma a ouvert le secrétaire et soulevé un vieux rouleau de papier jauni. Dessous, nous avons découvert la photographie d'une femme vêtue d'un châle noir à sequins. Ses cheveux, parsemés de

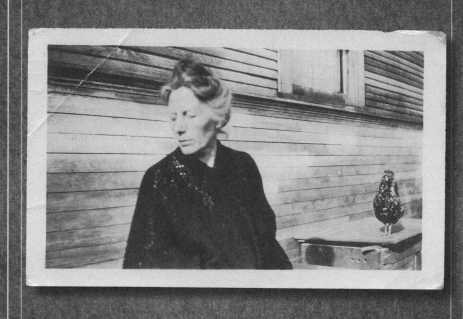

fils gris, étaient relevés dans une coiffure élaborée. Elle avait les yeux clos et tournait la tête à l'objectif. Une poule était perchée derrière elle. Au premier coup d'œil, la photo paraissait ratée, prise lors d'un moment d'inattention. Et pourtant, sa composition était parfaite. Les cheveux de la femme et ses vêtements rappelaient le plumage noir et blanc de la poule. Elles regardaient dans des directions opposées, mais on avait l'impression qu'un lien étrange les unissait. Elles semblaient communiquer en silence, ou rêver l'une de l'autre.

La femme n'était autre que Miss Wren.

Addison a tressailli à la vue du cliché. Il s'inquiétait pour son ombrune, c'était évident.

— Je ne vous encourage pas à vous lancer dans cette entreprise suicidaire…, a-t-il repris. Mais si jamais votre quête aboutissait, et si vous croisiez Miss Wren… Pourriez-vous envisager de…

— Nous lui conseillerons de rentrer, a dit Emma en lui tapotant affectueusement la tête.

C'était un geste parfaitement normal vis-à-vis d'un chien. Néanmoins, il m'a paru étrange.

— Que le Dieu des Chiens vous protège, a répondu Addison.

J'ai voulu le caresser à mon tour, mais il s'est dressé sur ses pattes arrière.

— Je vous en prie, mon cher. Surveillez vos mains !

— Désolé.

Un silence gêné a plané entre nous. J'ai senti qu'il était temps de partir.

Nous avons rejoint nos amis à l'ombre du grand arbre et fait nos adieux à Fiona et Claire. Quelqu'un avait apporté à la petite malade un oreiller et une couverture. Telle une princesse, elle nous a reçus l'un après l'autre à son chevet, nous arrachant des serments.

– Promets-moi que tu reviendras, m'a-t-elle imploré quand mon tour est venu. Et promets-moi de sauver Miss Peregrine.

– Je ferai mon possible.

– Ça ne suffit pas ! a-t-elle répondu, la mine sévère.

– Je reviendrai, ai-je dit. Je te le promets.

– Et tu sauveras Miss Peregrine ?

– Et je sauverai Miss Peregrine, ai-je répété, même si j'avais du mal à y croire.

Plus j'essayais de paraître sûr de moi, moins je me sentais confiant.

Claire a hoché la tête.

– C'est bien. Ça m'a fait plaisir de te rencontrer, Jacob. Et je suis contente que tu aies décidé de rester.

– Moi aussi.

Je me suis levé précipitamment. Contempler son visage sincère et lumineux, encadré de boucles blondes, me serrait le cœur. Elle gobait tout ce qu'on lui disait : que Fiona et elle seraient en sécurité dans cette boucle abandonnée par son ombrune, avec ces étranges animaux ; que l'on reviendrait les chercher.

Ou alors, elle jouait la comédie pour faciliter notre départ. J'espérais que ce n'était pas le cas.

Hugh et Fiona se tenaient un peu à l'écart, front contre front, les mains jointes. C'était leur façon à eux de se dire adieu. Nous étions prêts à partir, mais personne n'osait les déranger. Nous les avons regardés en silence. Fiona a sorti quelques graines de ses cheveux ébouriffés, puis elle s'est détachée de Hugh et elle a fait pousser entre eux un arbuste couvert de roses rouges. Les abeilles de Hugh se sont précipitées pour le polliniser. Pendant que les insectes étaient occupés, les tourtereaux se sont embrassés et ont échangé quelques mots à voix basse. Finalement, Fiona s'est aperçue qu'on les épiait et elle a rougi. Hugh nous a rejoints, les mains dans les poches, un ruban d'abeilles bourdonnant derrière lui.

— Allons-y ! Le spectacle est terminé ! a-t-il grommelé.

Nous avons entamé notre descente au crépuscule. Les animaux nous ont escortés jusqu'à la falaise.

— Vous êtes sûrs que vous ne voulez pas nous accompagner ? leur a demandé Olive.

L'ému-rafe a secoué la tête.

— On ne survivrait pas cinq minutes à l'extérieur. Vous, à la rigueur, vous pouvez passer pour des enfants normaux. Mais regardez-moi...

Elle a indiqué son corps étrange.

— Je serais tuée, empaillée, et accrochée au mur en un rien de temps.

Avant de nous quitter, le chien s'est approché d'Emma.

— Pourrais-je obtenir une dernière faveur ?

— Bien sûr ! Vous vous êtes montrés tellement généreux avec nous...

— Cela vous dérangerait-il d'allumer ma pipe ?

Emma a touché le foyer de la pipe, et le tabac s'est enflammé. Le chien a aspiré une longue bouffée et poussé un soupir de satisfaction.

Bonne chance à vous, enfants particuliers ! nous a-t-il lancé en guise d'adieu.

CHAPITRE CINQ

ccrochés au filet, tels des singes, nous sommes descendus le long de la falaise en nous cognant contre la paroi rocheuse. La poulie gémissait et la corde grinçait affreusement sous notre poids, mais le dispositif nous a déposés au sol sains et saufs, quoique totalement enchevêtrés. Nous avons passé un certain temps à nous démêler, et l'opération n'était pas sans rappeler un sketch des Trois Stooges[1]. À plusieurs reprises, me croyant libre, j'ai voulu me mettre debout, et je suis retombé brutalement à plat ventre avec un *plaf* de dessin animé. Le Creux mort gisait à quelques mètres de nous, ses tentacules déployés sous le rocher qui l'avait écrasé. Je me sentais presque gêné pour lui ; c'était quand même incroyable qu'une créature aussi effrayante se soit fait tuer par des gens comme nous. La prochaine fois — s'il y avait une prochaine fois —, nous n'aurions probablement pas autant de chance.

---

1. La troupe de comédiens américains «The Three Stooges» a tourné de nombreux courts-métrages comiques, au milieu du XXe siècle.

Nous avons contourné sur la pointe des pieds sa carcasse puante, puis dévalé la pente aussi vite que nous le permettaient le sentier accidenté et la délicate cargaison de Bronwyn. De retour sur le terrain plat, nous avons retrouvé les traces que nous avions laissées dans la mousse, et nous avons rebroussé chemin dans la forêt. Nous avons atteint le lac au coucher du soleil. Les chauves-souris quittaient leurs perchoirs et décrivaient des cercles au-dessus de nos têtes en piaillant, soucieuses de nous transmettre un message du monde de la nuit, incompréhensible pour nous. Nous avons pataugé dans le lac en direction du géant de pierre, que nous avons escaladé pour descendre dans sa gorge. À la sortie l'eau était plus froide, et la lumière plus vive. Nous étions de retour en septembre 1940, en début d'après-midi.

Les autres ont refait surface autour de moi, les mains plaquées sur les oreilles. Nous avions tous senti le changement de pression propre aux voyages dans le temps.

— C'est comme au décollage d'un avion, ai-je observé, en ouvrant et refermant la bouche pour soulager mes tympans.

— Je n'ai jamais volé en avion, a dit Horace, qui essorait le bord de son chapeau.

— Ou bien, quand on roule sur l'autoroute, et que quelqu'un ouvre une vitre, ai-je ajouté.

— C'est quoi, l'autoroute ? a demandé Olive.

— Laisse tomber.

Emma nous a intimé de nous taire.

— Chut ! Écoutez !

Des chiens aboyaient quelque part. Ils semblaient assez loin.

– Il faut partir d'ici, et vite ! a-t-elle soufflé. Surtout, pas un bruit jusqu'à nouvel ordre. Et je parle aussi pour vous, directrice !

– Je lance un œuf explosif au premier chien qui s'approche ! a prévenu Hugh. Ça leur apprendra à traquer les particuliers.

– Certainement pas ! s'est insurgée Bronwyn. Au moindre faux mouvement, tu risques de les faire tous exploser.

Au sortir du lac, nous nous sommes enfoncés dans la forêt. Millard nous orientait grâce à la carte chiffonnée de Miss Wren. Après une demi-heure de marche, nous avons atteint la piste de terre qu'Addison nous avait indiquée. Nous avons patienté dans une ornière pendant que Millard étudiait la carte en louchant, peinant à déchiffrer ses inscriptions microscopiques. Par réflexe, j'ai sorti mon téléphone de la poche de mon jean, dans l'espoir d'y afficher ma propre carte. J'ai tapoté en vain le rectangle de verre noir, qui refusait de s'allumer. Évidemment : il était mouillé, déchargé, et à cinquante ans de l'antenne relais la plus proche. Mon portable était tout ce qu'il me restait après notre quasi-naufrage. Mais ici, c'était un objet étranger, qui ne m'était d'aucune utilité. Je l'ai balancé dans les bois. Trente secondes plus tard, pris de regrets, j'ai couru le récupérer. Allez savoir pourquoi, je n'étais pas tout à fait prêt à m'en séparer.

Millard a replié la carte et annoncé que la ville se trouvait sur notre gauche, à cinq ou six heures de marche, au moins.

– Il faut nous dépêcher si on veut arriver avant la nuit !

On marchait depuis peu, quand Bronwyn a aperçu un nuage de poussière sur la route, derrière nous.

– Voilà quelqu'un. Qu'est-ce qu'on fait ?

Millard a retiré son pardessus et l'a lancé dans les hautes herbes. Il était désormais invisible.

— Cachez-vous, nous a-t-il conseillé. Disparaissez, dans la mesure de vos faibles moyens.

Nous sommes allés nous accroupir derrière un fourré, non loin du chemin. Le nuage de poussière a grossi, et bientôt, nous avons entendu le grincement de roues en bois et le clip-clop de sabots. Une procession de roulottes s'avançait sur la piste. Quand elles ont émergé de la poussière, j'ai vu Horace ouvrir de grands yeux, et Olive esquisser un sourire. Rien à voir avec les charrettes grises des paysans de Cairnholm ! Ces voitures peintes de toutes les couleurs de l'arc-en-ciel, avec leurs toits et leurs portes en bois sculpté, semblaient tout droit sorties d'un cirque. Elles étaient tirées par des chevaux aux longues crinières, et conduites par des hommes et des femmes arborant colliers de perles et foulards bariolés. Je me suis rappelé les histoires qu'Emma m'avait racontées. Autrefois, les enfants particuliers s'étaient produits dans des spectacles itinérants avec Miss Peregrine. Je l'ai interrogée :

— Ce sont des particuliers ?

— Ce sont des Gitans.

— C'est une bonne ou une mauvaise nouvelle ?

— Je ne sais pas encore, a-t-elle fait, pensive.

J'ai deviné à quoi elle réfléchissait. La ville que nous voulions rejoindre était assez éloignée, et ces roulottes allaient beaucoup plus vite que nous. À pied, nous risquerions d'être rattrapés par les Estres et leurs chiens. Voyager avec les Gitans nous donnerait une chance supplémentaire de leur échapper. Mais nous ne savions pas qui étaient ces gens, ni si on pouvait leur faire confiance.

Emma m'a regardé.

— Qu'en penses-tu ? On essaie de se faire transporter ?

J'ai examiné les roulottes, puis j'ai imaginé l'état de mes pieds après six heures de marche dans des chaussures mouillées.

– Bonne idée !

Emma a fait signe aux autres, montré du doigt la dernière voiture et mimé le geste de courir derrière. La roulotte avait la forme d'une maison miniature, avec une petite fenêtre de chaque côté. À l'arrière, une plate-forme faisait saillie comme un perron. Elle était juste assez large et profonde pour nous abriter tous, si on se serrait les uns contre les autres.

À peine nous avait-elle dépassés que nous avons jailli des fourrés et couru derrière. Emma a grimpé la première sur la plate-forme, puis tendu une main au suivant. L'un après l'autre, nous nous sommes hissés près d'elle, attentifs à ne faire aucun bruit pour ne pas alerter le conducteur.

Nous avons voyagé ainsi un long moment, jusqu'à ce que nos oreilles se mettent à siffler, irritées par les grincements des roues, et que nos vêtements soient couverts de poussière. Le soleil a disparu derrière les arbres et le chemin a pris l'aspect d'un canyon aux parois vert sombre. Je scrutais la forêt, craignant de voir débouler les Estres et leurs chiens. Mais pendant des heures, nous n'avons vu personne – pas un Estre, pas même un autre voyageur.

À croire que nous étions dans un pays abandonné.

De temps à autre, la caravane s'arrêtait, et nous retenions notre souffle, prêts à fuir ou à combattre. Millard partait en éclaireur. Il descendait de la roulotte et revenait peu après nous rassurer : les Gitans s'étaient arrêtés pour se dégourdir les jambes, ou pour ferrer un cheval. À la longue, j'ai cessé de m'inquiéter de ce qui se produirait si nous étions découverts. Ces gens semblaient fatigués et inoffensifs. Il nous suffirait de nous faire passer pour des enfants normaux et de faire appel à leur pitié. « Nous sommes des orphelins sans abri. S'il vous plaît, pourriez-vous nous donner un quignon de pain ? »

Avec un peu de chance, ils nous offriraient à dîner et nous escorteraient jusqu'à la gare.

Je n'ai pas tardé à confronter ma théorie à la réalité. Le convoi a quitté brusquement la route et s'est immobilisé peu après dans une petite clairière. La poussière était à peine retombée qu'un grand costaud est venu se camper devant nous. Il était coiffé d'une casquette et arborait une moustache en brosse. Une moue de mauvais augure étirait les coins de sa bouche.

Bronwyn avait caché Miss Peregrine dans son manteau. Emma a sauté à terre et joué le rôle de l'orpheline misérable.

– Nous implorons votre pitié, messire ! Notre maison a été détruite par une bombe, nos parents sont morts, et nous sommes perdus...

– La ferme ! a rugi l'homme. Descendez de là, les mains sur la tête !

C'était un ordre, souligné par le poignard décoratif, mais néanmoins tranchant, qu'il tenait à la main.

Nous avons échangé des regards hésitants. Fallait-il le combattre et filer – au risque d'éventer notre secret – ou tenter de paraître normaux, et voir ce qui se passait ?

Soudain, des dizaines d'hommes sont sortis de leurs roulottes pour former un large cercle autour de nous. Presque tous avaient un couteau. Nous étions cernés, et nos choix s'en trouvaient considérablement réduits.

Les hommes, les cheveux grisonnants et le regard perçant, portaient des vêtements sombres au tissage grossier, couverts de poussière. Vêtues de robes fluides et colorées, des femmes les ont rejoints. Des foulards ornaient leurs longs cheveux. Puis des enfants ont tenté de se faufiler entre les adultes pour mieux nous voir. Je me suis creusé la cervelle, essayant de me rappeler le peu de choses que je savais sur les Gitans. Ces gens allaient-ils nous massacrer, ou étaient-ils naturellement renfrognés ?

J'ai regardé Emma dans l'espoir d'obtenir une réponse. Elle avait les mains plaquées contre la poitrine, et non pas tendues, comme lorsqu'elle voulait en faire jaillir une flamme. Si elle ne comptait pas se battre, moi non plus.

Je suis donc descendu de la roulotte, les mains sur la tête, ainsi que l'homme nous l'avait ordonné. Horace et Hugh m'ont imité, bientôt suivis par les autres. Tous, sauf Millard, qui s'était éclipsé et devait rôder dans les parages en attendant la suite des évènements.

L'homme à la casquette — probablement le chef — nous a assaillis de questions :

— Qui êtes-vous ? D'où venez-vous ? Qui sont vos parents ?

— On vient de l'ouest, a répondu Emma d'une voix calme. D'une île au large de la côte. Nous sommes orphelins, comme je vous l'ai déjà dit. Nos maisons ont été détruites par des bombes pendant un raid aérien, et nous avons dû fuir. Nous avons rejoint le continent à la rame, et nous avons failli nous noyer.

Elle a essuyé une larme.

— Ensuite, nous avons erré dans la forêt pendant plusieurs jours, sans rien à manger. On a vu passer vos roulottes, mais on était trop effrayés pour se montrer. On voulait juste arriver le plus vite possible en ville…

L'homme l'a étudiée, de plus en plus renfrogné.

— Qu'est-ce qui vous a obligés à quitter votre île, après que votre maison a été bombardée ? Et pourquoi êtes-vous entrés dans la forêt au lieu de longer la côte ?

— On n'avait pas le choix, a dit Enoch. On était traqués.

Emma l'a fusillé du regard.

— Traqués par qui ? a voulu savoir le chef.

— Des hommes méchants, a précisé Emma.

— Des hommes armés de fusils, a ajouté Horace. Habillés en soldats, mais ce ne sont pas de vrais soldats.

Une femme au châle jaune vif s'est avancée.

— Si les soldats les recherchent, ces enfants vont nous attirer des ennuis. Renvoie-les, Bekhir.

— Ou attache-les à un arbre et laisse-les là ! a suggéré un homme efflanqué.

— Non ! s'est écriée Olive. Il faut qu'on arrive à Londres avant qu'il ne soit trop tard !

Le chef a haussé un sourcil.

— Trop tard pour quoi ?

Faute de susciter la pitié du Gitan, nous avions éveillé sa curiosité.

— Nous ne ferons rien avant de savoir qui vous êtes, ou ce que vous valez, a-t-il déclaré.

***

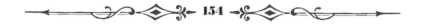

Dix hommes armés de couteaux nous ont escortés jusqu'à une grande cage sur roues, sans doute destinée à des animaux. Elle mesurait six mètres sur trois environ, et était équipée de gros barreaux métalliques.

— Vous n'allez quand même pas nous enfermer là-dedans ? s'est affolée Olive.

— Juste le temps de décider ce qu'on fait de vous, a répliqué le chef.

— Non, vous ne pouvez pas faire ça ! a-t-elle protesté. Nous devons rejoindre Londres au plus vite !

— Pourquoi donc ?

— Nous avons un malade, a répondu Emma.

Elle a lancé à Hugh un regard entendu.

— Il faut absolument qu'il voie un docteur.

— Inutile d'aller jusqu'à Londres pour ça, a objecté un Gitan. Jebbiah est docteur. Pas vrai, Jeb ?

Un homme aux joues balafrées est sorti du groupe.

- C'est qui qu'est malade ?

— Hugh a besoin d'un spécialiste, a protesté Emma. Il a une affection très rare. Une toux piquante.

Hugh a porté une main à sa gorge et s'est mis à tousser. Une abeille a jailli de sa bouche. Plusieurs Gitans ont sursauté. Une fillette s'est caché le visage dans la jupe de sa mère.

— C'est un tour de magie ! a affirmé le prétendu docteur.

— Assez ! a tonné le chef. Entrez tous dans cette cage.

Il nous a indiqué une petite rampe qui montait à la roulotte. Nous nous sommes entassés à son extrémité. Personne ne voulait y aller en premier.

– On ne peut pas se laisser faire ! a chuchoté Hugh.

– Qu'est-ce que tu attends ? a sifflé Enoch à Emma. Brûle-les !

– Ils sont trop nombreux.

Elle a gravi la rampe la première. Le plafond de la cage était bas, et une grosse épaisseur de foin nauséabond jonchait le sol. Après s'être assurés que nous étions tous à l'intérieur, le chef des Gitans a claqué la porte et l'a verrouillée. Il a glissé la clé dans sa poche.

– Personne ne s'approche d'eux ! a-t-il lancé à la cantonade. Ce sont peut-être des sorciers, ou pire...

– Exactement ! a crié Enoch. Libérez-nous, ou on change vos enfants en phacochères !

Le chef s'est esclaffé. Les autres Gitans se sont repliés à une distance prudente et ont commencé à dresser des tentes et à allumer des braseros. Nous nous sommes laissés tomber dans le foin, vaincus et démoralisés.

– Attention ! nous a prévenus Horace. Il y a des crottes d'animaux partout.

– Et alors ? a soupiré Emma. Tout le monde s'en fiche si tu salis tes vêtements !

– Pas moi ! a protesté l'intéressé.

Emma s'est pris le visage entre les mains. Je me suis assis à côté d'elle et j'ai cherché en vain des mots réconfortants.

Bronwyn a ouvert son manteau pour donner un peu d'air à Miss Peregrine. Enoch s'est agenouillé près d'elle et a tendu l'oreille, comme s'il écoutait quelque chose.

– Vous entendez ça ? a-t il dit, inquiet.

— Quoi ? a demandé Bronwyn.

— La vie de Miss Peregrine qui s'échappe ! Emma, tu aurais dû brûler ces fichus Gitans.

— Ils nous encerclaient ! a-t-elle protesté. En cas de bagarre, nous aurions pu être blessés, ou tués. Je ne voulais pas vous mettre en danger.

— Tu as préféré risquer la vie de Miss Peregrine ! a conclu Enoch.

— Enoch, fiche-lui la paix ! a grondé Bronwyn. Ce n'est pas facile de décider pour tout le monde. On ne peut pas voter chaque fois qu'un choix se présente.

— Dans ce cas, vous n'avez qu'à me laisser décider, a-t-il rétorqué.

Hugh a pouffé.

— Si c'était toi qui commandais, on se serait fait tuer depuis des siècles.

J'ai décidé d'intervenir avant que ça tourne au vinaigre.

— Arrêtez de vous chamailler ! La situation est loin d'être désespérée : on a gagné beaucoup de temps en montant sur cette roulotte. Maintenant, l'important, c'est de sortir de cette cage et de rejoindre Londres au plus vite ! Cherchons un moyen de nous échapper.

Nous avons réfléchi, et il nous est venu tout un tas d'idées. Hélas, aucune ne semblait réalisable.

— Emma pourrait faire brûler le plancher, a suggéré Bronwyn. Il est en bois.

L'intéressée a dégagé un trou dans le foin et frappé le sol, avant de secouer tristement la tête.

— Il est trop épais.

— Wyn, tu ne pourrais pas écarter les barreaux ? ai-je demandé.

— Si, peut-être. Mais pas avec tous ces Gitans dans les parages. Ils nous verraient et nous fonceraient dessus avec leurs couteaux.

— Il faut s'éclipser discrètement, a résumé Emma.

— Et moi, vous m'avez oublié ? a murmuré une voix, de l'autre côté des barreaux.

— Millard ! s'est exclamée Olive. Où étais-tu ?

— Je me préparais à l'action, et j'attendais que les choses se calment.

— Tu crois que tu pourrais voler la clé de la cage ? a questionné Emma. J'ai vu l'homme la mettre dans sa poche.

— Je suis un excellent pickpocket, à mes heures, a-t-il assuré avant de s'éloigner.

***

Les minutes s'écoulaient. Une demi-heure a passé, puis une heure. Hugh faisait les cent pas dans la cage, tandis qu'une abeille excitée vrombissait autour de sa tête.

— Il en met du temps ! a-t-il ronchonné.

— S'il ne revient pas bientôt, je vais lancer des œufs, a prévenu Enoch.

— C'est ça ! Et tu nous feras tous tuer, a dit Emma. Je te rappelle que nous sommes dans une cage. Aussitôt la fumée dissipée, ils nous écorcheront vifs.

Nous avons donc attendu sagement, tandis que les Gitans nous surveillaient de loin. Chaque minute qui passait était une torture, et compromettait davantage l'avenir de Miss Peregrine.

Je me suis surpris à l'observer. Comme si, en la regardant d'assez près, j'allais assister aux changements qui s'opéraient en elle ; voir sa dernière étincelle d'humanité s'éteindre lentement. Mais elle était égale à elle-même. Seulement un peu plus calme, endormie dans le foin à côté de Bronwyn. Son petit jabot s'élevait et s'abaissait à intervalles réguliers. Elle ne semblait pas consciente de la situation critique, pas plus que du compte à rebours qui s'égrenait au-dessus de sa tête. Le fait qu'elle puisse dormir dans un moment pareil était la preuve qu'elle se métamorphosait. L'ancienne Miss Peregrine aurait fait une crise de nerfs.

Puis, comme chaque fois que je leur laissais libre cours, mes pensées ont dérivé sur mes parents. J'ai essayé de me rappeler leurs visages la dernière fois que je les avais vus. Des fragments d'images se sont mêlés dans mon esprit : la barbe de trois jours que mon père avait à Cairnholm ; le geste de ma mère, qui jouait machinalement avec son alliance quand mon père parlait trop longtemps d'un sujet qui l'ennuyait ; les yeux mobiles de papa, scrutant l'horizon à la recherche d'un oiseau. C'était moi qu'ils devaient chercher à présent.

Au crépuscule, le campement s'est animé. Les Gitans parlaient et riaient autour de nous. Un groupe d'enfants a entamé un morceau en soufflant dans des cors de fortune et en jouant du violon. Les autres ont dansé. Entre deux chansons, un jeune musicien s'est approché de notre cage, une bouteille à la main. Il a jeté un coup d'œil inquiet derrière lui avant de nous lancer :

— C'est pour celui qui est malade.

— Qui ça ? ai-je demandé.

Il a indiqué Hugh d'un signe de tête. Ce dernier était plié en deux, pris d'une quinte toux fort à propos.

Le garçon a passé la bouteille entre les barreaux. J'ai dévissé le bouchon, reniflé son contenu et failli tomber à la renverse. Le breuvage avait une odeur infecte. Un mélange de térébenthine et de pourriture.

— Qu'est-ce que c'est ?

— Ça marche, c'est tout ce que je sais.

L'enfant a jeté un nouveau coup d'œil par-dessus son épaule.

— Je vous ai rendu un service. Maintenant, vous me devez quelque chose. Dites-moi ce que vous avez fait. Vous êtes des voleurs, c'est ça ?

Il a baissé la voix pour ajouter :

— Ou alors, vous avez tué quelqu'un ?

— Qu'est-ce qu'il raconte ? a demandé Bronwyn.

« On n'a tué personne », ai-je failli répondre. Mais soudain, une image de Golan plongeant vers les rochers a surgi dans mon esprit. J'ai gardé le silence.

Emma a parlé à ma place :

— Nous n'avons tué personne !

— Vous avez bien dû faire quelque chose, a insisté le garçon. Sinon pourquoi ont-ils promis une récompense à ceux qui vous captureront ?

— Il y a une récompense ? s'est étranglé Enoch.

— Sûr ! Ils proposent un paquet d'argent.

— Qui ça, « ils » ?

Le gamin a haussé les épaules.

— Vous allez nous livrer à eux ? a demandé Olive.

Le garçon a enroulé sa lèvre inférieure.

– Je n'en sais rien. Les chefs se tâtent. Ils disent qu'ils ne font pas confiance aux gars qui promettent la récompense. Mais bon, de l'argent, c'est de l'argent. Et ils ne sont pas contents que vous n'ayez pas répondu à leurs questions.

– Chez nous, on ne soumet pas les personnes en détresse à un interrogatoire, a déclaré Emma avec dédain.

– Et on ne les enferme pas dans des cages, a souligné Bronwyn.

À ce moment précis, une énorme déflagration a secoué l'air. Le petit Gitan, déséquilibré, est tombé dans l'herbe au pied de la cage, tandis qu'on se jetait à terre. Des poêles et des casseroles ont volé dans toutes les directions. Une Gitane qui cuisinait au centre du campement a détalé en hurlant, sa robe en feu. Elle aurait couru jusqu'à la mer si on ne l'avait pas arrosée avec un seau d'eau.

Peu après, les pas d'un garçon invisible ont fait vibrer la rampe d'accès à notre cage.

– Voilà ce qui arrive quand on veut faire une omelette avec un œuf de poule particulière ! a déclaré Millard, hilare.

– C'est toi qui as fait ça ? s'est étranglé Horace.

– Tout était trop calme et silencieux… Des conditions de travail déplorables pour un pickpocket ! Alors, j'ai glissé un de nos œufs parmi les leurs, et voilà !

Il nous a tendu une clé.

– Les gens remarquent moins facilement une main dans leur poche quand leur dîner vient de leur exploser à la figure.

– Tu en as mis un temps, a râlé Enoch. Dépêche-toi de nous sortir de là !

Millard introduisait la clé dans la serrure, quand le jeune Gitan s'est relevé.

— Au secours ! Ils essaient de s'échapper ! a-t-il braillé.

Dans la confusion générale, personne n'a entendu ses cris. Millard a tourné la clé, mais la porte a refusé de s'ouvrir.

— Ah, crotte ! Ce n'est pas la bonne.

— Aaaah ! Un fantôme ! a hurlé le garçon, en montrant du doigt l'endroit d'où provenait la voix de notre ami.

— Quelqu'un va le faire taire ? a grondé Enoch.

Bronwyn s'est dévouée. Elle a tendu un bras entre les barreaux pour saisir le garçon par le col, et l'a attiré contre la cage.

— Haaaa ! a-t-il continué de hurler. Ils sont mmmmmphh…

Elle lui a plaqué une main devant la bouche, mais c'était trop tard.

— Galbi ! a crié une femme. Lâchez-le, bande de sauvages !

Et voilà ! Sans l'avoir prémédité, nous avions pris un otage. Les Gitans se sont précipités sur nous. Les lames de leurs couteaux luisaient dans la pénombre.

— Qu'est-ce qui vous prend ? a crié Millard. Lâchez ce garçon avant qu'ils nous trucident !

— Non ! Ne le lâche surtout pas ! a hurlé Emma, avant d'ajouter : libérez-nous, ou le garçon meurt !

Les Gitans nous ont entourés.

— Si vous lui faites du mal, je vous tuerai jusqu'au dernier de mes propres mains ! a menacé leur chef.

— N'avancez pas ! a crié Emma. Laissez-nous partir, et on ne fera de mal à personne.

Un homme s'est rué vers la cage. Instinctivement, Emma a tendu les mains et fait surgir une boule de feu entre ses paumes. La foule s'est pétrifiée. L'homme s'est arrêté net.

— Ah, c'est malin ! a fait Enoch. Maintenant, ils vont nous pendre sous prétexte qu'on est des sorciers !

— Je brûle le premier qui approche ! a prévenu Emma.

Elle a écarté les mains pour faire grossir sa boule de feu.

— Venez ! On va leur montrer à qui ils ont affaire !

Il était temps d'offrir un spectacle à nos geôliers. D'une main, Bronwyn a soulevé le petit Gitan, qui battait désespérément l'air de ses pieds, tandis que de l'autre, elle empoignait un barreau du plafond, qu'elle tordait sans difficulté. Horace a fait jaillir de sa bouche un escadron d'abeilles. Puis Millard, qui s'était réfugié à l'écart de la foule, a crié :

— Attendez un peu ! Vous n'avez rien vu !

Sur ces mots, il a lancé un œuf en l'air. Le projectile a décrit un arc de cercle au-dessus des têtes pour aller atterrir dans une clairière voisine. Il a explosé dans un fracas d'enfer en projetant des mottes de terre jusqu'à la cime des arbres.

Lorsque la fumée s'est dissipée, les Gitans étaient muets de stupeur. Personne n'osait respirer, bouger, ni prononcer un mot. J'ai d'abord cru que notre petit spectacle les avait paralysés, mais quand mes oreilles ont cessé de siffler, j'ai réalisé qu'ils écoutaient quelque chose.

Un bruit de moteur provenait de la route. Peu après, une paire de phares a surgi derrière les arbres. Nous les avons vus avec effroi dépasser notre clairière, puis ralentir et rebrousser chemin. Un véhicule militaire couvert de toile a roulé vers nous en cahotant.

Des exclamations furieuses s'en échappaient, ainsi que des aboiements rauques. Les chiens, presque aphones à force de hurler, avaient dû flairer nos odeurs.

Ce véhicule appartenait aux Estres qui nous pourchassaient, et nous étions dans une cage, incapables de fuir.

Emma a éteint sa flamme en frappant dans ses mains. Bronwyn a lâché le garçon, qui s'est éloigné en titubant. Les Gitans se sont réfugiés dans leurs roulottes et dans le sous-bois. En un instant, nous nous sommes retrouvés seuls, comme si on nous avait oubliés.

Puis le chef des Gitans est venu vers nous à grandes enjambées.

– Ouvrez la cage ! l'a imploré Emma, en vain.

– Cachez-vous sous le foin et ne faites aucun bruit ! a ordonné l'homme. Et pas de tours de magie. Sauf si vous préférez partir avec eux...

L'heure n'était pas aux explications. Deux Gitans ont couru vers nous, équipés d'une bâche. Ils en ont recouvert notre cage : nous étions dans le noir complet.

***

Un bruit de bottes a retenti à l'extérieur de la cage, menaçant. On aurait dit que les Estres cherchaient à punir le sol qu'ils foulaient. Nous nous sommes enfoncés sous le foin nauséabond. Tout près, un Estre s'est adressé au chef des Gitans d'une voix saccadée, à l'accent indéfinissable – ni anglais ni vraiment allemand :

– On a aperçu un groupe d'enfants au bord de la route, ce matin. Il y a une récompense pour leur capture.

— Nous n'avons croisé personne de la journée, monsieur, a affirmé le chef.

— Ne vous laissez pas berner par des visages innocents. Ce sont des traîtres à la patrie. Des espions allemands. Ceux qui les cachent seront...

— Nous ne cachons rien, l'a coupé le Gitan d'un ton bourru. Vous n'avez qu'à vous en assurer par vous-mêmes.

— Je n'y manquerai pas ! Et si on les trouve ici, je vous couperai la langue pour la donner à mon chien.

Sur ces mots, il s'est éloigné d'un pas pesant.

— Ne respirez pas, nous a murmuré le Gitan avant de nous quitter à son tour.

Je me suis demandé ce qui le poussait à mentir pour nous protéger, malgré la menace qui pesait sur son peuple. Était-ce par fierté ? Par mépris pour l'autorité ? Ou alors, les Gitans voulaient avoir la satisfaction de nous tuer eux-mêmes... Cette pensée m'a arraché une grimace.

Nous avons entendu les Estres arpenter le campement, renverser les installations, ouvrir à la volée les portes des roulottes et pousser les gens sans ménagement. Un enfant a hurlé. En réaction, un homme a eu un mouvement de colère, interrompu net par un cognement sourd. C'était insupportable de rester allongés là et d'écouter ces gens souffrir — même s'ils avaient paru disposés à nous écarteler quelques minutes plus tôt.

Du coin de l'œil, j'ai vu Hugh s'extraire du foin et ramper jusqu'à la malle de Bronwyn. Il a glissé les doigts sous les fermoirs et tenté d'ouvrir le couvercle. Bronwyn a arrêté son geste.

— Qu'est-ce que tu fabriques ? a-t-elle articulé.

— Il faut les attaquer avant qu'ils nous trouvent !

Emma s'est hissée sur les coudes et a rampé vers eux. Je me suis approché aussi, pour écouter.

— Tu es fou ! a soufflé Emma. Si tu lances les œufs maintenant, ils vont nous tirer dessus et nous changer en passoire.

— Et alors ? a objecté Hugh. Tu préfères rester là à ne rien faire ?

Rassemblés autour de la malle, nous avons continué à chuchoter.

— Attendez qu'ils ouvrent la porte, a suggéré Enoch. À ce moment-là, je lancerai un œuf entre les barreaux derrière nous. Ça devrait distraire les Estres assez longtemps pour que Bronwyn puisse assommer le premier qui entrera dans la cage, et les autres auront le temps de filer. Vous vous éparpillerez aux quatre coins du campement, puis vous ferez demi-tour et vous lancerez vos œufs au centre. Tout le monde devrait sauter dans un rayon de trente mètres.

— Pas bête, a reconnu Hugh. Ça pourrait marcher...

— Mais le campement est plein d'enfants, a objecté Bronwyn.

Enoch a roulé les yeux.

— On peut aussi se contenter de filer dans les bois, sans faire de victimes innocentes. Mais alors, les Estres et leurs chiens nous chasseront et nous attraperont en moins de deux. Si on veut avoir une chance d'arriver à Londres — ou tout simplement de sauver notre peau ce soir, je vous le déconseille.

Hugh a tapoté la main de Bronwyn, qui couvrait le fermoir de la malle.

— Ouvre-la. Donne-les-nous.

Bronwyn hésitait toujours.

— Je ne peux pas. Je ne peux pas tuer des enfants qui ne nous ont rien fait.

— On n'a pas le choix ! a chuchoté Hugh.

— On a toujours le choix, a-t-elle répliqué.

Un chien a grondé tout près de la cage, et nous nous sommes tus. Une seconde après, le faisceau d'une lampe torche balayait la bâche.

— Retirez ce drap ! a ordonné une voix — probablement le maître du chien.

L'animal a aboyé et cherché à glisser le museau dessous.

— Par ici ! a crié l'homme à ses acolytes. J'ai quelque chose !

Nous avons regardé Bronwyn.

— S'il te plaît, l'a implorée Hugh. Laisse-nous au moins nous défendre.

— C'est le seul moyen, a insisté Enoch.

Bronwyn a soupiré et découvert la serrure. Hugh l'a remerciée d'un signe de tête et soulevé le couvercle. Nous avons tous plongé une main dans la malle et pris un œuf. Tous, sauf Bronwyn. Ainsi armés, nous nous sommes plantés face à la porte de la cage, et préparés à l'inévitable.

De nouvelles bottes se sont approchées. J'ai tenté de me convaincre de la tactique à adopter : « Cours ! Cours sans regarder derrière toi et lance l'œuf. »

Mais étais-je capable d'agir ainsi en sachant que des innocents périraient par ma faute ? Même pour sauver ma propre vie, je n'en étais pas certain. Et si je jetais l'œuf en visant l'herbe, avant de courir dans la forêt ?

Une main a empoigné un angle de la bâche et l'a tirée. Le tissu a glissé, révélant une portion de ciel. Au-dessus de nous, les étoiles scintillaient entre les branches des chênes.

Au moment où nous allions être découverts, le mouvement s'est arrêté.

— Quoi ? Qu'est-ce qu'il y a ? a demandé le propriétaire du chien.

— À votre place, je m'éloignerais de cette cage, a fait une autre voix — celle d'un Gitan.

— Ah ouais ? Et pourquoi ça ?

— Notre bon vieux Bloodcoat n'a rien mangé depuis plusieurs jours. En général, il n'aime pas trop le goût des hommes. Mais quand il est affamé, il est moins regardant.

Comme pour confirmer ses dires, un rugissement terrible a déchiré l'air, et j'ai cessé de respirer. Aussi invraisemblable que cela puisse paraître, le son provenait de notre cage. L'Estre a poussé une exclamation de surprise ; il a descendu la rampe à la hâte en traînant son chien glapissant derrière lui.

Je ne m'expliquais pas comment un ours avait pu entrer dans la cage, mais mon instinct me commandait de m'éloigner du fauve à tout prix. Je me suis pressé contre les barreaux, et j'ai vu Olive enfoncer son poing dans sa bouche pour étouffer un cri de frayeur.

À l'extérieur, les autres soldats riaient. Ils se moquaient de l'homme au chien.

— Bande d'imbéciles ! a-t-il grommelé, embarrassé. Il n'y a que des Gitans pour garder un tel monstre en plein milieu de leur campement !

J'ai enfin trouvé le courage de pivoter pour regarder derrière moi. Il n'y avait pas d'ours parmi nous. Mais alors, qui avait poussé cet affreux rugissement ?

Les soldats ont continué de fouiller le campement, mais ils ne s'intéressaient plus à notre cage. Au bout de quelques minutes, ils se sont entassés dans leur fourgonnette. Le moteur a démarré, et ils sont enfin partis.

La bâche s'est remise à glisser, finissant de découvrir notre cage. Les Gitans s'étaient rassemblés autour de nous. Je tenais toujours mon œuf d'une main tremblante. Je me demandais si j'allais devoir l'utiliser, quand le chef s'est campé devant nous.

— Ça va ? Pardonnez-nous de vous avoir effrayés.

Emma a regardé autour d'elle avec méfiance.

— Nous sommes vivants, c'est tout ce qui compte. Mais où est votre ours ?

Un jeune homme s'est détaché de la foule.

Vous n'êtes pas les seuls à posséder des talents inhabituels.

En guise d'illustration, il a poussé une succession de cris d'animaux : rugissement d'ours, miaulement de chat... Il lui suffisait de tourner légèrement la tête pour projeter sa voix d'un endroit à l'autre, et nous donner l'impression que nous étions dans une véritable ménagerie. Une fois remis de notre stupéfaction, nous sommes partis dans un tonnerre d'applaudissements.

— Je croyais qu'ils n'étaient pas particuliers ? ai-je glissé à Emma.

— N'importe qui peut faire ce genre de tour de salon, a-t-elle répondu.

— Je suis navré de ne pas m'être présenté convenablement, a repris le chef des Gitans. Je m'appelle Bekhir Bekhmanatov, et vous êtes nos invités d'honneur.

Il a fait une profonde révérence avant de déclarer :

— Vous auriez dû nous dire que vous étiez des *syndrigasti*...

Nous l'avons regardé, bouche bée. Il avait employé l'ancien nom des particuliers, celui que Miss Peregrine nous avait enseigné.

— On se connaît ? On s'est déjà vus quelque part ? a demandé Bronwyn.

— Où avez-vous entendu ce nom ? s'est étonnée Emma.

Bekhir a souri.

— Si vous acceptez notre hospitalité, je promets de tout vous expliquer.

Après nous avoir gratifiés d'une nouvelle révérence, il s'est empressé de déverrouiller notre cage.

***

Nous nous sommes installés avec les Gitans sur de beaux tapis tissés à la main, pour déguster un ragoût dans la lumière vacillante des feux de camp. Oubliant mes bonnes manières, j'ai posé la cuillère qu'on m'avait donnée et bu à même un bol en bois le délicieux breuvage graisseux, dont une partie me coulait sur le menton. Bekhir allait et venait entre nous pour s'assurer que nous étions installés confortablement. Il ne cessait de nous demander si nous avions assez à boire et à manger, et s'excusait de l'état de nos vêtements, couverts de paille. Depuis qu'il avait assisté à la démonstration de nos talents particuliers, il avait radicalement changé d'attitude. En quelques minutes, nous étions passés du statut de prisonnier à celui d'invité de marque.

Finalement, il a pris place sur un coussin.

— Encore une fois, je vous prie de me pardonner de vous avoir aussi mal reçus ! Quand il s'agit de la sécurité de mon peuple, je dois prendre toutes les précautions. De nombreux étrangers errent sur les routes, de nos jours. Des gens qui ne sont pas ce qu'ils paraissent. Si seulement vous m'aviez dit que vous étiez des *syndrigasti*…

— On nous a recommandé de ne jamais le révéler à personne, a signalé Emma.

— Jamais ! a ajouté Olive.

— C'est un conseil plein de sagesse, a convenu Bekhir.

— Comment connaissez-vous notre existence ? l'a interrogé Emma. Vous parlez la langue ancienne.

— Seulement quelques mots.

Bekhir a regardé les flammes, où rôtissait un morceau de viande.

— Il existe un accord de longue date entre votre peuple et le mien. Nous ne sommes guère différents. Tous des proscrits et des vagabonds… des âmes accrochées aux marges du monde.

Il a arraché un gros morceau de viande avec ses dents et l'a mâché d'un air pensif.

— Nous sommes des alliés naturels. Au fil des années, nous avons même recueilli et élevé certains de vos enfants.

— Nous vous en sommes reconnaissants, a dit Emma. Et nous vous remercions pour votre hospitalité. Hélas, au risque de paraître grossiers, nous ne pouvons rester parmi vous. Nous devons prendre un train et rejoindre Londres au plus vite.

— Pour votre ami malade ? s'est enquis Bekhir.

Il a regardé Hugh, un sourcil en l'air. Ce dernier avait depuis longtemps cessé de jouer la comédie. Il dévorait son ragoût avec gourmandise, la tête auréolée d'abeilles.

— En quelque sorte, a répondu Emma.

Bekhir a deviné que nous lui cachions quelque chose, mais il a eu la gentillesse de nous laisser conserver notre secret.

— Il n'y a plus de train ce soir, a-t-il dit. Mais demain, nous nous lèverons à l'aube et nous vous déposerons à la gare avant le départ du premier convoi. Cela vous convient-il ?

— Il faudra bien, a dit Emma.

L'inquiétude lui plissait le front. Même si nous avions gagné du temps en voyageant en roulotte, Miss Peregrine avait perdu une journée entière. Il ne lui en restait que deux, au mieux. Mais cela concernait l'avenir. Pour l'heure, nous étions au chaud, bien nourris, et momentanément hors de danger. Il m'était difficile de ne pas apprécier ce plaisir, tout provisoire qu'il fût.

Comme les Gitans, nous étions impatients d'oublier ce qui s'était passé entre nous. Bronwyn s'est excusée auprès du garçon qu'elle avait pris en otage. Il lui a signifié d'un geste que c'était sans importance. Nos hôtes nous gavaient de nourriture. Ils remplissaient mon bol chaque fois qu'il était vide, malgré mes refus. Quand Miss Peregrine est sortie en sautillant du manteau de Bronwyn et a signalé son appétit avec un cri perçant, ils l'ont nourrie aussi. Ils lançaient des morceaux de viande crue en l'air et poussaient des exclamations joyeuses dès qu'elle bondissait pour les attraper. Olive a applaudi en voyant l'oiseau déchiqueter un jarret de porc.

— Elle avait drôlement faim ! s'est-elle esclaffée.

— Tu vois, on a eu raison de ne pas les faire sauter, a glissé Bronwyn à l'oreille d'Enoch.

— Ouais, sans doute.

Les musiciens ont entamé un nouveau morceau. Moi qui détestais me donner en spectacle, j'ai oublié ma timidité et invité Emma à danser autour du feu. Pendant quelques minutes, lumineuses, nous nous sommes laissé emporter. Je me réjouissais de l'hospitalité des Gitans, et j'étais ravi de voir que je pouvais encore me laisser distraire par un repas chaud, une chanson et un sourire. Puis la chanson s'est terminée. Nous avons regagné nos places en titubant et, dans le calme qui a suivi, j'ai senti l'ambiance se transformer. Emma a fixé Bekhir.

– Puis-je vous poser une question ?

– Bien sûr.

– Pourquoi avez-vous risqué vos vies pour nous ?

Il a éludé la question d'un geste.

– Vous en auriez fait autant.

– Je ne suis pas sûre, a protesté Emma. Je voudrais juste comprendre. Est-ce parce que nous sommes particuliers ?

– Oui, a-t-il répondu simplement.

Le silence a plané. L'homme a contemplé les arbres qui bordaient notre petite clairière, leurs troncs éclairés par le feu, et les ténèbres au-delà.

– Aimeriez-vous faire la connaissance de notre fils ? nous a-t-il finalement demandé.

– Bien sûr !

Emma s'est levée. Nous avons été plusieurs à l'imiter, mais Bekhir a tempéré notre élan.

– C'est un garçon timide. Je ne voudrais pas l'effrayer.

Il nous a montrés du doigt, Emma et moi.

– Vous deux. Et celui qu'on entend, mais qu'on ne voit pas.

– Impressionnant, a fait Millard. Moi qui essayais d'être discret...

Enoch s'est rassis, maussade.

– Pourquoi me met-on toujours à l'écart ? Je sens mauvais ?

Une Gitane vêtue d'une robe fluide s'est approchée.

— Pendant leur absence, je vais vous lire les lignes de la main et vous dire la bonne aventure, a-t-elle proposé.

Elle a regardé Horace.

— Qui sait : peut-être feras-tu l'ascension du Kilimandjaro, un jour !

Puis, elle s'est adressée à Bronwyn :

— Et toi, tu épouseras un bel homme riche !

— Mon plus beau rêve, s'est esclaffée l'intéressée.

— L'avenir est ma spécialité, madame, a déclaré Horace. Laissez-moi vous montrer de quoi il est fait !

Emma, Millard et moi les avons quittés pour traverser le campement avec Bekhir. Le Gitan s'est arrêté devant une banale roulotte. Il a grimpé les quelques marches du perron et a frappé à la porte.

— Radi ? a-t-il appelé d'une voix douce. Sors, s'il te plaît. Tu as de la visite.

La porte s'est entrouverte ; une femme a jeté un coup d'œil à l'extérieur.

— Il a peur, a-t-elle dit. Il ne veut pas quitter sa chaise.

Elle nous a regardés avec circonspection, puis nous a invités à entrer. Nous avons pénétré dans un espace minuscule, mais confortable : à la fois un salon, une chambre et une cuisine. Un lit était installé sous une étroite fenêtre. Une chaise et une table complétaient l'ameublement, ainsi qu'un petit poêle, dont le tuyau s'échappait par le toit. Cette modeste installation permettait aux voyageurs d'être autonomes pendant des semaines, voire des mois d'affilée.

Un jeune garçon était assis sur la seule chaise de la pièce, une trompette posée sur les genoux. Je l'avais vu jouer tantôt, avec les autres enfants qui nous avaient offert un concert. C'était le fils de Bekhir, et j'ai supposé que la femme était son épouse.

— Retire tes chaussures, Radi, a-t-elle suggéré.

Le jeune Gitan a gardé les yeux rivés au sol.

— Je suis obligé ?

— Oui, a affirmé Bekhir.

L'enfant a ôté une botte, puis l'autre. L'espace d'une seconde, j'ai douté de ce que je voyais. Il n'y avait rien à la place de ses chaussures. Comme s'il n'avait pas de pieds. Et pourtant, il avait eu du mal à enlever ses bottes. Elles étaient forcément retenues par quelque chose.

Puis Bekhir a demandé à son fils de se lever. Le garçon a obéi à contrecœur, et j'ai ouvert des yeux ronds. On aurait dit qu'il lévitait. Le bas de son pantalon flottait à une dizaine de centimètres au-dessus du sol.

— Il a commencé à disparaître il y a un mois, a expliqué la femme. D'abord les orteils, puis les talons, et le reste. Les deux pieds. Aucun des remèdes que je lui ai donnés n'a eu d'effet.

Ainsi, l'enfant avait des pieds. Des pieds invisibles.

— Nous ne savons pas quoi faire, a avoué Bekhir. J'ai pensé qu'il y aurait peut-être un guérisseur parmi vous…

— Ce qu'il a ne se guérit pas, a déclaré Millard.

Le son de sa voix a fait sursauter le garçon, qui a brusquement relevé la tête.

— Nous sommes pareils, lui et moi, a enchaîné notre ami. Il m'est arrivé exactement la même chose quand j'étais enfant. Je ne suis pas né invisible. C'est venu progressivement.

— Qui parle ? a demandé le jeune Gitan.

Millard a pris un foulard posé au bord du lit et l'a plaqué sur son visage, révélant la forme de son nez, de son front, de sa bouche.

— C'est moi ! a-t-il dit en s'avançant vers le garçon. N'aie pas peur.

L'enfant a tendu une main pour lui toucher la joue, puis le front et les cheveux — dont je n'avais jamais songé à imaginer la coupe, ou la couleur. Il a même tiré sur une mèche pour s'assurer de sa réalité.

— Tu es là ! a-t-il murmuré, les yeux brillants d'émerveillement. Tu es vraiment là !

— Oui. Et toi aussi, tu seras là, même quand le reste de ton corps aura disparu, a assuré Millard. Tu vas voir : ça ne fait pas mal.

Le garçon a souri. À ce spectacle, les genoux de la femme se sont mis à trembler. Elle a dû s'appuyer contre Bekhir pour ne pas flancher.

— Dieu te bénisse, a-t-elle dit à Millard, les larmes aux yeux.

Ce dernier s'est assis près des pieds invisibles de Radi.

— Tu n'as rien à craindre. En fait, quand tu te seras habitué à ton invisibilité, tu en verras tous les avantages.

Il commençait à en dresser la liste, quand Bekhir s'est approché de la porte. Il nous a fait un signe de tête, à Emma et moi.

— Venez. Je suis sûr qu'ils ont plein de choses à se dire…

Nous avons laissé Millard avec le garçon et sa mère. De retour au feu de camp, nous avons retrouvé Horace au centre d'un cercle de spectateurs. Notre ami, perché sur une souche, une main sur la tête de la diseuse de bonne aventure, semblait lui raconter un rêve éveillé :

— Et le petit-fils de ton petit-fils conduira un gigantesque vaisseau, qui fera des allées et venues entre la Terre et la Lune comme un autobus. Il vivra dans une petite maison, sur la Lune. Seulement, il aura du mal à rembourser son crédit, alors il sera forcé de louer une chambre. Il tombera éperdument amoureux d'une de ses locataires, une superbe jeune femme. Ils s'aimeront d'un amour de Lune. Ce n'est pas comparable à l'amour terrestre, à cause de la différence de gravité...

— Tu crois qu'il voit vraiment tout ça ? ai-je demandé à Emma.

— C'est possible. Ou alors, il a décidé de s'amuser un peu aux dépens de cette femme.

— Pourquoi ne nous prédit-il pas notre avenir de la même manière ?

Emma a haussé les épaules.

— Le don d'Horace est parfois désespérant. Il est capable de prédire toute leur vie à des inconnus, mais avec nous, il est bloqué. Plus il éprouve d'affection pour quelqu'un, moins il voit de choses. Les émotions lui brouillent la vue.

— N'est-ce pas le cas pour nous tous ? a fait une voix derrière nous.

Enoch venait de nous rejoindre.

— À ce sujet, ma chère Emma, j'espère que tu ne distrais pas trop l'Américain, a-t-il poursuivi. Ça ne doit pas être facile de guetter les Sépulcreux quand on a la langue d'une demoiselle dans l'oreille.

— Ne sois pas dégoûtant, a rétorqué Emma.

— Je ne pourrais pas ignorer la sensation que j'éprouve quand ils sont proches, même si je le voulais, ai-je dit.

J'aurais aimé pouvoir ignorer la jalousie d'Enoch, aussi. C'était un sentiment glaçant,

— Alors, parlez-moi de votre petite réunion secrète, a-t-il enchaîné. Les Gitans nous ont-ils réellement protégés à cause d'une vieille alliance, dont aucun de nous n'a jamais entendu parler ?

— Le chef et sa femme ont un enfant particulier, a expliqué Emma. Ils espéraient qu'on pourrait l'aider.

— Quelle folie ! s'est-il exclamé. Ils ont failli se faire réduire en charpie par ces soldats, pour le bien d'un seul garçon ? Un bel exemple d'émotions qui brouillent la vue ! Moi qui croyais qu'ils voulaient nous réduire en esclavage pour nous produire dans des foires. Ou au moins, nous vendre aux enchères. Je surestime toujours les gens.

Emma a levé les yeux au ciel.

— Tu ne veux pas aller chercher un animal mort, pour jouer avec ?

— Je ne comprendrai jamais les 90 % de l'humanité, a grommelé Enoch en s'éloignant.

— Parfois, je me dis que ce garçon est une machine, a soupiré Emma. De la chair à l'extérieur et du métal à l'intérieur.

J'ai ri, mais au fond de moi, je me suis demandé si Enoch n'avait pas raison. Bekhir avait risqué gros pour son fils. Était-il fou d'avoir agi ainsi ? Si oui, je l'étais aussi. Il n'y avait qu'à voir ce que j'avais abandonné pour une seule fille. Malgré ma curiosité, malgré mon grand-père, malgré la dette que nous avions vis-à-vis de Miss Peregrine, au bout du compte, j'étais là pour une seule et unique raison. Parce que, le jour où j'avais rencontré Emma, j'avais compris que je voulais faire partie du même monde qu'elle.

Cela faisait-il de moi un fou? Ou était-ce la faute de mon cœur, trop facile à conquérir?

«J'aurais peut-être besoin d'un peu de métal à l'intérieur», ai-je songé. Si mon cœur avait possédé une meilleure armure, où serais-je en ce moment?

La réponse était facile. Je serais à la maison, occupé à m'abrutir à coups de médicaments. Je noierais mes chagrins dans les jeux vidéo. Je travaillerais à temps partiel pour Smart Aid, la société familiale. Je me consumerais de regrets jour après jour, et je mourrais à petit feu en me répétant cette phrase: «Espèce de lâche. Tu as gâché ta chance.»

Mais je n'avais pas fait ce choix, justement. En tendant la main à Emma, j'avais tout risqué. Je m'étais introduit dans un monde que je n'aurais jamais pu imaginer. Je passais mes journées avec les gens les plus vivants que j'aie jamais connus. Je faisais des choses qui m'auraient paru impossibles autrefois, et j'étais confronté à des dangers effroyables. Et tout cela, parce que j'éprouvais des sentiments pour une jeune fille particulière.

Malgré tous les problèmes, et bien que ce monde étrange ait commencé à s'effriter au moment précis où je l'avais découvert, j'étais heureux d'être ici. Je menais cette vie extra-ordinaire à laquelle j'avais toujours aspiré. Et je découvrais avec stupéfaction que l'on pouvait vivre ses rêves et ses cauchemars simultanément.

— Qu'est-ce qu'il y a? m'a demandé Emma. Pourquoi tu me regardes avec cet air-là?

— Je voulais te remercier

Elle a froncé le nez et louché, comme si j'avais dit quelque chose de drôle.

— Me remercier pour quoi ?

— Tu me donnes de la force. Tu me rends meilleur.

Elle a rougi.

— Je ne sais pas quoi répondre.

Emma, âme lumineuse. J'ai besoin de ta flamme — de ton feu intérieur.

— Ne dis rien alors.

Je n'ai pas résisté à une envie soudaine de l'embrasser.

***

Nous étions morts de fatigue, mais les Gitans étaient d'humeur enjouée, et ils semblaient prêts à faire la fête jusqu'au bout de la nuit. Après quelques verres d'un breuvage chaud, sucré, à forte teneur en caféine, et quelques chansons de plus, ils ont vaincu nos dernières résistances. Ils avaient d'indéniables talents de conteurs, et c'étaient des chanteurs envoûtants. C'étaient en outre des gens charmants, qui nous traitaient comme des cousins longtemps perdus de vue. Nous avons passé la moitié de la nuit à échanger des histoires. Le jeune garçon qui avait imité le rugissement de l'ours nous a fait un numéro de ventriloque époustouflant. On aurait dit que son ventre avait pris vie. Il avait un faible pour Emma, et lui a dédié sa performance en lui décochant des sourires rayonnants. Elle faisait mine de ne rien remarquer et me tenait ostensiblement la main.

Plus tard, nos hôtes nous ont raconté comment, pendant la Première Guerre mondiale, l'armée britannique avait confisqué leurs chevaux. Privés d'animaux pour tirer leurs roulottes, ils s'étaient retrouvés coincés dans cette même forêt. Un jour, un troupeau de chèvres à longues cornes s'était aventuré dans leur campement. Elles n'étaient pas domestiquées, mais assez dociles pour leur manger dans le creux de la main. Aussi quelqu'un avait-il eu l'idée d'en atteler une à sa roulotte. Ces animaux s'étaient révélés aussi puissants que les chevaux, et les Gitans avaient pu reprendre la route. Les chèvres avaient tiré leurs roulottes jusqu'à la fin de la guerre. C'est pourquoi, dans tout le pays, on avait surnommé ces Gitans le « Peuple des Chèvres ».

En guise de preuve, nos hôtes ont fait circuler une photo de l'oncle de Bekhir, conduisant une roulotte tirée par une chèvre. J'ai deviné qu'il s'agissait du troupeau de chèvres particulières dont Addison nous avait parlé. Après la guerre, l'armée avait rendu leurs chevaux aux Gitans, et les ruminants, devenus inutiles, avaient disparu dans la forêt.

Enfin, les feux de camp ont faibli. Les Gitans ont déroulé des matelas et chanté une berceuse dans une langue étrangère mélodieuse. J'avais l'impression d'être retombé en enfance, et c'était très agréable. Le ventriloque est venu dire bonsoir à Emma. Elle l'a chassé sans ménagement, mais il a eu le temps de lui laisser sa carte de visite. À l'arrière figurait une adresse, à Cardiff, où il récupérait son courrier tous les deux ou trois mois. Sur l'autre face, on le voyait en photo avec des marionnettes. Il avait griffonné un petit mot sur le cliché, à l'intention d'Emma. Elle me l'a montré en riant, mais j'avais de la compassion pour ce garçon. Comme moi, il n'était coupable que d'être tombé amoureux d'elle.

Pour Emma

En échange d'un sourire

G. M. S. etc.

Je me suis lové tout contre Emma sur un tapis, à la lisière de la forêt. Au moment où l'on sombrait dans le sommeil, j'ai entendu des pas dans l'herbe. J'ai ouvert les yeux, mais je n'ai vu personne. C'était Millard qui revenait, après avoir passé la soirée à discuter avec le jeune Gitan.

— Il veut nous accompagner, a-t-il annoncé.

— Qui ça? a marmonné Emma, groggy.

— Le garçon. Il veut venir avec nous.

— Qu'est-ce que tu lui as dit?

— Que c'était une mauvaise idée. Mais je n'ai pas refusé catégoriquement.

— Tu sais bien que ce n'est pas possible. Il nous ferait perdre du temps.

— Je sais, je sais, a admis Millard. Mais il disparaît à toute vitesse, et ça l'effraie. Il sera bientôt complètement invisible. Il a peur que les siens ne s'aperçoivent pas de son absence et l'oublient quelque part, seul dans les bois, avec les loups et les araignées.

Emma s'est tournée vers Millard en grognant. C'était clair qu'il ne nous laisserait pas dormir tant que nous n'aurions pas pris de décision.

— Il sera déçu, c'est sûr, a-t-elle dit. Mais c'est vraiment impossible. Je suis désolée, Millard.

— Très bien, a-t-il fait d'une voix sourde. Je vais lui annoncer la nouvelle.

Sur ces mots, il s'est éclipsé. Emma a soupiré. Elle s'est tournée et retournée, incapable de trouver le sommeil.

— Tu as fait le bon choix, lui ai-je chuchoté. Ce n'est pas facile de décider pour tout le monde.

En guise de réponse, elle s'est blottie au creux de ma poitrine. Peu à peu, nous nous sommes assoupis, bercés par le chuchotement des branches dans la brise et la respiration des chevaux.

***

J'ai dormi d'un sommeil léger, émaillé de cauchemars, grâce auxquels cette nuit a ressemblé à s'y méprendre à la journée qui l'avait précédée : une fuite incessante devant des meutes de chiens féroces. Au petit matin, j'étais exténué. J'avais les membres aussi raides que du bois et la tête cotonneuse. Je me serais probablement senti mieux si je n'avais pas fermé l'œil.

Bekhir nous a réveillés à l'aube.

— Debout, *syndrigasti* ! Le monde appartient à ceux qui se lèvent tôt ! a-t-il claironné en nous balançant des quignons de pain rassis. Vous aurez bien le temps de dormir quand vous serez morts !

Enoch a cogné son pain contre un rocher, où il a fait un bruit de bois sec.

— Avec un petit déjeuner pareil, ça ne va pas tarder !

Bekhir a éclaté de rire.

— Allons, allons ! Où est ton esprit particulier, ce matin ?

— Au lavage ! a rétorqué Enoch en se couvrant la tête.

Bekhir nous a donné dix minutes pour nous préparer. Fidèles à leur promesse, les Gitans avaient prévu de nous déposer en ville avant le départ du premier train. Je me suis levé et j'ai titubé jusqu'à un seau d'eau. Je me suis aspergé le visage, puis frotté les dents de l'index. Ma brosse à dents me manquait cruellement. Je ne parle même pas de mon fil dentaire à la menthe, ou de mon

déodorant parfumé à la brise océane. À cet instant, j'aurais donné n'importe quoi pour croiser un magasin Smart Aid.

Mon royaume pour des sous-vêtements propres !

Les Gitans et leurs enfants nous regardaient ôter les brins de paille de nos cheveux, et grignoter des tranches de pain rassis, l'air morose. Ils réalisaient que les réjouissances de la veille n'avaient été qu'un dernier sursaut joyeux, avant qu'on nous conduise à l'échafaud. J'ai tenté de dérider un petit blondinet, qui me fixait avec des yeux pleins de larmes.

– Ça va aller, lui ai-je affirmé. On va s'en sortir, ne t'en fais pas.

Il m'a regardé comme si j'étais un fantôme.

Neuf chevaux nous attendaient, montés par neuf Gitans. Ainsi, nous irions beaucoup plus vite qu'un convoi de caravanes. Mais pour moi, la perspective de voyager sur l'une de ces créatures était terrifiante. Ce serait une grande première. J'étais probablement le seul gosse de riches des États-Unis à n'avoir jamais fait d'équitation. Entendons-nous bien : j'admirais les chevaux. C'étaient des bêtes magnifiques, le summum de la création. Seulement, j'étais convaincu qu'aucun animal ne pouvait trouver agréable d'être monté par un être humain. Ces colosses, avec leurs muscles puissants et leurs grandes dents, me regardaient comme s'ils savaient que j'avais peur, et guettaient l'occasion de m'assommer d'un coup de sabot. Je ne parle même pas de l'absence de ceinture de sécurité… Bref, cette entreprise ne me disait rien qui vaille.

J'ai gardé mes appréhensions pour moi, bien sûr. J'ai crispé la mâchoire et prié pour survivre à cette épreuve. Mourir en tombant de cheval, quelle malchance ! J'espérais connaître une fin plus aventureuse.

Dès le premier « hue ! », nos montures sont parties au grand galop. J'ai abandonné ma dignité sur-le-champ et je me suis accroché comme un koala au Gitan assis devant moi. Dans l'affolement, je n'ai pas eu le réflexe de faire de signe d'adieu à nos hôtes, qui s'étaient rassemblés pour nous voir partir. Mais ce n'était pas plus mal. Les séparations n'avaient jamais été mon fort, et ces derniers temps, ma vie n'était qu'une succession d'adieux.

Nous avons galopé un long moment sans faire de halte. J'avais les cuisses engourdies à force de serrer le cheval. Bekhir chevauchait en tête, son fils particulier assis derrière lui. Le garçon se tenait majestueusement en selle, le dos bien droit, les bras sur les côtés. Son attitude confiante contrastait avec celle que nous lui avions connue la veille. Il était dans son élément, ici, au milieu des Gitans. Il n'avait pas besoin de nous.

Finalement, nous avons ralenti, et j'ai trouvé le courage de sortir la tête de la veste du cavalier pour admirer le paysage. Des prés avaient remplacé la forêt. Nous étions au flanc d'une vallée. Au fond, on apercevait une ville, à peine plus grosse qu'un timbre-poste. Elle était cernée de vert de tous côtés. Au nord, la vapeur d'un train formait une longue ellipse de petits points bouffis.

Bekhir a arrêté les chevaux aux portes de la ville.

— Nous n'irons pas plus loin. Nous ne sommes pas les bienvenus, ici. Nous attirerions l'attention sur vous.

J'avais du mal à imaginer ce que l'on pouvait reprocher à des gens aussi gentils. Cela dit, les particuliers étaient victimes du même genre de préjugés. Le monde était ainsi fait…

Mes amis et moi sommes descendus de selle. Je me suis caché derrière les autres, espérant que personne ne remarquerait mes jambes tremblantes. Nous allions partir, quand le fils de Bekhir a sauté à terre.

— Attendez ! Emmenez-moi avec vous !

Emma a regardé Millard d'un air de reproche.

— Je croyais que tu devais lui parler...

— Je l'ai fait.

Le garçon a détaché un balluchon de la selle et l'a balancé par-dessus son épaule. Il avait ses bagages, prêt à venir avec nous.

— Je sais cuisiner ! a-t-il déclaré. Et aussi couper du bois, monter à cheval, et faire des tas de nœuds !

— Donnez-lui une médaille, a ironisé Enoch.

— Je suis désolée, mais c'est impossible, a répondu doucement Emma.

— Mais je suis comme vous ! Et je le suis de plus en plus, à chaque minute qui passe !

Le garçon a déboutonné son pantalon.

— Regardez ce qui m'arrive !

Avant qu'on ait pu l'arrêter, il s'était découvert jusqu'aux cuisses. Les filles ont poussé des exclamations stupéfaites.

— Rhabille-toi, espèce de pervers ! a grondé Hugh.

Mais il n'y avait rien à voir : l'enfant était invisible depuis la taille jusqu'aux pieds. Une curiosité morbide m'a incité à jeter un coup d'œil par-dessous, et j'ai eu une vision très nette de ses intestins.

— Regardez tout ce qui a disparu depuis hier ! a insisté Radi, d'une voix étranglée par l'angoisse. Bientôt, je ne serai plus là du tout !

Les Gitans le fixaient avec des airs ahuris et échangeaient des messes basses. Même les chevaux semblaient nerveux.

— Ça alors ! s'est exclamé Enoch. Il n'est qu'à moitié là.

— Oh, le pauvre ! a fait Bronwyn. On ne peut vraiment pas l'emmener ?

— On n'est pas un cirque itinérant ! s'est insurgé Enoch. On a une dangereuse mission à accomplir. On ne peut pas jouer les baby-sitters pour un particulier complètement ignare !

Les yeux du garçon ont trahi sa surprise, puis se sont emplis de larmes. Son balluchon lui a glissé de l'épaule et s'est affalé sur la route.

Emma a pris Enoch à part.

— C'était méchant. Excuse-toi !

— Pas question ! Ce serait une perte de temps ridicule. Je te signale que nous en avons de moins en moins.

— Ces gens nous ont sauvé la vie !

— Nos vies n'auraient pas eu besoin d'être sauvées s'ils ne nous avaient pas enfermés dans leur fichue cage !

Emma a renoncé à le convaincre. Elle s'est tournée vers le jeune Gitan.

— Dans d'autres circonstances, nous t'aurions accueilli à bras ouverts. Mais là, nous avons de gros problèmes. Notre mode de vie, notre civilisation tout entière sont menacés. Alors, tu sais, le moment est très mal choisi…

— Ce n'est pas juste ! a gémi l'enfant. Pourquoi je n'ai pas commencé à disparaître plus tôt ? Pourquoi ça m'arrive maintenant ?

— Les particularités se manifestent quand bon leur semble, a affirmé Millard. Certaines pendant l'enfance ; d'autres beaucoup plus tard, alors que les gens sont déjà vieux. J'ai entendu parler d'un homme qui a découvert son don de télékinésie à l'âge de quatre-vingt-douze ans.

– J'étais plus légère que l'air à la minute où je suis née, a déclaré fièrement Olive. Je suis sortie du ventre de ma mère, et j'ai flotté vers le plafond de l'hôpital. La seule chose qui m'a empêchée de m'envoler par la fenêtre, c'est le cordon ombilical. Il paraît que le docteur s'est évanoui de surprise.

– Tu es toujours aussi surprenante, ma chérie, a fait Bronwyn en lui tapotant le dos.

Millard, vêtu d'un manteau et chaussé de bottes, s'est approché du garçon.

– Qu'en pense ton père ? s'est-il informé.

Bekhir a répondu pour lui :

– Naturellement, nous ne voulons pas que Radi nous quitte. Mais comment s'occupera-t-on convenablement de notre fils, si nous ne pouvons pas le voir ? Il veut partir, et je me dis qu'il serait peut-être mieux parmi ses semblables.

– Est-ce que vous l'aimez ? a demandé abruptement Millard. Vous aime-t-il ?

Bekhir a froncé les sourcils. Ce n'était pas le genre d'homme à épancher ses sentiments, et la question le mettait mal à l'aise. Cependant, après quelques raclements de gorge, il a grommelé :

– Bien sûr. C'est mon enfant.

– Alors, c'est vous qui êtes ses semblables, a tranché Millard. La place de ce garçon est auprès de vous. Pas avec nous.

J'ai vu les yeux de Bekhir s'embuer, et sa mâchoire se crisper. Il a hoché la tête, regardé son fils, et commandé :

— Allez, viens ! Ramasse ton sac et partons. Ta mère a dû préparer le thé.

— D'accord papa, a dit l'enfant, à la fois déçu et soulagé.

— Tout ira bien, l'a rassuré Millard. Et mieux encore. Quand toute cette histoire sera terminée, je partirai à ta recherche. Nous ne sommes pas seulement deux dans ce monde. Un jour, nous trouverons les autres. Ensemble.

— Tu me le promets ? a demandé le garçon, plein d'espoir.

— Je te le promets.

Réconforté, le jeune Gitan est remonté en selle derrière son père. Après un dernier adieu, nous avons quitté nos nouveaux amis et franchi les portes de la ville.

CHAPITRE SIX

*L*a ville se nommait Coal[1]. Non pas Coaltown, ni Coalville. Juste Coal. De fait, il y avait du charbon partout : entassé devant les maisons, s'échappant des cheminées sous forme de fumées graisseuses, maculant les combinaisons des hommes qui partaient au travail. Nous en avons croisé plusieurs, alors que l'on marchait vers la gare en meute compacte.

– Dépêchez-vous ! nous pressait Emma. Pas un mot. Baissez les yeux.

Elle ne faisait que rappeler la règle que nous connaissions tous : éviter à tout prix d'entrer en contact visuel avec les gens normaux. Un regard pouvait mener à une conversation, une conversation à des questions… Or, les enfants particuliers avaient généralement du mal à répondre aux questions des adultes normaux sans en susciter de nouvelles. Une petite troupe d'enfants vêtus de haillons, voyageant seuls avec un gros oiseau de proie aux

---

1. *Coal* signifie « charbon ».

serres acérées, aurait dû susciter la curiosité. Pourtant, les gens semblaient à peine nous remarquer. Ils faisaient la queue devant les blanchisseries et les entrées des pubs, voûtés comme des fleurs fanées. Certains, seulement, posaient brièvement les yeux sur nous. Ils avaient d'autres soucis.

La gare était si petite que je me suis demandé si les trains prenaient la peine de s'y arrêter. La seule partie couverte était la billetterie : une minuscule cahute au centre d'un quai à ciel ouvert. Un homme était assoupi à l'intérieur. Ses lunettes en cul de bouteille lui glissaient sur le nez.

Emma a frappé vigoureusement à la vitre.

– Huit tickets pour Londres, s'il vous plaît. Nous devons y être cette après-midi.

L'employé s'est réveillé en sursaut. Il nous a regardés, a retiré ses lunettes, puis les a essuyées et remises, pour s'assurer qu'il n'avait pas la berlue. On devait offrir un curieux spectacle avec nos vêtements couverts de boue, nos cheveux sales et ébouriffés. Je ne parle même pas de notre odeur...

– Désolé. Le train est complet.

J'ai regardé autour de nous. Hormis quelques personnes qui somnolaient sur des bancs, la gare était déserte.

– C'est absurde ! a dit Emma. Vendez-nous immédiatement ces tickets, ou je vous signale à l'autorité ferroviaire anti-discrimination !

J'aurais probablement agi avec plus de diplomatie, mais Emma détestait les petits employés autoritaires et suffisants.

– Si ce service existait, a rétorqué l'homme avec dédain, il ne vous serait d'aucun recours. Nous sommes en guerre, voyez-vous, et nous avons des choses plus importantes à transporter que des enfants et des animaux !

Il a lorgné Miss Peregrine d'un air mauvais.

— De toute manière, ces derniers ne sont jamais autorisés dans les voitures.

Un train est entré en gare et s'est arrêté dans un crissement strident. Le contrôleur a sorti la tête par une fenêtre et a crié :

— Huit heures trente pour Londres ! En voiture !

Les voyageurs qui dormaient sur les bancs se sont levés pour traverser le quai d'un pas traînant. Un homme en costume gris nous a bousculés et s'est planté devant la guérite. Il a tendu de l'argent au guichetier, qui lui a remis un billet en échange.

Emma a attendu qu'il s'éloigne pour cogner contre la vitre.

— Vous nous avez dit que le train était plein ! Vous n'avez pas le droit de faire ça !

— Ce monsieur a acheté un billet de première classe, a rétorqué l'employé. Maintenant, fichez-moi le camp, bande de sales gosses. Allez chercher ailleurs des poches à dévaliser.

Horace s'est avancé à son tour.

— Les mendiants, par définition, ne transportent pas de grosses sommes d'argent.

Il a abattu une énorme liasse de billets sur le comptoir.

— Si ce sont des tickets de première classe que vous vendez, c'est ce que nous achèterons.

L'homme s'est redressé. Il a regardé les billets d'un air ahuri. Comme nous, d'ailleurs. Où Horace avait-il dégotté cet argent ?

L'homme a feuilleté la liasse.

– Vous avez là de quoi réserver tout un wagon de première classe.

– Très bien ! Donnez-nous le wagon ! a répliqué Horace. Ainsi, vous serez sûr qu'on ne détroussera pas les autres voyageurs.

L'employé a rougi.

– O-oui, monsieur. D-désolé monsieur, a-t-il bredouillé. Je vous prie de me pardonner ma méprise.

– Donnez-nous ces fichus tickets, qu'on monte dans le train !

– Tout de suite, monsieur !

L'homme a glissé plusieurs billets de première sous la vitre.

– Bon voyage ! Mais, à votre place, je cacherais l'oiseau. Le contrôleur n'appréciera guère, première classe ou pas.

Nous nous sommes éloignés du guichet à la hâte, munis de nos tickets. Horace marchait, tel un paon, la poitrine gonflée.

– Où as-tu eu cet argent ? a voulu savoir Emma.

– Dans le tiroir de la commode de Miss Peregrine, juste avant que la maison prenne feu. Je l'avais cousu dans une poche de mon manteau.

– Horace, tu es un génie ! s'est exclamée Bronwyn.

– Un génie n'aurait pas dépensé tout notre argent jusqu'à la dernière pièce, a objecté Enoch. Avait-on vraiment besoin d'un wagon entier ?

– Non, a admis Horace. Mais c'était agréable de donner une leçon à cet imbécile, tu ne trouves pas ?

– Si tu le dis…, a soupiré Enoch.

– Le véritable objet de l'argent, c'est de manipuler les autres pour qu'ils se sentent inférieurs à toi.

– Je n'en suis pas tout à fait sûre, a dit Emma.

— Je plaisante ! s'est esclaffé Horace. C'est d'acheter des vêtements, évidemment !

Le contrôleur nous a interceptés au moment où l'on s'apprêtait à monter dans le train.

— Vos tickets, s'il vous plaît !

Il allait prendre ceux qu'Horace lui tendait, quand il a remarqué que Bronwyn dissimulait quelque chose sous son manteau.

— Qu'est-ce que vous avez là ? a-t-il demandé en fronçant les sourcils.

— Quoi ? Où ça ? a fait Bronwyn, l'air innocent.

Elle s'est appliquée à dissimuler l'excroissance sous son vêtement.

— Là, dans votre manteau ! a insisté le contrôleur. Ne vous moquez pas de moi, mademoiselle !

— C'est… euh…

Elle a tenté d'improviser, sans succès.

— Un oiseau.

Emma a laissé tomber la tête en avant. Enoch s'est mis une main devant les yeux avec un grognement.

— Pas d'animaux domestiques dans le train ! a déclaré le contrôleur.

— Attendez, essayez de comprendre ! a supplié Bronwyn. Je l'ai depuis que je suis toute petite… Et on doit absolument prendre ce train… Nous avons payé nos tickets très cher !

— Les règles sont les règles ! a aboyé l'homme, qui commençait à perdre patience.

Emma a redressé la tête, et son visage s'est illuminé.

— C'est un jouet ! a-t-elle affirmé.

— Pardon ?

— Ce n'est pas un vrai oiseau, monsieur le contrôleur. Nous n'avons jamais voulu enfreindre les règles. C'est le jouet préféré de ma sœur, et elle vous trouve cruel de vouloir le lui confisquer.

Elle a joint les mains et pris un air implorant.

— Vous ne priveriez pas un enfant de son jouet, n'est-ce pas ?

L'homme a regardé Bronwyn, dubitatif.

— Elle n'est pas un peu vieille pour avoir des jouets ?

Emma s'est penchée pour lui chuchoter à l'oreille :

— Elle est légèrement attardée, voyez-vous...

Bronwyn s'est renfrognée, mais elle était bien obligée d'entrer dans le jeu. Le conducteur s'est approché d'elle.

— Voyons voir ce jouet...

L'heure de vérité ! Nous avons retenu notre respiration en regardant notre amie ouvrir son manteau pour en sortir Miss Peregrine. Quand j'ai vu la directrice, j'ai été pris d'un frisson glacial, certain qu'elle était morte. L'oiseau, tout raide, reposait sur la main de Bronwyn, les yeux fermés et les pattes tendues. Puis j'ai compris qu'elle jouait la comédie, elle aussi.

— Vous voyez ? a dit Bronwyn. Ce n'est pas un vrai. Juste une imitation.

— Je l'ai vu bouger tout à l'heure ! a protesté le contrôleur.

— C'est un... euh... Un mécanisme que l'on remonte, a improvisé Bronwyn. Regardez !

Elle s'est agenouillée pour déposer Miss Peregrine par terre, puis elle a farfouillé sous son aile et fait mine d'actionner une manivelle. Presque aussitôt, les yeux de l'oiseau se sont ouverts, et il s'est mis à marcher en rond, tel un automate. À chaque pas, sa tête pivotait et ses pattes saillaient vers l'avant, comme si elles étaient montées sur des ressorts. Puis il s'est arrêté brusquement et il est tombé en avant, aussi raide qu'un piquet. Un jeu d'acteur digne d'un oscar.

Le contrôleur a paru presque convaincu.

— Bien, euh... Si c'est un jouet, je suppose que vous ne verrez aucun inconvénient à le ranger là-dedans.

Il a indiqué du menton la malle que Bronwyn avait posée sur le quai.

Cette dernière a hésité.

— Ce n'est pas un...

— Oui, oui, bien sûr ! l'a coupée Emma en faisant sauter les fermoirs. Tiens, sœurette, range-le !

Un éclair de panique est passé dans les yeux de Bronwyn.

— Mais... il n'y a pas d'air, a-t-elle soufflé.

— On n'aura qu'à percer des trous sur le côté, l'a rassurée Emma à voix basse.

Bronwyn a soulevé Miss Peregrine et l'a déposée doucement dans la malle.

— Désolée, directrice ! a-t-elle murmuré avant de rabattre le couvercle.

Le contrôleur a enfin daigné prendre nos tickets.

— Première classe ! s'est-il exclamé, surpris. Votre voiture est là-bas, à l'avant.

Il a indiqué l'extrémité du quai.

— Je vous conseille de vous dépêcher.

— Il nous dit ça maintenant ! a ronchonné Emma.

Nous avons filé. Nous n'avions pas fait cinq mètres que le train s'est ébranlé dans un souffle de vapeur. Il avançait au ralenti, mais accélérait progressivement.

Quand nous sommes arrivés à la hauteur de la voiture de première classe, Bronwyn a sauté par la portière ouverte. Elle a déposé la malle dans le couloir et tendu une main à Olive pour l'aider à monter.

Au même instant, un ordre a fusé derrière nous :

— Stop ! Descendez !

Ce n'était pas la voix du contrôleur. Celle-ci était plus grave, plus autoritaire.

— Ah non ! a râlé Enoch. Le prochain qui veut nous empêcher de monter dans ce train, je le…

Une détonation a retenti. La surprise m'a fait trébucher au moment où je prenais mon élan pour sauter dans le wagon. Je me suis emmêlé les pieds et je suis retombé lourdement sur le quai.

— Stop ! J'ai dit stop ! a répété la voix.

J'ai jeté un coup d'œil par-dessus mon épaule et vu un soldat, en position de tir, son arme braquée sur nous. Il a tiré deux autres coups de feu au-dessus de nos têtes, afin de nous convaincre qu'il ne plaisantait pas.

— Descendez du train et mettez-vous à genoux sur le quai ! a-t-il ordonné en courant vers nous.

J'envisageais de m'enfuir, quand j'ai aperçu les yeux du soldat. Ses globes oculaires saillants, sans pupilles, ont suffi à m'en dissuader. C'était un Estre, et je savais qu'il n'hésiterait pas une seconde à tuer l'un de nous. Je ne voulais pas lui fournir de prétexte.

Bronwyn et Olive ont dû avoir le même raisonnement que moi, car elles ont sauté du train et se sont agenouillées près de nous.

«Si près du but…», ai-je pensé, la gorge nouée.

Le train a quitté la gare sans nous. Nous avons regardé notre dernier espoir de sauver Miss Peregrine s'éloigner dans un panache de vapeur.

«La directrice est à l'intérieur», ai-je soudain réalisé. Bronwyn avait laissé la malle dans le wagon. Cette pensée m'a donné la nausée. Par réflexe, j'ai bondi, prêt à m'élancer derrière le train. Mais le canon d'un pistolet est apparu à quelques centimètres de mon visage, et j'ai senti mes forces m'abandonner.

– Plus un geste! a beuglé le soldat.

Je me suis affalé au sol.

***

Nous étions à genoux, les mains en l'air, le cœur tambourinant. Le soldat nous tournait autour, son pistolet braqué sur nous, un doigt sur la détente. Depuis le docteur Golan, c'était la première fois que je voyais un Estre d'aussi près. Il était vêtu d'un uniforme de l'armée britannique : une chemise kaki, un pantalon de lainage et un casque. Il portait ce dernier beaucoup trop en arrière, preuve qu'il n'avait pas l'habitude d'arborer ce costume. Nerveux, il nous jaugeait en inclinant la tête d'un côté et de l'autre. Nous le dépassions en nombre, et même si nous n'étions qu'une bande d'enfants désarmés, nous avions tué un Estre et deux Sépulcreux en l'espace de trois jours. Il nous craignait, et c'était surtout cela qui m'effrayait chez lui. Sa peur le rendait imprévisible.

Il a sorti une radio de sa ceinture et prononcé quelques mots dans le combiné. Un instant plus tard, la réponse est arrivée dans un crachotement. C'était un message codé, dont je n'ai pas compris un traître mot. L'Estre nous a ordonné de nous relever. Nous avons obéi.

— Où on va ? a demandé timidement Olive.

— Marcher. On va faire une petite promenade.

Il simulait assez mal l'accent anglais, et sa diction saccadée m'a fait soupçonner qu'il était étranger. Les Estres sont censés être des maîtres du déguisement, mais visiblement, celui-là n'était pas le premier de sa classe.

— Interdiction de sortir du rang ! nous a-t-il prévenus en nous toisant à tour de rôle. Interdiction de s'enfuir. J'ai quinze balles dans mon chargeur – deux pour chacun de vous. Et toi, le garçon invisible, ne crois pas que je n'ai pas vu ta veste ! Si tu m'obliges à te courir après, je te couperai les pouces pour les garder en souvenir.

— Oui, monsieur, a dit Millard.

— Interdiction de parler ! a rugi le soldat. Et maintenant, en avant, marche !

Nous avons dépassé le guichet déserté par l'employé, remonté le quai et quitté la gare. Les habitants de Coal, qui ne nous avaient pas accordé un regard à notre arrivée, tournaient la tête comme des chouettes en nous voyant déambuler en file indienne, sous la menace d'une arme. Le soldat aboyait chaque fois que l'un de nous s'écartait du groupe. J'étais à l'arrière, juste devant lui, et j'entendais sa ceinture de munitions cliqueter à chacun de ses pas. Il nous faisait rebrousser chemin pour sortir de la ville.

J'ai concocté une dizaine de plans de fuite. Nous aurions pu nous éparpiller, par exemple... Non : il aurait tué les moins rapides. Et si quelqu'un avait simulé un malaise ? Le suivant aurait trébuché sur lui et les autres, profitant de la pagaille... Non. Notre sbire était trop malin pour se laisser avoir à ce genre de combine. Et si l'un de nous s'approchait de lui pour lui subtiliser son arme ? Moi. J'étais le plus proche. Si je ralentissais il me rattraperait, je me précipiterais sur lui...

N'importe quoi ! Je n'avais pas l'étoffe d'un héros, et j'avais tellement peur que j'osais à peine respirer. En plus, l'Estre était à une bonne dizaine de mètres de moi, et il pointait son arme dans mon dos. Il me tuerait à la seconde où je me retournerais, et je me viderais de mon sang au milieu de la rue. C'était une idée stupide.

Une Jeep est arrivée en trombe derrière nous. Elle a freiné à notre hauteur et continué d'avancer à notre vitesse. Deux autres soldats se trouvaient à bord. Ils portaient des lunettes de soleil aux verres réfléchissants, mais je savais trop bien ce qu'elles dissimulaient. L'Estre assis sur le siège du passager a fait un signe de tête à celui qui nous avait capturés et lui a adressé un petit salut, l'air de dire : « Bien joué ! » Puis il s'est tourné vers nous. À partir de là, il n'a plus cessé de nous fixer, ni ôté les mains de son fusil.

Notre escorte était passée d'un Estre à trois. Tout espoir de fuite était réduit à néant.

Nous avons poursuivi notre chemin. Le moteur de la Jeep ronflait près de nous, semblable à une tondeuse à gazon bon marché. La ville a cédé la place à la campagne, et bientôt, une ferme est apparue au bord de la route. Les champs alentour étaient nus, en jachère. Les soldats n'échangeaient pas un mot. On aurait dit des robots, des créatures à qui l'on aurait enlevé le cerveau pour le remplacer par des circuits électriques. Les Estres étaient censés être intelligents, mais ces types m'évoquaient davantage des drones.

En écho à mes pensées, j'ai entendu un drone bourdonner dans mon oreille. J'ai levé les yeux. Une abeille a fait le tour de ma tête avant de s'éloigner.

« Hugh, ai-je pensé. Que mijote-t-il ? »

Je l'ai cherché dans la file, craignant qu'il ne tente une action dangereuse, qui risquait de nous coûter la vie. Mais je ne l'ai pas vu.

« Un, deux, trois, quatre, cinq, six. » Devant moi se trouvaient Emma, Enoch, Horace, Olive, Millard et Bronwyn.

Mais pas Hugh.

J'ai failli sauter de joie. Il n'était pas parmi nous ! Autrement dit, il était toujours libre. Dans le chaos de la gare, il avait dû se dissimuler entre le train et le quai. Ou alors, il avait sauté dans le wagon sans que le soldat s'en aperçoive. Je me suis demandé s'il nous suivait. J'aurais aimé pouvoir me retourner sans le trahir.

J'espérais qu'il n'était pas derrière nous, car sinon il avait dû abandonner Miss Peregrine à son sort. Si c'était le cas, comment la retrouverions-nous ? Ne risquait-elle pas de mourir asphyxiée, enfermée dans cette malle ? Et d'ailleurs, que faisait-on des bagages suspects, en 1940 ?

J'ai senti ma gorge se serrer. Une centaine de scénarios d'horreur se déroulaient dans ma tête.

— On reste en rang ! a braillé le soldat derrière moi.

J'ai réalisé que c'était à moi qu'il s'adressait. Dans mon état de fébrilité, je m'étais écarté du milieu de la route. J'ai regagné à la hâte ma place derrière Emma, qui m'a lancé un regard implorant. « Ne le provoque pas », semblait-elle me dire. Je me suis promis de ne plus me laisser submerger par mes émotions.

Nous avancions en silence, mais la tension grésillait entre nous comme un courant électrique. Je voyais Emma serrer et desserrer les poings. Enoch secouait la tête et marmonnait dans sa barbe. Olive avait la démarche irrégulière. J'avais le pressentiment que l'un d'eux ne tarderait pas à craquer. Il ferait un geste désespéré, et les balles se mettraient à pleuvoir.

Puis j'ai entendu Bronwyn pousser une exclamation sourde et j'ai levé les yeux. Trois silhouettes massives gisaient devant nous, l'une sur la route, les deux autres dans le pré voisin, de l'autre côté d'un petit fossé. « Ce sont sûrement des tas de terre », ai-je d'abord pensé, refusant de me rendre à l'évidence.

Puis nous nous sommes avancés, et je n'ai pas pu continuer à me voiler la face. Il s'agissait de trois chevaux morts.

Olive a poussé un hurlement. Instinctivement, Bronwyn a voulu la réconforter : « Ne regarde pas, ma petite pie ! » Le soldat armé du fusil de chasse a tiré en l'air. Nous avons plongé à terre en nous couvrant la tête.

— Recommencez, et vous vous retrouverez dans le fossé à côté de ces carcasses ! a-t-il braillé.

Tandis qu'on se relevait, Emma s'est approchée de moi et a articulé le mot « Gitans », avant d'indiquer du menton le cheval le plus proche. J'ai compris : c'étaient les montures de nos hôtes. J'ai même reconnu les taches blanches sur les pattes arrière du cheval auquel je m'étais agrippé.

J'ai cru que j'allais vomir.

Un film d'horreur s'est alors déroulé dans mon esprit. C'étaient les Estres qui avaient commis cet acte odieux. Ceux-là mêmes qui avaient fouillé le campement la veille au soir. Les Gitans les avaient croisés sur la route après nous avoir déposés aux portes de la ville. Il y avait eu une bagarre, puis une poursuite. Les Estres avaient abattu les chevaux de nos amis en pleine course.

Je savais que les Estres tuaient des gens – surtout des enfants particuliers, ainsi que nous l'avait appris Miss Avocette. Cependant, la cruauté que trahissait le massacre de ces animaux me semblait encore plus insoutenable. Une heure plus tôt, c'étaient des créatures pleines de vie, aux yeux brillants d'intelligence, aux muscles saillants, irradiant la chaleur. Ces monstres les avaient changées en carcasses froides. Ces bêtes fières, puissantes, gisaient au bord de la route comme des ordures. Je m'en voulais de les avoir aussi peu appréciées. Quel crétin j'étais !

Un mélange de peur et de colère m'a fait trembler. « Reprends-toi ! » me suis-je commandé.

Où étaient Bekhir et ses hommes ? Où était son fils ? À présent, j'étais certain que les Estres allaient nous tuer. Ces imposteurs déguisés en soldats étaient des fauves, encore plus monstrueux que les Sépulcreux qu'ils contrôlaient. Contrairement à eux, ils avaient des cerveaux capables de raisonner. Seulement, ils employaient leur intelligence à détruire. À tuer des êtres vivants. Et pourquoi ? Afin de vivre un peu plus longtemps. Afin d'avoir davantage de pouvoir sur le monde qui les entourait, et sur les créatures qui le peuplaient. Ces créatures qu'ils méprisaient.

Quel gâchis ! Quel lamentable gâchis !

Et désormais, ils allaient se débarrasser de nous. Ils nous conduisaient dans un lieu retiré pour nous interroger avant de nous massacrer. Et si Hugh avait été assez bête pour nous suivre — comme l'indiquait l'abeille qui voletait près de nous —, ils le tueraient aussi.

Nous étions vraiment dans de sales draps.

***

Nous avions dépassé depuis longtemps les chevaux morts quand les Estres nous ont ordonné de quitter la route principale pour emprunter un étroit chemin de terre. Les soldats ont garé leur Jeep et continué à pied : un devant nous, les deux autres derrière. De part et d'autre du sentier, les prés étaient en friche. Les herbes hautes, en pleine floraison, bourdonnaient d'insectes en cette fin d'été.

C'était un endroit splendide pour mourir.

Peu après, une grange au toit de chaume est apparue à la lisière d'un champ.

« C'est là, ai-je pensé. C'est là qu'ils vont nous tuer. »

Nous approchions de la bâtisse, quand un soldat en est sorti. Son uniforme était différent de celui des Estres qui nous escortaient. Il portait une casquette d'officier à bord noir et un revolver dans son holster.

Son attitude indiquait que nous avions affaire à un chef.

L'homme s'est avancé dans l'allée avec un sourire rayonnant.

— On se retrouve enfin ! Vous nous avez bien fait cavaler, mais je savais qu'on finirait par vous attraper. Ce n'était qu'une question de temps !

L'Estre avait des traits ronds, enfantins, et des cheveux fins d'un blond presque blanc. Il émanait de lui l'énergie joyeuse d'un chef scout dopé à la caféine. Mais la seule pensée qui m'est venue quand je l'ai regardé, c'est : «Animal! Monstre! Assassin!»

Il a ouvert en grand la porte de la grange.

— Entrez, entrez! Des amis vous attendent.

Alors que ses soldats nous poussaient à l'intérieur, j'ai aperçu son nom, cousu sur sa chemise : WHITE. «Blanc», comme la couleur.

Monsieur White. C'était probablement un nom d'emprunt. Rien en lui ne semblait authentique, et cela, encore moins que le reste.

Puis nos ravisseurs nous ont ordonné de rester dans un coin. La pièce, assez exiguë, n'était pas meublée, mais déjà pleine de monde. Bekhir et ses hommes étaient assis à même le sol, le dos contre le mur. Ils avaient visiblement été battus. En témoignaient leurs visages couverts d'ecchymoses et de coupures, ainsi que leurs postures de défaite. Plusieurs Gitans manquaient à l'appel, dont le fils de Bekhir. Deux soldats gardaient les prisonniers, ce qui portait à six le nombre d'Estres — en comptant M. White et les hommes de notre escorte.

Bekhir a croisé mon regard et hoché gravement la tête. Il avait le visage tuméfié. «Je suis désolé», a-t-il articulé à mon intention.

White a surpris notre échange et s'est approché du Gitan.

— Vous reconnaissez ces enfants?

— Non, a fait Bekhir en baissant les yeux.

— Non?

White a feint la surprise.

— Pourtant, vous venez de vous excuser auprès de celui-ci. Vous devez le connaître... À moins que vous n'ayez l'habitude de présenter vos excuses à des inconnus.

— Ce ne sont pas ceux que vous recherchez, a répondu Bekhir.

— Je pense que si ! a objecté l'Estre. Je pense que ce sont précisément les enfants que nous recherchons. Et je crois aussi qu'ils ont passé la nuit dans votre campement.

— Je viens de vous dire que je ne les avais jamais vus.

White a fait claquer sa langue, tel un instituteur mécontent.

— Gitan, tu te rappelles ce que je t'ai promis si je m'apercevais que tu m'avais menti ?

Il a sorti un couteau de sa ceinture et l'a collé contre la joue de Bekhir.

— De te couper la langue et de la faire manger à mon chien. Sache que je tiens toujours mes promesses.

Bekhir a croisé le regard blanc de White et l'a soutenu sans ciller. Les secondes se sont égrenées dans un silence insoutenable. Finalement, l'Estre a souri et s'est redressé.

— Commençons par le commencement !

Il s'est tourné vers les soldats qui nous avaient escortés.

— Lequel d'entre vous a leur oiseau ?

Les Estres se sont consultés du regard. L'un après l'autre, ils ont secoué la tête.

— On ne l'a pas vu, a affirmé celui qui nous avait interceptés à la gare.

Le sourire de White s'est effacé. Il s'est agenouillé près de Bekhir.

— Vous m'avez dit qu'ils avaient un oiseau avec eux.

Bekhir a haussé les épaules.

— Les oiseaux ont des ailes. Ils vont et viennent.

D'un geste bref, totalement dénué d'émotion, White a enfoncé son poignard dans la cuisse du gitan. La lame est entrée et ressortie en un clin d'œil. Bekhir a poussé un hurlement, un mélange de surprise et de douleur. Il a empoigné sa jambe ensanglantée.

Horace a perdu connaissance et s'est effondré par terre. Olive s'est couvert les yeux.

— C'est la deuxième fois que tu me mens, a dit White en essuyant sa lame avec un mouchoir.

Nous avons serré les dents et retenu notre langue, mais j'ai vu qu'Emma avait les mains jointes dans le dos. Elle préparait une riposte.

M. White a jeté le mouchoir ensanglanté à terre, rangé le couteau dans son fourreau et s'est campé devant nous. Il souriait presque, mais pas tout à fait. Son unique sourcil formait un M majuscule au-dessus de ses yeux blancs.

— Où est votre oiseau ? a-t-il demandé d'une voix calme.

Plus il faisait semblant d'être gentil, plus il me fichait la frousse.

— Cet homme vient de vous le dire, a répondu Emma avec amertume. Il s'est envolé.

J'aurais préféré qu'elle se taise. Maintenant, il risquait de s'en prendre directement à elle.

Comme je le craignais, White s'est planté devant Emma.

— Son aile était blessée. Nous l'avons vu avec vous pas plus tard qu'hier. Il ne doit pas être bien loin.

Il s'est éclairci la gorge.

— Je vous repose donc la question...

— L'oiseau est mort, ai-je affirmé. On l'a balancé dans une rivière.

J'espérais l'agacer suffisamment pour voler la vedette à Emma. White a soupiré. Il a placé la main droite sur la crosse de son revolver et l'a fait glisser jusqu'au manche de son couteau, pour aller la reposer sur la boucle de sa ceinture. Il a baissé la voix, comme s'il s'apprêtait à me faire une confidence :

— Je comprends le problème. Vous imaginez que vous n'avez rien à gagner à être sincères avec moi. Vous êtes persuadés que je vous tuerai, quoi que vous fassiez, quoi que vous disiez. C'est faux. Cependant, vous n'auriez pas dû nous obliger à vous prendre en chasse. C'était une grossière erreur. Vous nous avez fait perdre un temps précieux, et à présent, nous sommes tous en colère.

Il a montré ses soldats.

— Ces hommes seraient enchantés de vous faire du mal. Contrairement à moi, ils ne sont pas capables d'envisager les choses selon votre point de vue. C'est vrai que nous sommes effrayants. À ce titre, je déplore notre première rencontre, à bord de mon sous-marin. Mais le véritable problème, c'est que, pendant des générations, vos ombrunes vous ont abreuvés de mensonges à notre sujet. Dans ces conditions, il est bien naturel que vous ayez cherché à fuir. C'est pourquoi je suis prêt à vous faire une offre raisonnable. Livrez-nous immédiatement l'oiseau, et nous vous laisserons la vie sauve. On vous conduira dans un établissement agréable, où l'on prendra bien soin de vous. Vous serez nourris chaque jour, vous aurez chacun votre lit… Vous ne serez pas plus prisonniers que dans cette boucle ridicule, où vous vous êtes cachés pendant des années.

Puis, s'adressant à ses hommes :

— Figurez-vous qu'ils ont passé les soixante-dix dernières années — corrigez-moi si je me trompe — sur une île minuscule, à revivre indéfiniment la même journée ! C'est pire que le pire des camps de prisonniers, non ?

À notre intention, il a conclu :

— Les choses auraient été tellement plus simples si vous aviez accepté de collaborer... Mais la fierté vous a privés de bon sens. Quand je pense que nous aurions pu travailler ensemble depuis tout ce temps, en bonne entente, œuvrer à un bien commun !

— Travailler ensemble ? a répété Emma. Vous nous avez pour-chassés ! Vous avez envoyé des monstres pour nous tuer !

« Chut ! lui ai-je ordonné en pensée. Tais-toi donc ! »

White a pris une mine de chiot malheureux.

— Des monstres ? Vous me peinez. C'est de moi que vous parlez ! De moi, et de tous mes hommes, ici, avant notre évolution. Enfin, je vais m'efforcer de ne pas prendre cette offense personnellement. Dans toutes les espèces, l'adolescence est bien souvent un passage ingrat.

Il a frappé dans ses mains. J'ai sursauté.

— Allez, assez discuté !

Il nous a toisés lentement, d'un air glacial, comme s'il scrutait nos rangs à la recherche du moindre signe de faiblesse. Lequel d'entre nous craquerait le premier ? Lequel lui dirait où trouver Miss Peregrine ?

White s'est focalisé sur Horace. Ce dernier avait repris connaissance, mais il était toujours par terre, et tremblait de tout son corps. White s'est approché de lui d'un pas résolu. Horace a tressailli en entendant claquer les bottes de l'Estre.

— Lève-toi, garçon !

Notre ami n'a pas bronché.

— Que quelqu'un le relève.

Un soldat l'a tiré brutalement par le bras. Horace s'est recroquevillé devant White ; il gardait les yeux rivés au sol.

— Comment tu t'appelles ?

— Euh... Horace.

— Eh bien, Euh-Horace, tu m'as l'air d'être un garçon plein de bon sens. Alors, je vais te laisser choisir.

L'intéressé a légèrement relevé la tête.

— Choisir... ?

White a sorti son couteau de son fourreau et l'a pointé vers les Gitans.

— Choisis lequel de ces hommes je vais tuer en premier ? Ou bien dis-moi où est votre ombrune. Dans ce cas, personne ne sera obligé de mourir.

Horace a fermé les yeux, comme s'il espérait disparaître par la seule force de sa volonté.

— Si tu n'y arrives pas, a enchaîné White, je serai heureux de choisir l'un d'entre vous. Tu préférerais ?

— Non !

— Alors, parle ! a tonné White.

L'Estre a retroussé les lèvres, découvrant ses dents luisantes.

— Ne dites rien, *syndrigasti* ! nous a lancé Bekhir.

Un soldat lui a balancé un coup de pied dans le ventre. Il a grogné et s'est tu.

White a saisi Horace par le menton. Il l'a forcé à regarder dans ses horribles yeux vides.

— Parle-moi, et je ne te ferai aucun mal. Vas-tu te décider ?

— Oui, a répondu Horace, les paupières toujours fermées.

— Oui, quoi ?

Horace a poussé un soupir chevrotant.

— Oui, je vais vous le dire.

— Non ! s'est écriée Emma.

« Oh non ! ai-je pensé. Il va la dénoncer. Il est trop faible. On aurait dû le laisser à la ménagerie… »

— Chut ! lui a sifflé White à l'oreille. Ne les écoute pas. Vas-y, garçon. Dis-moi où est l'ombrune.

— Elle est… dans le tiroir.

White a froncé les sourcils.

— Le tiroir ? Quel tiroir ?

— Le même que d'habitude…

White a secoué Horace comme un prunier.

— Quel tiroir ? a-t-il beuglé.

Horace a articulé un son incompréhensible, puis refermé la bouche. Il a avalé péniblement sa salive et s'est redressé. Finalement, il a rouvert les yeux, a fusillé White du regard et déclaré :

— Le tiroir à culottes de ta mère !

Sur ces mots, il a craché au visage de l'Estre.

White lui a frappé la tempe avec le manche de son couteau. Olive a hurlé. J'ai tressailli, tandis que notre ami s'effondrait à terre. Des pièces de monnaie et des tickets de train se sont échappés de ses poches. White s'est accroupi pour les examiner.

— Qu'est-ce que c'est ?

— Ils essayaient de monter dans un train quand je les ai surpris, a expliqué le soldat qui nous avait capturés.

— C'est maintenant que tu me dis ça ?

— J-j'ai cru…, a bredouillé l'Estre.

— Peu importe, a tranché White. Va l'intercepter. Sur-le-champ !

— Monsieur ?

White a regardé le ticket, puis sa montre.

— Le train de huit heures et demie pour Londres s'arrête à Porthmadog. En te dépêchant, tu le trouveras à quai. Fouille-le de fond en comble, en commençant par les wagons de première classe.

Le soldat lui a adressé un salut militaire avant de se retirer à la hâte. White s'est tourné vers ses hommes.

— Fouillez-les tous ! Voyez s'ils transportent quelque chose d'intéressant. S'ils résistent, tuez-les.

Tandis que deux soldats armés de fusils nous mettaient en joue, un troisième est passé de l'un à l'autre pour nous faire les poches. La plupart ne contenaient que des miettes et des peluches. L'homme a trouvé un peigne en ivoire sur Bronwyn.

— S'il vous plaît ! Il appartenait à ma mère ! l'a-t-elle imploré.

L'Estre s'est esclaffé.

— Elle aurait dû t'apprendre à l'utiliser, espèce d'hommasse !

Enoch transportait un petit sac de terre pleine de vers. Le soldat l'a ouvert. Il l'a reniflé, puis lâché avec une moue de dégoût. Dans ma poche, il a découvert mon téléphone hors service. Lorsque le portable a rebondi sur le sol, Emma m'a lancé un regard intrigué. Elle devait se demander pourquoi je l'avais conservé. Horace gisait à terre, immobile. Était-il K-O ou jouait-il les opossums ?

Finalement, le tour d'Emma est venu, mais elle ne semblait pas décidée à se laisser faire.

— Pose une main sur moi, et je la brûle ! a-t-elle grondé quand le soldat s'est approché d'elle.

— Je t'en prie, retiens ta flamme ! a-t-il rétorqué, hilare.

— Je ne plaisante pas !

Elle a ramené les mains devant elle. Ses doigts étaient d'un rouge incandescent. Même à un mètre de distance, je sentais leur chaleur rayonner.

Le soldat a reculé précipitamment.

— Des mains chaudes, et le caractère qui va avec ! a-t-il gloussé. Tout ce que j'aime chez une femme ! Mais si tu me brûles, Clark éclaboussera le mur avec ton cerveau.

L'intéressé a pressé le canon de son fusil contre la tête d'Emma, qui a fermé les yeux. J'ai vu sa poitrine se soulever et s'abaisser rapidement. Finalement, elle a capitulé et croisé les mains dans le dos. Elle vibrait littéralement de fureur.

Moi aussi.

— Allons, tout doux ! l'a prévenue le soldat. Pas de gestes brusques.

J'ai serré les poings en le regardant promener les mains sur les jambes d'Emma, puis faire courir ses doigts sous l'encolure de sa robe avec une lenteur calculée, un sourire lubrique aux lèvres. Jamais je ne m'étais senti aussi impuissant. Même pas quand nous étions enfermés dans la cage des Gitans.

— Elle n'a rien ! ai-je crié. Fichez-lui la paix !

L'Estre m'a ignoré.

— Cette fille me plaît, a-t-il dit à son chef. On devrait la garder quelque temps. Pour... la science.

White a grimacé.

— Vous êtes répugnant, caporal. Mais je suis d'accord avec vous. Elle est fascinante.

Puis, à l'intention d'Emma :

— J'ai entendu parler de toi, tu sais. Je donnerais n'importe quoi pour pouvoir faire ce que tu fais. Si seulement on pouvait mettre ton talent en bouteille...

White a esquissé un drôle de sourire avant de se tourner vers le soldat.

— Dépêche-toi de terminer, lui a-t-il commandé sèchement. On n'a pas la journée.

— Avec plaisir !

L'Estre s'est redressé. Il a promené les mains sur le buste d'Emma.

La scène m'a paru se dérouler au ralenti. J'ai pressenti que ce pervers répugnant allait se pencher pour lui donner un baiser et je voyais que, dans son dos, les mains d'Emma étaient bordées d'une flamme. La suite était facile à deviner : à la seconde où il poserait ses lèvres sur elle, elle lui empoignerait le visage et le ferait fondre, au risque de recevoir une balle dans la tête. Elle avait atteint le point de rupture.

Moi aussi.

J'ai bandé mes muscles, prêt à bondir. J'étais convaincu que nous vivions nos derniers instants. Mais au moins, on les aurait vécus comme on l'entendait. Et, quitte à mourir, autant emporter quelques Estres au passage.

Le soldat a enlacé la taille d'Emma, tandis que son acolyte pressait le canon de son revolver sur son front. Elle semblait le pousser contre elle, défiant presque l'Estre de tirer. Dans son dos, j'ai vu ses mains s'écarter ; une flamme blanche soulignait le contour de ses doigts.

« C'est parti... »

Et soudain : *BANG !* Une détonation a éclaté.

Mon cerveau a disjoncté, et j'ai passé quelques secondes dans les ténèbres. Quand j'ai retrouvé la vue, Emma était toujours debout. Sa tête était intacte. Le canon de l'arme était baissé, et son propriétaire avait pivoté vers la fenêtre.

Le coup de feu provenait de l'extérieur.

J'avais le corps complètement engourdi. L'adrénaline me donnait des fourmillements dans les membres.

– Qu'est-ce que c'était ? a crié White en courant vers la fenêtre.

Par-dessus son épaule, j'ai aperçu le soldat parti intercepter le train. Il était englouti jusqu'à la taille dans les fleurs sauvages et nous tournait le dos. Il visait une cible invisible pour nous.

White a ouvert la vitre.

– Sur quoi tu tires ? a-t-il crié. Qu'est-ce que tu attends pour décamper ?

Le soldat n'a pas bronché, et s'il a parlé, c'était en vain : le vacarme des insectes recouvrait tous les autres sons.

– Caporal Brown ! a beuglé White.

L'homme s'est tourné lentement. Il a lâché son fusil et fait quelques pas chancelants vers nous. White a pointé son revolver sur lui.

— Réponds, imbécile !

Brown a ouvert la bouche et tenté de parler. Un étrange vrombissement s'est échappé de sa gorge, semblable à celui qui animait
le pré.

C'était un bourdonnement d'abeilles. De centaines, de milliers
d'abeilles. Puis une force étrange a paru s'emparer du corps de
l'Estre. Il a bombé le torse. Sa poitrine a enflé et ses mâchoires
se sont ouvertes en grand. Alors, de sa bouche béante, a jailli un
torrent d'abeilles si compact qu'on aurait cru un objet solide : un
épais tuyau, interminable.

White a reculé, horrifié.

Dans le pré, Brown s'est effondré au milieu d'un nuage d'insectes. Une silhouette est apparue derrière lui.

Celle d'un garçon.

Hugh.

Notre ami regardait vers la grange, campé dans une position
de défi. Les insectes volaient autour de lui, telle une grosse sphère
mouvante. Le pré en était plein : abeilles, frelons, guêpes, bour-
dons et autres créatures piquantes que j'aurais été bien incapable
de nommer. Tous semblaient lui obéir.

White a levé son revolver et vidé son chargeur.

Hugh a disparu dans l'herbe. Impossible de savoir s'il avait été
touché ou s'il avait plongé volontairement. Trois autres soldats se
sont rués vers la fenêtre. Insensibles au cri de Bronwyn : « S'il vous
plaît, ne le tuez pas », ils ont mitraillé le pré.

Puis quelques abeilles sont entrées dans la grange. Une dizaine,
peut-être. Furieuses, elles fonçaient sur les Estres pour les piquer.

— Fermez la fenêtre ! a hurlé White en battant l'air.

Un soldat a claqué le battant, puis rejoint ses semblables, qui tentaient d'écraser les insectes. Sur ces entrefaites, des nuées d'abeilles se sont rassemblées derrière la vitre, en une masse grouillante. Lorsque White et ses hommes ont eu fini de tuer celles qui se trouvaient dans la pièce, on ne voyait plus la lumière du jour.

Les soldats se sont rassemblés au milieu de la grange, dos à dos. Avec leurs fusils qui pointaient dans toutes les directions, ils formaient un amas semblable à un porc-épic. Il faisait sombre, la chaleur était étouffante, et le vrombissement d'un million d'abeilles furieuses emplissait l'air. Une scène digne d'un film d'épouvante.

— Demandez-leur de nous laisser tranquilles ! a imploré White d'une voix rauque.

Comme si quiconque en avait le pouvoir, hormis Hugh… en admettant qu'il soit toujours vivant.

Bekhir s'est hissé sur ses pieds en s'aidant des barreaux de la fenêtre.

— Je vais vous faire une autre proposition, a-t-il annoncé.

Sa silhouette trapue masquait la vitre.

— Lâchez vos armes, ou j'ouvre cette fenêtre.

White a pivoté vers lui.

— Même un Gitan ne serait pas assez stupide pour faire une chose pareille.

— Vous avez une trop haute opinion de nous, a rétorqué Bekhir en saisissant la poignée.

Les soldats l'ont mis en joue.

— Allez-y, les a provoqués Bekhir. Tirez !

— Non ! a hurlé White. Vous briseriez la vitre ! Emparez-vous de lui !

Deux soldats ont jeté leur fusil à terre et fondu sur le Gitan, mais il avait eu le temps d'enfoncer le poing dans la fenêtre.

Le verre a volé en éclats, et les abeilles se sont précipitées à l'intérieur, provoquant un véritable chaos. Le rugissement des insectes recouvrait tout : les hurlements, les bruits de bousculade, et même les coups de feu. Il semblait emplir chaque pore de ma peau.

Les gens se piétinaient pour sortir. À ma droite, j'ai vu Bronwyn plaquer Olive au sol, et s'allonger sur elle pour la protéger. « Couchez-vous par terre ! » a crié Emma. Nous avons obéi. Les abeilles rebondissaient sur nos visages, dans nos cheveux. C'était la fin. J'étais sûr qu'elles allaient me couvrir de piqûres et que mon système nerveux n'y résisterait pas.

Quelqu'un a ouvert la porte d'un coup de pied. La lumière est entrée à flots. Un tonnerre de bottes a fait vibrer le plancher, puis le calme est revenu. Lentement, j'ai découvert ma tête.

Les abeilles étaient parties. Les soldats aussi.

Peu après, un chœur de cris paniqués s'est élevé à l'extérieur de la grange. J'ai bondi sur mes pieds et couru vers la fenêtre brisée. Un petit groupe de Gitans et de particuliers s'y était déjà rassemblé ; ils regardaient dehors.

Au départ, je n'ai pas vu les soldats : juste une masse d'insectes tourbillonnante, opaque, qui flottait au-dessus du chemin, à une quinzaine de mètres de nous.

Les hurlements venaient de l'intérieur.

Puis, l'un après l'autre, les cris se sont tus. Quand tout a été terminé, le nuage d'abeilles s'est dissipé, dévoilant les corps de White et de ses hommes. Ils gisaient dans l'herbe, morts, ou presque.

Vingt secondes plus tard, leurs assassins avaient disparu. Le bourdonnement monstrueux s'est évanoui peu à peu, laissant la place à un calme étrange, bucolique. Comme si c'était un banal jour d'été, et que rien d'extraordinaire ne s'était produit.

Emma a compté les corps des soldats.

— Six. Ils sont tous là, a-t-elle dit. C'est terminé.

Je l'ai enlacée, tremblant de soulagement et d'incrédulité. Bronwyn a regardé autour d'elle d'un air affolé.

— Qui est blessé ?

Nous nous sommes tâtés, puis examinés mutuellement, à la recherche d'éventuelles blessures. Horace était un peu sonné, mais conscient ; un filet de sang coulait de sa tempe. La plaie de Bekhir était profonde, mais elle guérirait. Les autres étaient secoués, mais indemnes. Par je ne sais quel miracle, aucun de nous n'avait à déplorer une seule piqûre d'abeille.

— Quand vous avez brisé la fenêtre, comment pouviez-vous savoir que les insectes ne nous attaqueraient pas ? ai-je demandé à Bekhir.

— Je ne le savais pas. Heureusement, votre ami a un don très puissant.

« Notre ami… »

Emma s'est brusquement détachée de moi.

— Oh mon Dieu ! a-t-elle soufflé. Hugh !

Dans le chaos, nous l'avions oublié. Il devait être en train de se vider de son sang, quelque part dans les hautes herbes. Au moment

où on allait se précipiter dehors, il est apparu sur le seuil, débraillé et tout sale, mais souriant. Olive a couru vers lui.

— Hugh ! Tu es vivant !

— Oui ! Vous aussi ? Tous ?

— Grâce à toi, oui ! a répondu Bronwyn. Pour Hugh, hip hip hip ! hourra !

— Hugh, tu es un héros ! a renchéri Horace.

— Mettez-moi dans un champ de fleurs sauvages, et je deviens redoutable, a déclaré le jeune garçon, ravi du compliment.

— Pardon pour toutes les fois où je me suis moqué de ta particularité, a ajouté Enoch. Finalement, elle a son utilité.

— Et bravo pour le timing ! est intervenu Millard. Si tu étais arrivé quelques secondes plus tard…

Hugh nous a expliqué comment il s'était glissé entre le train et le quai, à la gare, pour ne pas être pris. Exactement comme je l'avais supposé. Il avait confié à plusieurs de ses abeilles le soin de nous pister, ce qui lui avait permis de nous suivre à une distance prudente.

— Ensuite, il m'a suffi d'attendre le moment propice pour frapper, a-t-il dit fièrement, comme si la victoire avait été assurée dès l'instant où il avait décidé de nous sauver.

— Et si tu n'étais pas tombé par hasard sur un pré plein d'abeilles ? a demandé Enoch.

Hugh a sorti un objet de sa poche et l'a brandi. C'était un œuf de poule particulière.

— Plan B.

Bekhir s'est approché de Hugh en boitant. Il lui a serré la main.

— Merci, jeune homme. Vous nous avez sauvé la vie.

— Et votre fils ? s'est enquis Millard.

— Il a réussi à s'échapper avec deux de mes hommes, Dieu merci ! Nous avons perdu trois chevaux aujourd'hui, mais aucun membre de notre groupe.

Bekhir a fait une révérence à Hugh. J'ai cru qu'il allait lui prendre la main et l'embrasser.

— Permettez-nous de vous payer en retour !

Hugh a rougi.

— C'est inutile.

— Et surtout, nous n'avons pas le temps, a tranché Emma en poussant Hugh dehors. On a un train à prendre !

Ceux qui n'avaient pas encore réalisé que Miss Peregrine n'était plus parmi nous ont pâli.

— On va prendre leur Jeep, a dit Millard. Avec un peu de chance — et si cet Estre disait vrai —, on devrait pouvoir rattraper le train à Porthmadog.

— Je connais un raccourci ! a affirmé Bekhir.

Il a dessiné une carte dans la poussière et nous a donné les indications nécessaires. Nous avons remercié les Gitans. Je me suis excusé auprès de leur chef de leur avoir causé tant d'ennuis. Bekhir a éclaté d'un rire tonitruant et nous a chassés d'un geste.

— Nous nous retrouverons, *syndrigasti*. J'en suis sûr !

***

Nous nous sommes entassés dans la Jeep de l'Estre : huit gamins serrés comme des sardines dans un véhicule conçu pour trois personnes. Comme j'étais le seul à avoir déjà conduit, je me suis installé au volant. J'ai perdu un temps fou à comprendre comment démarrer le moteur. En fait, aucune clé n'était nécessaire ; il suffisait d'enfoncer un bouton, sur le plancher. Après quoi, j'ai dû improviser pour passer les vitesses. J'avais rarement conduit de véhicule à boîte de vitesses manuelle et toujours avec mon père qui me donnait des conseils, assis sur le siège passager. Finalement, nous avons démarré et commencé à rouler. On avançait de façon un peu saccadée, hésitante, mais c'était un bon début.

J'ai enfoncé l'accélérateur et conduit aussi vite que la Jeep surchargée le permettait. Millard me criait des indications, tandis que les autres s'agrippaient tant bien que mal. Nous avons atteint Porthmadog vingt minutes plus tard. En dévalant la rue principale, nous avons entendu siffler le train. J'ai garé la Jeep devant la gare sans prendre la peine de couper le moteur. Nous avons jailli de la voiture et foncé, tels des guépards derrière une gazelle. Finalement, nous avons sauté à bord du dernier wagon au moment où le train s'ébranlait.

Nous sommes restés dans le couloir, pliés en deux, le temps de reprendre notre souffle. Les autres passagers, stupéfaits, nous regardaient à la dérobée. C'est vrai qu'on devait offrir un sacré spectacle, en sueur, sales, échevelés.

— On a réussi ! a haleté Emma. Je n'en reviens pas qu'on ait réussi.

— Et moi, je n'en reviens pas d'avoir conduit, ai-je ajouté.

Sur ces entrefaites, le contrôleur est apparu.

— Vous revoilà, nous a-t-il lancé avec un soupir las. J'imagine que vous avez toujours vos billets.

Horace les a repêchés dans sa poche

— Votre voiture est à l'autre extrémité du train, nous a rappelé l'homme.

Bronwyn lui a empoigné le coude.

— Et notre malle ! Elle est toujours là ?

Le contrôleur s'est dégagé.

— J'ai voulu l'emmener aux objets trouvés, mais je n'ai pas pu la déplacer d'un centimètre.

Nous avons couru de voiture en voiture jusqu'à notre wagon de première classe. La malle de Bronwyn était là où elle l'avait laissée. Elle s'est précipitée pour ouvrir les fermoirs, puis le couvercle.

Miss Peregrine n'était pas à l'intérieur.

J'ai failli succomber à une crise cardiaque.

— Mon oiseau ! a crié Bronwyn. Où est mon oiseau ?

— Calmez-vous. Il est là, a dit le contrôleur.

Il a tendu un doigt, indiquant un porte-bagages au-dessus de nos têtes. Miss Peregrine, perchée là-haut, dormait profondément.

Bronwyn s'est adossée contre le mur, soulagée. Elle semblait au bord de l'évanouissement.

— Comment est-elle montée là-haut ?

Le contrôleur a haussé un sourcil.

— C'est un jouet qui imite la vie à s'y méprendre.

Il a fait quelques pas vers la porte avant de se retourner.

— D'ailleurs, pourriez-vous me dire où m'en procurer un ? Je suis sûr que ma fille l'adorerait.

— Hélas, c'est un modèle unique, a répondu Bronwyn, avant de descendre Miss Peregrine pour la serrer contre sa poitrine.

***

Après tout ce que nous avions vécu ces derniers jours — sans parler des dernières heures —, le luxe du wagon de première classe nous a fait un bien fou. Notre voiture était équipée de fauteuils en cuir moelleux, d'une table pour dîner et de larges fenêtres. On se serait crus dans le salon d'une demeure cossue, et nous avions tout l'espace pour nous seuls.

Nous avons fait notre toilette à tour de rôle dans la salle de bains lambrissée, puis nous nous sommes intéressés au menu du dîner.

— Commandez tout ce qui vous fera plaisir, a dit Enoch.

Il a décroché un téléphone fixé au bras d'un siège inclinable.

— Bonjour, avez-vous du foie gras d'oie ? Apportez-nous tout votre stock. Oui, oui. Tout ce que vous avez. Et des toasts triangulaires.

Personne n'a fait allusion à l'épreuve que l'on venait de traverser. C'était trop horrible. Pour l'instant, on voulait surtout se remettre de nos émotions et oublier. Il nous restait tant de choses à faire, tant de dangers à affronter.

Nous nous sommes installés confortablement pour le voyage. Dehors, les petites maisons trapues de Porthmadog ont cédé la place à la montagne de Miss Wren : une masse grise au-dessus des collines. Pendant que mes amis discutaient, j'ai gardé le nez collé à la fenêtre et j'ai regardé le paysage de 1940 s'étirer sous mes yeux. Cette année 1940 qui, il y a quelque temps encore, se résumait pour moi à un lieu clos, sur une île. Un lieu que je pouvais quitter à volonté en me faufilant dans le boyau du cairn de Cairnholm. Depuis que nous avions fui l'île, c'était devenu un monde aux forêts touffues, aux villes surmontées de fumée, aux vallées traversées de rivières scintillantes ; un monde peuplé de gens et d'objets que je savais anciens, mais qui ne l'étaient pas encore. Comme les figurants et les accessoires d'un film d'époque au décor soigné, mais sans intrigue. Et tout cela m'apparaissait derrière la fenêtre, tel un rêve interminable. Je me suis endormi, puis réveillé, et ainsi de suite, plusieurs fois. Le bruit régulier du train m'hypnotisait. Il me plongeait dans un état cotonneux qui m'aidait à oublier que je n'étais pas un simple spectateur, passif. Que ma fenêtre n'était pas un écran de cinéma. Que tout ce que je voyais là, dehors, était aussi réel que ce qui se trouvait à l'intérieur de notre wagon. Puis, peu à peu, je me suis rappelé comment j'en étais arrivé là : mon grand-père, l'île, les enfants... La jolie fille aux yeux brillants assise à côté de moi, une main posée sur la mienne.

— Est-ce que je suis vraiment là ? lui ai-je demandé.

— Rendors-toi.

— Tu crois qu'on va s'en sortir ?

Elle m'a embrassé le bout du nez.

— Rendors-toi.

CHAPITRE SEPT

es rêves terribles se mêlaient dans mon esprit, se succédant dans une espèce de fondu enchaîné. Des bribes de souvenirs de ce que nous avions vécu ces derniers jours : l'œil d'acier d'un canon de revolver braqué sur moi ; des chevaux morts au bord d'une route ; les langues d'un Sépulcreux qui se tendaient vers moi au travers d'un précipice ; ce terrible Estre au sourire atroce, avec ses yeux vides.

Puis ce cauchemar inédit :

Je suis de retour chez moi, mais je suis un fantôme. Je descends la rue en flottant, et j'entre dans ma maison. Mon père est endormi à la table de la cuisine, un téléphone sans fil serré contre sa poitrine. « Je ne suis pas mort », lui dis-je, mais aucun son ne s'échappe de ma bouche.

J'aperçois ma mère, assise sur son lit, en chemise de nuit. Elle regarde par la fenêtre, la pâle lumière de l'après-midi. Elle a le regard morne, et elle est épuisée à force de pleurer. Je veux lui toucher l'épaule, mais ma main la traverse.

J'assiste ensuite à mon propre enterrement. Allongé dans ma tombe, je fixe un rectangle de ciel gris. Mes trois oncles s'approchent pour me regarder. Leurs cous épais débordent de cols blancs amidonnés.

Oncle Les : Quel gâchis, quand même !

Oncle Jack : Je suis vraiment triste pour Frank et Maryann.

Oncle Les : Ouais. Je me demande ce que les gens vont penser.

Oncle Bobby : Ils vont se dire que le gosse avait un grain. Et ce ne sera pas faux.

Oncle Jack : N'empêche, j'avais deviné qu'il ferait ce genre de chose. Il avait cet air-là, tu sais ? Un peu...

Oncle Bobby : Cinglé.

Onc Les : Ça vient du côté de son père, pas du nôtre.

Oncle Jack : N'empêche. C'est terrible.

Oncle Bobby : Ouais.

Oncle Jack : ...

Oncle Les : ...

Oncle Bobby : On va au buffet ?

Mes oncles s'éloignent en traînant les pieds, et Ricky arrive. Ses cheveux verts sont spécialement hérissés pour l'occasion.

— Salut, mec. Maintenant que t'es mort, je peux avoir ton vélo ?

J'essaie de crier : « Je ne suis pas mort ! Je suis juste loin d'ici. Je suis désolé. » Mais les mots me reviennent en écho, emprisonnés à l'intérieur de ma tête.

Le prêtre apparaît et me regarde à son tour. C'est Golan. Il porte une robe noire et tient une Bible à la main. Il me fait un grand sourire.

— On t'attend, Jacob.

Une pelletée de terre s'abat sur moi.

— On t'attend.

✦✦✦

Je me suis assis brusquement, réveillé en sursaut, la bouche sèche. Emma était tout près de moi, les mains posées sur mes épaules.

— Jacob! Dieu merci. Tu nous as fichu une de ces frousses!

— C'est vrai?

— Tu as fait un cauchemar, a ajouté Millard.

Lui aussi était assis en face de moi. On aurait dit un costume vide, maintenu en position assise à grand renfort d'amidon.

— Tu as parlé dans ton sommeil, a-t-il ajouté.

— Ah bon?

Emma a épongé la sueur qui perlait sur mon front avec une serviette de toilette de première classe. Du vrai tissu!

— Oui, a-t-elle confirmé. Mais c'était du charabia. Je n'ai rien compris.

J'ai regardé autour de moi, embarrassé. Apparemment, les autres n'avaient rien remarqué. Éparpillés dans le wagon, ils somnolaient, rêvassaient en regardant par la fenêtre, ou jouaient aux cartes.

Je me suis demandé si je n'étais pas en train de perdre la boule. J'espérais que non.

— Tu fais souvent des cauchemars? s'est informé Millard. Tu devrais les décrire à Horace. Il est très doué pour interpréter les rêves.

— Tu es sûr que ça va? a demandé Emma à son tour, en me massant le bras.

— Oui, très bien.

Impatient de changer de sujet, j'ai indiqué le recueil des *Contes des particuliers,* que Millard avait ouvert sur ses genoux.

— Tu te distrais?

— J'étudie. Quand je pense qu'autrefois, je prenais ces contes pour de banales histoires pour les enfants. En fait, ils sont d'une complexité extraordinaire. Celui qui sait les déchiffrer y trouve tout un tas d'informations confidentielles sur les particuliers. Il me faudrait des années pour les décrypter tous.

— Mais quel intérêt, pour nous ? est intervenue Emma. À quoi servent les boucles, si les Sépulcreux peuvent y entrer, désormais ? Même les boucles secrètes qui figurent dans ce livre finiront bien par être découvertes un jour.

— Le Sépulcreux qui est entré dans celle de Miss Wren était peut-être un cas à part, ai-je suggéré, plein d'optimisme.

— Un Sépulcreux particulier ! s'est exclamé Millard. C'est une idée amusante. Mais non. Je suis sûr que ce n'était pas un spécimen unique. Pour moi, nos ennemis ont réussi à faire évoluer les Creux, et c'est cela qui leur a permis de capturer la plupart des ombrunes.

— Mais comment ? a demandé Emma. Qu'ont-ils de nouveau, qui leur facilite l'entrée dans les boucles ?

— Je me pose la question depuis pas mal de temps, a avoué Millard. On ne sait pas grand-chose sur les Creux, et pour cause. On n'a jamais eu l'occasion d'en examiner un dans des circonstances propices à l'étude. Cependant, il semblerait qu'il leur manque la même chose qu'aux gens normaux. Une chose que nous possédons, vous et moi, et tous ceux qui sont dans ce wagon. Une particularité essentielle, qui nous permet d'entrer dans les boucles, d'y être absorbés.

— Une sorte de clé, ai-je supposé.

— Oui. Certains croient que notre particularité a une existence physique, comme le sang, ou la moelle épinière. D'autres prétendent qu'elle est à l'intérieur de nous, immatérielle. Comme une seconde âme.

— Ah.

Cette idée me plaisait : que la particularité ne soit pas un manque, mais quelque chose en plus. J'aimais penser que l'on possédait quelque chose qui faisait défaut aux gens normaux, plutôt que le contraire. Que nous étions augmentés, et non diminués.

— Songer qu'on pourrait capturer cette seconde âme dans un bocal me fait froid dans le dos, a avoué Emma.

— Et pourtant, au fil des années, de nombreuses tentatives ont été faites dans ce but, a affirmé Millard. Rappelle-toi les paroles de l'Estre déguisé en soldat, tout à l'heure : « J'aimerais pouvoir mettre cette particularité en bouteille », ou quelque chose comme ça.

Emma a frissonné.

— Je préférerais l'oublier.

— Si notre essence particulière pouvait être capturée et enfermée dans un flacon, ainsi que le suggérait ce type, alors, en théorie, elle pourrait être transférée d'un individu à un autre. Imaginez le marché noir des âmes particulières qui se développerait alors chez les gens riches et sans scrupules. Les particularités telles que ton étincelle ou la force herculéenne de Bronwyn seraient vendues au plus offrant !

— C'est répugnant ! me suis-je exclamé.

— La plupart des particuliers sont de ton avis, a affirmé Millard. C'est pourquoi ces recherches sont hors la loi depuis des années.

— Comme si les Estres se souciaient de nos lois, a soupiré Emma.

— Ça me paraît fou, ai-je dit. Ce n'est pas vraiment possible, rassure-moi.

— Non. Du moins, c'est ce que je pensais jusqu'à hier. À présent, je ne suis plus sûr de rien, a admis Millard.

— Depuis que tu as vu le Creux dans la boucle de la ménagerie ?

— Exact. Jusque-là, je n'étais même pas certain de croire à cette histoire de « seconde âme ». Une seule chose me faisait soupçonner son existence : le fait qu'un Sépulcreux se métamorphose lorsqu'il a dévoré suffisamment de particuliers. Il acquiert alors la faculté de voyager dans le temps, grâce aux boucles.

— Tu veux dire qu'il se change en Estre, ai-je traduit.

— C'est ça. Mais seulement s'il dévore des particuliers. Il peut dévorer autant de personnes normales qu'il voudra, il ne se changera jamais en Estre. C'est bien la preuve que nous avons quelque chose qui manque aux gens normaux.

— Mais ce Creux, dans la ménagerie... Il ne s'est pas transformé en Estre, a signalé Emma. C'était juste un Creux capable d'entrer dans les boucles.

— C'est pourquoi je me demande si les Estres n'auraient pas fait des expériences contre nature, est intervenu Millard. On en revient à ce transfert d'âmes particulières.

— Je ne veux même pas l'imaginer ! s'est insurgée Emma. Si on parlait d'autre chose ?

— En admettant que ce soit vrai, où trouveraient-ils les âmes ? ai-je insisté. Et comment ?

— Ça suffit. Je m'en vais !

Emma est allée s'installer à l'autre bout du wagon. Millard et moi sommes restés un long moment silencieux. Je me suis vu ligoté à une table, pendant qu'une bande de docteurs maléfiques tentaient d'extraire mon âme. Comment s'y prendraient-ils ? Avec une aiguille ? Un couteau ?

Espérant faire dérailler ce train de pensées morbides, j'ai abordé un nouveau sujet :

— Comment est-on devenus particuliers, à l'origine ?

— On ne sait pas exactement, a répondu Millard. Il y a des légendes...

— Que disent-elles ?

— Certaines personnes affirment que l'on descend d'une petite poignée de particuliers qui auraient vécu il y a très, très longtemps. Ils étaient très puissants, et immenses. Aussi grands que le géant de pierre.

— Ah bon ? Alors, pourquoi sommes-nous si petits ? Je veux dire, si nos ancêtres étaient des géants ?

— Selon la légende, nos pouvoirs se seraient dilués au fil du temps, à mesure que l'on se multipliait. Nous avons rapetissé, et nous sommes devenus moins puissants.

— C'est clair ! Personnellement, je me sens à peu près aussi puissant qu'une fourmi.

— Les fourmis sont relativement fortes, compte tenu de leur taille.

— Tu vois ce que je veux dire. Ce que je n'arrive pas à saisir, c'est pourquoi moi ? Je n'ai jamais demandé à être comme ça. Qui l'a décidé ?

C'était une question rhétorique. Je n'attendais pas de réponse, mais Millard m'en a quand même fourni une :

Les heures passaient. Les enfants tuaient le temps en se racontant des anecdotes. Ils ont d'abord évoqué des particuliers célèbres, Miss Peregrine, et les premiers temps étranges, fabuleux, de leur vie dans la boucle de Cairnholm. Puis ils ont enchaîné avec leurs propres histoires. J'en avais déjà entendu certaines. Comment Enoch avait ressuscité des morts dans la chambre funéraire de son père, par exemple. Ou le récit de Bronwyn, qui, à l'âge de dix ans, avait brisé sans le vouloir la nuque de son beau-père, qui abusait d'elle.

D'autres, en revanche, étaient nouvelles pour moi. Malgré leur grand âge, les enfants ne se livraient pas souvent à ce travail de mémoire.

Horace avait commencé à faire des rêves étranges à l'âge de six ans, mais il ne s'était aperçu qu'ils étaient prémonitoires que deux ans plus tard. Une nuit, il avait rêvé du naufrage du *Lusitania*[1]. Le lendemain, il avait entendu le récit de la catastrophe à la radio.

Hugh, dès son plus jeune âge, avait préféré le miel à toute autre nourriture. À cinq ans, il avait déjà mangé de la cire d'abeilles avec gourmandise. La première fois qu'il avait avalé un insecte par mégarde, il ne s'en était pas rendu compte avant de le sentir bourdonner dans son estomac.

– Ça n'avait pas l'air de le déranger, s'est-il rappelé. Alors, j'ai continué à manger. Au bout de quelque temps, je me suis retrouvé avec un véritable essaim dans le ventre.

_____

1. Le paquebot transatlantique *Lusitania* fut coulé par un sous-marin allemand le 7 mai 1915, au large de l'Irlande.

Quand les abeilles avaient besoin de récolter du pollen, il allait se promener dans un champ de fleurs. C'était là qu'il avait rencontré Fiona, assoupie dans l'herbe.

Hugh a enchaîné sur l'histoire de son amie. Fiona était réfugiée d'Irlande. Pendant la famine des années 1840, elle avait fait pousser de la nourriture pour les habitants de son village, jusqu'au jour où ils l'avaient chassée. Ils l'accusaient d'être une sorcière. Hugh avait glané ces informations au fil des années, à force de communiquer en silence avec la jeune fille. Fiona n'était pas née muette, nous a-t-il appris. C'étaient les horreurs auxquelles elle avait assisté durant la famine qui l'avaient privée de sa voix.

Le tour d'Emma est venu, mais elle n'avait aucune envie de dévoiler sa vie.

— Pourquoi ? a gémi Olive. Allez, s'il te plaît ! Dis-nous comment tu t'es aperçue que tu étais particulière…

— C'est une vieille histoire sans intérêt, a marmonné Emma. On ferait mieux de s'intéresser au futur, plutôt qu'au passé, vous ne croyez pas ?

— Arrête de faire ta rabat-joie ! l'a taquinée Olive.

Emma s'est levée, décidée à ne pas se laisser importuner plus longtemps. Elle est partie s'asseoir à l'autre bout du wagon. J'ai attendu quelques minutes, pour ne pas qu'elle se sente traquée, puis je l'ai rejointe. En me voyant approcher, elle s'est cachée derrière un journal.

— Parce que je n'ai aucune envie d'en discuter, a-t-elle dit. Voilà pourquoi !

— Je ne t'ai rien demandé.

— Tu allais me poser la question. Je t'ai épargné cette peine.

— Par souci d'égalité…, ai-je commencé, je vais te raconter quelque chose à mon sujet.

Elle a jeté un coup d'œil par-dessus le journal, vaguement intriguée.

— Est-ce que je ne sais pas déjà tout sur toi ?

— Ha, ha ! Loin de là !

— D'accord. Dans ce cas, dis-moi trois choses que j'ignore encore. Mais seulement des secrets inavouables, s'il te plaît. Allez, dépêche-toi !

Je me suis creusé la cervelle à la recherche d'anecdotes. Mais les seules qui me venaient à l'esprit étaient très embarrassantes.

— Euh… Première histoire : quand j'étais petit, j'étais hypersensible à la violence à la télé. Je ne comprenais pas que ce n'était pas réel. Quand je voyais un dessin animé où une souris donnait un coup de poing à un chat, je paniquais et je me mettais à pleurer.

Elle a baissé son journal.

— Comme c'est mignon ! Et regarde-toi aujourd'hui. Tu tues des monstres en leur enfonçant des objets coupants dans les orbites.

— Deuxième histoire… Je suis né un soir de Halloween, et jusqu'à l'âge de huit ans, mes parents m'ont fait croire que les bonbons que les gens me donnaient quand je frappais à leur porte étaient des cadeaux d'anniversaire.

— Mouais…, a-t-elle fait. Cette anecdote-là n'était pas très sombre. Mais bon, je t'autorise à continuer.

— Trois. La première fois qu'on s'est vus, j'étais convaincu que tu allais me trancher la gorge. J'étais terrifié, et pourtant, une petite voix au fond de moi me disait : « Si c'est le dernier visage que tu vois, au moins, il est sublime. »

Le journal est tombé sur les genoux d'Emma.

— Jacob, c'est…

Elle a regardé par terre, puis dehors, avant de reporter son attention sur moi.

— C'est vraiment adorable de me dire ça !

— C'est la vérité, ai-je souligné.

J'ai fait glisser une main jusqu'à la sienne.

— À toi, maintenant.

— Je n'essaie pas de cacher quoi que ce soit, tu sais. Seulement, ces histoires poussiéreuses me donnent l'impression d'avoir à nouveau dix ans, et d'être rejetée. Ce sentiment n'a pas disparu, malgré tous ces jours d'été magiques qui se sont écoulés depuis.

J'ai senti mon cœur se serrer. Emma transportait sa douleur en elle, telle une blessure ouverte, depuis toutes ces années.

— J'ai envie de te connaître. De savoir qui tu es, d'où tu viens. C'est tout.

Elle s'est tortillée sur son siège, mal à l'aise.

— Je ne t'ai jamais parlé de mes parents ?

— Tout ce que je sais, je l'ai appris de Golan, ce fameux soir, dans la chambre froide[1]. Il a dit que tu avais été vendue à un cirque itinérant.

— Ce n'est pas tout à fait exact.

Emma s'est affalée sur son siège ; sa voix n'était plus qu'un murmure.

— Je préfère que tu connaisses la vérité, plutôt que de croire des rumeurs. La voici. J'avais dix ans quand mon talent s'est

---

1. Voir *Miss Peregrine et les enfants particuliers*, tome I.

manifesté. Je n'arrêtais pas de mettre le feu à mon lit pendant mon sommeil. Mes parents ont fini par me retirer mes draps et m'obliger à dormir sur un petit lit en métal nu, dans une pièce vide, sans rien d'inflammable dans les parages. Ils me prenaient pour une pyromane et une menteuse. La preuve : je ne me brûlais jamais. En fait, je ne pouvais pas me brûler. Mais ça, au départ, je ne le savais pas. J'avais dix ans, je ne comprenais pas ce qui m'arrivait. Crois-moi, c'est terrifiant d'avoir ce genre de manifestations surnaturelles. C'est une peur qu'ont connue presque tous les enfants particuliers, car très peu d'entre nous sont nés de parents particuliers.

— J'imagine.

— Un jour, j'étais une fillette ordinaire. Le lendemain, j'ai senti une drôle de démangeaison dans mes paumes. Elles ont enflé, sont devenues rouges et brûlantes. Si chaudes que j'ai foncé à l'épicerie pour les plonger dans un casier à poissons ! Quand la glace a fondu, les poissons ont commencé à cuire, et l'épicier m'a chassée à coups de pied dans le derrière. Il a demandé à ma mère de lui rembourser les dégâts. À ce moment-là, mes mains étaient en feu. La glace n'avait fait qu'empirer les choses ! Finalement, elles se sont enflammées, et j'ai cru que j'allais devenir folle à lier.

— Comment tes parents ont-ils réagi ?

— Ma mère, qui était très superstitieuse, s'est sauvée de la maison et n'est jamais revenue. Elle a cru que j'étais un démon, sorti tout droit de l'enfer *via* son utérus. Mon père a choisi une tout autre approche. Il m'a frappée et enfermée dans ma chambre. Quand j'ai brûlé la porte pour tenter de m'échapper, il m'a ligotée avec une corde d'amiante. Il m'a gardée prisonnière pendant des jours, en me nourrissant de temps en temps à la main, car il ne me faisait pas assez confiance pour me détacher. Il avait raison de se méfier. Je l'aurais brûlé à la seconde où il m'aurait libérée.

— Il l'aurait bien mérité.

— Sans doute. Mais cela n'aurait rien arrangé. Mes parents étaient des gens horribles, cependant, s'ils avaient été différents, si j'étais restée plus longtemps chez eux, les Sépulcreux n'auraient pas tardé à me trouver. Je dois la vie à deux personnes : ma petite sœur, Julia, qui m'a libérée une nuit pour que je puisse m'enfuir, et Miss Peregrine, qui m'a découverte un mois plus tard, alors que je travaillais comme mangeuse de feu dans un cirque itinérant.

Emma a eu un sourire mélancolique.

— Ce jour-là est devenu celui de mon anniversaire. C'est celui où j'ai rencontré ma véritable mère.

Mon cœur a littéralement fondu.

— Merci de m'avoir raconté ton histoire.

Je me sentais encore plus proche d'Emma désormais. J'étais moins seul dans ma propre confusion. Au cours de sa vie, chaque particulier affronte une période d'incertitude douloureuse. Nous passions tous par des épreuves. Mais ce qui me distinguait des autres, c'était que mes parents m'aimaient toujours. Et, malgré nos différends, je les aimais aussi à ma manière. Penser qu'ils souffraient à cause de moi me rendait très malheureux.

Quelle était ma dette envers eux ? Que pesait-elle comparée à celle que j'avais vis-à-vis de Miss Peregrine, ou à la tâche que mon grand-père m'avait assignée. Et face à ce sentiment doux et profond que j'éprouvais pour Emma, qui semblait se renforcer chaque fois que je la regardais ?

Pour le moment, la balance penchait en faveur de cette dernière. Mais si je survivais à notre aventure, et si nous parvenions à
sauver Miss Peregrine, je devrais affronter la décision déchirante
que j'avais prise.

« Si je survivais. »

Ces mots me ramenaient immanquablement à l'instant présent. Car l'avenir dépendait de ma capacité à rester concentré.
Je ne pouvais pas sentir le danger si j'étais distrait. Ma présence et
ma participation entières *maintenant* conditionnaient notre survie.

Cette perspective, malgré la terreur qu'elle m'inspirait, me
permettait aussi de garder la tête sur les épaules.

Nous approchions de Londres. Les villages ont cédé la place
à des villes, peu à peu remplacées par une longue étendue de
banlieue. Je me suis demandé quelles nouvelles horreurs nous
attendaient dans la capitale.

J'ai jeté un coup d'œil au gros titre du journal ouvert sur les
genoux d'Emma.

« Raids aériens sur Londres : des centaines de morts. »

J'ai fermé les yeux et je me suis efforcé de faire le vide dans
ma tête.

DEUXIÈME PARTIE

*S*i un observateur avait regardé le train de huit heures trente entrer en gare en sifflant et s'arrêter dans un jet de vapeur, il n'aurait rien remarqué de particulier. Les contrôleurs et les bagagistes avaient déverrouillé, puis ouvert ses portes, laissant s'échapper un flot d'hommes et de femmes – certains en uniforme militaire – qui s'étaient dispersés sur le quai bondé. Il n'aurait certainement pas prêté attention aux huit enfants épuisés, sortis en titubant d'une voiture de première classe, qui clignaient des yeux dans la lumière trouble du quai. Ces enfants qui restaient plantés là, comme hébétés par le vacarme et la fumée ambiants.

Un jour ordinaire, un adulte compatissant aurait abordé ce groupe d'enfants perdus, blottis les uns contre les autres, l'air misérable. Il leur aurait demandé ce qui leur arrivait, aurait voulu savoir où se trouvaient leurs parents, et leur aurait éventuellement proposé de l'aide. Mais ce jour-là, le quai grouillait de centaines d'enfants, qui étaient tout aussi perdus et misérables. C'est pourquoi personne n'a remarqué la fillette châtaine aux bottines à boutons, dont les pieds semblaient flotter au-dessus du sol. Nul ne s'est intéressé à ce garçon au visage rond, coiffé d'une casquette, qui ouvrait la bouche pour laisser sortir une abeille. Personne n'a vu son camarade aux yeux cernés repousser d'un doigt le petit personnage en argile qui cherchait à s'échapper de sa poche de chemise. Le garçon vêtu d'un élégant costume taché de boue et coiffé d'un haut-de-forme n'a pas davantage attiré l'attention, malgré ses traits tirés. Il ne s'était pas autorisé à dormir depuis des jours, tant il redoutait ses rêves, et le manque de sommeil le rendait hagard. En dépit de sa corpulence impressionnante, la jeune fille qui portait sur son dos une malle de voyage presque aussi grosse qu'elle est passée tout aussi inaperçue. Les gens ne pouvaient pas savoir combien la malle était lourde, ni ce qu'elle contenait... Ni d'ailleurs pourquoi on avait percé une série de trous minuscules sur l'un de ses côtés. Ils ont dépassé sans le voir le jeune homme qui se tenait près d'elle, la tête dissimulée sous des écharpes et une capuche, alors que l'air était encore doux en ce début de septembre.

Il y avait aussi ce jeune Américain, à l'apparence si ordinaire qu'il méritait à peine un regard. Ce dernier, dressé sur la pointe des pieds, scrutait la foule, telle une sentinelle. La fille debout à ses côtés avait les mains jointes. Comme chaque fois qu'elle était contrariée, une petite flamme frisait autour de l'ongle de son auriculaire. Elle secouait le doigt, ainsi qu'on le fait pour éteindre une allumette, puis soufflait dessus, sans résultat. En désespoir de cause, elle l'introduisait dans sa bouche et laissait échapper une bouffée de fumée par les narines. Mais bien sûr, personne ne la fixait assez longtemps pour remarquer ce petit manège.

En vérité, nul ne regardait les enfants sortis du wagon de première classe d'assez près pour remarquer ce qu'ils avaient de particulier. Et c'était tant mieux !

CHAPITRE HUIT

*E*mma m'a poussé du coude.

— Alors ?

— Donne-moi encore une minute.

Bronwyn avait posé sa malle, et je m'étais perché dessus pour scruter la mer de visages qui déferlait sur le quai. Il y avait là d'innombrables enfants ; ils se déplaçaient comme des amibes sous un microscope, avant de monter dans des trains noirs, qui les avalaient et repartaient en sifflant.

L'impatience de mes amis était palpable. Ils me regardaient observer la foule, l'air tendu. Je devais les prévenir si j'apercevais, dans cette masse grouillante, des monstres résolus à nous tuer. Et j'étais censé le découvrir d'un simple regard, en me fiant à un vague malaise, un mal de ventre. Par le passé, j'avais souffert de violentes crampes d'estomac chaque fois qu'un Sépulcreux s'était trouvé dans les parages. Mais dans un espace aussi vaste, parmi ces milliers de voyageurs, ce signal risquait d'être imperceptible. Un frisson, le plus minuscule des pincements...

— Les Estres savent-ils que nous venons ? a demandé Bronwyn à voix basse, de crainte d'être entendue par des gens normaux — ou pire, par un Estre.

On nous avait rapporté que ces derniers avaient des oreilles partout à Londres.

— Nous avons tué tous ceux qui auraient pu avoir eu vent de nos projets, a répondu Hugh avec fierté. Ou plus exactement, *je* les ai tués.

— Autrement dit, les autres mettront encore plus d'ardeur à nous chercher, a déclaré Millard. Et désormais, ils ne voudront plus seulement l'oiseau. Ils voudront se venger.

— Ne traînons pas ici, a dit Emma.

Elle m'a tapoté la jambe.

— Tu as bientôt fini ?

— Encore une minute.

À vrai dire, ce n'étaient pas les Estres qui m'inquiétaient le plus, mais les Creux. J'en avais tué deux à ce jour et, chaque fois, j'avais frôlé la mort. La chance — si c'était elle qui m'avait permis de rester en vie — allait forcément me faire défaut un jour. C'est pourquoi j'avais décidé de ne plus jamais me laisser surprendre. Je ferais tout pour sentir les monstres d'assez loin et les éviter. Fuir était moins glorieux que combattre, bien sûr. Mais la gloire ne m'intéressait pas. Je voulais juste ne pas mourir.

Ainsi, le véritable danger ne venait pas des silhouettes sur le quai ; il se cachait dans les ombres, l'obscurité et les recoins. C'était sur ces endroits que je fixais mon attention. J'avais une impression étrange, comme si je sortais de mon corps pour me projeter à l'extérieur, à l'affût d'éventuels dangers. Quelques jours plus tôt, j'aurais encore été incapable d'agir ainsi. Cette capacité que j'avais à diriger mes sens, tels des projecteurs, était nouvelle pour moi.

— La voie est libre, ai-je annoncé en descendant de la malle. Pas de Sépulcreux en vue.

— Ça, j'aurais pu te le dire ! a pouffé Enoch. S'il y en avait eu, ils nous auraient dévorés à l'heure qu'il est !

Emma m'a pris à part.

— Il faut que tu sois plus rapide si on veut avoir une chance de se défendre.

Autant demander à quelqu'un qui vient d'apprendre à nager de disputer une épreuve olympique.

— Je fais de mon mieux, ai-je dit.

Elle a hoché la tête.

— Je sais.

Emma s'est tournée vers les autres ; elle a fait claquer ses doigts pour réclamer leur attention. Puis elle nous a indiqué une cabine téléphonique rouge, de l'autre côté du quai.

— Allons là-bas.

— À qui veux-tu téléphoner ? s'est étonné Hugh.

— D'après le chien de la ménagerie, toutes les boucles de Londres ont été envahies, et leurs ombrunes kidnappées, a rappelé Emma. Mais on doit quand même s'en assurer.

— On peut téléphoner à une boucle temporelle ? ai-je demandé, sidéré.

Millard nous a expliqué que le Conseil des Ombrunes avait mis en place une liaison téléphonique, restreinte à la capitale.

À l'extérieur de la cabine, la foule a ralenti, puis s'est arrêtée, bloquée par un goulot d'étranglement invisible. Le quai avait atteint son encombrement maximal. Nous étions entourés d'enfants normaux qui bavardaient, criaient, se poussaient. Près d'Olive, une fillette coiffée de nattes pleurait à chaudes larmes. Elle transportait une couverture dans une main, une valise en carton dans l'autre. Une étiquette épinglée à sa blouse indiquait en grosses lettres :

115-201

Londres-Sheffield.

Olive a regardé l'enfant sangloter, jusqu'à ce que ses propres yeux s'emplissent de larmes. Finalement, incapable de tenir sa langue plus longtemps, elle lui a demandé ce qu'elle avait. La fillette a fait la sourde oreille et détourné le regard.

Olive n'a pas compris le message.

— Qu'est-ce qui t'arrive ? a-t-elle insisté. Tu pleures parce qu'on t'a vendue ?

Elle a indiqué l'étiquette sur sa blouse.

— C'est ton prix ?

La petite fille a voulu se dérober, mais elle était bloquée par la foule.

— Je voudrais bien t'acheter pour te libérer, a continué Olive, mais on a dépensé tout notre argent dans les billets de train. On n'a même plus de quoi s'offrir des tartes à la viande, et encore moins une esclave. Je suis désolée.

L'enfant a pivoté vers elle.

— Je ne suis pas à vendre ! a-t-elle crié en tapant du pied.

— Tu en es sûre ?

– Oui !

Dans un geste de rage, elle a arraché l'étiquette de sa blouse et l'a jetée par terre.

– C'est juste que je ne veux pas aller vivre à la campagne !

– Moi non plus, je n'avais pas envie de quitter ma maison, mais j'ai été obligée, a rapporté Olive. Elle a été détruite par une bombe.

La physionomie de la fillette s'est adoucie.

– La mienne aussi.

Elle a posé sa valise et tendu une main.

– Pardon de m'être fâchée. Je m'appelle Jessica.

– Et moi, Olive.

– Enchantée, a repris Jessica. J'aime bien ton... ton... La chose que tu as sur la tête.

– Mon diadème !

Olive l'a effleuré d'une main.

– Ce n'est pas de l'argent, tu sais.

– Ça ne fait rien. C'est joli.

Olive lui a décoché le sourire le plus radieux que je lui aie jamais vu. Puis un sifflement puissant a déchiré l'air, et une voix a jailli d'un haut-parleur.

– Tous les enfants, en voiture ! On avance gentiment, en rang !

La foule s'est remise en mouvement autour de nous. Les adultes poussaient les enfants devant eux comme un troupeau de moutons.

– Ne vous inquiétez pas, vous reverrez bientôt papa et maman ! a lancé un homme à la cantonade.

J'ai enfin compris pourquoi les enfants étaient si nombreux dans la gare, ce jour-là. On les évacuait. Nous étions les seuls à débarquer à Londres ; tous les autres en partaient. Leurs parents

leur faisaient quitter la ville pour leur sécurité. Et, à voir les manteaux d'hiver et les valises pleines à craquer que certains transportaient, ils prévoyaient de s'absenter un long moment.

— Je dois partir, a soupiré Jessica.

Olive avait à peine dit au revoir à la fillette que celle-ci était emportée par la foule, vers un train à quai. En l'espace de quelques minutes, elle s'était fait et avait perdu la seule amie normale qu'elle ait jamais eue.

Au moment de monter dans le train, Jessica s'est retournée. « Qu'est-ce que je vais devenir ? » semblait-elle nous demander.

En la regardant s'éloigner, nous nous sommes posé la même question : qu'allions-nous devenir ?

***

Dans la cabine téléphonique, Emma fixait le récepteur avec une grimace.

— Aucun numéro ne répond. Ça sonne, ça sonne, mais personne ne décroche.

Millard lui a tendu une nouvelle page.

— C'est le dernier. Croise les doigts.

Je regardais Emma composer le numéro quand une imprécation a fusé derrière moi. Un homme au visage écarlate agitait un parapluie comme pour nous menacer.

— Vous en mettez un temps ! Libérez cette cabine et montez immédiatement dans votre train !

— On vient juste d'en descendre, a signalé Hugh. On n'a aucune intention d'y remonter !

L'homme qui tenait Emma l'a lâchée et a filé sans demander son reste. Mon agresseur s'est fait piquer au bout du nez. Il a hurlé et battu des bras, comme possédé par des démons. Bientôt, tous les adultes étaient en fuite, ou tentaient de se défendre avec des mouvements de danse spasmodiques, au grand plaisir des petits spectateurs. Les enfants qui patientaient encore sur le quai poussaient des cris de joie et lançaient les bras en l'air pour les imiter. Profitant de la distraction, nous avons couru vers les tourniquets et nous sommes sortis en trombe dans le vacarme de Londres, en pleine après-midi.

***

Nous n'avons pas tardé à nous perdre dans le chaos des rues. Des *gentlemen* et des *ladies*, des ouvriers, des soldats, des gamins des rues et des mendiants fonçaient dans toutes les directions, formant des cercles autour des petites voitures de vendeurs ambulants qui vantaient leurs marchandises, de musiciens de rue qui soufflaient dans des trompettes ou d'autobus qui klaxonnaient et s'arrêtaient en frissonnant pour déverser de nouveaux passants sur les trottoirs déjà bondés. De chaque côté de la chaussée se dressaient de hauts bâtiments à colonnades donnant aux rues l'allure de canyons. La lumière du soleil, filtrée par les fumées, n'était plus qu'une lueur maussade, à peine plus visible qu'une lanterne clignotant dans le brouillard.

Pris de vertige, j'ai fermé les yeux et laissé Emma m'entraîner derrière elle. J'ai glissé ma main libre dans ma poche pour toucher l'écran de mon portable. Cette sensation était curieusement réconfortante. Mon téléphone était une relique du futur, inutilisable ; et pourtant, il exerçait un certain pouvoir sur moi. Tel un long filament ténu, connecté à mon propre monde plus facile à appréhender. Quand je le touchais, cet objet me disait : «Tu es ici, c'est réel, tu ne rêves pas, tu es toujours toi-même.» Et cette pensée apaisait un peu mon malaise.

Enoch avait étudié à Londres et prétendait connaître la ville comme sa poche. C'était donc lui qui ouvrait la marche. Nous empruntions surtout des allées et des ruelles, et nous avions l'impression d'évoluer dans un labyrinthe de murs gris et de tuyaux de gouttière. La majesté de la ville ne nous apparaissait que furtivement, tandis que l'on traversait à la hâte un large boulevard pour rejoindre la pénombre rassurante des rues. Notre course avait pris l'allure d'un jeu. On riait, on se poursuivait... Horace a fait mine de trébucher sur le rebord d'un trottoir, puis il a retrouvé l'équilibre comme par magie, et fait une profonde révérence en retirant son chapeau. Nous sommes partis d'un fou rire. Nous étions étonnamment frivoles, stupéfaits d'être arrivés jusqu'ici après avoir traversé l'océan puis la forêt, échappé à un Creux redoutable et à des Estres armés jusqu'aux dents.

La gare était déjà loin quand nous nous sommes arrêtés dans une impasse pour reprendre notre souffle.

Bronwyn a posé sa malle et sorti Miss Peregrine. La directrice a fait quelques pas en titubant sur les pavés, comme soûle. Horace et Millard ont éclaté de rire.

— Qu'est-ce qu'il y a de drôle ? s'est fâchée Bronwyn. Ce n'est pas la faute de Miss Peregrine si elle est groggy.

Horace a écarté les bras.

— Bienvenue à Londres ! s'est-il exclamé avec grandiloquence. Cette ville est encore plus splendide que tu nous l'avais dit,

Enoch ! Et pourtant, tu nous l'avais décrite en long, en large et en travers ! Pendant soixante-quinze ans : Londres par-ci, Londres par-là, Londres ! La plus belle ville du monde !

Millard a soulevé le couvercle d'une poubelle voisine.

— Londres ! Les plus belles ordures du monde !

Horace a ôté son chapeau.

— Londres ! Là où même les rats portent des hauts-de-forme !

— Vous exagérez ! a protesté Enoch.

— Oh non ! s'est exclamée Olive. Tu n'arrêtais pas de nous dire : « Ce n'est pas comme ça qu'on fait à Londres. » Ou bien : « La nourriture est tellement plus raffinée à Londres ! »

— C'est clair qu'on n'est pas en train de faire une visite touristique ! a répliqué Enoch, sur la défensive. Il faut savoir ce que vous voulez : marcher dans les rues sombres, ou vous faire repérer par des Estres.

Horace l'a ignoré.

— Londres : où chaque jour est un jour de fête... pour l'éboueur !

Il a éclaté de rire. Sa bonne humeur était contagieuse. Bientôt, nous étions tous pris de hoquets, même Enoch.

— Je crois que j'ai un peu enjolivé les choses, a-t-il avoué.

— Londres n'a rien d'amusant, a dit Olive en fronçant les sourcils. C'est sale, ça sent mauvais, et c'est plein de gens méchants qui font pleurer les enfants. Je déteste cette ville !

Avec une grimace, elle a ajouté :

— En plus, je suis affamée !

Cette remarque nous a fait redoubler d'hilarité.

— On a rencontré des gens méchants à la gare, a admis Millard. Mais ils ont eu ce qu'ils méritaient ! Je n'oublierai jamais la tête du type au parapluie quand Bronwyn l'a enfermé dans la cabine téléphonique.

— Et cette femme horrible, qui s'est fait piquer le derrière par une abeille! a dit Enoch. Je serais prêt à payer pour revoir la scène.

J'ai guetté la réaction de Hugh, mais il nous tournait le dos. Ses épaules tremblaient.

— Hugh? Ça va?

Il s'est éloigné.

— Tout le monde s'en fiche! a-t-il lâché. Ne prenez pas la peine de demander à ce bon vieux Hugh comment il se sent. Il est là pour vous sauver la peau, sans attendre de personne un seul mot de remerciement!

Penauds, nous nous sommes empressés de le remercier et de nous excuser.

— Désolé, Hugh.

— Encore merci, Hugh.

— Tu es notre héros, Hugh.

Il s'est alors adressé à nous :

— C'étaient mes amies, vous savez.

— On l'est toujours! s'est exclamée Olive.

— Pas vous. Mes abeilles! Elles ne peuvent piquer qu'une seule fois. Ensuite, c'est l'extinction des feux, le grand saut! Et maintenant, il ne me reste plus que Molly, et elle est bien mal en point.

Il a tendu la main et ouvert lentement les doigts. Dans sa paume, nous avons découvert la pauvre Molly.

— Allez, ma grande, lui a chuchoté Hugh. Il est temps de rentrer à la maison.

Il a tiré la langue, installé l'abeille dessus et refermé la bouche.

Enoch lui a tapoté l'épaule.

— J'essaierais bien de les ressusciter, mais je ne suis pas sûr que ça marche avec d'aussi petites créatures.

— Merci quand même, a dit Hugh.

Il s'est raclé la gorge et s'est essuyé les joues brusquement, comme s'il s'en voulait d'avoir laissé couler ses larmes.

— On t'en trouvera d'autres dès qu'on aura réglé le problème de Miss Peregrine, a dit Bronwyn.

— En parlant de ça, Emma, as-tu réussi à contacter une ombrune au téléphone ? s'est informé Enoch.

— Non. Pas une seule.

Emma s'est assise sur une poubelle retournée, le dos voûté.

— J'espérais qu'on aurait un peu de chance, pour une fois. Mais non…

— Le chien avait raison, a conclu Horace. Les grandes boucles de Londres sont tombées aux mains de nos ennemis.

Il a baissé la tête.

— Le pire est arrivé. Toutes les ombrunes ont été kidnappées.

Nous l'avons imité. Notre bonne humeur s'était envolée.

— Dans ce cas, Millard, tu ferais bien de nous dire tout ce que tu sais sur les boucles punitives, a dit Enoch. Si c'est là que les ombrunes sont prisonnières, on va devoir organiser un sauvetage.

— Non, s'est écrié Millard. Non, non, non !

— Comment ça, non ? est intervenue Emma.

Millard a laissé échapper un son étranglé et s'est mis à respirer bizarrement.

— Je veux dire… On ne peut pas…

Il semblait avoir toutes les peines du monde à s'exprimer.

— Qu'est-ce qui lui prend ? s'est inquiétée Bronwyn. Mill, qu'est-ce que tu as ?

— Je te conseille de nous expliquer tout de suite ce que tu entends par « non » ! a insisté Emma.

— Parce qu'on en mourrait, voilà pourquoi ! a lâché Millard d'une voix brisée.

— Mais, quand on était à la ménagerie, tu as dit que c'était facile de s'introduire dans ces boucles ! ai je souligné.

Millard est entré en hyperventilation. Bronwyn a trouvé un sac en papier chiffonné et lui a ordonné de respirer à l'intérieur. Une fois remis de ses émotions, il a parlé.

— C'est assez facile d'y pénétrer, a-t-il confirmé. En ressortir, c'est une autre affaire. Vivant, je veux dire. Les boucles punitives sont tout ce que le chien nous a dit, et pire encore. Des rivières de feu… des Vikings assoiffés de sang… Un air si pestilentiel que l'on arrive à peine à respirer… Et au milieu de tout cela, Dieu sait combien d'Estres et de Sépulcreux !

— Fantastique ! s'est exclamé Horace. Tu ne crois pas que tu aurais pu nous dire tout ça plus tôt. Par exemple, quand on était à la ménagerie, et qu'on réfléchissait à un plan !

— Est-ce que ça aurait changé quelque chose ?

Millard a pris quelques inspirations supplémentaires dans le sac.

— Si je vous en avais dressé un tableau plus effrayant, auriez-vous choisi d'abandonner Miss Peregrine à son sort ?

— Bien sûr que non ! a protesté Horace. Mais tu aurais dû nous dire la vérité.

Millard a lâché le sac. Il gagnait en assurance à mesure qu'il retrouvait le souffle.

– J'avoue que j'ai un peu minimisé le danger des boucles punitives. Mais je n'ai jamais pensé qu'on aurait à y entrer ! Malgré les prédictions inquiétantes de ce chien horripilant, j'étais certain qu'il resterait au moins une boucle intacte à Londres, avec son ombrune à l'intérieur, et qu'elle nous viendrait en aide. D'ailleurs, tout espoir n'est pas perdu. Comment peut-on être sûrs que tous les oiseaux ont été enlevés ? A-t-on vu de nos propres yeux leurs boucles saccagées ? Et si leurs téléphones étaient simplement... en dérangement ?

– Tous ? s'est esclaffé Enoch.

Même Olive, éternelle optimiste, a secoué la tête, incrédule.

– Qu'est-ce que tu suggères, Millard ? a demandé Emma. Qu'on fasse le tour des boucles de Londres ? À ton avis, quelles sont les chances pour que les corrompus laissent ces endroits sans surveillance, alors qu'ils nous recherchent ?

– Autant jouer à la roulette russe, a ironisé Enoch.

– Ce que je veux dire, a insisté Millard, c'est que nous n'avons aucune preuve...

– Quelle preuve te faudrait-il ? a rétorqué Emma. Des flaques de sang ? Un tas de plumes arrachées ? Miss Avocette nous a dit que les corrompus avaient donné l'assaut à Londres voici des semaines. Miss Wren elle-même craignait que toutes les ombrunes de Londres n'aient été kidnappées. Comment serais-tu mieux informé qu'elle ? Aucune ne répond au téléphone. Dans ces conditions, je suis convaincue qu'aller de boucle en boucle serait suicidaire.

– Attends une seconde ! l'a interrompue Millard. Et Miss Wren ?

– Quoi, Miss Wren ?

— Rappelez-vous ce que nous a dit le chien : Miss Wren est partie pour Londres il y a quelques jours, quand elle a appris que ses sœurs ombrunes avaient été kidnappées.

— Et alors ?

— Imaginez qu'elle y soit toujours…

— À l'heure qu'il est, elle aura certainement été capturée ! a prédit Enoch.

— Et si ce n'était pas le cas ?

La voix de Millard vibrait d'espoir.

— Elle pourrait aider Miss Peregrine. Et on n'aurait pas besoin de s'approcher des boucles punitives !

— Et comment la contacte-t-on ? a objecté Enoch. On crie son nom sur les toits ? On n'est pas à Cairnholm. Il y a un million d'habitants, ici !

— Ses pigeons…, a dit Millard.

— Pardon ?

— Ce sont les pigeons particuliers de Miss Wren qui lui ont appris où les Estres avaient conduit les ombrunes. S'ils savaient où elles étaient, ils doivent aussi savoir où se trouve Miss Wren. Ils lui appartiennent, après tout.

— Ha, ha ! s'est esclaffé Enoch. Il y a à peu près autant de pigeons que de vieilles dames, à Londres. Comment espères-tu dénicher les siens ?

— C'est vrai que ça paraît fou, a dit Emma. Désolée, Mill, mais je ne vois pas comment ça pourrait marcher.

— Remerciez-moi d'avoir étudié dans le train, au lieu de bavarder inutilement. Quelqu'un, passez-moi *Les contes* !

Bronwyn a récupéré le livre dans sa malle et le lui a confié. Millard s'est aussitôt plongé dedans.

— Il y a beaucoup de réponses dans ces histoires. Il suffit de savoir ce que l'on cherche.

Il s'est arrêté à une page et l'a tapotée du doigt.

— Là voilà !

Il a tourné le livre vers nous pour nous montrer ce qu'il avait découvert. Le conte était intitulé *Les pigeons de Saint-Paul*.

— Ça alors ! a fait Bronwyn. Tu crois qu'il pourrait s'agir des pigeons dont on parle ?

— Si un conte leur est consacré, ce sont certainement des pigeons particuliers, a confirmé Millard. Et combien en existe-t-il, à votre avis ?

Olive a applaudi.

— Millard, tu es génial !

— Merci. Je n'en doutais pas.

— Attendez, je suis perdu, suis-je intervenu. C'est quoi, Saint-Paul ?

— Même moi, je le sais ! s'est moquée Olive. C'est la cathédrale !

Elle s'est avancée au bout de l'allée et a montré du doigt un dôme géant, au loin.

— C'est la plus grande et la plus magnifique cathédrale de Londres, a ajouté Millard. Et si mes suppositions sont bonnes, c'est là que nichent les pigeons de Miss Wren.

— Espérons qu'ils y sont en ce moment, a dit Emma. Et qu'ils ont de bonnes nouvelles pour nous.

***

Nous avons emprunté le labyrinthe d'étroites ruelles menant à la cathédrale dans un silence maussade. Le battement de nos souliers sur les pavés se mêlait aux bruits de la ville : le vrombissement des avions, le sempiternel grondement de la circulation et le hurlement intermittent des sirènes.

Plus on s'éloignait de la gare, plus on voyait de stigmates des bombardements qui avaient frappé la capitale : des façades trouées par des éclats d'obus, des fenêtres brisées, des chaussées scintillantes, jonchées de verre pilé. Le ciel était constellé de dirigeables argentés, fixés au sol par de longs câbles.

– Ce sont des ballons de barrage, a expliqué Emma en me voyant tendre le cou. Des pièges efficaces. La nuit, les bombardiers allemands qui survolent la ville à basse altitude se prennent dans leurs câbles et s'écrasent.

Au détour d'une rue, nous sommes tombés sur une scène de destruction si étrange que je me suis arrêté pour la contempler, bouche bée. Non pas par voyeurisme morbide, mais parce que mon cerveau peinait à comprendre ce qui s'était passé. Une bombe avait laissé un cratère béant sur toute la largeur de la rue : une bouche monstrueuse, hérissée de dents irrégulières. L'explosion avait arraché la façade d'un immeuble, mais laissé l'intérieur intact. On aurait cru voir une maison de poupée, avec ses pièces exposées à la vue de tous. Dans la salle à manger, la table était mise pour le dîner. Des photos de famille étaient suspendues de travers dans un couloir. Une bande de papier toilette, accrochée à son rouleau, s'agitait dans le vent, tel un long drapeau blanc.

– Ils n'ont pas fini de construire cette maison ? s'est étonnée Olive.

— Mais non, bêtasse, l'a détrompée Enoch. Elle a été détruite par une bombe.

Pendant un moment, la fillette a paru au bord des larmes. Puis son visage s'est durci. Elle a levé un poing vers le ciel et crié :

— Méchant Hitler ! Arrêtez cette horrible guerre et rentrez chez vous !

Bronwyn lui a tapoté le bras.

— Chut ! Il ne peut pas t'entendre, mon trésor.

— Ce n'est pas juste, a insisté Olive. J'en ai assez des avions, des bombes et de la guerre !

— On en a tous assez, a dit Enoch. Même moi.

Soudain, Horace a poussé un cri d'effroi. Je me suis retourné brusquement et je l'ai vu montrer du doigt quelque chose, au bord de la rue. Je l'ai aperçu à mon tour et je me suis immobilisé, pétrifié. Mon cerveau me criait « sauve-toi ! », mais mes jambes refusaient d'obéir.

C'était une pyramide de têtes, noircies et déformées, la bouche grande ouverte, les yeux fermés. Elles semblaient partiellement fondues, mélangées les unes aux autres dans le caniveau, comme une espèce d'hydre monstrueuse.

Emma s'est approchée, puis s'est détournée avec un cri étranglé. Bronwyn nous a rejoints et s'est mise à gémir. Hugh a plaqué les mains devant ses yeux. Et finalement, Enoch, avec une parfaite indifférence, a poussé tranquillement une tête du bout du pied avant de nous faire remarquer qu'il s'agissait de mannequins de cire, éjectés de la vitrine d'un perruquier. Nous nous sommes sentis un peu ridicules, mais pas vraiment soulagés. Même si ces têtes étaient factices, elles nous rappelaient que des victimes bien réelles étaient enfouies sous les décombres, tout autour de nous.

— Allons-y ! a suggéré Emma. Cet endroit est un cimetière.

Nous nous sommes remis en route. J'essayais de garder les yeux fixés au sol, mais ce n'était pas suffisant pour faire barrage aux horreurs qui nous entouraient. Une ruine fumait encore, et le seul pompier qu'on avait envoyé pour éteindre l'incendie était debout, les épaules voûtées, épuisé et couvert de cloques. Son tuyau était tari, mais il restait là, à regarder le spectacle. Comme si, en l'absence d'eau, son boulot consistait à jouer les témoins.

Un bébé abandonné hurlait dans sa poussette. Bronwyn a ralenti, bouleversée.

— Ne peut-on pas les aider ?

Millard a secoué la tête.

— Ça ne changerait rien. Ces gens appartiennent au passé, et le passé ne peut pas être modifié.

Bronwyn a acquiescé tristement. Elle le savait déjà, mais elle avait eu besoin de se l'entendre rappeler. Nous étions à peine là. Aussi impuissants que des fantômes.

Une rafale a soulevé un tourbillon de poussière, masquant le pompier et l'enfant. Nous avons poursuivi notre chemin en toussant, le visage blanchi de poudre de ciment.

***

Après avoir dépassé à la hâte une série de maisons en ruine, nous nous sommes émerveillés de voir les rues se ranimer peu à peu. À quelques centaines de mètres de l'enfer, les gens vaquaient

à leurs occupations, arpentaient les trottoirs et vivaient dans des immeubles aux fenêtres et aux murs intacts, encore équipés de l'électricité. Passé un carrefour, le dôme de la cathédrale nous est de nouveau apparu, fier et majestueux malgré ses pierres noircies par le feu et ses arches écroulées. Saint-Paul était à l'image de la ville : vaillante. Il en fallait davantage pour la détruire.

Nous avons entamé notre chasse au pigeon dans un square proche de l'édifice, où des vieillards assis sur des bancs nourrissaient les oiseaux. Au début, faute de stratégie, nous avons foncé dans le tas tous ensemble. La technique laissait à désirer, et l'on se repliait, les mains vides, pour attendre le retour des oiseaux sous les imprécations des vieillards. Comme les pigeons ne sont pas les animaux les plus intelligents du monde, ils revenaient. Finalement, nous avons décidé d'y aller à tour de rôle. Nous nous avancions parmi eux d'un air nonchalant, avant de leur fondre dessus par surprise. J'aurais cru qu'Olive – petite et rapide – ou Hugh – qui avait des affinités avec d'autres créatures ailées – seraient plus chanceux que les autres. Je me trompais. Ils revenaient systématiquement bredouilles. Millard n'avait pas davantage de succès, bien que les oiseaux n'aient pu le voir. Mon tour venu, les pigeons devaient en avoir assez d'être dérangés. Quand je me suis approché, ils se sont tous envolés en lâchant une grosse bombe de fiente. L'instant d'après, je courais en battant des bras vers la fontaine la plus proche pour me laver la tête.

De guerre lasse, Horace s'est assis près des vieillards et s'est mis à distribuer des graines aux oiseaux. Lorsqu'un cercle de pigeons s'est formé autour de lui, il s'est penché en avant, il a tendu un bras et, très calmement, en a saisi un par la patte.

— Je te tiens ! s'est-il écrié.

L'oiseau a battu des ailes et tenté de s'échapper, mais notre ami le serrait avec fermeté. Il nous l'a apporté.

— Comment savoir si c'est un oiseau particulier ? a-t-il demandé en le retournant pour inspecter son croupion, comme s'il espérait y trouver une étiquette.

— Montre-le à Miss Peregrine, a suggéré Emma. Elle le saura sûrement.

Nous avons ouvert la malle de Bronwyn, fourré le pigeon à l'intérieur, puis claqué le couvercle. L'oiseau a poussé des cris perçants. J'ai grimacé.

— Allez-y doucement, Miss Peregrine !

Quand Bronwyn a rouvert la malle, un nuage de plumes s'est élevé dans l'air. Le pigeon avait disparu.

— Oh non ! Elle l'a dévoré ! a crié Bronwyn.

— Mais non, l'a détrompée Emma. Regardez dessous.

Miss Peregrine s'est redressée et a fait un pas de côté. Nous avons découvert le pigeon, vivant mais sonné.

— Alors ? l'a questionnée Enoch. Est-ce un des oiseaux de Miss Wren ?

Miss Peregrine a donné un petit coup de bec au pigeon, qui s'est envolé. Puis elle est sortie de la malle, a fait quelques pas en titubant, et, avec un cri sonore, a éparpillé le reste des pigeons. Son message était clair : non seulement, l'oiseau d'Horace n'était pas particulier, mais aucun de ceux-là ne l'était. Nous n'avions plus qu'à continuer nos recherches.

Miss Peregrine a sautillé vers la cathédrale et battu impatiemment de son aile valide. Nous l'avons rejointe sur les marches.

L'imposant édifice se dressait au-dessus de nous, presque écrasant, avec ses deux clochers encadrant son dôme gigantesque. Une armée d'anges tachés de suie nous regardait méchamment depuis les bas-reliefs de marbre.

— Comment va-t-on s'y prendre pour chercher dans un endroit aussi immense ? me suis-je interrogé à voix haute.

— Il suffit d'explorer une salle après l'autre, a répondu Emma.

Un sifflement étrange a retenti au moment où nous allions franchir le portail. Un son de sirène sinusoïdal qui évoquait une alarme de voiture. Sauf qu'en 1940, les voitures n'avaient pas d'alarmes. C'était l'annonce d'un raid aérien !

Horace a grimacé.

— Les Allemands arrivent ! La mort vient du ciel !

— On ne sait pas ce que ça signifie, est intervenue Emma. C'est peut-être une fausse alerte. Ou un exercice…

Mais les rues et le square se vidaient à toute vitesse. Les vieillards avaient plié leurs journaux et quitté les bancs.

— Ils n'ont pas l'air de croire à un exercice, a observé Horace.

— Depuis quand vous avez peur de quelques bombes ? a rouspété Enoch. Allez, courage, bande de froussards !

— Dois-je vous rappeler que ces bombes n'ont rien à voir avec celles que l'on connaît ? a objecté Millard. Contrairement à celles qui tombent à Cairnholm, on ne sait pas où elles vont atterrir.

— Raison de plus pour se mettre à l'abri ! Et vite ! a dit Emma, avant de nous pousser dans l'édifice.

***

La cathédrale était immense et curieusement, elle semblait encore plus vaste qu'à l'extérieur. Malgré des dégâts qu'elle avait subis, quelques fidèles priaient en silence, agenouillés ici et là. L'autel était enseveli sous un tas de gravats. La lumière du soleil filtrait par un trou dans le toit. Un soldat solitaire, assis sur un pilier écroulé, fixait le ciel à travers le plafond éventré.

Nous avons erré au hasard, le nez en l'air, foulant sous nos pieds des débris de ciment et de carreaux.

— Je ne vois rien, a soupiré Horace. Il y a assez de cachettes ici pour dix mille pigeons !

— Écoute, au lieu de regarder, lui a conseillé Hugh.

Nous nous sommes immobilisés, l'oreille tendue, à l'affût du roucoulement caractéristique des pigeons. Mais on n'entendait que le gémissement des sirènes, ainsi que des craquements sinistres, rappelant le fracas du tonnerre. Je me suis efforcé de ne pas paniquer, malgré mon cœur qui tambourinait dans ma poitrine.

Les bombes pleuvaient sur Londres.

— Il faut partir ! ai-je croassé, la voix étranglée. Il y a sûrement un abri dans les parages.

— On est si près du but ! a gémi Bronwyn. On ne peut pas abandonner maintenant !

Un autre craquement a déchiré l'air, plus proche cette fois. Les autres ont commencé à s'affoler aussi.

— Peut-être que Jacob a raison, a dit Horace. Trouvons un endroit sûr où nous cacher jusqu'à la fin du bombardement. On reprendra nos recherches quand les choses se seront calmées.

— Il n'y a pas d'endroit vraiment sûr, a affirmé Enoch. Les bombes peuvent pénétrer n'importe où, même dans un abri souterrain.

– Mais pas dans une boucle, a rappelé Emma. Si un conte mentionne cette cathédrale, c'est certainement parce qu'elle abrite une entrée...

– Peut-être, a admis Millard. Peut-être, peut-être... Passez-moi le livre, que j'étudie la question.

Bronwyn a ouvert la malle et lui a tendu le recueil.

– Voyons voir...

Millard a tourné les pages jusqu'au conte.

« Il pleut des bombes et on lit des histoires, ai-je songé. Je suis chez les fous ! »

– Écoutez attentivement ! a fait Millard. C'est assez court, heureusement.

Une bombe a explosé tout près de la cathédrale. Le sol a tremblé ; du plâtre est tombé du plafond. J'ai serré les dents et tenté de me concentrer sur ma respiration. Millard, imperturbable, s'est raclé la gorge.

– Les pigeons de Saint-Paul..., a-t-il commencé d'une voix forte.

– On connaît déjà le titre ! a signalé Enoch.

– Dépêche-toi, s'il te plaît ! l'a imploré Bronwyn.

– Si vous continuez à m'interrompre, on va y passer la nuit, a râlé Millard avant de poursuivre :

« Autrefois, bien avant qu'on ait érigé les tours et les clochers de Londres, ni aucun autre bâtiment comparable, quelques pigeons se prirent à rêver d'un édifice très haut, où ils pourraient se percher, au-dessus de l'agitation et du vacarme des hommes. Ils savaient exactement comment le bâtir, car les pigeons sont de remarquables constructeurs – beaucoup plus intelligents qu'on ne le pense. Hélas, en ce temps-là, les habitants de Londres ne

de grands amis. L'homme ne se déplaçait plus sans un pigeon auprès de lui, qui lui servait de conseiller. Après sa mort – à un âge avancé – les oiseaux continuèrent de lui rendre des visites régulières dans le pays d'En-Bas. Aujourd'hui encore, on voit la cathédrale se dresser fièrement sur la plus haute colline de Londres, sous la surveillance des pigeons. Fin.»

Millard a fermé le livre.

Emma a poussé un soupir exaspéré.

– Oui, d'accord. Mais d'où la surveillent-ils ?

– Ce conte nous est à peu près aussi utile qu'une histoire de chatons sur la Lune, a observé Enoch.

– Pour moi, il n'a ni queue ni tête, a renchéri Bronwyn. Qu'en pensez-vous ?

J'étais loin d'être aussi catégorique. Je pressentais que le passage sur «le pays d'En-Bas» était une piste, mais cette expression m'évoquait seulement l'enfer. Les pigeons étaient-ils en enfer ?

Sur ces entrefaites, une nouvelle bombe a explosé. L'édifice a tremblé et un battement d'ailes nous a fait lever les yeux. Trois pigeons terrorisés venaient de quitter leur cachette dans les chevrons. Miss Peregrine a poussé un cri excité, comme pour nous dire « ce sont eux ! ». Bronwyn l'a prise dans ses bras et nous nous sommes lancés à leur poursuite. Les oiseaux ont traversé la nef sur toute sa longueur, puis ils ont tourné brusquement pour s'engouffrer par une porte ouverte.

Nous avons atteint les lieux quelques secondes après. À mon vif soulagement, la porte ne donnait pas sur l'extérieur – où nous n'aurions eu aucune chance de les attraper –, mais sur un escalier en colimaçon qui descendait dans les ténèbres.

— Ha ! s'est écrié Enoch en frappant dans ses mains potelées. Ils sont faits comme des rats. Piégés dans la cave !

Nous avons dévalé les marches et débouché dans une pièce aux murs et au sol de pierre. Il y faisait froid, humide, et l'obscurité y était presque totale. Emma a fait jaillir une flamme dans sa main et l'a promenée autour d'elle. Sous nos pieds, nous avons découvert des dalles de marbre où étaient gravées des inscriptions. « Évêque Eldridge Thornbrush, mort en l'an 1721 », disait celle sur laquelle je me tenais.

— Ce n'est pas une cave, a affirmé Emma. C'est une crypte.

Un frisson m'a parcouru. Je me suis rapproché de sa flamme réconfortante.

— Tu veux dire qu'il y a des gens enterrés là-dessous ? a demandé Olive d'une voix chevrotante.

— Et alors ? est intervenu Enoch. Attrapons un de ces fichus pigeons avant qu'une bombe nous enterre, nous aussi.

Emma a pivoté sur elle-même, projetant sa flamme sur les murs.

— Ils sont forcément là, quelque part. Il n'y a pas d'autre issue que cet escalier.

Un léger battement d'ailes a fait vibrer l'air. Emma a augmenté l'intensité de sa flamme et l'a orientée vers le son. Sa lueur vacillante a révélé un tombeau fermé par une dalle, qui s'élevait de un mètre environ au-dessus du sol. Un espace courait entre la tombe et le mur. La cachette idéale pour un oiseau.

Emma a posé un doigt sur ses lèvres et nous a fait signe de la suivre. Nous avons traversé la pièce à pas de loup et entouré la tombe sur trois côtés.

— Prêts ? a-t-elle articulé en silence.

Les autres ont hoché la tête. J'ai fait un signe de victoire, le pouce en l'air. Emma s'est avancée sur la pointe des pieds pour jeter un coup d'œil derrière la tombe. Son visage a trahi sa déception.

— Rien ! a-t-elle pesté.

— Je ne comprends pas, a protesté Enoch. Ils étaient là !

Nous nous sommes avancés pour explorer minutieusement les lieux.

— Emma, tu peux éclairer le dessus de la tombe, s'il te plaît ? a demandé Millard.

Elle a obéi. Notre ami a lu à haute voix l'inscription figurant sur la dalle : « Ci-gît sir Christopher Wren, l'architecte de cette cathédrale. »

— Wren ! s'est exclamée Emma. Quelle étrange coïncidence !

Millard a secoué la tête.

— J'ai du mal à croire à une coïncidence. C'est probablement un parent de Miss Wren. Peut-être son père…

— Intéressant, a convenu Enoch. Mais en quoi cela nous aide-t-il à les trouver, elle et ses pigeons ?

— C'est ce que j'essaie de comprendre, a marmonné Millard.

Il s'est mis à arpenter la salle en récitant une phrase extraite du conte : « Les oiseaux continuèrent de lui rendre des visites régulières dans le pays d'En-Bas. »

Et soudain, j'ai cru entendre un léger roucoulement.

— Chut !

Mes amis ont tendu l'oreille. Le bruit s'est répété quelques secondes plus tard. Il provenait du coin arrière de la tombe. Je l'ai contournée, je me suis accroupi et j'ai remarqué un petit trou dans le sol, à la base du coffrage. Il était large comme un poing. Juste assez pour laisser passer un oiseau.

— Par ici !

— Si ce n'est pas le pays d'En-Bas, je veux bien qu'on m'empaille ! a déclaré Emma.

— Mais le trou est tout petit, a objecté Olive. Comment est-on censés faire sortir les oiseaux de là ?

— Attendons qu'ils ressortent, a suggéré Horace.

Sur ces entrefaites, une bombe est tombée si près que ma vue s'est brouillée ; mes dents ont claqué.

— Inutile ! a tranché Millard. Bronwyn, s'il te plaît, peux-tu ouvrir la tombe de sir Wren ?

— Non ! s'est insurgée Olive. Je ne veux pas voir ses vieux os pourris.

— Ne t'inquiète pas, ma chérie, l'a rassurée Bronwyn. Millard sait ce qu'il fait.

Elle a posé les mains au bord du couvercle et commencé à pousser. La dalle a coulissé avec un grondement sourd.

L'odeur qui s'est échappée du tombeau n'était pas celle que j'attendais. Ce n'était pas la puanteur de la mort, mais une senteur de moisi et de terre humide. Nous nous sommes rassemblés pour regarder à l'intérieur.

— Ça alors, je veux bien qu'on m'empaille ! a répété Emma.

CHAPITRE NEUF

— Entendu, a fait Enoch. Mais j'espère que Miss Wren sera là, elle aussi. Les morsures de rat mettent un temps fou à guérir.

— Les morsures de Sépulcreux aussi, a ajouté Emma en posant un pied sur l'échelle.

— Sois prudente. Je suis juste au-dessus de toi.

Elle m'a salué de sa main enflammée.

— Allez, courage, camarades ! nous a-t-elle lancé avant d'entamer sa descente.

Mon tour était venu. J'ai essayé de faire de l'humour :

— Ça vous arrive souvent de descendre dans un tombeau pendant un bombardement, et de regretter de ne pas être restés au lit ?

Enoch a donné un petit coup de pied dans ma chaussure.

— Allez, arrête de lambiner !

J'ai empoigné le rebord du tombeau et posé un pied sur l'échelle. Puis j'ai songé brièvement à toutes les choses plaisantes et banales que j'aurais pu faire pendant l'été, si ma vie avait pris un autre tournant. Jouer au tennis. Prendre des leçons de voile. Remplir des rayonnages…

Finalement, au prix d'un immense effort de volonté, je me suis décidé à descendre.

L'échelle aboutissait dans un tunnel glacial, où flottait une odeur désagréable, comme des vêtements qu'on aurait laissés pourrir dans une cave inondée. Les murs de pierre suintaient d'humidité.

Pendant que j'attendais auprès d'Emma que nos amis nous rejoignent, le froid s'est insinué en moi. Les autres aussi l'ont senti. Au pied de l'échelle, Bronwyn a ouvert sa malle et nous a tendu les chandails de laine de moutons particuliers qu'on nous avait offerts à la ménagerie. J'en ai enfilé un. Il était dix fois trop grand pour moi ; les manches me couvraient les doigts, et il m'arrivait aux genoux, mais au moins il était chaud.

Bronwyn a décidé d'abandonner sa malle vide. Elle a glissé Miss Peregrine dans son manteau, où l'oiseau s'est niché douillettement. Millard a insisté pour porter *Les contes* dans ses bras, malgré leur poids et leur volume. Il pouvait avoir besoin de les consulter à tout moment, affirmait-il. Je le soupçonnais de s'être attaché, tel un petit enfant à son doudou, à ce prétendu livre de sortilèges qu'il était le seul à savoir déchiffrer.

On formait vraiment une drôle de bande.

J'ai fait quelques pas vers l'inconnu, les sens en alerte, m'exerçant à détecter la présence de Sépulcreux dans la pénombre. J'éprouvais une sensation inédite : une minuscule crampe au fond du ventre, comme si un Creux était passé par là et reparti. Elle était si ténue que je n'en ai pas parlé à mes amis, de crainte de les alarmer inutilement.

Nous nous sommes enfoncés dans le tunnel en file indienne, précédés par l'écho de nos pas sur les briques mouillées. Il ne fallait pas espérer prendre par surprise des créatures tapies dans l'obscurité.

De temps à autre, un battement d'ailes ou le roucoulement d'un pigeon nous incitait à presser le pas. J'avais un mauvais pressentiment, comme si une surprise désagréable nous attendait au fond de ce boyau.

Des blocs de pierre identiques à ceux de la crypte étaient incrustés dans les murs, mais ceux-là étaient plus anciens, et leurs inscriptions presque effacées. Peu après, nous avons aperçu un cercueil posé à même le sol. Puis tout un empilement. Ils étaient appuyés contre la paroi comme des cartons de déménagement au rebut.

— C'est quoi, cet endroit ? a chuchoté Hugh.

— Le trop-plein du cimetière, a expliqué Enoch. Quand ils doivent faire de la place pour de nouveaux clients, ils déterrent les anciens et les entreposent ici.

Quelques mètres plus loin, le couloir s'est divisé en deux, puis encore en deux, et soudain, j'ai senti une pression inhabituelle dans mes oreilles. Je les ai frottées pour soulager la douleur et j'ai compris que nous avions quitté 1940 pour entrer dans une boucle temporelle.

— Quelle entrée de boucle sinistre ! ai-je observé. Vous vous imaginez passer par là chaque fois que vous voulez entrer ou sortir ?

— Ce n'est pas tellement différent du tunnel de notre cairn, a rappelé Millard. Les ombrunes placent volontairement les entrées des boucles dans des lieux effrayants. Ainsi, les gens normaux hésitent à s'y aventurer.

Oui, c'était logique. N'empêche, Millard m'impressionnait par son calme, qui contrastait avec mon état de fébrilité. Savoir que nous étions entourés de cadavres me donnait la chair de poule.

— Tiens, tiens…

Emma s'est arrêtée brusquement. Je me suis cogné contre elle, et les autres se sont entassés derrière moi.

Elle a tendu la main, éclairant une porte arrondie bâtie dans la paroi. Le battant était entrouvert, mais aucune lumière ne filtrait dans l'entrebâillement.

Nous l'avons contemplée en silence. Pendant un long moment, nous n'avons entendu que le souffle de nos respirations et le plic-ploc de gouttes d'eau. Puis un autre son s'y est ajouté. Ni un battement d'ailes, ni un frottement de pattes d'oiseau. Un bruit humain.

Quelqu'un pleurait doucement.

— Bonjour ? a lancé Emma. Qui est là ?

— S'il vous plaît, ne me faites pas de mal, a répondu une voix, accompagnée de son écho.

Ou étaient-ce deux voix ?

Emma a augmenté l'intensité de sa flamme. Bronwyn a poussé la porte du pied, révélant une petite pièce pleine d'ossements : des fémurs, des tibias, des crânes... Les squelettes disloqués de plusieurs centaines de personnes.

J'ai reculé, pris de nausée.

— Bonjour ! a répété Emma. Qui a parlé ? Montrez-vous !

Au départ, je n'ai rien distingué. Puis un reniflement a guidé mon regard jusqu'au sommet du tas, où quatre yeux nous observaient.

— Il n'y a personne, a déclaré une petite voix.

— Allez-vous-en ! a commandé l'autre. On est morts.

— Certainement pas ! a objecté Enoch. Je le saurais.

— Sortez de votre cachette, a insisté Emma avec douceur. On ne vous fera aucun mal.

— C'est promis ? ont demandé les voix, en chœur.

— Vous avez notre parole.

Les os ont remué. Un crâne a dévalé la pile avec fracas. Il s'est arrêté à mes pieds et m'a fixé de ses orbites vides.

« Bonjour, futur ! » ai-je songé.

Finalement, deux petits garçons sont sortis de leur cachette, au sommet du monticule. Ils étaient d'une pâleur cadavérique et

Les deux garçons se sont fixés longuement. Ils semblaient communiquer par télépathie. Finalement, ils nous ont proposé :

— Suivez-nous !

Ils se sont laissés glisser de leur tas d'ossements et nous ont précédés dans le couloir. Je les trouvais si fascinants que je n'arrivais pas à les quitter des yeux. Ils se tenaient bras dessus, bras dessous et émettaient de drôles de claquements de langue. J'ai interrogé Millard à voix basse :

— Qu'est-ce qu'ils font ?

— Je crois que c'est leur façon de s'orienter. Les chauves-souris se repèrent de la même manière dans le noir. Les sons qu'ils produisent se reflètent sur les objets et leur reviennent. Ça leur permet de former une image mentale de leur environnement.

— Ça s'appelle l'écholocalisation, ont signalé Joël et Peter.

Apparemment ils avaient aussi l'ouïe très fine.

Au bout d'un moment, un mur nous a barré le passage. Des marches étaient taillées dans la paroi verticale. Joël et Peter ont indiqué un rai de lumière qui filtrait au-dessus de nos têtes.

— Notre maison…, a commencé l'aîné.

— … est là-haut, a complété le plus jeune.

Sur ces mots, ils se sont repliés dans l'obscurité.

***

Les marches, couvertes de mousse, étaient glissantes et difficiles à escalader. Elles menaient à une trappe circulaire dans le plafond, juste assez large pour laisser passer une personne. Le rai de lumière trahissait l'existence d'un trou dans le panneau. Lorsque j'y ai introduit un doigt, plusieurs pans se sont rétractés, comme un diaphragme d'appareil photo. Un conduit vertical cylindrique aux parois de brique est apparu. Vingt ou trente mètres plus haut, on apercevait le ciel.

Je me suis faufilé dans cette espèce de puits et j'ai commencé à grimper. À mi-hauteur, j'ai dû m'arrêter pour me reposer, le dos pressé contre le mur. Quand la brûlure dans mes biceps a cessé, j'ai repris mon escalade. Un instant plus tard, je me hissais par-dessus la margelle et posais les pieds dans l'herbe.

J'étais dans la cour d'une maison délabrée. Le ciel était jaunâtre, mais il n'y avait pas de fumée, et aucun vrombissement d'avion ne troublait le silence. Nous étions sans doute à une époque plus ancienne, avant la guerre – avant même l'invention des voitures. Une légère brise agitait l'air ; des flocons de neige épars descendaient en tourbillonnant et fondaient sur le sol.

Emma, puis Horace sont sortis du puits après moi, et Bronwyn nous a fait un signe amical avant de refermer la trappe, au fond du conduit. Emma avait décidé que nous irions explorer la maison à trois seulement. Nous ignorions ce qui nous attendait là-haut, et s'il nous fallait repartir précipitamment, nous serions plus rapides ainsi. Les autres n'avaient pas protesté. Joël et Peter les avaient effrayés en parlant de sang.

En fait, seul Horace était mécontent. Il regrettait d'avoir réussi à attraper un pigeon dans le square, et ne se privait pas de nous le rappeler.

Blottis les uns contre les autres, nous avons regardé autour de nous. La cour et la maison étaient mal entretenues, pour ne pas dire en ruine. Quelqu'un avait foulé l'herbe autour du puits, mais ailleurs, ses touffes grasses montaient plus haut que les fenêtres

du rez-de-chaussée. Une niche délabrée pourrissait dans un coin. Près d'elle, un fil à linge était avalé par les broussailles.

Nous avons guetté en silence un roucoulement de pigeon. Des sabots de cheval résonnaient sur des pavés, quelque part. Décidément, ce lieu n'avait pas grand-chose à voir avec le Londres de 1940.

J'ai vu un rideau bouger derrière une fenêtre du premier étage. Je l'ai montré du doigt.

– Regardez !

Qui nous observait de là-haut : un humain ou un oiseau ? Je me suis avancé vers la porte afin d'en avoir le cœur net. Je faisais signe à mes amis de me suivre, quand j'ai trébuché sur quelque chose. J'ai découvert avec horreur qu'il s'agissait d'un cadavre. L'homme gisait sur le sol, couvert de la tête aux chevilles par une bâche noire. Une paire de chaussures usées dépassait à une extrémité. Une carte blanche était glissée dans une des semelles décousues. On y avait noté, d'une écriture élégante :

M. A. F. Crumbley
Originaire des Provinces Extérieures
A préféré vieillir en accéléré, plutôt que d'être pris vivant.
Soyez aimables d'éparpiller ses restes au dessus de la Tamise.

– Le pauvre, a soufflé Horace. Il est venu de la campagne, probablement après l'invasion de sa boucle, et l'endroit où il s'est réfugié a été attaqué à son tour.

– Mais pourquoi l'ont-ils laissé dehors, comme ça ? a chuchoté Emma.

– Sans doute parce qu'ils ont dû partir précipitamment.

Emma a tiré sur un coin de la bâche. Je ne voulais pas regarder, mais je n'ai pas pu m'en empêcher. J'ai jeté un coup d'œil entre mes doigts écartés. Je m'attendais à découvrir un cadavre flétri, or, M. Crumbley paraissait parfaitement intact, et étonnamment jeune. Âgé de quarante ou cinquante ans, à peine. Ses cheveux bruns grisonnaient aux tempes. Ses yeux fermés étaient paisibles, comme s'il était simplement endormi. Était-il possible qu'il ait vieilli en accéléré, telle la pomme que j'avais prise dans la boucle de Miss Peregrine ?

— Bonjour ? Vous êtes mort ou vous dormez ? a demandé Emma.

Elle a poussé l'oreille de l'homme du bout de sa chaussure. Sa tempe s'est effritée, changée en poussière.

Emma a hoqueté et laissé retomber la bâche. Le cadavre de ce pauvre M. Crumbley était si fragile qu'un simple coup de vent aurait pu l'emporter. Nous l'avons abandonné là pour nous diriger vers la maison. La porte d'entrée donnait sur une buanderie, où des vêtements propres étaient suspendus à un mannequin ; une planche à laver trônait au-dessus d'un évier. Cet endroit n'était pas abandonné depuis longtemps.

La sensation dans mon ventre était plus forte ici, mais elle était toujours à l'état de trace. Nous avons ouvert une seconde porte et sommes entrés dans le salon. Ma poitrine s'est contractée. On y voyait les vestiges d'une bagarre : des meubles renversés, des tableaux écrasés au sol, des bandes de papier peint arrachées.

Puis Horace a murmuré :

— Oh non !

J'ai suivi son regard et vu une tache sombre au plafond. Il s'était passé quelque chose de terrible à l'étage.

Emma a fermé les paupières.

— Écoutez… Écoutez les oiseaux sans penser à rien d'autre, nous a-t-elle conseillé.

Nous avons fermé les yeux, nous aussi. Une minute s'est écoulée, puis un roucoulement et un battement d'ailes ont troublé le silence. J'ai rouvert les yeux pour essayer de voir d'où venait le bruit.

« La cage d'escalier. »

Nous avons gravi les marches, qui grinçaient affreusement sous nos pas. Mon cœur battait dans ma gorge et dans mes tempes. J'avais supporté la vue d'un cadavre desséché, mais je ne savais pas comment je réagirais devant une scène de carnage.

Le couloir du premier étage était jonché de débris, dont les restes d'une porte arrachée à ses gonds. Dans l'embrasure, on apercevait un empilement de meubles partiellement effondré. Sans doute un barrage qui n'avait pas résisté.

Dans la pièce voisine, le tapis blanc était imbibé de sang. C'était la tache que nous avions remarquée au plafond du rez-de-chaussée. Mais il n'y avait aucune trace d'un blessé.

La dernière porte du couloir était intacte. Je l'ai poussée avec prudence, avant de balayer la pièce du regard. Elle était meublée d'une penderie et d'une commode, où trônaient des bibelots disposés avec soin. Des rideaux de dentelle frémissaient devant la fenêtre. Le tapis était propre. Tout était en ordre.

Puis mes yeux se sont posés sur le lit, et j'ai reculé vers le seuil en titubant. Deux hommes étaient allongés sous des draps blancs immaculés. Apparemment endormis. Entre eux gisaient deux squelettes.

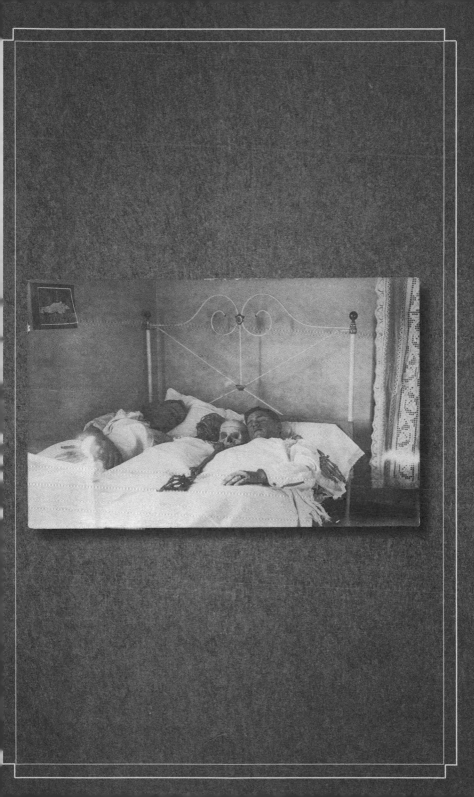

Horace a porté ses mains tremblantes à sa gorge.

— Vieillissement accéléré, a-t-il diagnostiqué. Deux d'entre eux en ont particulièrement souffert.

Il nous a expliqué que les hommes qui semblaient dormir étaient aussi morts que M. Crumbley. Si nous les avions touchés, ils se seraient désintégrés de la même manière.

— Ils ont renoncé, a chuchoté Emma. Ils se sont lassés de fuir et ils ont abandonné.

Elle les regardait avec un mélange de pitié et de dégoût. Comme si elle les trouvait faibles, lâches, et leur reprochait d'avoir choisi de tirer leur révérence, plutôt que de combattre.

Je me suis demandé si ces gens n'étaient pas tout simplement mieux informés que nous. Peut-être savaient-ils trop bien ce que les Estres faisaient à leurs captifs… Si nous l'avions su, n'aurions-nous pas préféré la mort, nous aussi ?

Nous avons battu en retraite dans le couloir. Je me sentais nauséeux et j'avais hâte de quitter cette maison. Mais nous ne pouvions pas partir déjà. Il nous restait un étage à explorer.

Au sommet de l'escalier, nous avons découvert un palier noirci par la fumée. J'ai imaginé les particuliers acculés ici, soucieux de livrer une dernière bataille. Peut-être avaient-ils essayé de combattre les corrompus avec du feu. À moins que ces derniers n'aient tenté de les enfumer… En tout cas, la maison avait échappé de peu à l'incendie.

Une petite porte donnait dans un étroit grenier en soupente, où tout était calciné. Le feu avait percé un trou béant dans le toit.

Emma a poussé Horace devant elle.

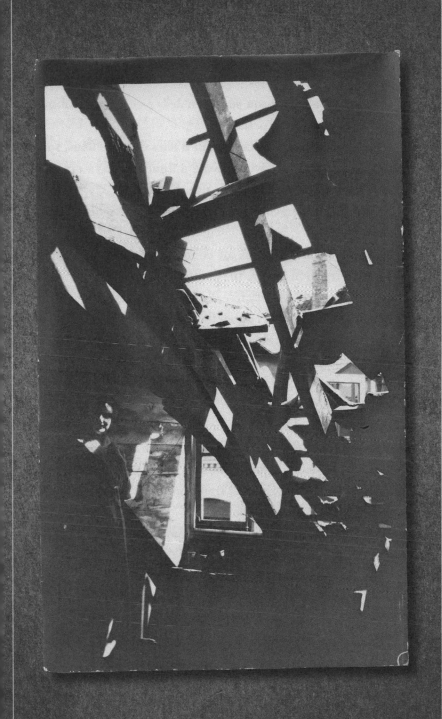

— S'il y a des Creux dans les parages, cela risque de les attirer, ai-je affirmé. Ils peuvent nous sentir, un peu comme je les sens, et c'est beaucoup plus facile quand on utilise nos pouvoirs. C'est une sorte d'alarme pour eux.

— Mais tu utilises le tien, a-t-elle protesté, agacée. Et elle aussi !

— Mon pouvoir est passif. Je n'ai aucun moyen de le contrôler, et je suppose qu'il ne laisse pas de traces. Quant à elle… ils doivent déjà savoir qu'elle est là. Ce n'est pas elle qu'ils veulent.

— Comme par hasard ! a ironisé la fille. Explique-moi en quoi consiste ton prétendu pouvoir ? À sentir les créatures de l'ombre ?

— Il peut les voir aussi, a dit Emma. Et les tuer.

— Vos mensonges ne sont pas très convaincants. Même le pire des crétins n'y croirait pas…

À cet instant précis, une crampe m'a tordu le ventre. Cela n'avait rien à voir avec le vague malaise que j'éprouvais depuis que nous étions entrés dans cette boucle. Là, c'était du sérieux.

— Il y en a un tout près, ai-je annoncé à Emma. Il faut absolument partir d'ici.

— Pas sans l'oiseau.

La fille nous a rejoints en quelques enjambées.

— Assez discuté ! Je vous ai donné suffisamment de chances de faire vos preuves. En plus, je vais prendre beaucoup de plaisir à vous tuer, après ce que vous avez fait à mes amis.

Elle s'est arrêtée à quelques pas de nous et a agité sa main libre. Elle allait sans doute nous balancer à la tête ce qu'il restait de mobilier dans la pièce. Si l'on devait agir, c'était maintenant.

J'ai bondi de ma position accroupie les bras tendus et je me suis jeté sur la fille, que j'ai plaquée au sol. Elle a poussé un cri de fureur et de surprise mêlées. J'ai enfoncé mon poing dans sa paume libre pour l'empêcher de faire claquer ses doigts. Elle a lâché l'oiseau, qu'Emma a aussitôt attrapé.

Nous nous sommes relevés et nous avons foncé vers la porte ouverte. Horace était toujours à terre, hébété.

— Lève-toi et cours ! lui a crié Emma.

Je le tirais par les bras quand la porte s'est brusquement refermée devant moi. Une commode calcinée a volé à travers la pièce. Son angle m'a frappé la tempe et je me suis affalé, emportant Emma dans ma chute.

La fille hurlait, en proie à une véritable crise de rage. J'étais convaincu que nous n'avions plus que quelques secondes à vivre. Puis Horace s'est redressé et a braillé :

— Melina Manon !

La fille s'est figée.

— Quoi ? Qu'est-ce que tu viens de dire ?

- Tu t'appelles Melina Manon, a-t-il repris. Tu es née au Luxembourg en 1899. Tu as rencontré Miss Grive à seize ans, et tu vis ici depuis.

Horace l'avait prise au dépourvu. Elle a froncé les sourcils, puis agité la main. La commode qui m'avait à moitié assommé a décrit un arc de cercle en l'air pour aller flotter au-dessus de notre ami. Si elle la laissait tomber, il mourrait écrasé.

— Tu as bien appris ta leçon. Mais n'importe quel Estre pourrait connaître ma date et mon lieu de naissance. Vos ruses ne m'amusent plus !

— Ton père était un employé de banque, a repris Horace à toute vitesse. Ta mère était très belle, mais elle sentait très fort l'oignon, un handicap dont elle n'a jamais pu se débarrasser.

La commode a oscillé au-dessus de lui. La fille le fixait, une main en l'air.

— Quand tu avais sept ans, tu rêvais d'avoir un cheval, a continué Horace. Tu voulais un pur-sang arabe, mais tes parents n'avaient pas les moyens d'acheter un animal aussi exotique. Alors, ils t'ont offert un âne. Tu l'as appelé Habib, ce qui signifie « Bien-Aimé ». Tu étais très attachée à lui.

La fille a arrondi les yeux et ouvert la bouche.

— Tu avais treize ans quand tu t'es aperçue que tu pouvais manipuler des objets grâce à ta pensée. Tu as commencé par de petites choses : des trombones et des pièces de monnaie. Puis tu as déplacé des objets de plus en plus lourds. Mais tu n'as jamais pu soulever Habib, parce que ton don ne s'appliquait pas aux créatures vivantes. Quand tes parents ont déménagé, tu as cru qu'il avait disparu, car tu n'étais plus capable de déplacer quoi que ce soit. Mais c'était juste parce que tu ne connaissais pas ta nouvelle maison.

Melina le dévisageait, bouche bée.

— Comment sais-tu tout cela ?

— J'ai rêvé de toi, a répondu Horace. C'est mon don à moi.

— Mon Dieu ! a fait la fille. Alors, vous êtes vraiment des particuliers…

La commode est allée lentement se poser sur le sol.

***

Je me suis relevé sur des jambes tremblantes. Ma tête me lançait à l'endroit où le meuble m'avait cogné.

— Tu saignes ! a dit Emma.

Elle a sauté sur ses pieds pour examiner ma coupure. J'ai esquivé son geste.

— C'est bon, ça va.

La sensation ne me quittait pas, et si quelqu'un me touchait quand j'éprouvais ce genre de malaise, il devenait difficile à interpréter. Comme si un écran s'interposait entre la créature et moi.

— Désolée pour ta tête, a lâché Melina. Je croyais être la dernière particulière en vie.

— Nous sommes toute une bande au fond de ton puits, dans les catacombes, l'a informée Emma.

— C'est vrai ?

Le visage de Melina s'est éclairé.

— Alors, il y a encore de l'espoir !

— Il y en avait, a rectifié Horace. Il vient juste de s'envoler par le trou dans le toit.

— Pardon ? Ah, tu parles de Winifred ?

Melina a enfoncé deux doigts dans sa bouche et a sifflé. Quelques secondes plus tard, le pigeon est venu se poser sur son épaule.

— Merveilleux ! a applaudi Horace. Comment as-tu fait ?

— Winnie est ma copine. Elle est aussi docile qu'un chien.

J'ai épongé le sang qui coulait sur mon front d'un revers de main, puis j'ai décidé d'ignorer la douleur. L'heure était trop grave pour que je me soucie d'un bobo.

— Tu as bien dit que des Estres étaient venus ici chercher les pigeons ?

Melina a confirmé :

— Ils ont débarqué il y a trois jours, avec leurs monstres. Ils nous ont assiégés, ont capturé Miss Grive et la moitié de nos pensionnaires, avant de mettre le feu à la maison. Je me suis cachée sur le toit. Depuis, de petits groupes sont revenus chaque matin, à la recherche de Winifred et de ses amis.

— Et tu les as tués ? a demandé Emma.

Melina a baissé les yeux.

— C'est ce que j'ai dit, non ?

Elle était trop fière pour admettre qu'elle nous avait menti. Mais ça n'avait aucune importance.

— Ils veulent sûrement retrouver et capturer aussi Miss Wren, a conclu Emma.

— Cela signifie qu'elle est toujours libre, en ai-je déduit.

— Peut-être...

— On pense que le pigeon pourrait nous aider, ai-je expliqué à Melina. Nous devons absolument contacter Miss Wren, et l'oiseau sait où elle se trouve.

Melina a haussé les épaules en signe d'ignorance.

— Je n'ai jamais entendu parler de cette Miss Wren. Je me contente de nourrir Winifred quand elle vient dans notre cour. Nous sommes amies, elle et moi. Pas vrai, Winnie ?

L'oiseau a gazouillé joyeusement sur son épaule.

Emma s'est rapprochée de Melina.

— Tu connais Miss Wren ? a-t-elle demandé au pigeon en articulant soigneusement. Peux-tu nous aider à la trouver ? Miss Wren ?

L'oiseau a quitté l'épaule de Melina et volé jusqu'à la porte. Puis il a rebroussé chemin. « Par ici », semblait-il nous dire.

– On doit l'emmener, ai-je annoncé.

– Pas sans moi ! a prévenu Melina. Si Winnie sait où est cette ombrune, alors, je vous accompagne.

– Ce n'est pas une bonne idée, a signalé Horace. On s'est embarqués dans une entreprise dangereuse, et…

Emma ne l'a pas laissé finir.

– Donne-nous l'oiseau ! a-t-elle commandé à la fille. On reviendra te chercher. Je te le promets.

Un spasme douloureux m'a coupé le souffle. Je me suis plié en deux. Emma s'est précipitée.

– Jacob ! Ça va ?

Incapable de parler, je me suis contenté de boitiller jusqu'à la fenêtre. Je me suis redressé tant bien que mal et j'ai projeté ma sensation vers le dôme de la cathédrale, à quelques centaines de mètres de là. Puis j'ai scruté le dédale des ruelles, où passaient des voitures à cheval.

« Là ! » Je les sentais arpenter une rue transversale, toute proche. Oui : « eux ». Non pas un Creux, mais deux.

– Il faut filer ! Vite !

Horace a imploré la fille :

– S'il te plaît ! On a absolument besoin de ce pigeon !

Melina a fait claquer ses doigts. La commode qui avait failli me tuer s'est remise à flotter en l'air.

– C'est hors de question !

Elle a fixé le meuble en plissant les yeux pour s'assurer qu'on avait compris.

– Emmenez-moi avec vous, et vous aurez Winnie. Sinon…

La commode a pirouetté autour d'un de ses pieds avant de basculer, puis de s'écraser sur un côté.

— Très bien ! a lâché Emma entre ses dents. Mais si tu nous ralentis, on prend l'oiseau et on t'abandonne en route.

Melina a souri et ouvert la porte d'une pichenette. Le battant est allé se cogner contre le mur.

— Si vous le dites.

***

Nous avons dévalé l'escalier si vite que nos pieds touchaient à peine le sol. Vingt secondes plus tard, de retour dans la cour, nous avons enjambé l'infortuné M. Crumbley, avant de descendre dans le faux puits. Je suis passé le premier, et j'ai enfoncé la trappe du pied, sans prendre de temps de la faire coulisser. Elle s'est arrachée de ses gonds et a volé en éclats.

— Attention dessous ! ai-je crié.

L'instant d'après, je glissais sur les marches de pierre et je dégringolais dans le noir.

Une paire de bras puissants m'a rattrapé. Bronwyn m'a remis d'aplomb et m'a déposé au sol. Je l'ai remerciée, le cœur battant la chamade.

— Que s'est-il passé là-haut ? a-t-elle voulu savoir. Vous avez attrapé le pigeon ?

— Oui, on l'a.

Puis Emma et Horace sont arrivés à leur tour. Nos amis les ont accueillis avec une clameur joyeuse.

— Je vous présente Melina, ai-je dit en la montrant du doigt.

L'intéressée était toujours en haut du puits, occupée à trafi-coter je ne sais quoi.

– Dépêche-toi ! Qu'est-ce que tu fabriques ?

– Je nous fais gagner du temps, a-t-elle crié.

Elle a fermé et verrouillé de l'intérieur un couvercle de bois, barrant les derniers rayons de lumière. Alors qu'elle descen-dait dans l'obscurité, j'ai voulu prévenir mes amis du danger imminent, mais la panique me rendait confus.

– Allez maintenant filer Creux vite !

Malgré sa syntaxe approximative, mon avertissement s'est révélé très efficace. Il a plongé tout le monde dans un état proche de l'hystérie.

– Comment peut-on courir si on ne voit rien ? s'est affolé Enoch. Allume une flamme, Emma !

– Surtout pas ! me suis-je écrié. Ils nous localiseraient trop facilement ! Mieux vaut essayer de les semer dans les catacombes.

– On ne peut pas courir à l'aveuglette, a protesté Emma.

– Bien sûr que si ! est intervenu le jeune écholocalisateur.

– Sans problème, a ajouté le second.

Melina s'est approchée d'eux en titubant.

– Les garçons ! Vous êtes vivants ? C'est moi. Melina !

– On a cru que vous étiez…

– … tous morts, ont répondu Joël et Peter

– Prenez-vous tous par la main ! a ordonné Melina. Les garçons vont nous guider.

J'ai empoigné la sienne dans l'obscurité ; Emma a pris la mienne, puis a cherché celle de Bronwyn à tâtons, et ainsi de suite, jusqu'à ce que nous ayons formé une véritable chaîne humaine derrière les frères aveugles. Au signal d'Emma, ces derniers se sont mis à courir, et nous nous sommes enfoncés dans l'inconnu.

On venait de traverser une flaque d'eau croupie, quand un craquement sinistre a résonné dans le tunnel. Les Creux avaient défoncé le couvercle du puits.

— Ils arrivent ! ai-je crié.

Je les sentais presque allonger leurs carcasses pour se faufiler dans le conduit. Lorsqu'ils auraient atteint le sol horizontal, ils pourraient courir et nous rattraperaient en un rien de temps.

Nous n'avions franchi qu'une centaine de mètres. Ce n'était pas suffisant pour les semer. Loin de là.

J'ai donc cru que Millard était devenu fou quand il a crié :

— Stop ! Arrêtez ! Arrêtez-vous tous !

Les garçons aveugles ont obéi, et nous nous sommes entassés derrière eux.

— Qu'est-ce qui te prend, tu es dingue ? ai-je crié. Cours !

— Désolé, a fait Millard. Mais je viens de penser à quelque chose. Il faut absolument que l'un de nous sorte de cette boucle avant les garçons ou la fille. Sans quoi, ils vont se retrouver dans le présent, et nous en 1940. On sera séparés. Pour qu'ils aillent en 1940 avec nous, il faut qu'on ouvre la voie.

— Vous n'arrivez pas du présent ? s'est étonnée Melina.

— On vient de 1940, a répondu Emma. Et dehors, il pleut des bombes. Tu n'es pas obligée de nous suivre...

— Bien tenté. Mais vous ne vous débarrasserez pas de moi aussi facilement. D'ailleurs, ça doit être pire dans le présent. Les Estres sont partout,

Emma a doublé les frères aveugles, m'entraînant avec elle.

— Entendu! On passe les premiers!

J'ai tâtonné dans le noir.

— Mais je ne vois rien!

— La sortie de la boucle est à une vingtaine de pas, droit devant…, a commencé l'aîné des garçons.

— … vous ne pouvez pas la manquer, a terminé le plus jeune.

Nous avons marché en agitant les mains. Je n'avais pas fait trois pas que j'ai trébuché et je me suis égratigné une épaule contre la paroi. Emma m'a tiré vers la droite.

— Continue tout droit!

Une nouvelle salve de douleur m'a déchiré les entrailles. Les Creux étaient sortis du puits. À présent, même s'ils ne pouvaient pas nous sentir, il y avait une chance sur deux pour qu'ils choisissent le bon tunnel et nous rattrapent. Tant pis pour la discrétion, il fallait accélérer.

— Emma, donne-moi de la lumière! me suis-je écrié.

Elle m'a lâché la main et produit une flamme si haute que mes cheveux ont grésillé sur ma tempe.

J'ai aperçu aussitôt le point de transition, signalé par une ligne verticale peinte sur la paroi du tunnel. Nous avons piqué un sprint.

Au moment où nous franchissions la ligne, une forte pression m'a fait bourdonner les tympans. Nous étions de retour en 1940.

Nous sommes repassés devant l'empilement de cercueils et les tas d'ossements. Au fond du tunnel, nous avons retrouvé l'échelle montant à la crypte. J'ai poussé Horace, puis Enoch devant moi. Olive a retiré ses chaussures, les a confiées à Bronwyn et s'est laissée flotter vers le haut.

– On est trop lents !

Je sentais les Creux arriver au fond du passage. J'entendais leurs langues marteler le sol, les propulsant en avant. Je visualisais leurs mâchoires dégoulinantes de salive noire, en prévision d'un massacre.

Puis je les ai vus – un simple flou dans le lointain – et j'ai hurlé :

– Allez !

L'instant d'après, je bondissais sur l'échelle.

J'étais le dernier à la gravir. Il ne me restait plus que quelques barreaux à escalader, quand Bronwyn m'a tendu une main et hissé vers le haut. J'étais de nouveau dans la crypte, avec les autres.

À peine Bronwyn avait-elle remis en place la dalle sur la tombe de sir Christopher Wren, que quelque chose a cogné violemment dessous. J'ai pressenti que la pierre tombale ne retiendrait pas longtemps les Creux.

Nos poursuivants étaient si près que mes oreilles bourdonnaient ; des dizaines d'alarmes rugissaient dans ma tête. Mon ventre me faisait souffrir comme si j'avais bu de l'acide.

Nous nous sommes rués dans l'escalier en colimaçon avant de détaler dans la nef. La cathédrale était sombre et une lumière orange, presque surnaturelle, filtrait par les vitraux. J'ai d'abord cru qu'il s'agissait des dernières lueurs du crépuscule. Puis j'ai aperçu le ciel par le toit éventré.

La nuit était tombée. Les bombes pleuvaient toujours, produisant une pulsation sourde, semblable à un battement de cœur irrégulier.

Quelques secondes plus tard, nous étions dehors.

CHAPITRE DIX

À quoi bon trouver Miss Wren pour l'instant, alors que nous étions traqués par des Creux ? Nous nous ferions probablement égorger devant sa porte, en plus de menacer sa vie. Non : le plus urgent était de semer ces créatures. Ou mieux : de les tuer.

Un homme coiffé d'un casque métallique est apparu sous une porte cochère.

— Vite ! Abritez-vous ! nous a-t-il crié avant de rentrer précipitamment.

«Facile à dire», lui ai-je répondu en pensée.

Et si l'on se cachait dans les décombres ? Dans le chaos ambiant, peut-être que les Creux nous dépasseraient sans nous voir. Non ! Notre piste était trop fraîche. J'ai de nouveau recommandé à mes amis de ne pas faire appel à leurs talents, quoi qu'il arrive. Puis, Emma et moi avons repris la tête de notre petit groupe, et sillonné les rues en décrivant des zigzags, espérant tromper le flair de nos poursuivants.

Je les sentais toujours plus proches. Ils avaient quitté la cathédrale et évoluaient à l'air libre, invisibles pour tous, sauf pour moi. Je me suis demandé si je serais capable de les voir ici, en pleine nuit : des créatures d'ombre dans une ville d'ombres.

Nous avons couru à perdre haleine pendant une éternité. J'avais les poumons en feu. Olive, exténuée, commençait à traîner la patte. Bronwyn l'a prise dans ses bras. Nous avons longé d'immenses bâtiments aux fenêtres noires, qui nous fixaient, tels des yeux sans paupières. Dépassé une bibliothèque bombardée sous une neige de cendres et de papiers en feu. Traversé un cimetière, où des cadavres de Londoniens, déterrés et projetés dans les arbres par les déflagrations, souriaient dans leurs linceuls pourris. Une jolie balançoire se dressait, encore intacte, au centre d'un terrain de jeu constellé de cratères. Au fur et à mesure de notre avancée, les horreurs s'ajoutaient les unes aux autres. De temps à autre, les avions ennemis lâchaient des bombes éclairantes qui illuminaient ce spectacle de désolation, tel un millier de flashes d'appareil photo. « Regardez. Regardez ce qu'on a fait ! » semblaient-ils nous dire.

C'était comme si nos pires cauchemars se matérialisaient sous nos yeux.

« Ne regarde pas. Ne regarde pas… »

Je me suis pris à envier les frères aveugles, qui naviguaient dans une topographie sans détails, plus clémente. À quoi pouvaient bien ressembler leurs rêves ? Rêvaient-ils seulement ?

Emma trottinait à mes côtés. Ses cheveux ondulés, saupoudrés de plâtre, flottaient derrière elle.

– Tout le monde est épuisé, a-t-elle haleté. On ne peut pas continuer comme ça.

Elle avait raison. Même les plus vaillants d'entre nous montraient des signes de faiblesse. Bientôt, les Creux nous rattraperaient, et il nous faudrait les affronter au milieu de la rue. Ce serait un bain de sang. Il fallait qu'on trouve un abri.

Je me suis approché d'une rangée de bâtiments. Comme les pilotes bombardaient plus volontiers une demeure joyeusement éclairée qu'une tache sombre dans le noir, toutes les maisons avaient leurs lumières éteintes, et les réverbères n'étaient pas allumés. Les fenêtres étaient opaques. Le plus sûr aurait été d'entrer dans une habitation inoccupée, mais rien ne nous permettait de les distinguer des autres. Nous allions devoir choisir au hasard. Je me suis arrêté au milieu de la rue.

— Qu'est-ce que tu fais ? a haleté Emma. Tu es fou ?

— Peut-être…

J'ai pris Horace par la manche et je lui ai montré l'alignement de maisons.

— Choisis !

— Quoi ? Pourquoi moi ?

— Parce que je me fie davantage à ton instinct qu'au mien.

— Mais je n'ai jamais rêvé de ça, a-t-il protesté.

— Peut-être que si, mais tu ne t'en souviens pas. Allez, choisis !

Comprenant que je ne le laisserais pas se défiler, Horace a avalé sa salive et fermé les yeux ; puis il a fait demi-tour et indiqué une bâtisse derrière nous.

— Celle-là.

— Pourquoi ?

— Parce que tu m'as demandé de choisir, a-t-il répliqué, furieux. J'ai décidé de m'en contenter.

**

La porte d'entrée était fermée à clé. Ce n'était pas un problème pour Bronwyn, qui a arraché la poignée et l'a jetée dans la rue. Le battant s'est ouvert en grinçant. Nous nous sommes introduits en file indienne dans un couloir sombre, aux murs ornés de photos de famille. Bronwyn a refermé la porte et l'a bloquée avec une table trouvée dans le corridor.

— Qui est là ? a fait une voix.

Nous n'étions pas seuls.

— Tu ne devais pas choisir une baraque vide ? ai-je glissé à Horace.

— Tu veux mon poing dans la figure ?

Il était trop tard pour rebrousser chemin. Nous allions devoir nous présenter aux habitants de cette maison, en espérant qu'ils seraient compréhensifs.

— Qui est là ? a répété la voix.

— Nous ne sommes pas des voleurs, ni des Allemands ! a répondu Emma. On est juste venus se mettre à l'abri.

Pas de réponse.

— Attendez-nous ici ! a-t-elle commandé à nos amis.

Elle m'a entraîné dans le couloir.

— On vient vous dire bonjour ! a-t-elle lancé d'une voix forte, amicale. Ne nous tirez pas dessus, s'il vous plaît !

Passé un angle du couloir, nous avons aperçu une fille, debout sur le seuil d'une porte. Elle tenait une lanterne dans une main, un coupe-papier dans l'autre, et nous considérait avec méfiance.

— Nous n'avons aucun objet de valeur ! a-t-elle déclaré. Cette maison a déjà été pillée.

— Je t'ai dit que nous n'étions pas des voleurs ! a protesté Emma, vexée.

— Et moi, je vous demande de partir. Si vous n'obéissez pas immédiatement, je hurle, et mon père va descendre avec... ses armes !

La fille devait avoir douze ans à peine. Ses cheveux étaient coupés au carré, et elle portait une robe d'enfant ornée de gros boutons blancs. Mais son regard dur lui donnait l'air plus âgée, désabusée.

— Je t'en prie, ne crie pas ! l'ai-je implorée.

Je ne craignais pas d'alerter son père, probablement imaginaire, mais les autres créatures qui étaient à nos trousses.

Soudain, une petite voix flûtée s'est élevée derrière elle. Elle provenait de la pièce dont elle barrait l'entrée.

— Qui c'est, Sam ?

La fille a fait une grimace.

— Des enfants. Tu m'avais promis de te taire, Esme.

— Ils sont gentils ? Je voudrais bien les rencontrer.

— Ils allaient partir...

Emma l'a détrompée d'un signe de tête.

— Nous sommes nombreux et vous n'êtes que deux, a-t-elle dit d'une voix neutre. Nous allons rester un petit moment. Tu ne vas pas crier, et nous n'allons rien voler.

Un éclair de colère a fait étinceler les yeux de la fille, mais s'est éteint instantanément. Elle se savait vaincue.

— D'accord. Mais si vous nous faites quoi que ce soit, je hurle et je vous enfonce ça dans le ventre !

Elle a brandi son coupe-papier sans grande conviction. J'ai hoché la tête.

— Entendu.

— Sam ? a repris la petite voix. Que se passe-t-il ?

La fille s'est écartée à contrecœur, découvrant une salle de bains éclairée à la bougie. La pièce était équipée d'un lavabo, de toilettes et d'une baignoire, où se trouvait une fillette de cinq ans environ. Elle nous a regardés avec curiosité par-dessus le bord.

Sam a fait les présentations :

— C'est ma sœur, Esme.

— Bonjour ! a fait la petite en agitant un canard en caoutchouc. On ne peut pas recevoir une bombe sur la tête quand on est dans le bain, Vous le saviez ?

— Non, a admis Emma.

— Ça la rassure, a chuchoté Sam. On se réfugie ici pendant les raids aériens.

— Vous ne seriez pas plus en sûreté dans un abri ? ai-je objecté.

Sam a réprimé un frisson.

— Ce sont des endroits affreux.

Les autres, lassés de nous attendre, s'étaient avancés dans le couloir. Bronwyn s'est penchée dans l'embrasure pour lancer un «bonjour» à la cantonade.

— Viens, entre ! s'est écriée Esme, ravie.

— Tu es trop confiante, l'a grondée sa sœur. Un jour, tu vas rencontrer des gens méchants, et tu le regretteras.

— Ceux-là ne sont pas méchants, a protesté Esme.

— Il ne suffit pas de les regarder pour le savoir.

Sur ces entrefaites, Hugh et Horace ont passé une tête par la porte, curieux de voir à qui nous parlions. Olive s'est faufilée entre leurs jambes et s'est assise par terre au milieu de la pièce. Bientôt, nous étions dans la salle de bains, blottis les uns contre les autres, y compris Melina et les frères aveugles. Ces derniers, craintifs, se tenaient dans un angle de la pièce, le visage face au mur. Sam s'est assise pesamment sur les toilettes, l'air accablé. Sa petite sœur était enchantée. Elle voulait connaître tous nos prénoms.

— Où sont vos parents ? a demandé Bronwyn.

— Papa est à la guerre. Il tue des méchants ! a répondu fièrement Esme.

Elle a fait mine de brandir un fusil et crié : «Boum !»

Emma s'est tournée vers Sam.

— Tu nous as dit que ton père était à l'étage.

— Vous êtes entrés par effraction, lui a rappelé Sam.

— C'est vrai.

— Et votre mère, s'est informée Bronwyn. Où est-elle ?

— Elle est morte depuis longtemps, a répondu Sam, impassible. Quand papa est parti à la guerre, on a dû trouver une autre famille. Papa a une sœur dans le Devon, mais elle est très méchante. Comme elle n'acceptait pas de nous prendre toutes les deux, ils ont voulu nous envoyer dans des lieux différents, Esme et moi. Alors, on a sauté du train et on est revenues ici.

— On veut rester ensemble, a confirmé la petite.

— Vous avez peur qu'ils ne vous retrouvent si vous allez dans un abri ? a deviné Emma. Et qu'ils essaient encore de vous séparer ?

Sam a hoché la tête.

— Je ne le permettrai pas.

— Dans la baignoire, on ne risque rien, a rappelé Esme. Vous devriez venir avec moi. Comme ça, on sera tous en sécurité.

— Merci ma chérie ! a fait Bronwyn, une main sur le cœur. Mais on ne rentrera jamais tous.

Pendant que les autres discutaient, je me suis concentré sur mes sensations. Les Creux ne couraient plus. La douleur dans mon ventre était stable, signe qu'ils ne s'étaient pas rapprochés, ni éloignés. C'était probablement bon signe ; s'ils avaient su où nous trouver, ils auraient fondu sur nous. Nous n'avions plus qu'à nous tenir tranquilles un moment, le temps qu'ils décampent. Ensuite, on pourrait suivre le pigeon de Miss Wren.

Nous sommes restés blottis dans la salle de bains, écoutant le fracas des bombes qui s'abattaient sur la ville. Emma a pris de l'alcool dans l'armoire à pharmacie. Elle a voulu absolument désinfecter et bander ma coupure à la tempe. Puis Sam s'est mise à fredonner un air que je connaissais, et Esme a recommencé à jouer avec son canard. La sensation diminuait progressivement. Pendant presque cinq minutes, cette salle de bains est devenue une espèce de cocon, à l'abri des horreurs de la guerre. Puis le fracas des fusils de la défense antiaérienne s'est rappelé à nous. Des éclats d'obus pleuvaient sur le toit. Les bombes tombaient de plus en plus près, et les détonations s'accompagnaient de sons plus sourds, plus menaçants : le grondement sinistre de murs qui s'effondraient. Olive a croisé les bras. Horace s'est bouché les oreilles. Les garçons aveugles se balançaient d'avant en arrière en gémissant. Miss Peregrine s'est renfoncée dans les plis du manteau de Bronwyn, et le pigeon s'est mis à trembler sur les genoux de Melina.

— Dans quelle folie vous nous avez entraînés ? a-t-elle grommelé.

— Tu étais prévenue !

À chaque explosion, des vaguelettes agitaient l'eau de la baignoire d'Esme. La fillette s'est mise à pleurer. Ses sanglots ont empli la pièce.

— Tu ne crains rien ici, Esme, lui a chuchoté Sam avant de se remettre à fredonner.

La petite fille, inconsolable, pleurait de plus en plus fort. Horace a sorti les doigts de ses oreilles et tenté de la distraire en projetant des ombres chinoises sur le mur : un crocodile qui claquait des mâchoires, un oiseau en vol… Mais c'est à peine si elle les remarquait. Et soudain, la dernière personne que j'aurais crue capable de réconforter une fillette s'est approchée de la baignoire.

— Tiens, regarde ! a fait Enoch. J'ai un petit bonhomme qui aimerait naviguer sur le dos de ton canard. Il a juste la taille qu'il faut.

Il a sorti de sa poche un homoncule d'argile, haut de dix centimètres. C'était le dernier de ceux qu'il avait fabriqués à Cairnholm. Les sanglots d'Esme se sont calmés instantanément. Elle a observé Enoch tordre les jambes du petit homme d'argile et l'asseoir au bord de la baignoire. D'une pression du pouce sur sa poitrine, il a donné vie à la petite créature.

— Vas-y ! l'a-t-il encouragée. Montre-lui ce que tu sais faire.

L'homoncule a sauté en l'air et claqué des talons, puis il a fait une profonde courbette. Esme a éclaté de rire et applaudi. Un instant plus tard, quand une bombe a explosé tout près et déséquilibré le petit bonhomme, qui est tombé dans la baignoire, elle n'a fait que redoubler d'hilarité.

Un frisson m'a parcouru la nuque et picoté le cuir chevelu. Et la sensation est revenue, si brusque, si puissante que j'ai grogné de douleur. Je me suis plié en deux. Les autres ont compris instantanément.

Les Creux arrivaient ! Ils arrivaient à toute vitesse.

Évidemment ! Enoch avait utilisé son pouvoir, et je n'avais même pas songé à l'en empêcher. Nous aurions pu aussi bien envoyer une fusée de détresse.

Je me suis relevé en titubant. La douleur m'attaquait par vagues débilitantes. J'aurais voulu crier : « Courez ! Sortez par-derrière ! », mais j'étais incapable d'articuler un son.

Emma a posé ses mains sur mes épaules.

— Reprends-toi, Jacob. On a besoin de toi.

On a frappé à la porte d'entrée. Les coups résonnaient dans toute la maison. J'ai enfin retrouvé l'usage de la parole :

— Ils sont là !

Mais le bruit de la porte qui tremblait sur ses gonds avait déjà alerté mes amis. Notre petit groupe s'est relevé tant bien que mal et s'est faufilé dans le couloir. Seules Sam et Esme sont restées immobiles, comme pétrifiées. Emma a dû arracher Bronwyn à la baignoire et la traîner.

— On ne peut pas les abandonner !

— Bien sûr que si ! a dit Emma. Elles ne risquent rien. Ce n'est pas après elles qu'ils en ont !

Elle n'avait pas tort. Cela dit, les Creux n'hésiteraient pas à déchiqueter tout ce qu'ils trouveraient sur leur passage, y compris une paire de filles normales.

Bronwyn a frappé le mur dans un accès de colère, y perçant un trou en forme de poing.

— Désolée, a-t-elle lancé aux filles, avant de laisser Emma la pousser dans le couloir.

Je les ai suivies en boitillant, l'estomac tordu de douleur.

— Fermez cette porte, et surtout, n'ouvrez à personne ! ai-je crié.

En me retournant, j'ai aperçu le visage de Sam dans l'embrasure. Elle avait les yeux écarquillés de terreur.

Une fenêtre s'est brisée au fond du couloir, côté rue. Incapable de résister, j'ai regardé derrière l'angle. Une masse de tentacules se tortillait sous les rideaux.

Emma m'a tiré par le bras et entraîné dans la cuisine, qui donnait dans un jardin au sol tapissé de cendres. Nous avons remonté une allée, où nos amis détalaient déjà dans le plus grand désordre. Soudain, quelqu'un s'est exclamé :

— Regardez !

Sans cesser de courir, j'ai pivoté et vu un gros oiseau blanc planer dans les airs.

— Une mine ! C'est une mine ! s'est écrié Enoch.

Ce que j'avais pris pour des ailes légères et transparentes était un parachute. Et le gros corps argenté suspendu dessous était bourré d'explosifs. Mon oiseau blanc était un ange de la mort, qui allait sereinement atterrir.

Les Creux ont jailli de la maison. Je les ai vus traverser le jardin à grandes enjambées, leurs langues ondulant dans l'air.

La mine s'est posée sur le sol avec un léger déclic.

— Baissez-vous ! ai-je hurlé.

Nous n'avions pas le temps de nous mettre à l'abri. J'avais à peine touché le sol, qu'un éclair aveuglant a déchiré la nuit. Un craquement terrible a fusé, comme si la terre s'ouvrait en deux, et un vent brûlant m'a coupé le souffle. Puis une grêle de débris m'a cinglé le dos. J'ai ramené les genoux contre ma poitrine, essayant de me faire le plus compact possible.

Mes tympans ont sifflé un long moment après l'explosion, masquant le hurlement du vent et des sirènes. En voulant reprendre mon souffle, j'ai failli m'étrangler avec la poussière qui tourbillonnait dans l'air. J'ai tiré le col de mon chandail devant mon nez pour respirer au travers. Puis j'ai compté mes membres : deux bras. Deux jambes.

Bien.

Je me suis assis lentement et j'ai regardé autour de moi. Je ne voyais pas grand-chose à travers la poussière, mais j'ai entendu mes amis s'appeler mutuellement. J'ai reconnu la voix d'Horace et celle de Bronwyn. Celle de Hugh. Puis celle de Millard.

Où était Emma ?

J'ai crié son nom et voulu me relever, mais je suis retombé pesamment. Mes jambes, bien qu'intactes, étaient trop faibles pour supporter mon poids.

J'ai crié de nouveau :

— Emma !

— Je suis là !

J'ai tourné la tête et je l'ai vue apparaître à travers la fumée.

— Jacob ! Oh, mon Dieu ! Merci !

Elle tremblait comme une feuille. Je l'ai prise dans mes bras et j'ai promené les mains sur son corps pour m'assurer qu'elle était bien là.

— Ça va ?

— Oui. Et toi ?

J'avais mal aux oreilles, mes poumons me brûlaient et mon dos me picotait à l'endroit où j'avais reçu des éclats de l'explosion, mais la douleur dans mon ventre avait disparu. Comme si la déflagration avait fait disparaître la sensation à l'intérieur de moi comme par enchantement.

Les Creux avaient été désintégrés.

— Je vais bien, ai-je répondu. Très bien.

Hormis quelques coupures et égratignures, nous étions tous indemnes. Nous nous sommes rassemblés sur des jambes flageolantes pour comparer nos blessures. Elles étaient bénignes. Emma a secoué la tête, incrédule.

— C'est un miracle, a-t-elle lâché.

J'ai partagé cette impression en voyant des clous, des morceaux de ciment et des échardes de bois, coupants comme des couteaux, fichés dans le sol tout autour de nous.

Enoch s'est approché en titubant d'une voiture aux vitres brisées, garée non loin de là. Sa carrosserie semblait avoir été arrosée par un tir de mitraillette.

– On devrait être morts, s'est-il émerveillé en glissant le doigt dans un orifice. Pourquoi n'est-on pas pleins de trous, nous aussi ?

– Regarde ton chandail, lui a suggéré Hugh.

Il a arraché un clou tordu planté dans son pull poussiéreux.

– Et le tien ! a dit Enoch, avant d'extraire une pointe de métal de celui de Hugh.

Tous nos chandails étaient hérissés de longues échardes de verre et de morceaux de métal qui auraient dû nous traverser le corps. Nos vilains pulls râpeux, en laine de moutons particuliers, n'étaient pas résistants au feu ni imperméables, comme l'avait supposé l'ému-rafe. C'étaient des tricots pare-balles, et ils nous avaient sauvés.

– Jamais je n'aurais cru devoir ma vie à un vêtement aussi laid, a commenté Horace. Il faudrait trouver un moyen de fabriquer des vestes de smoking avec cette laine particulière…

Melina s'est avancée vers nous, le pigeon sur l'épaule, les frères aveugles à ses côtés. Grâce à leur sonar intégré, Joël et Peter avaient découvert un muret de béton renforcé – au son, il leur avait paru solide –, et ils avaient tiré leur amie derrière juste avant l'explosion. Seules les deux filles normales manquaient à l'appel.

Lorsque la poussière est retombée et que leur maison nous est apparue, nous avons perdu tout espoir de les retrouver vivantes.

L'étage supérieur s'était effondré sur le rez-de-chaussée. Il ne restait qu'une ruine fumante : un tas de gravats où s'enchevêtraient des poutres brisées.

Bronwyn s'est quand même précipitée dans les décombres en criant les prénoms des filles. Je l'ai regardée s'éloigner, en proie à une sorte d'engourdissement.

– On aurait pu les aider et on n'a rien fait, a gémi Emma, désespérée. On les a laissées mourir.

– Ça n'aurait rien changé, a rappelé Millard. Leur mort était écrite dans l'histoire. Même si nous leur avions sauvé la vie aujourd'hui, elles auraient péri demain d'une autre manière : tuées par une bombe, victimes d'un accident d'autobus... Elles appartenaient au passé, et le passé ne peut pas être modifié.

– C'est pourquoi on ne peut pas remonter le temps et tuer le bébé Hitler pour empêcher la guerre, a expliqué Enoch. Intéressant, non ?

– Non ! a répondu sèchement Emma. Et seul un imbécile sans cœur peut parler de tuer des bébés dans un moment pareil. Ou n'importe quand, d'ailleurs !

– Je parle du bébé Hitler ! s'est défendu Enoch. Et discuter de la théorie des boucles est plus intéressant que de brasser l'air inutilement.

Il observait Bronwyn escalader les gravats, creuser dans les décombres, balancer des débris ici et là.

Elle nous a fait signe de la rejoindre.

– Par ici !

Enoch a secoué la tête.

— Quelqu'un s'il vous plaît, allez la chercher ! On a une ombrune à trouver.

— Par ici ! a répété Bronwyn, plus fort, cette fois. J'entends une des filles !

Emma m'a regardé.

— Quoi ? Qu'est-ce qu'elle a dit ?

L'instant d'après, nous nous précipitions à la rescousse.

***

Nous avons découvert la fillette sous une plaque de plafond effondré. Le panneau était tombé sur la baignoire, qui s'était fêlée, mais avait résisté. Esme était blottie à l'intérieur, trempée, sale et traumatisée, mais vivante. La baignoire l'avait protégée, ainsi que sa sœur le lui avait promis.

Bronwyn a soulevé la dalle. Emma a passé un bras dessous et aidé Esme à sortir. La fillette s'est accrochée à notre amie, tremblante, en larmes.

— Où est ma sœur ? Où est Sam ?

— Chut, ma grande. Chut ! a dit Emma en la berçant. On va te déposer dans un hôpital. Sam te rejoindra plus tard.

C'était un mensonge, évidemment, et je devinais que cela brisait le cœur d'Emma de parler ainsi. Notre survie et celle de la petite étaient deux miracles. C'était beaucoup pour une seule nuit. En attendre un troisième eût été irréaliste.

Pourtant, ce troisième miracle s'est produit sous nos yeux.

— Je suis là, Esme, a fait une voix au-dessus de nous.

— Sam ! s'est écriée la fillette.

Nous avons levé les yeux.

La jeune fille était suspendue à une poutre de la charpente. Celle-ci, brisée, formait un angle de quarante-cinq degrés. Sam était près de l'extrémité basse, mais quand même trop haut pour qu'on puisse la secourir.

— Lâche-toi ! lui a conseillé Emma. On va te rattraper.

— Je ne peux pas !

Je l'ai regardée attentivement et j'ai failli m'évanouir quand j'ai compris pourquoi.

Les bras et les jambes de Sam pendaient, libres. Elle n'était pas accrochée à la poutre, mais empalée dessus. Le chevron traversait son corps, et pourtant, elle avait les yeux ouverts et semblait parfaitement éveillée.

— Je crois que je suis coincée, a-t-elle déclaré d'une voix calme.

J'étais convaincu que Sam allait mourir d'une seconde à l'autre. Elle était en état de choc, ce qui expliquait qu'elle ne ressentait aucune douleur. Mais bientôt, l'adrénaline qui circulait dans ses veines se dissiperait, elle s'affaiblirait et nous quitterait.

— Qu'est-ce que vous attendez pour aider ma sœur à descendre ? a crié Esme.

Bronwyn a escaladé les décombres d'un escalier, puis tendu une main. Grâce à sa force surhumaine, elle a réussi à incliner la poutre pour approcher son extrémité brisée du sol. Ainsi, Hugh et Enoch ont pu attraper les jambes de Sam et, très doucement, la faire coulisser vers l'avant, jusqu'à ce qu'elle se libère avec un *plop !* délicat.

Sam a regardé le trou dans sa poitrine d'un air maussade. Il faisait presque vingt centimètres de diamètre et il était parfaitement

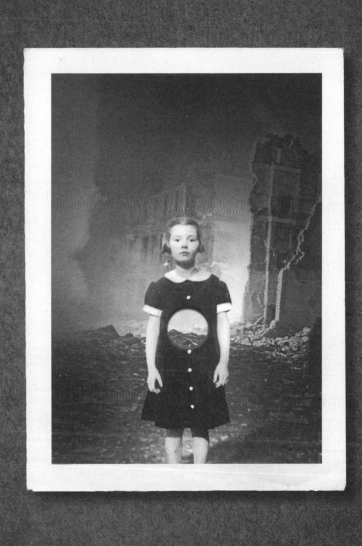

rond, comme la poutre sur laquelle elle était empalée un instant plus tôt. Et pourtant, cela ne paraissait pas l'inquiéter le moins du monde.

Esme a quitté les bras d'Emma pour se précipiter vers sa sœur. Elle lui a enlacé la taille.

— Sam ! Ouf, tu vas bien !

— Je ne suis pas sûre ! a objecté Olive. Elle ne va pas bien du tout !

Mais Sam ne s'inquiétait pas pour elle-même, seulement pour Esme. Elle s'est agenouillée, tenant la fillette à bout de bras, et l'a examinée sous toutes les coutures, à la recherche de plaies ou d'ecchymoses.

— Dis-moi où tu as mal…

— J'ai les oreilles qui bourdonnent, je me suis égratigné les genoux et j'ai de la poussière dans l'œil…

Sur ces mots, Esme a éclaté en sanglots. Sa sœur l'a serrée très fort.

— Voilà, voilà…

C'était hallucinant de voir Sam se comporter comme si de rien n'était. Sa blessure ne saignait même pas. Le trou ne laissait apparaître aucun organe, contrairement à ce que l'on voyait habituellement dans les films d'horreur. On aurait dit une silhouette de papier attaquée par une perforatrice géante.

On brûlait d'impatience d'élucider ce mystère, mais nous avons accordé aux deux sœurs un moment d'intimité. Nous nous contentions de les fixer, ahuris, à une distance respectueuse.

Enoch, incapable d'une telle courtoisie, est allé se camper devant Sam.

— Excuse-moi ! Comment se fait-il que tu sois encore en vie ?

— Bah, ce n'est rien de grave. Par contre, ma robe est fichue.

— Rien de grave ? a répété Enoch. On voit à travers toi.

— Ça picote un peu, a-t-elle admis. Mais le trou sera rebouché d'ici un ou deux jours. Ça fait toujours comme ça, avec ce genre de choses.

Enoch a éclaté d'un rire dément.

— Ce genre de choses ?

— Nom d'un particulier ! a fait Millard. Vous savez ce que ça signifie ?

— Elle est des nôtres, ai-je dit.

***

Nous avions des questions. Beaucoup de questions. Lorsque les larmes d'Esme se sont taries, nous avons enfin trouvé le courage de les poser.

Sam avait-elle réalisé qu'elle était particulière ?

Elle savait qu'elle était différente, nous a-t-elle avoué. Mais c'était la première fois qu'elle entendait le terme «particulier».

Avait-elle vécu dans une boucle ?

Non, jamais. «Une quoi ?»

Autrement dit, elle avait exactement l'âge qu'elle paraissait avoir. Douze ans.

Aucune ombrune n'était-elle jamais venue la chercher ?

— Quelqu'un est venu, une fois, avec d'autres enfants comme moi. Mais pour les suivre, j'aurais dû abandonner Esme.

— Esme ne peut… rien faire ? ai-je voulu savoir.

— Je sais réciter les nombres à partir de 100 à l'envers avec une voix de canard, a affirmé la fillette entre deux reniflements.

Elle s'est empressée de nous le prouver en cancanant :

— Cent, quatre-vingt-dix-neuf, quatre-vingt-dix-huit...

Elle a été interrompue par une sirène aiguë, qui se rapprochait à grande vitesse. Quelques secondes plus tard, une ambulance a déboulé dans l'allée sur les chapeaux de roue et foncé vers nous. Ses phares avaient été occultés, et des rais de lumière semblables à des têtes d'épingles éclairaient la chaussée devant elle. Le chauffeur a freiné brusquement, coupé la sirène et sauté à terre.

— Il y a des blessés ? a-t-il demandé en courant vers nous.

Il portait un uniforme gris chiffonné et un casque en métal cabossé. Malgré son apparente énergie, son visage trahissait l'épuisement. Comme s'il n'avait pas dormi depuis des jours.

L'ambulancier s'est figé en découvrant le trou dans la poitrine de Sam.

— Bon sang !

Sam s'est levée.

— Ce n'est rien, je vous assure ! a-t-elle affirmé. Je me porte à merveille.

En guise de démonstration, elle a passé plusieurs fois le poing dans le trou, avant de faire des gestes de pantin articulé. L'homme s'est évanoui.

Hugh a poussé du pied son corps inanimé.

— Ça alors ! J'aurais cru que ces gars-là étaient d'une autre trempe.

— Comme il est inapte au service, je propose qu'on lui emprunte son ambulance, a dit Enoch. On ne sait pas où ce pigeon veut nous conduire. Si c'est loin, à pied, on risque de mettre toute la nuit à rejoindre Miss Wren.

Horace, qui était assis sur un morceau de mur, s'est levé d'un bond.

— Excellente idée !

— Je m'y oppose ! a protesté Bronwyn. On ne peut pas voler une ambulance. Les blessés en ont besoin !

— On est blessés, a gémi Horace. On en a besoin.

— Ce n'est pas la même chose.

— Sainte Bronwyn ! a fait Enoch, sarcastique. Prête à sacrifier la vie de Miss Peregrine pour protéger quelques gens normaux... Mille gens normaux ne lui arriveraient pas à la cheville ! Pas plus qu'à un seul d'entre nous, d'ailleurs !

Bronwyn s'est étranglée d'indignation.

— Comment oses-tu dire cela devant...

Sam s'est plantée sous le nez d'Enoch.

— Écoute-moi bien, toi ! Si tu insinues encore que la vie de ma sœur ne vaut rien, je te fiche une raclée.

— Calme-toi. Je ne parlais pas de ta sœur. Je voulais juste dire que...

— Je sais exactement ce que tu voulais dire. Et si tu recommences, je te frappe.

— Désolé de t'avoir offensée, a répliqué Enoch, d'une voix qui montait dans les aigus. Mais tu n'as jamais connu d'ombrune et tu n'as jamais vécu dans une boucle, donc tu ne peux pas comprendre. Ce moment appartient au passé. Tous les gens normaux dans cette ville ont déjà vécu leur vie. Leurs destins sont écrits. Le fait qu'on vole une ambulance n'y changera rien.

Déconcertée, Sam n'a pas répliqué. Elle s'est contentée de fixer Enoch d'un air mauvais.

— Même si tu as raison, est intervenue Bronwyn, ce n'est pas correct de faire souffrir les gens inutilement.

— C'est très bien, tout ça, mais pense à Miss Peregrine! a dit Millard. Il ne lui reste plus qu'un jour, au maximum.

Comme notre groupe était partagé, nous avons décidé de voter. Personnellement, je ne souhaitais pas prendre l'ambulance, mais pour une tout autre raison. Les routes étaient endommagées par les bombardements, et je me voyais mal conduire dans ces conditions.

Emma s'est chargée de récolter les suffrages.

— Qui vote pour l'ambulance?

Plusieurs mains se sont levées.

— Qui est contre?

Soudain, un *pop!* a retenti du côté du véhicule. Nous nous sommes retournés. Miss Peregrine était près d'un pneu arrière, qui se dégonflait en sifflant. Elle avait voté avec son bec, en crevant la roue. Désormais, plus personne ne pouvait l'utiliser l'ambulance : ni nous ni les blessés.

— Eh bien voilà, c'est réglé! a dit Millard. On continue à pied.

— Miss Peregrine! s'est fâchée Bronwyn. Comment avez-vous pu…

Indifférent, l'oiseau s'est approché de Melina en sautillant. Elle a regardé le pigeon perché sur son épaule et crié. Le message était clair : «Allez, en route!»

Que pouvait-on faire? Le temps pressait. Emma s'est adressée à Sam.

— Venez avec nous, lui a-t-elle proposé. S'il y a une justice dans ce monde, nous serons à l'abri avant le lever du jour.

— Je vous ai déjà dit que je n'abandonnerais jamais ma sœur, a répondu l'intéressée. Vous allez dans l'un de ces endroits où elle ne peut pas entrer, n'est-ce pas ?

— J-je ne sais pas, a bégayé Emma. Peut-être...

— De toute manière, ça ne m'intéresse pas ! a tranché Sam sur un ton glacial. Après ce que je viens de voir, je n'aurais même pas envie de traverser la rue avec vous.

Emma a reculé et pâli.

— Pourquoi ? a-t-elle demandé d'une toute petite voix.

— Si même vous, qui êtes des proscrits et des opprimés, n'êtes pas capables de témoigner un brin de compassion aux autres, ce monde est sans espoir.

Sur ces mots, elle nous a tourné le dos et a entraîné Esme vers l'ambulance.

Emma a réagi comme si on l'avait giflée. Elle a couru derrière Sam, les joues écarlates.

— On n'est pas tous du même avis qu'Enoch ! Quant à notre ombrune, je suis sûre qu'elle n'a pas fait exprès !

Sam a pivoté vers elle.

— Ce n'était pas un accident ! Je suis heureuse que ma sœur ne soit pas un enfant particulier. Et je regrette de l'être.

Elle s'est de nouveau détournée. Cette fois, Emma ne l'a pas suivie. Elle l'a regardée partir d'un air mortifié, avant de nous rejoindre, les épaules voûtées.

Bronwyn a retiré son chandail et l'a posé sur les gravats.

— Au prochain bombardement, mets ce pull à ta sœur, a-t-elle lancé à Sam. Il la protégera mieux qu'une baignoire.

L'intéressée n'a pas répondu. Elle n'a même pas daigné se retourner. Elle était penchée au-dessus du conducteur de l'ambulance, qui s'était assis et marmonnait :

— J'ai fait un rêve étrange...

— C'est stupide, a lâché Enoch. Maintenant, Bronwyn, tu n'as plus de pull.

— Ferme-la ! S'il t'était arrivé une seule fois dans ta vie de faire quelque chose de gentil pour quelqu'un, tu comprendrais.

— J'ai fait quelque chose de gentil tout à l'heure, a rappelé Enoch. Et à cause de ça, on a failli se faire dévorer par les Creux !

Nous avons marmonné des adieux, qui sont restés sans réponse, puis nous nous sommes glissés dans l'ombre en silence. Melina a pris le pigeon sur son épaule et l'a lancé vers le ciel. Il a volé sur une courte distance, jusqu'à ce que la cordelette qu'elle avait fixée à sa patte se tende. Il a continué à battre des ailes, suspendu en l'air, comme un chien tirant sur sa laisse.

— Pour trouver Miss Wren, c'est par là, a-t-elle annoncé en pointant le menton.

Nous les avons suivis dans l'allée.

Avant de reprendre mon poste de guet, je me suis tourné une dernière fois vers les deux sœurs. J'ai vu Sam soulever Esme pour l'asseoir dans l'ambulance, puis se pencher pour déposer des baisers sur ses genoux égratignés. Je me suis demandé ce qu'elles allaient devenir. Plus tard, Millard m'a confié qu'aucun d'entre eux n'avait jamais entendu parler de Sam. Or, une fille possédant une particularité aussi spectaculaire aurait dû être célèbre. D'après lui, cela signifiait qu'elle était morte pendant la guerre.

Cet épisode avait beaucoup affecté Emma. Je ne sais pourquoi elle tenait tant à prouver à une inconnue que nous étions des gens au grand cœur. Nous en étions nous-mêmes convaincus, mais imaginer que nous aurions pu être autre chose que des anges, que nos natures étaient plus sombres, plus complexes, semblait la déranger.

— Ils ne comprennent pas, ne cessait-elle de répéter.

«Va savoir, ai-je pensé. Peut-être que si, en fait.»

CHAPITRE ONZE

flèches de métal jaillissaient soudain, pointées vers nos gorges, dans la lueur vacillante de la flamme d'Emma.

Après les évènements terribles de l'après-midi, j'étais complètement lessivé. Mes tempes bourdonnaient ; je traînais les pieds. Le martèlement des bombes s'était interrompu et les sirènes s'étaient tues, mais je regrettais presque ces bruits apocalyptiques, qui m'avaient permis de rester éveillé. Désormais, l'air enfumé résonnait de sons plus subtils : de l'eau jaillissant de conduites arrachées, le gémissement de chiens prisonniers des décombres, des voix rauques qui appelaient au secours. De rares voyageurs surgissaient parfois de l'ombre, silhouettes fantomatiques échappées de ce bas monde, les yeux luisants de peur et de soupçon, serrant dans leurs bras des objets précieux : une radio, de l'argenterie volée, un coffret doré, une urne funéraire... Des morts qui portaient d'autres morts.

À un embranchement en T, le pigeon a hésité. Melina lui a murmuré des encouragements :

— Allez, Winnie ! Indique-nous le chemin, ma belle !

Enoch s'est montré plus persuasif :

— Si tu ne trouves pas Miss Wren, je m'occuperai personnellement de te rôtir à la broche, a-t-il lancé à l'oiseau.

Ce dernier a jailli en l'air et s'est précipité vers la gauche. Melina a fusillé Enoch du regard.

— Tu n'es qu'un crétin !

— J'obtiens des résultats, a-t-il riposté.

Nous sommes arrivés devant une station de métro. Le pigeon s'est engouffré sous l'arche qui tenait lieu d'entrée, où trônait une guérite à tickets. J'allais le féliciter : « Tu veux nous faire prendre le train ! Quel oiseau intelligent !», quand je me suis aperçu que la guérite était déserte, et le guichet fermé. Même s'il était évident qu'aucun train ne s'arrêterait dans cette gare avant longtemps, nous avons suivi notre guide. Après avoir franchi un portillon ouvert, nous avons longé un couloir tapissé d'affiches arrachées, collées sur des carreaux blancs ébréchés, jusqu'au sommet d'une cage d'escalier qui s'enfonçait en spirale dans le ventre de la ville. À chaque palier, il nous fallait enjamber des personnes endormies, enroulées dans des couvertures. C'étaient surtout des dormeurs solitaires au départ, puis des groupes, qui gisaient là, telles des allumettes éparpillées. Tout en bas, sur le quai, nous avons découvert une véritable marée humaine. Des centaines de personnes étaient blotties les unes contre les autres entre le mur et les voies, couchées à même le sol, étendues sur les bancs ou installées dans des chaises pliantes. Ceux qui ne dormaient pas berçaient des bébés dans leurs bras, lisaient des journaux, jouaient aux cartes ou priaient. Ces gens n'attendaient aucun train – d'ailleurs, aucun ne viendrait. Ils s'étaient seulement mis à l'abri des bombes.

J'ai tenté de sentir la présence de Creux, mais il y avait trop de visages, trop d'ombres autour de moi. J'ai décidé de m'en remettre à la chance.

Le pigeon s'est de nouveau arrêté, désorienté. Comme moi, il devait être étourdi par la foule. Nous sommes restés immobiles. Les souffles et les ronflements des dormeurs nous enveloppaient d'un étrange murmure.

Au bout d'une minute, l'oiseau s'est envolé en direction des voies. Ayant atteint l'extrémité de sa laisse, il est revenu comme un Yo-Yo dans la main de Melina.

Nous avons contourné les corps des dormeurs sur la pointe des pieds jusqu'au bord du quai, puis nous sommes descendus sur les rails, qui s'enfonçaient dans des tunnels aux deux extrémités de la station. J'ai eu le sentiment désagréable que notre avenir allait se jouer quelque part au fond de l'une de ces bouches sombres.

— Oh non! a gémi Olive. J'espère qu'on ne va pas patauger là-dedans.

— Bien sûr que si! a dit Enoch. Ce ne serait pas de vraies vacances si on ne sondait pas tous les égouts.

Le pigeon s'est élancé vers la droite. Nous l'avons suivi en longeant les rails.

Alors que j'évitais une flaque huileuse, une légion de rats m'a filé entre les pieds. Olive a sauté dans les bras de Bronwyn avec un cri perçant. Le tunnel s'ouvrait devant nous, noir et menaçant. J'ai songé que ce serait l'endroit le pire pour croiser un Sépulcreux. Ici, pas de mur à escalader, pas de maison où s'abriter, pas de pierre tombale à refermer derrière nous… Nous étions dans un long boyau étroit, éclairé à intervalles irréguliers par des ampoules rouges qui scintillaient faiblement.

J'ai pressé le pas.

Les ténèbres se sont refermées sur nous.

***

Petit, je jouais souvent à cache-cache avec mon père. C'était toujours moi qui me cachais et lui qui me cherchait. J'étais très doué. Contrairement à la plupart des enfants de quatre ou cinq ans, j'étais capable de garder le silence pendant longtemps.

Comme je ne souffrais d'aucune claustrophobie, je pouvais m'enfermer dans un placard minuscule et y rester une demi-heure sans faire le moindre bruit. Je trouvais ça follement amusant. Dans ces conditions, on aurait pu penser que l'obscurité et le confinement dans un espace clos ne me poseraient aucun problème. Que j'étais plus à l'aise dans un tunnel conçu pour recevoir des trains, des rails, et rien d'autre, que dans un cimetière à ciel ouvert, où des visions d'horreur ne cessaient de surgir au détour du chemin. Pourtant, plus on s'enfonçait dans ce boyau, plus je sentais une terreur sourde s'insinuer en moi. Ce sentiment n'avait rien à voir avec la sensation que j'éprouvais en présence d'un Creux ; ce n'était qu'un mauvais pressentiment. Pressé de sortir de là, je conduisais donc mes amis à toute vitesse, asticotant Melina jusqu'à ce qu'elle me crie de lui ficher la paix. L'adrénaline qui circulait dans mes veines m'empêchait de céder à l'épuisement.

Après une longue marche et plusieurs fourches, le pigeon nous a indiqué une portion de tunnel désaffectée où les traverses étaient déformées, pourries par endroits. Des flaques d'eau croupie rendaient le sol boueux. Les trains qui passaient dans des tunnels lointains déplaçaient des courants d'air, semblables à des respirations dans la trachée d'une créature géante.

Soudain, une lumière minuscule est apparue dans le lointain. Elle grossissait à vue d'œil.

— Un train ! a crié Emma.

Nous nous sommes plaqués contre la paroi du tunnel. Je me suis couvert les oreilles pour les protéger du rugissement d'un train. Précaution inutile : je n'ai entendu qu'un gémissement aigu, qui provenait sans doute de ma propre tête. Au moment où la lumière inondait le tunnel, j'ai senti la pression s'accentuer dans mes oreilles. Puis l'obscurité est revenue.

Nous nous sommes décollés du mur en titubant, médusés. À présent, les rails et les traverses sous nos pieds étaient flambant neufs, comme s'ils venaient d'être posés. L'odeur d'urine était moins forte. Les lumières le long des murs étaient plus vives, mais vacillantes. Des lampes à gaz avaient remplacé les ampoules électriques.

– Que s'est-il passé ?

– On vient d'entrer dans une boucle, a répondu Emma. Mais cette lumière, je ne sais pas ce que c'était. C'est la première fois que je vois ça.

– Chaque boucle a ses fantaisies, a signalé Millard.

– Quelqu'un sait-il où on se trouve ?

– Quelque part dans la seconde moitié du XIXe siècle, a-t-il estimé. Avant 1863, Londres n'avait pas de métro souterrain.

Sur ces entrefaites, une autre lumière est apparue derrière nous. Celle-là s'accompagnait d'une rafale de vent chaud et d'un grondement de tonnerre.

– Un train, a répété Emma.

Cette fois, c'était vrai. Nous nous sommes réfugiés contre les murs, tandis qu'il passait en vomissant de la fumée, dans un déferlement de bruit et de lumière. On aurait dit une locomotive miniature. Dans le wagon de queue, un homme affublé d'une grosse barbe noire, une lanterne à la main, nous a regardés avec stupéfaction, juste avant de disparaître au détour du tunnel.

Le souffle avait arraché la casquette de Hugh, qui était passée sous les roues du train. Il est allé la ramasser, l'a trouvée en pièces et l'a jetée avec colère.

— Je n'aime pas cette boucle ! a-t-il déclaré. On est là depuis dix secondes, et elle essaie déjà de nous tuer. Je propose qu'on se débarrasse de ce qu'on a à faire ici, et qu'on décampe.

— Tout à fait d'accord, a approuvé Enoch.

Une dizaine de minutes plus tard, le pigeon nous a indiqué un mur lisse. Je ne comprenais pas où il voulait en venir, jusqu'à ce que je lève les yeux. Une petite porte se découpait dans la paroi, à plus de cinq mètres au-dessus de nos têtes. Comme nous n'avions aucun moyen de l'atteindre, Olive a retiré ses chaussures et s'est laissée flotter vers le haut pour l'examiner.

— Il y a un cadenas, a-t-elle annoncé. Avec une combinaison.

La rouille avait percé dans le coin droit de la porte un trou assez gros pour laisser passer un pigeon, mais il ne nous était d'aucune utilité. Il nous fallait le code.

— Une idée ? a demandé Emma à la ronde.

Elle n'a récolté que des haussements d'épaules et des regards vides.

— Aucune, a avoué Millard.

— On n'a plus qu'à jouer aux devinettes.

— Essaie ma date de naissance, a proposé Enoch. Douze-trois-quatre-vingt-douze.

— Comment quelqu'un saurait-il quand tu es né ? s'est esclaffé Hugh.

Enoch a froncé les sourcils.

— Essaie quand même.

Olive a composé la combinaison et tiré sur le cadenas, sans succès.

– Désolée, Enoch.

– Et la date de notre boucle, a suggéré Horace. Trois-neuf-quarante.

Olive a entré les chiffres et secoué la tête.

– Ça ne doit pas être facile à deviner, a affirmé Millard. Sinon à quoi bon mettre un cadenas ?

Finalement, Olive a pris des chiffres au hasard. Nous avons patienté, de plus en plus anxieux. Pendant ce temps, Miss Peregrine est sortie tranquillement du manteau de Bronwyn et s'est approchée du pigeon, qui picorait le sol en se dandinant au bout de sa laisse. L'oiseau a voulu s'éloigner, mais elle l'a suivi avec un cri guttural, vaguement menaçant.

D'un battement d'ailes, le pigeon est allé se percher sur l'épaule de Melina, hors d'atteinte. Miss Peregrine s'est plantée devant la jeune fille en criant. Le pigeon semblait nerveux.

– Miss P., qu'est-ce que vous mijotez ? a demandé Emma.

– Je crois qu'elle veut demander quelque chose à ton oiseau, ai-je expliqué à Melina.

– Si le pigeon connaît le chemin, a raisonné Millard, il connaît peut-être aussi la combinaison.

Miss Peregrine s'est tournée vers lui et a poussé un cri bref. Puis elle a crié de plus belle en regardant l'oiseau. Il s'est caché la tête dans le cou de Melina.

– Imaginez que le pigeon connaisse la combinaison, mais qu'il ne sache pas comment nous la révéler, a réfléchi Bronwyn. Il pourrait la confier à Miss Peregrine, parce qu'ils parlent tous les deux le langage des oiseaux. Et Miss Peregrine n'aurait qu'à nous la répéter.

— Laisse ton pigeon parler à notre oiseau, a résumé Enoch.

Melina a reculé d'un pas.

— Votre faucon fait deux fois la taille de Winnie ; il a un bec et des serres extrêmement tranchants. Elle a peur, et je la comprends.

— Elle n'a aucune raison de s'inquiéter, a affirmé Emma. Miss P. ne ferait jamais de mal à un autre oiseau. C'est contraire au code des ombrunes.

Melina a écarquillé les yeux.

— Cet oiseau est une ombrune.

— C'est notre directrice ! a confirmé Bronwyn. Peregrine Faucon.

— Vous êtes vraiment étonnants.

La jeune fille a éclaté d'un rire sans joie.

— Je ne comprends pas. Si vous avez une ombrune sous la main, pourquoi en cherchez-vous une autre ?

— C'est une longue histoire, a commencé Millard. Disons simplement que notre ombrune a besoin de l'aide de l'une de ses sœurs.

— Pose ce satané pigeon par terre, que Miss Peregrine puisse lui parler ! s'est impatienté Enoch.

Melina a accepté à contrecœur.

— Viens, Winnie, sois gentille.

Elle a pris le pigeon sur son épaule et l'a déposé doucement à ses pieds ; puis elle a coincé la laisse sous sa chaussure pour l'empêcher de s'envoler.

Nous avons formé un cercle autour des oiseaux. Miss Peregrine s'est avancée vers le pigeon, qui a essayé en vain de s'enfuir, retenu par la laisse. Miss Peregrine s'est mise à caqueter. J'avais l'impression d'assister à un interrogatoire. Le pigeon a rentré la tête sous son aile, tout tremblant. Miss Peregrine lui a donné un coup de bec sur le crâne.

— Hé ! s'est insurgée Melina. Arrête !

Le pigeon a gardé la tête cachée. Miss Peregrine l'a piqué de nouveau, plus fort.

— Ça suffit ! s'est écriée Melina.

Elle a levé le pied de la laisse et s'est baissée pour récupérer son protégé. Miss Peregrine l'a devancée. Elle a sectionné la laisse d'un coup de serre, a saisi l'une des pattes du pigeon dans son bec et l'a emporté en quelques bonds. La pauvre créature criait et se débattait.

Melina s'est affolée.

— Reviens tout de suite ! a-t-elle ordonné à Miss Peregrine.

Elle allait se précipiter derrière les oiseaux, quand Bronwyn l'a retenue par un bras.

— Attends ! Je suis sûre que Miss P. sait ce qu'elle fait.

La directrice s'est immobilisée un peu plus loin sur les rails, hors d'atteinte. Le pigeon se débattait vainement dans son bec, et Melina essayait de se libérer de l'étreinte de Bronwyn, sans plus de succès. Miss Peregrine semblait attendre que le pigeon se fatigue ; elle a fini par s'impatienter et s'est mise à le balancer en l'air en le tenant par la patte.

— S'il vous plaît, Miss Peregrine, arrêtez ! l'a implorée Olive. Vous allez le tuer !

J'ai envisagé d'intervenir, mais les oiseaux n'étaient plus qu'un flou de serres et de becs, et personne n'aurait pu s'approcher assez pour les séparer. Nous avons crié, supplié Miss Peregrine de se calmer.

Elle a enfin cédé et lâché le pigeon. Ce dernier a fait quelques pas en titubant, trop sonné pour s'enfuir. Miss Peregrine a recommencé à caqueter, et cette fois, il lui a répondu. Alors, la directrice a frappé le sol de son bec : trois fois, puis dix, puis cinq.

Trois-dix-cinq. Olive a entré la combinaison. Le cadenas s'est ouvert avec un déclic. La porte s'est entrebâillée vers l'intérieur et une échelle de corde s'est déroulée le long du mur.

L'interrogatoire de Miss Peregrine avait porté ses fruits. Elle avait voulu nous aider, et nous aurions pu nous montrer indulgents, excuser sa brutalité, si la suite ne nous avait pas plongés dans la consternation. La directrice a repris le pigeon groggy par la patte et, dans un geste de colère, l'a balancé violemment contre le mur.

Nous avons poussé un cri d'horreur.

Bronwyn a lâché Melina, qui a couru ramasser le pigeon. Il pendouillait, inerte, au bout de sa main, le cou brisé.

— Mon Dieu ! Elle l'a tué ! s'est écriée Bronwyn.

— Avec tout le mal qu'on s'est donné pour l'attraper, a soupiré Hugh. Quel gâchis !

— Je vais écraser la tête de votre ombrune sous mon pied ! a menacé Melina, folle de rage.

Bronwyn l'a de nouveau emprisonnée dans ses bras.

— Non ! Ça suffit, maintenant !

— C'est une sauvage ! Si c'est ainsi qu'elle se conduit, vous seriez mieux lotis avec les Estres !

— Retire ce que tu viens de dire ! a rugi Hugh.

— Jamais !

De nouvelles menaces ont fusé, et la bagarre a été évitée de peu. Bronwyn a maîtrisé Melina, tandis qu'Emma et moi retenions Hugh. Nous avons attendu que leur colère retombe.

Nous étions tous sidérés que Miss Peregrine ait pu commettre un acte aussi odieux.

– Je ne vois pas pourquoi vous en faites tout un plat, a affirmé Enoch. C'était juste un pigeon débile.

– Certainement pas! a répliqué Emma en regardant la directrice avec reproche. Cet oiseau était un ami de Miss Wren. Il était âgé de centaines d'années. On parlait de lui dans *Les contes*. Et maintenant, il est mort.

– Assassiné! a complété Melina, avant de cracher par terre.

Miss Peregrine se grattait nonchalamment sous l'aile, indifférente.

– Quelque chose de mauvais est entré en elle, a dit Olive. Je ne la reconnais pas.

– Elle est en train de changer, a confirmé Hugh. Son côté animal commence à l'emporter.

– J'espère qu'il reste une partie humaine à sauver en elle, a dit sombrement Millard.

C'était un espoir que nous partagions tous.

Nous avons quitté le tunnel en escaladant l'échelle de corde, perdus dans nos sombres pensées.

***

La porte donnait sur un couloir qui s'achevait au pied d'un escalier. À l'étage, nous avons longé un second corridor et débouché dans une espèce de vestiaire éclairé par la lumière du jour. La pièce était équipée d'un nombre impressionnant d'armoires et de penderies, toutes pleines à craquer de vêtements. Au centre, des portants croulaient sous les vestes, les manteaux et les robes. On y trouvait aussi deux paravents de bois derrière lesquels on pouvait se changer, ainsi que plusieurs miroirs sur pied. Une grande table était encombrée de machines à coudre et de coupons de tissu. Mi-boutique, mi-atelier, cette pièce était un véritable paradis pour Horace, qui exultait.

Melina est entrée la dernière, l'air morose. Elle n'avait pas prononcé un seul mot depuis que Bronwyn l'avait libérée.

– C'est quoi, cet endroit ? ai-je demandé.

– Une salle des déguisements, a expliqué Millard. Elle a été conçue pour permettre aux visiteurs particuliers de se fondre dans la foule des gens normaux qui vivent dans cette boucle.

Il a montré du doigt une image encadrée, illustrant la mode de l'époque.

– À Rome, fais comme les Romains ! s'est exclamé Horace en se précipitant vers un portant.

Emma nous a conseillé de tous nous changer. En plus ces nouveaux vêtements pourraient tromper nos poursuivants s'ils nous avaient précédés dans cette boucle.

– Gardez vos pulls dessous, en cas de problème.

Bronwyn et Ollve ont emporté des robes ordinaires derrière un paravent. J'ai échangé mon pantalon et ma veste, couverts de cendres et tachés de sueur, contre un costume dépareillé, mais propre. Mal à l'aise dans mon nouvel accoutrement, je me suis demandé comment les gens avaient pu porter des vêtements aussi raides et guindés chaque jour, pendant des siècles.

Millard a enfilé un élégant costume et s'est assis devant un miroir.

— De quoi j'ai l'air ?

— D'un garçon invisible en costard, a répondu Horace.

Millard a soupiré ; il s'est attardé un petit moment devant la glace, puis s'est déshabillé et a de nouveau disparu.

L'excitation d'Horace est vite retombée.

— Il n'y a aucun choix, en fait ! a-t-il râlé. Quand les vêtements ne sont pas mangés par les mites, ils sont rapiécés ! J'en ai marre d'avoir l'air d'un gosse des rues.

— Les petits vagabonds passent inaperçus, contrairement aux jeunes messieurs en haut-de-forme, a dit Emma derrière son paravent.

Elle est sortie chaussée de ballerines rouges vernies et vêtue d'une robe bleue à manches courtes qui s'arrêtait au genou.

— Qu'en penses-tu ? m'a-t-elle demandé en pivotant pour faire tournoyer la jupe.

On aurait dit Dorothy dans *Le magicien d'Oz*, en plus jolie. Comme je n'osais pas la complimenter devant tout le monde, je me suis contenté de lui décocher un immense sourire et de lever le pouce.

Elle a éclaté de rire.

— Ça te plaît ? Dommage que je ne puisse pas les garder. Je me ferais trop remarquer.

Puis son expression s'est assombrie, comme si elle s'en voulait d'avoir ri, d'avoir oublié un instant nos malheurs et les épreuves qui nous attendaient. Elle a disparu derrière le paravent.

Moi aussi, j'avais peur, et je ressassais les scènes horribles auxquelles nous avons assisté. Mais on ne peut pas se sentir mal en

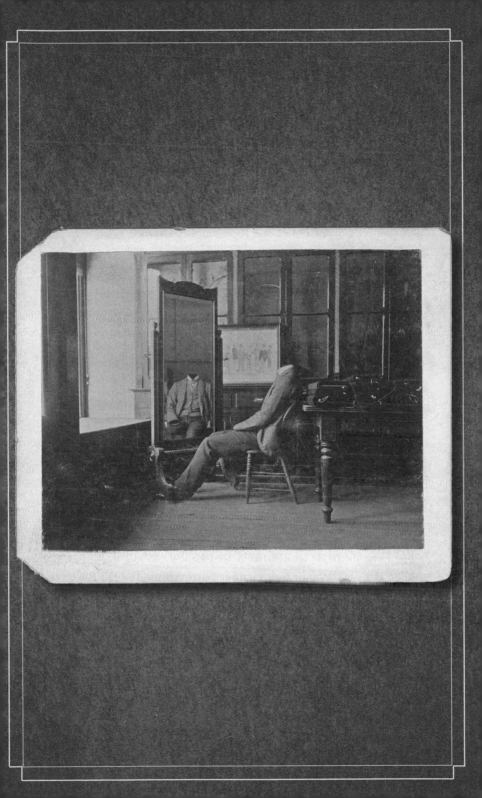

auprès de sacs de céréales poussiéreux et de lapins dépecés. Des enfants et des chats décharnés rôdaient ici et là, l'air affamé, tandis que des femmes aux visages aussi fiers que sales pelaient des pommes de terre, accroupies dans le caniveau. Nous avions beau faire notre possible pour passer inaperçus, tous se retournaient sur notre passage : les vendeurs, les enfants, les femmes, les chats, et même les lapins morts suspendus par les pattes, avec leurs yeux blancs comme du lait.

Malgré mes vêtements d'époque, je me sentais mal à l'aise, trop voyant. Je venais de comprendre que se fondre dans le décor était plus une question de jeu d'acteur que de costume. Mes amis et moi n'avions pas la démarche voûtée et le regard fuyant des gens que nous croisions. Si je voulais un jour me déguiser aussi habilement que les Estres, il faudrait que j'affûte mes talents de comédien.

Au fur et à mesure de notre avancée, les bruits de la fête foraine montaient en puissance et les odeurs étaient plus présentes : viande trop cuite, noisettes grillées, crottin de cheval, excréments humains, fumée des braseros... Tout cela se mélangeait dans une senteur lourde et écœurante.

Nous avons atteint une vaste place où la fête battait son plein. Une foule joyeuse et bigarrée allait et venait entre des tentes aux couleurs vives. Il y avait tant d'animation que je ne pouvais tout embrasser du regard. Des acrobates et des funambules, des lanceurs de couteaux et des avaleurs de feu déambulaient ici et là, parmi d'autres artistes de rue. Un charlatan prescrivait des potions à l'arrière d'une fourgonnette : « Un sirop exceptionnel pour fortifier les intestins contre les parasites, les infiltrations malsaines et les effluves malins !» Sur une estrade voisine, un comédien braillard lui disputait l'attention du public en présentant une créature aux allures préhistoriques : un colosse à la peau grise et plissée, qui pendait sur sa carcasse en une cascade de plis. Il m'a fallu dix bonnes secondes pour identifier un ours. On l'avait rasé, affublé d'une robe de femme et attaché à une chaise. Le présentateur faisait semblant de lui servir le thé en criant à tue-tête :

— Mesdames et messieurs ! Venez voir la plus belle femme de tout le pays de Galles !

La foule était hilare. Quant à moi, j'aurais aimé voir la pauvre bête briser ses chaînes et le dévorer, là, devant tout le monde.

Pris de vertige, j'ai fouillé dans ma poche et effleuré le verre de mon téléphone. J'ai fermé les yeux et chuchoté pour moi-même : «Je suis un voyageur temporel. Tout ce qui m'entoure est réel. Moi, Jacob Portman, je voyage dans le temps.»

Ce qui m'étonnait le plus, au fond, c'était que ce voyage n'ait pas endommagé mon cerveau. Par quel miracle n'avais-je pas encore perdu la raison ? À croire que l'esprit humain était beaucoup plus souple que je ne l'avais imaginé. Il s'adaptait pour faire face à toutes sortes de contradictions et d'impossibilités apparentes. Une chance pour moi !

— Olive ! a crié Bronwyn. Reviens immédiatement !

Je l'ai vue entraîner la fillette, qui s'était penchée pour parler à un clown.

— Je t'ai dit et répété de ne jamais t'adresser aux gens normaux !

Pour un groupe aussi nombreux que le nôtre, rester ensemble relevait du défi. Surtout dans un endroit pareil, conçu pour distraire les enfants. Bronwyn jouait les cheftaines scoutes, regroupant ses louveteaux chaque fois que l'un d'eux s'écartait du groupe pour s'intéresser à des moulinets bariolés, ou à un étal de pralines fumantes. Olive, la plus facile à distraire, semblait oublier régulièrement que nous étions en danger. En fait, s'il était possible de garder tous ces enfants groupés, c'était parce qu'ils n'en étaient plus vraiment. Ils avaient une forme de maturité qui tempérait leurs impulsions. Avec de véritables enfants, c'eût été une cause perdue.

Nous avons erré au hasard pendant quelque temps, à la recherche d'une vieille dame susceptible de ressembler à Miss Wren. Cette boucle tout entière, avec ses bizarreries, son désordre ambiant, aurait dû être l'endroit idéal pour des particuliers soucieux de passer inaperçus. Et pourtant, même ici, on nous remarquait. Je commençais à être un peu parano. Ces gens qui se retournaient sur notre passage étaient-ils des espions à la solde des Estres, ou des Estres eux-mêmes ? Je me méfiais surtout du clown qui s'était adressé à Olive avant l'intervention de Bronwyn. On le croisait sans arrêt : c'était au moins la cinquième fois en cinq minutes. Il musardait au fond d'une allée, nous épiait depuis la cabine d'un photographe. Sa tignasse ébouriffée et son maquillage horrible contrastaient avec le paysage bucolique qui ornait la toile de fond. Il semblait être partout à la fois.

— On ne peut pas continuer à tourner en rond comme ça, ai-je dit à Emma. C'est dangereux de rester à découvert. J'ai l'impression qu'on nous surveille. Les clowns…

— Les clowns ? a-t-elle répété, intriguée. Je suis d'accord avec toi. Seulement, je ne sais pas par où commencer.

— Commençons par l'endroit le plus particulier dans toutes les fêtes foraines, a proposé Enoch. La baraque des monstres.

Il a montré du doigt une grande façade aux couleurs criardes, de l'autre côté de la place.

— La baraque des monstres et les particuliers vont ensemble comme le lait et les biscuits secs. Ou les Creux et les Estres.

— C'est vrai, en général, a admis Emma. Mais les Estres le savent aussi. Si Miss Wren s'était cachée dans un lieu aussi évident, ils l'auraient capturée depuis longtemps.

— Tu as une meilleure idée ?

Comme nous n'en avions aucune, nous avons pris la direction de la baraque des monstres. Je me suis retourné pour tenter d'apercevoir le clown, mais il avait disparu dans la foule.

Un comédien dépenaillé braillait dans un porte-voix, promettant au public, en échange d'une somme dérisoire, un aperçu des « erreurs les plus choquantes de la nature que la loi autorise à montrer ». L'attraction se nommait le « Congrès des bizarreries humaines ».

— Ça me rappelle des dîners auxquels j'ai assisté, a ironisé Horace.

— Certaines de ces « bizarreries » sont peut-être des particularités, a affirmé Millard. Et s'il y a des particuliers ici, ils auront probablement entendu parler de Miss Wren. Pour moi, ça vaut la peine de jeter un coup d'œil à l'intérieur.

— On n'a plus d'argent, a rappelé Horace en sortant une pièce pelucheuse de son pantalon.

— Depuis quand devrait-on payer pour entrer chez les monstres ? a répliqué Enoch.

Nous l'avons suivi à l'arrière de la baraque. Seule la façade de l'attraction était en dur ; l'envers du décor était constitué d'une

tente en toile grossière. Nous cherchions par où nous y introduire, quand un pan de tissu s'est soulevé. Un homme et une femme élégamment vêtus sont sortis précipitamment. L'homme soutenait la dame, qui s'éventait le visage.

— Écartez-vous ! a-t-il aboyé. Mon épouse a besoin d'air !

Une pancarte au-dessus de l'ouverture indiquait « Entrée des artistes ». Nous nous sommes engouffrés à l'intérieur, où un garçon nous a interceptés. Il était assis sur un tabouret couvert de fourrure et semblait prendre son rôle de gardien très au sérieux.

— Vous êtes des artistes ? Vous ne pouvez pas entrer si vous n'êtes pas des artistes.

— Évidemment ! a rétorqué Emma, feignant d'être vexée.

En guise de preuve, elle a fait jaillir une flamme minuscule à l'extrémité de son doigt et l'a éteinte dans son œil.

Le garçon a haussé les épaules, pas du tout impressionné.

— C'est bon, allez-y.

Nous l'avons dépassé d'un pas traînant. Nos yeux s'accoutumaient progressivement à la pénombre. Nous étions dans une espèce de labyrinthe de toile, assez bas de plafond. L'unique couloir, éclairé par des torches, tournait à angle droit tous les sept ou huit mètres, nous confrontant chaque fois à une nouvelle aberration de la nature. Un filet de spectateurs, certains réjouis, d'autres pâles et tremblants, rebroussaient chemin vers la sortie. Les premiers « monstres » étaient assez ordinaires ; ils n'avaient en tout cas rien de particulier. Un homme « illustré », au corps couvert de tatouages ; une femme à barbe qui caressait ses longues moustaches en gloussant, un fakir qui se transperçait le visage avec

des aiguilles et enfonçait des clous dans ses narines à l'aide d'un marteau. Si je trouvais l'ensemble plutôt impressionnant, mes amis — dont certains avaient voyagé dans toute l'Europe avec Miss Peregrine — avaient du mal à réprimer leurs bâillements.

Sous un écriteau annonçant « les incroyables hommes allumettes », deux messieurs se frottaient l'un contre l'autre : l'un vêtu d'un costume recouvert de centaines de grattoirs, et l'autre d'un complet tapissé d'allumettes. Le frottement causait des éruptions de flammes sur le torse de l'homme couvert d'allumettes, qui se frappait le corps en simulant la terreur.

— Des amateurs, a marmonné Emma en nous entraînant vers l'attraction suivante.

Au fur et à mesure de notre avancée, les bizarreries étaient de plus en plus spectaculaires. Une fille africaine, vêtue d'une longue robe à franges, avait un python géant enroulé autour d'elle. Le serpent ondulait et dansait à son commandement. Emma a admis que ce numéro relevait de la particularité, car seuls les *syndrigasti* ont le don d'enchanter les serpents. Mais quand elle a parlé de Miss Wren à la fille, celle-ci nous a décoché un regard mauvais. Son serpent a sifflé en découvrant ses crocs, et nous avons passé notre chemin.

— On perd notre temps, a râlé Enoch. L'horloge de Miss Peregrine tourne, et on se balade dans une fête foraine ! Pourquoi ne pas acheter des bonbons, pendant qu'on y est ?

Il n'avait pas tort, mais comme il ne nous restait qu'un seul monstre à voir, nous avons continué notre chemin. La dernière scène était vide. Une vilaine toile occupait l'arrière-plan. Au centre, sur un guéridon orné d'un bouquet de fleurs, un écriteau annonçait « le célèbre homme pliant ».

Le garçon au physique ingrat a sorti la tête de la tente et nous a interrogés :

— Que se passe-t-il ? Le spectacle ne vous a pas plu ?

— Si, c'était bien, ai-je répondu en le congédiant d'un geste.

— Pas assez particulier à votre goût ? a-t-il insisté.

Ces paroles m'ont fait l'effet d'une décharge électrique.

— Wakeling et Rookery, a-t-il ajouté en pointant un doigt derrière nous. Le véritable spectacle est là-bas.

Il nous a fait un clin d'œil avant de disparaître sous la bâche.

— Énigmatique…, a observé Hugh.

— J'ai bien entendu : il a dit « particulier », a souligné Bronwyn.

— C'est quoi, Wakeling et Rookery ?

— Un lieu, a supposé Horace. Peut-être dans cette boucle.

— Ça pourrait être l'intersection de deux rues…

Emma a soulevé le rabat de la tente pour demander au garçon si elle avait bien interprété ses paroles, mais il s'était volatilisé.

Nous sommes partis dans la direction qu'il nous avait indiquée. Notre dernier espoir, bien frêle, ne tenait plus qu'à une paire de rues aux noms étranges, dont nous n'étions même pas sûrs qu'elles existent.

***

À quelque distance de la place, le brouhaha de la foule s'estompait, cédant la place à une cacophonie de sons industriels, métalliques. L'écœurante odeur de viande rôtie et de fumier était remplacée par une puanteur encore pire, innommable. Nous avons traversé une rivière encaissée, où coulaient des eaux boueuses dignes du Styx[1], et pénétré dans un quartier d'usines, surmontées de cheminées qui vomissaient dans le ciel des torrents de fumée noire. Wakeling Street. Nous avons descendu la rue sans trouver d'artère perpendiculaire du nom de Rookery. Parvenus devant un vaste égout à ciel ouvert – dont Enoch nous a appris qu'il s'agissait de la rivière Fleet –, nous avons rebroussé chemin jusqu'à notre point de départ. De l'autre côté, la rue Wakeling serpentait entre des bâtiments modestes aux façades vides, anonymes.

Mon mauvais pressentiment s'est accentué. Et si on nous avait tendu un piège ? Et si notre guide nous avait envoyés dans ce quartier désert pour nous dresser une embuscade ?

La rue a décrit encore quelques virages avant de redevenir rectiligne. Je me suis cogné dans le dos d'Emma, qui s'était arrêtée brusquement.

– Que se passe-t-il ?

En guise de réponse, elle m'a montré une petite foule assemblée à un carrefour en T.

Alors qu'à la fête foraine, l'air était moite, étouffant, les gens ici étaient presque tous emmitouflés dans des manteaux et des écharpes. Ils contemplaient un immeuble avec des yeux ronds de surprise. Le bâtiment en lui-même n'avait rien de spécial : c'était un vieil immeuble de bureaux à quatre étages, dont trois présentaient d'étroites fenêtres en cintre. Il ressemblait à s'y méprendre aux constructions alentour, sauf qu'il était entièrement pris dans la glace. Elle obstruait ses portes et ses fenêtres. Des stalactites formaient des crocs menaçants sous les appuis de fenêtre. De la

---

1. Le Styx est un des fleuves des Enfers.

neige s'échappait des portes, s'amassant en tas géants sur le trottoir. On aurait dit qu'une tempête s'était déchaînée à l'intérieur du bâtiment.

J'ai regardé un écriteau à demi camouflé par la neige : R–KERY STRE_.

— Je connais cet endroit, a signalé Melina. Ce sont les archives des particuliers, là où tous nos dossiers sont conservés.

— Comment le sais-tu ? s'est informée Emma.

— Miss Grive voulait que j'assiste la médiatrice de ce bureau. L'examen d'entrée est très difficile. J'étudie depuis vingt et un ans.

— Et c'est normal qu'il soit recouvert de glace, comme ça ? a demandé Bronwyn.

— Pas que je sache.

— C'est aussi l'endroit où le Conseil des Ombrunes se réunit pour la révision annuelle des règlements, a affirmé Millard.

— Le Conseil des Ombrunes se réunit ici ? s'est étonné Horace. C'est incroyablement modeste. Je m'attendais à un château.

— L'idée, c'est de ne pas se faire remarquer, a rappelé Melina.

Si elles veulent rester discrètes, c'est raté, a observé Enoch.

— En général, l'immeuble n'est pas pris dans la glace.

— Que s'est-il passé, à votre avis ?

— Rien de bon, a prédit Millard.

Nous n'avions pas le choix : il fallait nous approcher et explorer les lieux. Mais nous n'étions pas obligés d'agir dans la précipitation. Nous avons continué à observer la scène de loin. Les gens allaient et venaient. Un homme a essayé d'ouvrir la porte, sans résultat. La foule s'est dispersée peu à peu.

Avant qu'elle ait pu finir, Bronwyn l'avait plaquée contre elle, étouffant sous son aisselle la fin de sa phrase.

– Tu es folle ? Tu veux nous faire repérer !

Elle l'a libérée, et elle allait continuer à la gronder quand elle a vu des larmes ruisseler sur le visage de la fillette.

– Qu'est-ce que ça peut faire si on est découverts ? a hoqueté Olive. Si on ne peut pas trouver Miss Wren et sauver Miss Peregrine, toute l'armée des Estres peut bien nous tomber dessus !

Une dame s'est détachée de la foule et s'est approchée de nous. Elle était vieille, voûtée, et vêtue d'une cape. La capuche masquait partiellement son visage.

– Ça va ? nous a-t-elle interrogés.

– Très bien, a répondu Emma, espérant décourager d'autres questions.

– C'est faux ! s'est écriée Olive. Ça ne va pas du tout ! Tout ce qu'on voulait, c'était vivre en paix sur notre île, mais des méchants sont venus, et notre directrice a été blessée. Maintenant, on veut juste l'aider, et même ça, on n'y arrive pas !

Elle a baissé la tête et s'est mise à sangloter.

– Allons, allons ! a fait la vieille dame. Je me réjouis que vous soyez venus à ma rencontre. C'est merveilleux !

Oliva a levé les yeux. Elle a reniflé et demandé :

– Pourquoi ?

Mais la femme s'était volatilisée. Sa cape vide s'est affalée sur le trottoir dans un bruissement d'air. Nous étions tous trop surpris pour commenter l'évènement… jusqu'à ce qu'un petit oiseau sorte en sautillant de sous l'étoffe.

Je me suis figé. Devais-je essayer de l'attraper ?

— C'est quoi ? s'est étonné Horace.

— Un troglodyte[1], a répondu Millard.

L'oiseau a battu des ailes et s'est envolé. Il a disparu sur le côté du bâtiment.

— Ne le perdez pas de vue ! a crié Emma.

Nous nous sommes lancés à sa poursuite en patinant sur la glace. Passé le coin de l'immeuble, nous nous sommes engagés dans l'allée jonchée de neige.

L'oiseau était invisible.

— Mince ! a fait Emma. Où est-il passé ?

Soudain, des bruits étranges se sont élevés du sol sous nos pieds : des claquements métalliques, des voix, et un bruit de chasse d'eau. Nous avons déblayé la neige et découvert des portes en bois scellées dans les briques. On aurait dit l'entrée d'une cave à charbon.

Les portes n'étaient pas verrouillées ; il nous a suffi de tirer dessus pour les ouvrir. Derrière, un escalier s'enfonçait dans l'obscurité. Il était recouvert d'une couche de glace qui fondait à vue d'œil. L'eau s'écoulait à grand bruit dans un caniveau invisible.

Emma s'est accroupie :

— Bonjour ! Il y a quelqu'un ? a-t-elle crié.

— Si vous voulez entrer, dépêchez-vous ! a fait une voix lointaine.

Emma s'est redressée, surprise.

— Qui êtes-vous ?

Pas de réponse.

— Qu'est-ce qu'on attend ? s'est impatientée Olive. C'est Miss Wren, forcément !

---

1. *Wren*, en anglais.

— On n'en sait rien, a objecté Millard. On ne sait pas ce qui s'est passé ici.

— Eh bien, moi, je vais le découvrir ! a répliqué la fillette.

Avant que quiconque ait pu l'arrêter, elle était entrée dans la cave et se laissait flotter doucement vers le bas. Peu après, sa voix moqueuse a résonné dans le noir :

— Je suis toujours en vie !

Honteux, nous nous sommes décidés à la suivre. Au bas des marches, un tunnel était creusé dans la glace. De l'eau gouttait du plafond et dégoulinait sur les parois. Une lumière diaphane luisait derrière un virage, tout au fond.

Nous avons entendu des pas approcher. Une ombre est apparue sur le mur en face de nous. Puis une silhouette vêtue d'une cape s'est découpée dans la lumière.

— Bonjour, les enfants ! a fait l'apparition. Je m'appelle Balenciaga Wren, et je suis très heureuse de vous voir !

CHAPITRE DOUZE

à la photo que nous avait montrée Addison, sauf qu'il n'y avait plus une seule mèche brune dans ses cheveux argentés. De profondes rides d'inquiétude barraient son front et mettaient sa bouche entre parenthèses. Ses épaules étaient voûtées. En plus de l'âge, elle semblait supporter le poids d'un énorme fardeau : celui de nos espoirs déçus.

L'ombrune a retiré sa capuche.

— Moi aussi, je suis très heureuse de vous rencontrer, mes chers enfants ! nous a-t-elle dit. Mais vous devez entrer immédiatement ! Il est très dangereux de rester dehors.

Sur ces mots, elle a fait demi-tour et s'est éloignée en boitant dans le tunnel. Nous l'avons suivie en file indienne, pataugeant derrière elle, tels des canetons derrière leur mère, les bras tendus pour éviter de glisser sur la glace. Le pouvoir d'une ombrune sur des enfants particuliers est étonnant. Sa seule présence – alors que nous venions à peine de la rencontrer – avait suffi à nous apaiser.

Nous avons gravi une petite pente et dépassé des fourneaux éteints, tout barbus de givre, avant d'entrer dans une vaste salle. Celle-ci était pleine de glace du sol au plafond, à l'exception du tunnel où nous nous trouvions, creusé au milieu. La glace, malgré son épaisseur, était bien transparente de sorte que, par endroits, on pouvait voir au travers sur une distance de cinq ou six mètres. Avec ses rangées de chaises, disposées face à un bureau massif, et ses quelques meubles de classement, cette salle devait être destinée à l'accueil des visiteurs. La lumière du jour, bleutée, filtrait par une rangée de fenêtres inaccessibles, donnant sur la rue.

Une centaine de Creux auraient pu passer une semaine à briser cette glace sans arriver jusqu'à nous. S'il n'y avait pas eu l'entrée du tunnel, cet endroit aurait été une parfaite forteresse. Ou une parfaite prison.

Des dizaines d'horloges étaient accrochées aux murs, dont les aiguilles pointaient dans toutes les directions. Peut-être servaient-elles à donner une notion de l'heure dans les nombreuses boucles… Au-dessus, des pancartes indiquaient l'emplacement des différents bureaux :

← SOUS-SECRÉTARIAT AUX AFFAIRES TEMPORELLES

← CONSERVATEUR DES DOSSIERS GRAPHIQUES

AFFAIRES URGENTES NON SPÉCIFIQUES →

PROTECTION DE LA VIE PRIVÉE ET AJOURNEMENT →

Derrière la porte vitrée du bureau des affaires temporelles, j'ai vu un homme piégé dans la glace. Il était figé dans une posture étrange, comme s'il avait tenté de libérer ses pieds pendant que la glace envahissait le reste de son corps. J'ai frissonné et détourné les yeux.

Le tunnel s'achevait au pied d'un bel escalier à balustrade jonché de papiers éparpillés. Une fille se tenait debout sur l'une des premières marches. Elle nous a regardés approcher d'un air morose. Ses longs cheveux, qui lui descendaient jusqu'aux hanches, étaient séparés par une raie sévère. Elle portait des petites lunettes rondes qu'elle ne cessait de remonter sur son nez, et ses lèvres fines semblaient n'avoir jamais esquissé un sourire.

— Althea ! a fait Miss Wren d'une voix coupante. Tu ne dois pas te promener dans les parages quand le tunnel est ouvert. N'importe qui pourrait s'introduire ici !

– Oui, maîtresse ! a fait la fille en baissant la tête. Qui est-ce, maîtresse ?

– Ce sont les protégés de Miss Peregrine. Les enfants dont je vous ai parlé.

– Ont-ils apporté de la nourriture ? Des médicaments ? Ou quoi que ce soit d'utile ?

Elle s'exprimait avec une lenteur exaspérante, d'une voix aussi morne que son expression.

– Plus de questions tant que tu n'auras pas refermé le passage ! a déclaré Miss Wren. Allons, fais vite !

– Oui maîtresse ! a répété la fille.

Sans se presser le moins du monde, elle s'est enfoncée dans le tunnel en promenant les mains sur les parois.

– Mille excuses, nous a dit Miss Wren. Althea n'a pas voulu se montrer malpolie. Elle est juste de nature renfermée. Mais elle empêche les loups d'approcher, et cela nous est incroyablement précieux. Nous allons attendre son retour.

Miss Wren s'est assise au pied des marches. Lorsqu'elle s'est baissée, j'ai presque entendu craquer ses vieux os. Je n'étais pas sûr de comprendre ce qu'elle entendait par « empêcher les loups d'approcher », mais nous avions tant de questions plus pressantes à lui poser...

– Miss Wren, comment avez-vous deviné qui nous sommes ? lui a demandé Emma.

– C'est le travail d'une ombrune de savoir ce genre de choses. J'ai des espions dans les arbres d'ici jusqu'à la mer d'Irlande. Et puis, vous êtes célèbres ! Les protégés de Miss Peregrine sont les seuls à avoir échappé aux Estres. Cela dit, j'ignore comment vous avez pu arriver jusqu'ici sans être capturés, et comment vous m'avez trouvée.

– Un garçon à la fête foraine nous a indiqué le chemin, a expliqué Enoch.

Il a levé une main à la hauteur de son menton.

– Grand comme ça. Avec un drôle de chapeau.

Miss Wren a hoché la tête.

– C'est mon guetteur. Mais lui, comment l'avez-vous trouvé ?

– On a attrapé un de vos pigeons, a répondu fièrement Emma. C'est lui qui nous a conduits jusqu'à cette boucle.

Elle a passé sous silence le sort que Miss Peregrine lui avait réservé.

– Mes pigeons ! s'est exclamée l'ombrune. Comment avez-vous appris leur existence ? Et surtout, comment avez-vous réussi à en attraper un ?

Millard s'est avancé d'un pas. Pour se réchauffer, il avait enfilé le pardessus qu'Horace s'était procuré dans la salle des déguisements. Si Miss Wren ne paraissait pas s'étonner de voir un manteau flotter dans les airs, elle a manqué de s'étrangler de surprise quand le garçon invisible a déclaré :

– J'ai localisé vos oiseaux grâce aux *Contes des particuliers*, mais nous avons entendu parler d'eux pour la première fois dans votre ménagerie, au sommet de la montagne. C'est ce chien prétentieux qui les a mentionnés.

– Mais personne ne connaît l'emplacement de ma ménagerie !

Miss Wren était trop sidérée pour continuer à parler, et comme chacune de nos réponses faisait surgir de nouvelles questions, nous lui avons raconté notre histoire le plus succinctement possible, en commençant par notre départ de Cairnholm dans nos trois barques minuscules.

— On a failli se noyer ! a signalé Olive.

— On s'est fait tirer dessus, bombarder, et des Creux ont voulu nous dévorer ! a ajouté Bronwyn.

— On a failli mourir écrasés par un train souterrain, a complété Enoch.

— Et par une armoire, a dit Horace en fusillant Melina du regard.

— Nous avons fait un long voyage, traversé un pays en guerre pour vous trouver, a repris Emma, car vous êtes la seule personne capable d'aider Miss Peregrine.

— Bref, on compte sur vous, a résumé Millard.

Miss Wren a mis quelque temps à retrouver l'usage de la parole. Quand elle a parlé, sa voix était rauque d'émotion.

— Mes merveilleux enfants, je salue votre courage ! Vous êtes étonnants, et votre ombrune serait fière de vous !

Elle a tamponné une larme avec la manche de sa cape.

— J'ai été navrée d'apprendre ce qui est arrivé à Miss Peregrine. Je ne la connaissais pas bien, car je suis un peu sauvage, mais je vous promets que nous allons la délivrer. Elle, et toutes nos sœurs !

« La délivrer ? »

Je me suis soudain rappelé que Miss Peregrine était toujours cachée dans le sac d'Horace. Miss Wren ne l'avait pas vue !

— Mais elle est ici, avec nous ! a annoncé notre ami.

Sur ces mots, il a posé le sac à terre et défait le nœud. Miss Peregrine est sortie en titubant. Après avoir passé tout ce temps ballottée dans le noir, elle avait le vertige.

— Par l'Elderfolk ! s'est exclamée Miss Wren. Le bruit court que les Estres l'ont enlevée !

— C'est exact, a confirmé Emma. Mais nous l'avons récupérée !

Miss Wren était dans un tel état d'excitation qu'elle s'est levée d'un bond, sans sa canne. J'ai dû la tenir par le coude pour l'empêcher de tomber.

— Peregrine ! a-t-elle lâché, le souffle court.

Elle s'est précipitée pour prendre l'oiseau dans ses bras.

— Peregrine ! C'est bien toi ?

— C'est elle, a confirmé Emma.

Miss Wren a soulevé Miss Peregrine à bout de bras, la tournant d'un côté, puis de l'autre ; l'oiseau se tortillait, visiblement incommodé.

L'ombrune a plissé les yeux et fait une moue dubitative.

— Votre directrice a un problème, nous a-t-elle confié à mi-voix.

— Elle a été blessée, a expliqué Olive. Blessée à l'intérieur.

— Elle ne peut plus reprendre sa forme humaine, a ajouté Emma.

Miss Wren a hoché la tête sombrement, comme si elle l'avait déjà compris.

— Quand cela s'est-il produit ?

— Cela fait trois jours, a répondu Emma. Depuis que nous l'avons reprise aux Estres.

— Votre chien nous a dit que, si Miss Peregrine ne se retransformait pas bientôt, elle ne serait plus jamais capable de le faire… ai-je précisé.

— Addison a raison.

— … et que seule une autre ombrune pourrait lui venir en aide.

— Cela aussi, c'est vrai.

— Miss Peregrine a changé, a signalé Bronwyn. Elle n'est plus la même. Nous avons hâte de la retrouver.

— On ne peut pas la laisser comme ça! a renchéri Horace.

— Alors? a demandé Olive. Pouvez-vous nous aider maintenant, s'il vous plaît?

Nous formions un cercle de plus en plus étroit autour de l'ombrune. Miss Wren a joint les mains devant sa bouche pour réclamer le silence.

— J'aimerais que ce soit aussi simple, a-t-elle soupiré. Et aussi immédiat. Quand une ombrune garde sa forme d'oiseau trop longtemps, elle se raidit : un peu comme un muscle froid. Si l'on essaie de la transformer trop rapidement, elle risque de casser. Il faut la masser délicatement ; la façonner lentement, telle de l'argile. Si je m'occupe d'elle toute la nuit, nous y parviendrons peut-être demain matin.

— S'il lui reste autant de temps..., a murmuré Emma.

— Espérons-le.

La fille aux longs cheveux nous a rejoints d'un pas traînant, tout en continuant d'appliquer les mains sur les parois du tunnel. À leur contact, une nouvelle couche de glace se formait sur l'ancienne. Le boyau s'était rétréci ; il ne mesurait plus qu'une cinquantaine de centimètres de diamètre. Il serait bientôt complètement refermé, et nous serions enfermés dans le bâtiment.

Miss Wren lui a fait signe d'approcher.

— Althea! Cours là-haut et demande à l'infirmière de me préparer une salle d'examen. Je vais aussi avoir besoin de tous mes remèdes!

— Quand vous dites « remèdes », pensez-vous à vos solutions, vos infusions, ou vos suspensions?

– Tout ! a crié Miss Wren. Et vite ! C'est une urgence !
La fille a aperçu Miss Peregrine, et ses yeux se sont légèrement
agrandis. De sa part, c'était une réaction flagrante. Puis elle s'est
engagée dans l'escalier. En courant, cette fois.

***

J'ai aidé Miss Wren à monter les marches en la soutenant par
le bras. L'immeuble avait quatre étages, et nous allions au dernier. Hormis la cage d'escalier, c'était la seule partie du bâtiment
encore accessible. Les niveaux inférieurs étaient pris dans la glace.
En montant dans ce glaçon géant, j'ai jeté un coup d'œil à
plusieurs pièces condamnées. De grosses langues de glace avaient
arraché les portes à leurs gonds. Des meubles renversés, des
tiroirs arrachés et des tas de papiers éparpillés au sol témoignaient
d'une récente bagarre. Une mitraillette était posée sur un bureau
près de son propriétaire, immobilisé en plein mouvement. Un
particulier était affalé dans un coin, sous un mur criblé de balles.
On aurait dit des victimes de Pompéi, figées dans la glace en guise
de cendre.

J'avais du mal à imaginer qu'une seule personne puisse être à
l'origine d'un tel cataclysme. Althea était l'un des particuliers les
plus puissants que je connaisse. Je l'ai regardée disparaître sur le
palier, sa tignasse traînant derrière elle comme le flou d'une image.

J'ai cassé une stalactite, que j'ai examinée attentivement.

– C'est vraiment Althea qui a fait tout ça ?

– Oui, a confirmé Miss Wren, qui peinait à reprendre son
souffle. Elle est – ou devrais-je dire «elle était»? – apprentie au

service de Protection de la vie privée et de l'Ajournement. Elle accomplissait son travail, quand l'immeuble a été pris d'assaut par les Estres, et elle ignorait encore l'étendue de son pouvoir. Elle avait juste remarqué qu'un froid étrange irradiait de ses mains. À l'entendre, son don était utile pendant les chaudes journées d'été. Elle ne l'avait jamais envisagé comme une arme, jusqu'à ce que des Creux se mettent à dévorer le secrétaire général sous ses yeux. La terreur a décuplé sa puissance de façon totalement inattendue. En quelques minutes, elle a gelé les Creux, la pièce, puis le bâtiment tout entier.

— Quelques minutes ! s'est exclamée Emma. C'est incroyable !

— J'aurais aimé être là pour voir ça, a avoué Miss Wren. Mais j'aurais probablement été enlevée avec les autres ombrunes présentes à ce moment-là : Miss Engoulevent, Miss Pinson et Miss Corneille.

— La glace n'a pas arrêté les Estres ? me suis-je étonné.

— Si, mais pas tous. Plusieurs sont emprisonnés dans ce bâtiment, figés dans la glace. Mais en dépit de leurs pertes, ils ont obtenu ce qu'ils étaient venus chercher. Avant que l'immeuble tout entier ne soit glacé, ils ont réussi à enlever les ombrunes par le toit.

Miss Wren a secoué la tête avec amertume.

— Je fais le serment qu'un jour, j'escorterai personnellement en enfer tous ceux qui ont fait du mal à mes sœurs.

— Le pouvoir d'Althea n'a servi à rien, finalement, a dit Enoch.

— Elle n'a pas pu sauver les ombrunes, a admis Miss Wren, mais elle a fait de cet endroit un refuge, et c'est une véritable bénédiction. Nous n'en avions plus aucun. Depuis quelques jours, je l'utilise comme base de nos opérations. J'y ramène les survivants des boucles attaquées, lorsque je les trouve. C'est notre forteresse, le seul endroit sûr pour les particuliers dans tout Londres.

— Et vous, madame? a demandé Millard. Le chien nous a dit que vous étiez venue ici pour aider vos sœurs. Vos efforts ont-ils été couronnés de succès?

— Hélas! non, a-t-elle avoué d'une voix calme. Ça n'a rien donné.

— Jacob pourrait peut-être vous aider, est intervenue Olive. Il est très spécial...

Miss Wren m'a lancé un regard oblique.

— Quel est donc votre talent, jeune homme?

— Je suis capable de voir les Creux, ai-je répondu, un peu embarrassé. Et de les sentir.

— Et quelquefois, de les tuer, a ajouté Bronwyn. Si nous ne vous avions pas trouvée, Jacob avait prévu de nous aider à entrer dans une boucle punitive pour libérer une ombrune. En fait, il pourrait vous...

— J'apprécie votre offre, l'a coupée Miss Wren. Mais mes sœurs ne sont pas emprisonnées dans les boucles punitives, ni ailleurs à Londres, j'en suis sûre.

— Vraiment?

— Non. Et cela n'a jamais été le cas. Cette histoire n'était qu'une ruse pour piéger les ombrunes que les corrompus n'ont pas réussi à capturer durant leurs raids. C'est-à-dire moi-même. Et j'ai failli m'y laisser prendre. Je me suis précipitée tête baissée dans leur piège — les boucles punitives sont des prisons, après tout! J'ai eu une chance inouïe de m'en sortir avec seulement quelques égratignures.

— Où les ombrunes ont-elles été conduites, alors ? a voulu savoir Emma.

— Je ne vous le dirais pas, même si je le savais, car vous n'avez pas à vous en inquiéter, a déclaré Miss Wren. Les enfants particuliers ne doivent pas se soucier du bien-être des ombrunes — c'est aux ombrunes de veiller sur eux.

— Mais, Miss Wren, ce n'est pas juste ! a commencé Millard.

Elle l'a interrompu avec brusquerie :

— La discussion est close !

J'étais choqué par cette rebuffade. Si nous ne nous étions pas inquiétés du bien-être de Miss Peregrine — si nous n'avions pas risqué nos vies pour la conduire jusqu'ici —, elle aurait été condamnée à passer le reste de ses jours dans le corps d'un oiseau. Il nous avait semblé que c'était notre devoir d'agir ainsi. Quant aux ombrunes, elles avaient fait preuve de négligence en oubliant de protéger leurs boucles. Je n'appréciais guère d'avoir été rabroué ainsi, et, à en juger par l'expression d'Emma, elle non plus. Cela dit, protester aurait été incroyablement grossier. Nous nous sommes donc contentés d'achever notre ascension dans un silence maussade.

Au sommet des marches, Miss Wren a demandé à Horace de lui confier l'oiseau.

— Allons, Peregrine, voyons ce que l'on peut faire pour toi.

Althea est apparue dans l'embrasure d'une porte, haletante, les joues rouges.

— Votre salle est prête, maîtresse. J'y ai apporté tout ce que vous m'avez demandé.

— Très bien.

– Si l'on peut vous aider d'une manière ou d'un autre…,
a proposé Bronwyn.

– J'ai juste besoin de temps et de tranquillité, a répondu Miss
Wren. Je vais sauver votre ombrune, mes chers enfants. Je vous le
promets.

Sur ces mots, elle a emmené Miss Peregrine dans une pièce
confortable, éclairée par des lampes à huile.

Ne sachant que faire, nous les avons suivies et nous nous
sommes massés autour de la porte, restée entrouverte. Nous
jetions des coups d'œil à l'intérieur à tour de rôle. Miss Wren
s'est installée sur un fauteuil à bascule, avec Miss Peregrine sur
les genoux. Althea, debout près d'elle, mélangeait des potions sur
une table. De temps à autre, elle agitait une fiole, puis la présentait sous le bec de Miss Peregrine – un peu comme on présentait
des sels sous le nez d'une personne évanouie. Pendant ce temps,
l'ombrune se balançait et caressait les plumes de l'oiseau en lui
chantant une berceuse mélodieuse :

« *Eft kaa vangan soorken, eft ka vangan soorken, malaaya…* »

– C'est la langue des anciens particuliers, a soufflé Millard.
« Reviens à la maison, reviens à la maison… Rappelle-toi ta véritable identité… » Ce genre de choses.

Miss Wren l'a entendu. Elle a levé les yeux et nous a chassés
d'un geste. Althea a traversé la pièce pour fermer la porte.

– J'ai comme l'impression qu'on est de trop, a commenté
Enoch.

Pendant ces trois derniers jours, notre directrice était totalement dépendante de nous. Et voilà que nous étions devenus
superflus. Même si l'on faisait confiance à Miss Wren, c'était

désagréable d'être congédiés ainsi. On se sentait comme des enfants expédiés au lit.

— Miss Wren sait ce qu'elle fait, a lancé une voix teintée d'un fort accent russe, derrière nous. Mieux vaut la laisser tranquille.

Nous avons pivoté brusquement et découvert l'homme pliant de la fête foraine, maigre comme un clou, ses bras osseux croisés sur sa poitrine.

— Vous ! s'est écriée Emma.

— Comme on se retrouve ! a dit l'homme d'une voix gutturale. Je me présente : Serguei Andropov, capitaine de l'Armée de Résistance des Particuliers. Venez, je vais vous faire visiter le QG.

***

— Je savais qu'il était particulier ! a triomphé Olive.

— Non, l'a contredite Enoch. Tu le pensais seulement.

— J'ai deviné que vous étiez particuliers dès que je vous ai vus, a dit l'homme pliant. Comment se fait-il que vous n'ayez pas encore été capturés ?

— On est futés, a répondu Hugh.

— Il veut dire qu'on a de la chance, ai-je rectifié.

— Mais surtout, on est affamés, a complété Enoch. Est-ce que vous auriez quelque chose à manger ? Je serais capable de dévorer une ému-rafe !

À l'évocation de la nourriture, mon estomac s'est mis à gronder comme un animal sauvage. Nous n'avions rien avalé depuis notre voyage en train. Autant dire depuis une éternité.

— Bien sûr ! a dit l'homme pliant. Par ici !

Nous l'avons suivi dans le couloir.

— Parlez-nous de votre armée de particuliers, a suggéré Emma.

— Nous voulons anéantir les Estres et reprendre ce qui est à nous. Les punir d'avoir enlevé nos ombrunes.

Il a ouvert une porte et nous a fait traverser un bureau en désordre, où des gens dormaient allongés à même le sol, jusque sous les meubles. J'ai reconnu plusieurs individus croisés à la fête foraine : le garçon sur le tabouret, la charmeuse de serpents...

— Ils sont tous particuliers ?

L'homme pliant a opiné du chef.

— Sauvés dans d'autres boucles, a-t-il dit en nous tenant une porte ouverte.

— Et vous ? a demandé Millard. D'où venez-vous ?

Notre guide nous a entraînés dans un vestibule où l'on pouvait parler sans déranger les dormeurs. Deux grandes portes de bois couvertes de dizaines de blasons à l'effigie d'oiseaux occupaient un mur.

— Je suis originaire d'une terre glacée, après le cercle polaire. Il y a un siècle, quand les Creux sont apparus, ils ont attaqué ma maison. Tout a été détruit. Ils ont tué tout le monde dans le village. Les vieilles femmes. Les bébés. Tout le monde.

Il a fait mine d'abattre un hachoir.

— Je me suis caché dans la baratte pleine de crème et j'ai respiré avec une paille, pendant qu'ils assassinaient mon frère dans la pièce voisine. Après, je suis allé à Londres pour échapper aux Creux. Mais ils y sont venus aussi.

— C'est affreux, a dit Bronwyn. Je suis navrée pour vous.

Le visage de l'homme s'est assombri.

— Un jour, on se vengera.

— Vous nous l'avez déjà dit, lui a rappelé Enoch. Combien êtes-vous dans votre armée ?

Il a indiqué d'un geste la pièce que l'on venait de quitter.

— Pour l'instant, six.

— Six personnes ?! s'est exclamée Emma. Eux ?

Je me suis demandé si je devais rire ou pleurer.

— Avec vous, ça fait dix-sept. On est de plus en plus nombreux !

— Houlà ! me suis-je insurgé. On n'est pas venus jusqu'ici pour s'engager dans une armée.

Il m'a décoché un regard glacial, puis il a fait volte-face et a ouvert brusquement la porte.

Nous l'avons suivi dans une vaste pièce équipée d'une grande table ovale, à la surface miroitante.

— C'est la salle de réunion du Conseil des Ombrunes, a-t-il annoncé.

Tout autour de nous figuraient des portraits de particuliers anciens et célèbres, dessinés à même les murs à l'huile, au fusain ou au pastel. Le plus proche de moi était un visage aux grands yeux écarquillés. Sa bouche abritait une petite fontaine. Une phrase en hollandais était inscrite autour. Millard me l'a traduite :

— « Des bouches de nos aînés s'échappe une fontaine de sagesse. »

Une autre inscription figurait à côté, en latin cette fois.

— *Ardet nec consomitur*, a lu Melina. « Brûlé mais pas détruit. »

— C'est de circonstance, a remarqué Enoch.

— Je n'en reviens pas d'être ici, a dit Melina. J'ai étudié cet endroit dans mes livres, j'en ai rêvé pendant des années…

Enoch a haussé les épaules.

– C'est une pièce comme une autre.

– Pour toi, peut-être. Pour moi, c'est le cœur du monde particulier.

– Un cœur qu'on a arraché ! a fait une voix derrière nous.

Je me suis retourné et j'ai vu une silhouette familière s'approcher à grands pas. C'était le clown qui nous avait épiés à la fête foraine.

– Miss Choucas était exactement là où vous êtes quand elle a été enlevée. Nous n'avons retrouvé qu'un tas de plumes par terre, a-t-il repris avec un accent américain.

Il s'est arrêté à quelques pas de nous et nous a observés en mastiquant, une main sur la hanche.

– C'est eux ? a-t-il demandé à l'homme pliant. On a besoin de soldats, pas de gosses.

– J'ai cent douze ans ! a protesté Melina.

– Ouais, ouais, on connaît la rengaine. J'ai deviné que vous étiez particuliers en vous voyant déambuler dans la foire. Vous êtes la bande la plus voyante que j'aie jamais croisée.

– Je leur ai dit la même chose, a signalé l'homme pliant.

– Je n'en reviens pas qu'ils aient fait tout le trajet depuis le pays de Galles sans se faire attraper, a ajouté le clown. C'est louche. Vous êtes sûrs que vous n'êtes pas des Estres ?

– Comment osez-vous ! s'est emportée Emma.

– En fait, on a été capturés, a dit fièrement Hugh. Mais les Estres qui nous ont attrapés ne sont plus là pour s'en vanter.

– C'est ça ! Et moi, je suis le roi de Bolivie, a répliqué le clown.

– C'est vrai ! a insisté Hugh, écarlate.

Le clown a levé les mains en signe de reddition.

— D'accord, d'accord ! Calme-toi, gamin. Je suis sûr que Wren ne vous aurait pas laissés entrer si vous étiez des ennemis. Alors, sympathisons. Prenez une cuisse de dinde.

Il n'a pas eu besoin de nous le répéter. Nous étions trop affamés pour rester vexés bien longtemps.

Le clown nous a indiqué une table couverte de victuailles — les mêmes pralines et les viandes rôties qui nous avaient fait saliver à la fête foraine. Nous nous sommes agglutinés autour et empiffrés sans vergogne. L'homme pliant a grignoté cinq cerises et un minuscule quignon de pain, avant d'annoncer qu'il était rassasié. Bronwyn faisait les cent pas le long du mur et se mordillait les doigts, trop inquiète pour manger.

Après un copieux repas, la table n'était plus qu'un amoncellement d'os rongés. Le clown s'est renversé sur le dossier de sa chaise et nous a lancé :

— Alors, les gosses, racontez-nous votre histoire ! Pourquoi êtes-vous venus jusqu'ici ? Pourquoi avez-vous fait tout ce chemin ?

Emma s'est essuyé la bouche avant de répondre :

— Pour aider notre ombrune.

— Et quand elle sera tirée d'affaire, que ferez-vous ?

Stupéfait, j'ai cessé de saucer le jus de viande avec mon pain pour lever les yeux. Cette question était tellement évidente. Je n'en revenais pas qu'aucun de nous ne l'ait encore posée.

— Ne parlez pas comme ça, a protesté Horace. Vous allez nous porter la poisse.

— Wren est une magicienne. Elle fait des miracles, a assuré le clown. Vous n'avez aucune raison de vous inquiéter.

— J'espère que vous avez raison, a dit Emma.

— Bien sûr que oui ! Alors, quels sont vos projets ? C'est clair que vous allez rester avec nous et combattre à nos côtés, mais où dormirez-vous ? Pas avec moi : j'ai une chambre simple, et je n'y invite jamais personne.

Il a regardé Emma et ajouté, un sourcil levé :

— Enfin, je pourrais faire une exception...

Le visage de notre amie a pris une teinte verte, tandis que les autres examinaient leurs ongles ou fixaient les murs, embarrassés.

Peut-être avions-nous été trop pessimistes ? Nos chances de réussite nous avaient paru si minuscules que nous n'avions pas pris la peine de penser à la suite... Et depuis notre départ de Cairnholm, nous avions affronté tant de dangers que nous n'avions guère eu le temps de réfléchir. En tout cas, la question du clown nous a pris au dépourvu.

Que ferions-nous si Miss Wren redonnait sa forme humaine à Miss Peregrine ?

Millard a hasardé une réponse :

— J'imagine qu'on retournerait vers l'est. Miss Peregrine pourra nous faire une autre boucle. Une où personne ne nous trouvera jamais.

— C'est tout ? s'est étonné le clown. Vous allez vous cacher ? Et les autres ombrunes – celles qui sont prisonnières ? Et la mienne ?

— Ce n'est pas notre boulot de sauver le monde, a affirmé Horace, sur la défensive.

Le clown l'a regardé d'un air hostile.

— C'est le boulot de qui, alors ?

— De quelqu'un d'autre, est intervenu Enoch. De gens mieux armés, entraînés pour ce genre de choses...

— La première action des corrompus, il y a trois semaines, a été d'attaquer la Garde des Particuliers. Ils l'ont vaincue en moins d'une journée. Sans eux et sans nos ombrunes, qui peut encore se charger de défendre les particuliers, à votre avis ? Des gens comme vous et moi !

Le clown a jeté le reste de sa cuisse de dinde.

— Votre lâcheté me coupe l'appétit !

— Ils sont fatigués. Ils viennent de faire un long voyage, a rappelé l'homme pliant. Laisse-les respirer.

Le clown a agité un doigt en l'air comme une maîtresse d'école.

— Certainement pas ! On n'offre pas de tour gratuit ! Peu importe que vous restiez une heure ou un mois. Tant que vous serez ici, vous devrez accepter de vous battre. Vous êtes une bande de gringalets, mais vous êtes des particuliers. Vous avez forcément des talents cachés. Montrez-moi ce que vous savez faire !

Il s'est levé et s'est approché d'Enoch.

— Toi ! a-t-il ordonné. Montre-moi !

— Il me faut un mort pour faire une démonstration, a répliqué l'intéressé. Ça pourrait bien être toi, si tu t'avises de me toucher.

Le clown s'est tourné vers Emma.

— Et toi, ma jolie ?

Emma a levé un doigt en l'air et fait jaillir une flamme à son extrémité, comme sur une bougie d'anniversaire. Le clown a ri.

— Tu as le sens de l'humour. Ça me plaît !

Il s'est avancé vers les frères aveugles. Melina s'est interposée.

— Ils sont connectés dans la tête, a-t-elle expliqué. Ils peuvent voir avec leurs oreilles, et chacun d'eux sait toujours ce que l'autre pense.

Le clown a applaudi.

– Enfin quelque chose d'utile ! Ce seront nos sentinelles. Mettez-en un dans la fête foraine et laissez l'autre ici. S'il arrive quelque chose dehors, nous en serons immédiatement informés.

– C'est impossible ! s'est exclamée Melina. Joël et Peter n'aiment pas être séparés.

– Et moi, je n'aime pas être pourchassé par des monstres invisibles, a rétorqué le clown.

Il a tiré l'aîné des garçons par le bras. Les deux frères se sont agrippés l'un à l'autre en gémissant. Leurs langues claquaient et leurs yeux roulaient sauvagement dans leurs orbites. J'allais intervenir, quand ils se sont lâchés en poussant un cri si strident que j'ai cru que ma tête allait exploser. Les assiettes ont volé en éclats, et tout le monde s'est baissé, les mains plaquées sur les oreilles. J'ai cru entendre craquer la glace à l'étage du dessous.

Alors que l'écho s'estompait, Joël et Peter se sont recroquevillés à terre, enlacés et tremblants. Melina a houspillé le clown :

– Regardez ce que vous avez fait !

– Impressionnant !

Bronwyn l'a saisi par le col.

– Fichez-nous la paix, ou je vous fais traverser le mur la tête la première, a-t-elle dit calmement.

– Ah… euh, désolé, a sifflé le clown, la trachée compressée. Repose… moi… par terre.

– Vas-y, Wyn, a commandé Emma. Il s'est excusé.

Bronwyn l'a lâché à contrecœur. Le clown a toussé et rajusté son costume.

— Je vous ai sous-estimés. Vous ferez d'excellentes recrues pour notre armée.

— Je vous ai déjà dit qu'on ne s'engagerait pas, ai-je répliqué.

— À quoi bon se disputer ? est intervenue Emma. Vous ne savez même pas où sont les ombrunes.

Andropov s'est déplié de sa chaise pour nous toiser de toute sa hauteur.

— Le problème, a-t-il dit, c'est que si les Estres mettent la main sur toutes les ombrunes, ils deviendront incontrôlables.

— J'ai l'impression qu'ils le sont déjà.

— Si c'est ce que tu crois, tu n'as encore rien vu, m'a lancé le clown. Et si vous pensez qu'ils vont arrêter de vous pourchasser tant que votre ombrune sera libre, vous êtes encore plus idiots que vous en avez l'air.

Horace s'est levé et s'est éclairci la gorge.

— Vous venez d'évoquer le scénario du pire. Ces derniers temps, j'ai entendu beaucoup de prédictions, mais elles se ressemblaient toutes : aucune n'était optimiste.

— Je vois ! a ricané le clown. Vas-y, mon grand, on t'écoute. Raconte-nous ton histoire optimiste...

Horace a inspiré pour se donner du courage.

— Les Estres voulaient les ombrunes, et ils les ont eues — en tout cas, presque toutes. Mettons qu'ils n'aient besoin de rien d'autre pour mener à bien leur projet diabolique. Ils réussissent à devenir des super-Estres, des demi-dieux, ou je ne sais quoi... Alors, ils n'ont plus besoin des ombrunes, ni des enfants particuliers, et les boucles temporelles sont le cadet de leurs soucis. Ils font ce qu'ils veulent de leur côté, tout en nous fichant une paix royale. Non seulement, la vie reprend son cours, mais notre situation s'améliore. Plus personne n'essaie de nous dévorer, ni de kidnapper les ombrunes. Et on peut recommencer à voyager – ce qu'on n'a pas fait depuis une éternité –, voir le monde, enfoncer nos orteils dans le sable, dans un pays où il fait beau trois cents jours par an. Dans ce cas, pourquoi combattre ? À quoi bon risquer la mort, alors que les choses pourraient tourner à notre avantage ?

Pendant un long moment, personne n'a parlé. Puis le clown a éclaté de rire. Il riait si fort qu'il est tombé de sa chaise.

Enoch est intervenu :

– Je n'ai pas de mots… Quoique si ! Horace, c'est la chimère la plus stupide et la plus lâche que j'aie jamais entendue.

– Mais c'est quand même possible, a insisté Horace.

– Oui. Comme il est possible aussi que la lune soit en fromage. C'est juste assez improbable.

– Je peux clore la dispute immédiatement, est intervenu l'homme pliant. Vous voulez savoir ce que les Estres nous feront s'ils sont un jour libres de leurs actes ? Venez, je vais vous montrer…

– Seulement pour les cœurs bien accrochés, a signalé le clown en coulant un regard vers Olive.

– S'ils peuvent le supporter, moi aussi !

Il a haussé les épaules.

– Je vous aurai prévenus. Suivez-nous !

– Je ne vous suivrais pas pour quitter un bateau en train de sombrer, a marmonné Melina, qui aidait les frères aveugles à se relever.

— Dans ce cas, restez où vous êtes. Ceux qui ne veulent pas couler avec le navire, venez.

***

Les blessés, au nombre de trois, étaient allongés sur des lits dépareillés, dans une salle d'hôpital de fortune. Une infirmière veillait sur eux. Il y avait un homme et deux femmes. Le premier, allongé sur le côté, inerte, bavait et prononçait tout bas des paroles incompréhensibles. Une des femmes fixait le plafond, le regard vide, tandis que l'autre, en proie à un cauchemar éveillé, gémissait doucement sous ses draps. Nous les avons regardés depuis le seuil, gardant nos distances pour le cas où ils auraient souffert d'un mal contagieux.

— Comment vont-ils aujourd'hui ? a demandé l'homme pliant à l'infirmière.

— Leur état empire. Ils sont sous tranquillisants en permanence ; sans quoi, ils hurlent.

Ils n'avaient pas de blessures visibles. Pas de bandages ensanglantés, pas de membres plâtrés, pas de flacons de perfusion reliés au bras. La pièce ressemblait davantage à une chambre d'hôpital psychiatrique.

— De quoi souffrent-ils ? ai-je demandé. Ont-ils été blessés pendant l'assaut ?

— Non. C'est Miss Wren qui les a ramenés. Elle les a trouvés dans un hôpital abandonné, que les Estres avaient converti en laboratoire. Ils ont utilisé ces pauvres gens comme cobayes pour leurs expériences ignobles. Ce que vous voyez, c'est le résultat.

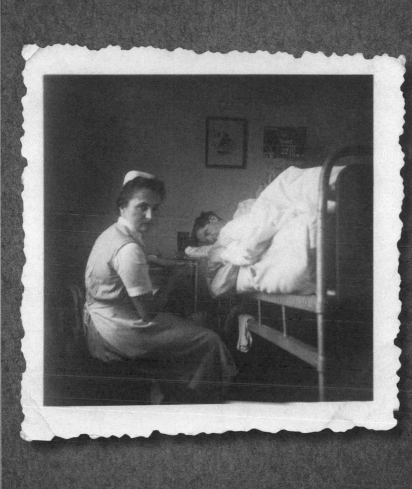

— Nous avons trouvé leurs dossiers, a ajouté le clown. Ils ont été enlevés voici des années par les Estres. On les croyait morts depuis longtemps.

L'infirmière a détaché un bloc du mur, à côté du lit de l'homme.

— Ce type, Benteret, est censé parler couramment une centaine de langues, mais il répète un seul mot, en boucle.

Je me suis approché du lit sur la pointe des pieds et j'ai observé ses lèvres. Il articulait le mot « appel ». Appel, appel, appel.

C'était du charabia. Il avait perdu la tête.

— Et elle, là, a repris l'infirmière en pointant son bloc vers la fille qui gémissait. Il est écrit dans son dossier qu'elle est capable de voler, mais je ne l'ai jamais vue quitter ce lit. Quant à l'autre, elle est prétendument invisible…

— Ont-ils été torturés ? a voulu savoir Emma.

C'est évident, a dit le clown. Torturés au point de leur faire perdre la tête ! Jusqu'à ce qu'ils en oublient comment être particuliers !

— On pourrait me torturer toute la journée, je resterais invisible, a signalé Millard.

— Montrez-leur les stigmates, a suggéré le clown.

L'infirmière a tiré le drap qui recouvrait la femme immobile. De fines cicatrices rouges zébraient son ventre, le côté de son cou et son menton. Elles mesuraient approximativement la longueur d'une cigarette.

— Ces marques ne m'évoquent pas de la torture, a dit Millard.

— Comment appelez-vous cela, alors ? s'est emportée l'infirmière.

Millard a ignoré sa question.

— Il y en a d'autres, ou c'est tout ?

— Non, loin de là.

Elle a tiré le drap plus bas pour exposer les jambes de la femme, puis nous a indiqué de nouvelles cicatrices dans le creux du genou, à l'intérieur de la cuisse et sur la plante des pieds.

Millard s'est penché pour examiner le pied.

— C'est curieux comme emplacement, non ?

Emma a froncé les sourcils.

— Où veux-tu en venir ?

— Chut ! a fait Enoch. Laisse-le jouer à Sherlock Holmes si ça lui chante. Je trouve ça assez distrayant.

— Faisons-lui des coupures dans dix endroits différents, a suggéré le clown. On verra s'il n'appelle toujours pas ça de la torture !

Millard a traversé la pièce jusqu'au lit de l'homme.

— Me permettez-vous de l'examiner ?

— Je suis sûre qu'il n'y verra aucun inconvénient, a répondu l'infirmière.

Millard a découvert les jambes du patient. Sur la plante d'un de ses pieds nus, il a repéré une cicatrice identique à celle de la femme immobile.

L'infirmière a fait un geste en direction de l'autre victime.

— Elle en a une aussi, si c'est ce que vous cherchez.

— Assez ! s'est insurgé l'homme pliant. Si ce n'est pas de la torture, de quoi s'agit-il ?

— De l'exploration, a répondu Millard. Ces incisions sont précises et chirurgicales. Elles n'ont pas été réalisées dans le but de faire souffrir, et les patients ont probablement été anesthésiés. Les Estres cherchaient quelque chose.

— Mais quoi ? a demandé Emma, qui semblait redouter la réponse.

— Un vieux diction mentionne les pieds des particuliers, s'est souvenu Millard. Ça ne vous dit rien ?

Horace s'est empressé de le réciter :

— « La plante de pied du particulier est la porte de son âme. » Mais c'est un truc qu'on raconte aux enfants pour les obliger à enfiler des chaussures avant de sortir, non ?

— Peut-être... ou peut-être pas.

— Ne sois pas ridicule ! Tu crois qu'ils cherchaient...

— Leurs âmes. Et ils les ont trouvées.

Le clown a éclaté de rire.

— Foutaises ! Vous pensez qu'on leur a retiré leur seconde âme parce qu'ils ont perdu leurs pouvoirs ?

— Pas seulement. On sait que les Estres s'intéressent à la seconde âme des particuliers depuis des années.

Je me suis rappelé la conversation que j'avais eue avec Millard dans le train :

— Tu m'as dit toi-même que c'était cette seconde âme qui permettait aux particuliers de pénétrer dans les boucles. Si ces gens-là ont perdu la leur, comment ont-ils pu entrer ici ?

— Justement, ils ne sont pas vraiment là, a avancé Millard. J'entends par là que leurs esprits sont ailleurs.

— C'est un peu tiré par les cheveux, a soupiré Emma. Tu vas trop loin, Millard.

— Écoute-moi encore un instant, s'il te plaît.

Il marchait de long en large, de plus en plus exalté.

— Je suppose que vous n'avez jamais entendu parler de cet épisode… L'unique fois où une personne normale est entrée dans une boucle temporelle.

— Non, et pour cause. Tout le monde sait parfaitement que c'est impossible, a dit Enoch.

— Presque impossible, a rectifié Millard. Ce n'est pas facile, et le résultat n'est pas beau à voir. Pourtant, cela s'est produit. C'était une expérience illégale, conduite par le propre frère de Miss Peregrine, quelques années avant qu'il sombre dans la folie et forme le groupe dissident à l'origine des Estres.

— Pourquoi n'en ai-je jamais entendu parler ? s'est étonné Enoch.

— C'est un sujet très sensible. Les résultats ont été immédiatement étouffés, afin que personne n'essaie de les reproduire. En résumé, il semblerait que l'on puisse faire entrer une personne normale dans une boucle, à condition qu'elle y soit introduite de force, et par une personne possédant des pouvoirs d'ombrune. Mais comme les gens normaux n'ont pas de seconde âme, ils ne peuvent pas supporter les paradoxes associés à la boucle, et leurs cerveaux se liquéfient. Les pauvres créatures se changent instantanément en légumes. Un état qui n'est pas sans rappeler celui de ces gens, devant nous.

Le silence a plané un long moment, pendant lequel nous nous sommes imprégnés des paroles de Millard. Puis Emma a plaqué les mains devant sa bouche.

— Oh, bon sang ! Il a raison.

— Eh bien, a soupiré le clown. Si c'est vrai, les choses sont encore pires qu'on le pensait.

J'ai eu l'impression que l'air devenait étouffant.

— Je ne suis pas sûr de suivre, a fait Horace.

— Il vient de dire que les monstres ont volé leur âme! a crié Olive, le visage ruisselant de larmes.

Elle s'est précipitée vers Bronwyn et a enfoui le visage dans son manteau.

— Ces trois particuliers n'ont pas perdu leurs capacités, a confirmé Millard. On les leur a volées. Les Estres les ont extraites de leur corps avec leur seconde âme, dont ils ont nourri les Sépulcreux. Ainsi, les Creux ont-ils pu entrer dans les boucles, mener ces attaques contre nos refuges et kidnapper des particuliers, pour que des Estres puissent extraire leurs âmes et nourrir encore plus de Creux. Un véritable cercle vicieux...

— Si j'ai bien compris, ce ne sont pas seulement les ombrunes qu'ils veulent, a raisonné Emma. C'est nous aussi. Nous et nos âmes.

Hugh se tenait au pied du lit de l'homme qui chuchotait.

— Tous ces enfants particuliers qu'ils ont enlevés au fil des années... Voilà ce qu'ils leur ont fait! Je croyais qu'ils se contentaient de nourrir les Sépulcreux. Mais là... ça dépasse tout en atrocité.

— Ils ont peut-être aussi prévu d'extraire les âmes des ombrunes? a avancé Enoch.

Cette remarque nous a fait frissonner. Le clown s'est tourné vers Horace.

— Alors, mon grand? Où est passé ton scénario optimiste?

— Ne te moque pas de moi. Je mords!

— Tout le monde dehors! a ordonné l'infirmière. Âmes ou pas, ces gens sont malades. Ce n'est pas un lieu pour se chamailler.

Nous nous sommes repliés dans le couloir, complètement abattus.

— Bon, vous nous avez convaincus, a dit Emma à nos guides. Maintenant, expliquez-nous ce que vous voulez.

— C'est simple, a répondu l'homme pliant. Restez combattre à nos côtés.

— On espérait vous prouver que c'était dans votre intérêt de nous aider, mais votre copain s'est montré encore plus persuasif que nous, a ajouté le clown en tapant dans le dos de Millard.

— Se battre pour quoi ? a demandé Enoch. Les ombrunes ne sont même pas à Londres. C'est du moins ce que nous a appris Miss Wren.

— Oubliez Londres ! Londres, c'est fini. La bataille est terminée. On l'a perdue. Quand Miss Wren aura sauvé tous les particuliers qui peuvent encore l'être dans les boucles alentour, nous partirons. Nous voyagerons dans d'autres pays, pour visiter d'autres boucles. Il y a forcément des survivants ailleurs. Des particuliers comme nous, qui auront encore une âme de combattant.

— Nous bâtirons une armée, a ajouté l'homme pliant. Une véritable armée !

— Quant à découvrir où sont les ombrunes, a ajouté le clown, ce n'est pas un problème. Il nous suffira d'attraper un Estre et de le torturer jusqu'à ce qu'il nous montre l'emplacement sur la Carte des Jours.

— Vous avez une Carte des Jours ? s'est étonné Millard.

— Oui. Et même deux. Les archives des particuliers sont au rez-de-chaussée de ce bâtiment, ne l'oubliez pas,

— Voilà une bonne nouvelle !

— Attraper un Estre est plus facile à dire qu'à faire, a objecté Emma. Et ils mentent très bien. C'est une seconde nature, chez eux.

— Alors, on en capturera deux pour comparer leurs mensonges, a proposé le clown. Ils viennent souvent rôder dans les parages. Le prochain qu'on voit, *bam!* On le kidnappe.

— Inutile d'attendre, est intervenu Enoch. Miss Wren a bien dit qu'il y avait des Estres dans ce bâtiment?

— Oui. Mais ils sont gelés. Aussi morts que des boutons de porte.

— Ça n'empêche pas de les interroger, a fait Enoch avec un sourire malicieux.

Le clown a adressé un clin d'œil à l'homme pliant.

— Je commence à apprécier ces gosses!

— Alors, vous êtes avec nous? a demandé Andropov. Vous allez combattre à nos côtés?

— Je n'ai pas dit ça, a protesté Emma. Donnez-nous une minute pour en discuter.

— Discuter de quoi? a grommelé le clown.

— Bien sûr! Prenez tout le temps nécessaire! nous a encouragés l'homme pliant.

Il a entraîné son acolyte dans le couloir.

— Viens, je vais faire du café.

Nous nous sommes blottis les uns contre les autres, comme nous l'avions déjà si souvent fait depuis le début de notre voyage. Mais cette fois, au lieu de parler tous en même temps, nous nous sommes exprimés à tour de rôle. La gravité de la situation nous rendait solennels.

— Je pense qu'on devrait se battre, a dit Hugh. Maintenant que je sais ce que les Estres veulent nous faire, je ne pourrais pas vivre en paix avec moi-même si je me contentais de reprendre ma petite vie d'avant. La seule chose honorable à faire, c'est de combattre.

— Il y a de l'honneur dans la fuite aussi, est intervenu Millard. Notre espèce a survécu au XXᵉ siècle en se dissimulant. Il nous suffirait peut-être de trouver une meilleure cachette.

— Et toi, Emma, qu'en penses-tu ? a fait Bronwyn.

— Oui, on veut savoir ce que tu en penses, a renchéri Olive.

— Moi aussi, s'est écrié Enoch, à ma grande surprise.

Emma a expiré longuement avant de prendre la parole :

— Je suis vraiment navrée pour les autres ombrunes. Ce que les Estres leur ont fait est criminel, et l'avenir de notre espèce dépend probablement de leur survie. Cependant, je ne me sens pas de devoir vis-à-vis de ces ombrunes, ni des autres enfants particuliers. Je suis entièrement dévouée à la femme qui m'a sauvé la vie : Miss Peregrine, et elle seule.

Elle a marqué une pause et hoché la tête.

— Si l'oiseau redevient elle-même, je ferai tout ce qu'elle me demandera. Si elle me commande de me battre, je me battrai. Si elle veut qu'on se cache dans une boucle quelque part, je me cacherai. Malgré ce qu'on vient de vivre, ma philosophie n'a pas changé : Miss Peregrine sait mieux que moi comment il convient d'agir.

Les autres ont réfléchi à ses paroles. Millard a réagi le premier :

— Très sagement parlé, Miss Bloom.

— À Miss Peregrine de décider ! s'est écriée Olive, radieuse.

— À Miss Peregrine de décider ! a fait Hugh en écho.

— Peu m'importe ce que dira Miss Peregrine, a grommelé Horace. Moi, je me battrai.

Enoch a étranglé un rire.

– Toi ?

– Tout le monde me prend pour un lâche. C'est l'occasion de vous prouver le contraire.

– Ne sacrifie pas ta vie pour quelques plaisanteries, lui a dit Hugh. Qu'est-ce que ça peut faire, ce que pensent les autres ?

– Ce n'est pas seulement ça, a protesté Horace. Rappelle-toi la vision que j'ai eue, là-bas, à Cairnholm. J'ai aperçu l'endroit où les ombrunes étaient détenues. Je ne pourrais pas vous l'indiquer sur une carte, mais je suis sûr d'une chose : je le reconnaîtrais si je le voyais.

Il s'est tapoté le front de l'index.

– Ce que j'ai ici pourrait épargner un paquet d'ennuis à ces gars. Et peut-être permettre de sauver les autres ombrunes.

– Si certains se battent et d'autres non, a prévenu Bronwyn, je protégerai ceux qui restent. Protéger a toujours été ma vocation.

– Et toi, Jacob ? m'a demandé Hugh.

J'ai senti ma bouche devenir très sèche.

– Ouais, a dit Enoch. Et toi ?

– Eh bien, euh… je…

– Allons marcher un peu, m'a coupé Emma en passant son bras sous le mien. Il faut qu'on discute.

***

Nous avons descendu lentement l'escalier en silence jusqu'au pied des marches, où un mur de glace se dressait depuis qu'Althea avait rebouché le tunnel. Nous nous sommes assis côte à côte et nous avons fixé la paroi translucide. Des formes étaient piégées derrière, suspendues comme des œufs anciens dans l'ambre bleu. Cette conversation s'annonçait difficile. Aucun de nous ne souhaitait l'entamer.

Finalement, Emma s'est jetée à l'eau.

— Bon, alors ?

— Je suis comme les autres, ai-je dit. Je veux savoir ce que tu penses.

Elle a ri, de ce rire qu'on a parfois face à une situation embarrassante.

— Je ne suis pas sûre.

Elle avait raison, mais je l'ai quand même incitée à parler :

— Allez, s'il te plaît...

Emma m'a posé une main sur le genou, puis l'a retirée. Elle semblait agitée. Ma poitrine s'est contractée douloureusement.

— Je crois qu'il est temps que tu rentres chez toi, a-t-elle fini par lâcher.

J'ai cligné des yeux. Avais-je bien entendu ?

— Je ne comprends pas...

— Souviens-toi : tu étais venu ici pour une bonne raison, a-t-elle dit en fixant ses genoux. Tu étais là pour aider Miss Peregrine. Miss Wren va la sauver, elle est quasiment tirée d'affaire. En admettant que tu aies eu une dette envers elle, tu l'as payée. Tu nous as aidés plus que tu ne pourras jamais l'imaginer. Mais le moment est venu de rentrer chez toi.

Les mots se bousculaient pour sortir de sa bouche, comme si elle avait transporté un fardeau douloureux, et s'en débarrassait avec soulagement.

— Mais c'est ici, chez moi, ai-je protesté.

— Non.

Elle m'a regardé, enfin.

— Le monde des particuliers se meurt, Jacob. C'est un rêve qui s'achève. Et même si, par je ne sais quel miracle, on remportait une victoire contre les corrompus, il ne nous resterait que l'ombre de ce que l'on avait autrefois. Des ruines. Toi, tu as une maison, un foyer et des parents vivants, qui t'aiment.

— Je te l'ai déjà dit : ces choses-là ne m'intéressent pas. J'ai choisi d'être ici.

— Tu as fait une promesse et tu l'as tenue. Maintenant, rentre chez toi.

— Arrête de me répéter ça ! ai-je crié. Pourquoi tu me chasses ?

— Parce que tu as un vrai foyer, une vraie famille. Si tu penses qu'un seul d'entre nous aurait choisi ce monde-ci s'il avait possédé ce que tu as… Que nous n'aurions pas renoncé à nos boucles, à notre longévité et nos pouvoirs particuliers pour avoir ne serait-ce qu'un dixième de ce que tu possèdes, tu te trompes lourdement. Ça me rend malade d'imaginer que tu pourrais balancer tout ça par la fenêtre   et pour quoi ?

— Pour toi, idiote ! Je t'aime !

Je n'en revenais pas d'avoir dit ça. Emma non plus, visiblement. Passé le premier réflexe de surprise, elle a secoué la tête.

— Non, a-t-elle lâché. Non, ça ne va pas arranger les choses.

— Pourtant, c'est vrai ! À ton avis, pourquoi suis-je resté au lieu de rentrer chez moi ? Ce n'est pas à cause de mon grand-père, ni d'un prétendu sens du devoir. Je ne déteste pas mes parents, j'apprécie ma maison et son confort, et tous les avantages de ma vie là-bas. Si je suis là, c'est à cause de toi !

Emma a laissé planer un long silence. Puis elle a fait courir ses mains dans ses cheveux, révélant une traînée blanche que je n'avais encore pas remarquée. Soudain, elle m'a paru plus vieille.

— C'est de ma faute, a-t-elle déclaré. Je n'aurais jamais dû t'embrasser. Je t'ai peut-être fait croire des choses fausses...

Ces mots m'ont blessé. Je me suis reculé instinctivement, comme pour me protéger.

— Ne dis pas ça si tu ne le penses pas ! Je n'ai peut-être pas beaucoup d'expérience, mais je refuse que tu me traites comme un loser qui perd ses moyens en face d'une jolie fille. Tu ne m'as pas obligé à rester. Je l'ai fait de mon propre gré. Parce que je n'avais encore jamais éprouvé ce que j'éprouve pour toi.

J'ai laissé cette phrase flotter un instant dans l'air avant de reprendre :

— Toi aussi, tu éprouves quelque chose. J'en suis sûr.

— Je suis désolée d'avoir dit ça. Pardonne-moi. C'était cruel.

Ses yeux se sont embués. Elle les a essuyés d'un revers de main. Elle avait essayé de se blinder, mais la façade se fissurait.

— Tu as raison, a-t-elle ajouté. Je tiens beaucoup à toi. C'est pourquoi je ne peux pas t'autoriser à gâcher ta vie.

— Je ne gâche rien !

— Arrête, Jacob ! Bien sûr que si !

Elle était tellement furieuse qu'une flamme a jailli de sa main. Heureusement, elle l'avait retirée de mon genou. Elle a frappé dans ses paumes et s'est levée.

— Tu vois la plante en pot, sur le bureau, là-bas ? m'a-t-elle lancé.

J'ai acquiescé.

— Elle est verte en ce moment, préservée par la glace. Mais à l'intérieur, elle est morte. Quand la glace fondra, elle deviendra marron et se changera en bouillie.

Elle m'a fixé dans les yeux.

— Je suis pareille que cette plante.

— Mais non, ai-je protesté. Tu es... parfaite.

Elle a pris un air las, comme si elle s'efforçait d'expliquer quelque chose à un gamin borné. Elle s'est rassise, m'a pris la main et l'a posée sur sa joue lisse.

— Ceci..., a-t-elle commencé. C'est un mensonge. Ce n'est pas moi. Si tu pouvais me voir comme je suis vraiment, tu ne voudrais plus de moi.

— Tu sais que ça m'est égal...

— Je suis une vieille femme ! La personne que tu prétends aimer est en réalité une vieille peau, une vieille carne qui se cache dans la peau d'une fille. Toi, tu es un jeune homme. Un garçon, un bébé comparé à moi. Tu ne pourrais jamais comprendre ce que c'est de frôler la mort en permanence. Et je ne veux pas que ça t'arrive. Tu as toute ta vie devant toi, Jacob. J'ai déjà vécu la mienne. Et un jour – peut-être bientôt – je vais mourir et me changer en poussière.

Elle avait dit cela avec une telle froideur, sur un ton si définitif que j'ai compris qu'elle était déterminée. Cela la faisait souffrir de prononcer ces mots, comme cela me blessait de les entendre, mais je savais pourquoi elle agissait ainsi. À sa manière, elle essayait de me sauver.

N'empêche, c'était douloureux. En partie parce qu'elle avait raison. Si Miss Peregrine guérissait, j'aurais accompli la tâche que je m'étais fixée. J'aurais élucidé le mystère de mon grand-père, réglé les dettes de ma famille vis-à-vis de Miss Peregrine, et vécu la vie extraordinaire dont j'avais toujours rêvé – du moins en partie. Alors, il serait grand temps que je songe à mes parents ; à ce que je leur devais, à eux. Quant à Emma, peu m'importait qu'elle soit plus âgée que moi – ou différente –, mais elle avait décidé à ma place, et il me semblait presque impossible de la faire changer d'avis.

– Quand toute cette histoire sera terminée, a-t-elle repris, je t'enverrai une lettre et tu me répondras. Et peut-être qu'un jour, tu viendras me rendre visite.

Une lettre… J'ai revu en pensée le carton rempli de lettres de mon grand-père que j'avais trouvé dans sa chambre. Allais-je suivre le même chemin qu'Abe ? Devenir pour Emma un simple souvenir ? Un vieillard, de l'autre côté de l'océan ? Je marchais dans ses pas d'une façon que je n'aurais jamais crue possible. Par plein d'aspects, je vivais sa vie. Et un jour, comme lui, je baisserais la garde. Devenu trop lent, trop distrait, je connaîtrais la même mort que lui. Alors, Emma continuerait sans moi… Jusqu'au jour où quelqu'un découvrirait mes lettres dans sa chambre, dans un carton posé à côté de celui de mon grand-père ; et cette personne se demanderait qui nous étions pour elle.

– Et si tu as besoin de moi ? ai-je tenté. Et si les Creux reviennent ?

Des larmes ont fait briller ses yeux.

– On se débrouillera. Écoute, je ne peux plus parler de ça. Mon cœur ne le supporterait pas. Si on remontait plutôt annoncer ta décision aux autres ?

J'ai crispé la mâchoire, soudain irrité.

— Je n'ai rien décidé. C'est toi qui as pris cette décision.

— Jacob, je viens juste de te dire…

— C'est vrai. Mais je n'ai pas encore tranché.

Elle a croisé les bras.

— Je peux attendre.

— Non.

Je me suis levé.

— J'ai besoin d'être seul un moment.

Sur ces mots, j'ai remonté l'escalier.

CHAPITRE TREIZE

*J'*ai arpenté les couloirs en silence. Arrivé devant la salle du Conseil des Ombrunes, je suis resté un instant planté devant la porte, sans oser entrer. Dans la salle voisine, l'infirmière somnolait sur un tabouret, au chevet de ses patients. J'ai entrebâillé la porte de la chambre de Miss Wren et je l'ai vue bercer Miss Peregrine sur ses genoux, passant doucement les doigts dans les plumes de l'oiseau.

Je me suis remis à errer au hasard dans les couloirs déserts, en essayant d'imaginer mon retour à la maison. Que se passerait-il si je me décidais à rentrer, après tout ce que j'avais vécu ? Que dirais-je à mes parents ? Probablement rien. De toute manière, ils ne me croiraient pas. Il me suffirait d'inventer une histoire plausible : dans un accès de folie, j'avais écrit à mon père une lettre abracadabrante, avant de fuguer et de prendre un bateau pour le continent. Ils mettraient cela sur le compte du stress, me diagnostiqueraient une maladie mentale au nom tordu et continueraient à me gaver de médicaments. Ils reprocheraient au docteur Golan d'avoir encouragé mon voyage au pays de Galles, mais n'entendraient plus jamais parler de lui. «Ce charlatan a quitté précipitamment la ville. C'était un imposteur, à qui nous n'aurions jamais dû faire confiance.» Et moi, je redeviendrais Jacob, ce pauvre gosse de riches traumatisé, psychologiquement instable.

Ça ressemblait à une peine de prison. Mais bon, si la fille pour qui je m'étais attardé dans ce monde particulier ne voulait plus de moi, je ne m'accrocherais pas à elle. J'avais ma fierté.

Combien de temps pourrais-je supporter la vie en Floride, maintenant que j'avais goûté à autre chose ? Je n'étais pas comme les autres, je le savais à présent. J'étais métamorphosé, et cette idée me donnait un peu d'espoir. Même dans des circonstances ordinaires, je pourrais toujours trouver le moyen de vivre une vie extraordinaire.

Emma avait raison : il valait mieux que je parte. Si ce monde se mourait, si l'on ne pouvait rien faire pour le sauver, quelles seraient mes options ici ? Fuir et me cacher jusqu'à ce qu'il n'y ait plus aucun endroit sûr, aucune boucle susceptible de maintenir la jeunesse artificielle de mes amis ? Les regarder mourir ? Serrer Emma contre moi et la voir se désintégrer dans mes bras ?

Cela me tuerait bien plus vite que n'importe quel Creux.

Oui, j'allais partir. Tenter de préserver ce qu'il restait de mon ancienne vie. Au revoir, enfants particuliers. Adieu, monde particulier !

C'était mieux ainsi.

J'ai déambulé au hasard jusqu'à ce que j'arrive devant des pièces seulement en partie gelées. La glace s'arrêtait à mi-hauteur, comme de l'eau dans un bateau en train de couler. Le sommet des armoires et les abat-jour des lampes de bureau dépassaient de la surface, tels des nageurs. Derrière les fenêtres, le soleil se couchait. Des ombres s'épanouissaient sur les murs. La lumière déclinante teintait la scène d'un bleu cobalt qui rappelait le fond de la mer.

J'ai songé que je passais probablement ma dernière nuit dans ce monde. Ma dernière soirée avec les meilleurs amis que j'aie jamais eus. Avec Emma.

Alors, pourquoi restais-je seul ? La réponse était simple : parce que j'étais triste. Emma m'avait infligé une blessure d'amour-propre, et je boudais.

Assez !

Au moment où j'allais quitter la pièce, j'ai senti cette vieille crampe familière au fond de mon ventre.

Un Creux.

Je me suis arrêté, guettant une nouvelle salve de douleur. J'avais besoin d'un complément d'information. Son intensité correspondait généralement à la proximité du monstre, et la fréquence des spasmes, à sa puissance. Quand les deux Creux nous pourchassaient dans les catacombes, puis dans la rue, la sensation avait pris la forme d'un spasme ininterrompu. Mais cette fois, un long moment s'est écoulé — presque une minute — avant que je ressente une nouvelle douleur, infiniment ténue.

J'ai regagné le couloir. En passant devant la pièce voisine, j'ai eu un troisième pincement, à peine plus fort.

J'ai tenté d'ouvrir la porte discrètement, mais elle était prise dans la glace. J'ai dû tirer sur la poignée de toutes mes forces, puis secouer vigoureusement le battant pour qu'il s'ouvre enfin.

La pièce était emplie de glace jusqu'à la hauteur de ma poitrine. Je me suis approché avec précaution et j'ai regardé au travers. Malgré la faible luminosité, j'ai aussitôt repéré le Creux. Il était tapi au sol, immergé jusqu'à ses globes oculaires, noirs comme l'encre. Seule la moitié supérieure de son crâne dépassait de la glace. Le reste de son corps, sa mâchoire béante, ses dents et ses langues étaient immobilisés sous la surface.

La créature n'avait plus qu'un souffle de vie ; son rythme cardiaque était infiniment lent : à peine un battement par minute. Chacune de ses pulsations me causait un nouveau spasme.

Debout sur le seuil, je l'ai fixé avec un mélange de fascination et de dégoût. Il était inconscient, immobilisé, totalement vulnérable. Ça aurait été facile d'escalader la glace pour aller lui enfoncer la pointe d'une stalactite dans le crâne. Si quiconque avait eu vent de sa présence ici, je suis sûr qu'il l'aurait fait sans hésiter. Pourtant, quelque chose m'en a empêché. Cette créature n'était une menace pour personne. Tous les Creux avec lesquels j'étais entré en contact avaient laissé en moi une marque indélébile. Leurs visages hantaient mes cauchemars. J'allais bientôt rentrer chez moi, et je ne serais plus Jacob, le tueur de Creux. Je ne voulais pas emporter celui-là avec moi. Cela ne me concernait plus.

J'ai battu en retraite et fermé la porte.

***

Quand je suis rentré dans la salle de réunion, la nuit était tombée, et la pièce était plongée dans l'obscurité. Miss Wren ne voulait pas qu'on allume les lampes, de crainte qu'on n'aperçoive la lumière depuis la rue. Tout le monde s'était donc rassemblé autour de quelques bougies, posées sur la grande table ovale. Certains étaient assis sur des chaises, d'autres perchés en tailleur sur la table elle-même. Ils discutaient à voix basse en étudiant un document posé sur le plateau.

En entendant grincer les lourdes portes, ils se sont tous retournés. Bronwyn s'est redressée sur son siège et m'a fixé, les yeux plissés.

— Miss Wren ? a-t-elle demandé, pleine d'espoir.

— Ce n'est que Jacob, a fait une autre silhouette.

— Oh, salut Jacob !

Bronwyn a soupiré, puis reporté son attention sur la table.

En m'approchant du groupe, j'ai croisé le regard d'Emma. Elle avait l'air inquiète, vulnérable. Comme si elle craignait que je n'aie finalement décidé de lui obéir. Puis elle a baissé les yeux.

J'avais espéré qu'Emma aurait prévenu les autres de mon départ imminent. Mais bien entendu, elle n'en avait rien fait. Je ne lui avais même pas encore annoncé ma décision. Je me suis armé de courage et j'ai réclamé leur attention.

— Une seconde ! a fait une voix teintée d'un lourd accent.

Dans la lueur des chandelles, j'ai vu la fille au serpent se tourner vers moi. Elle m'a indiqué la seule chaise inoccupée et m'a pris à témoin :

— Ton copain raconte un tas d'âneries sur l'endroit d'où je viens. Mon peuple l'appelle *Simhaladvipa* — le pays des Lions.

— Je suis désolé, a protesté Millard. C'est écrit ici noir sur blanc : « La Terre de Serendip ». Les cartographes particuliers qui ont dessiné cette carte n'avaient aucun intérêt à inventer des noms.

Je me suis rapproché et j'ai découvert l'objet de la discorde : une Carte des Jours beaucoup plus grande que celle que nous avions perdue en mer. Elle recouvrait presque toute la table, et était aussi épaisse qu'une brique posée à la verticale.

– Je connais mon propre pays, et il s'appelle Simhaladvipa ! a insisté la fille au serpent.

Le python a rampé sur la table pour aller cogner son nez contre la carte, indiquant une île en forme de larme, au large de la côte indienne. Sur la carte, l'Inde se nommait Malabar, et l'île, que je connaissais sous le nom de Sri Lanka, était recouverte par une élégante écriture manuscrite disant « La Terre de Serendip ».

– Ça ne sert à rien de discuter, a repris Millard. Certains endroits ont autant de noms qu'ils ont d'habitants pour les nommer. Maintenant, s'il te plaît, rappelle ton serpent avant qu'il chiffonne les pages.

La fille, vexée, a marmonné quelque chose, et le python est retourné s'enrouler autour de son cou. Quant à moi, je fixais le livre, fasciné. Celui que nous avions perdu était assez remarquable, même si je ne l'avais ouvert qu'une seule fois, de nuit, dans la lumière vacillante de la maison en flammes. Mais cette édition était autrement plus impressionnante. En plus d'être immense, elle était si richement décorée que l'autre, en comparaison, aurait passé pour du vulgaire papier toilette. Des cartes colorées s'étalaient sur ses pages, faites d'un matériau plus solide que du papier – peut-être du cuir de vachette –, et elles étaient bordées d'or. Des illustrations, des légendes et des textes explicatifs encombraient ses marges.

Millard s'est aperçu que j'admirais l'ouvrage.

— Stupéfiant, n'est-ce pas ? À l'exception peut-être du *Codex Peculiaris*, cette édition de la Carte est le plus beau livre qui existe dans tout le monde particulier. Une équipe de cartographes, d'artistes et de relieurs ont consacré une vie entière à le réaliser, et on raconte que Perplexus Anomalous lui-même a dessiné certaines cartes. Depuis tout petit, je rêvais de le voir. Je suis tellement content !

— C'est vraiment quelque chose ! ai-je confirmé.

— Millard nous montrait ses endroits préférés, est intervenue Olive. Moi, j'adore les dessins !

— J'ai eu cette idée pour les distraire, m'a confié Millard. Tiens, viens m'aider à tourner les pages.

Plutôt que de gâcher son plaisir avec mon annonce, j'ai décidé d'attendre un peu. Je n'avais pas prévu de partir avant le lendemain matin, et je voulais profiter encore de quelques minutes d'insouciance avec mes amis. J'ai rejoint Millard et glissé deux mains sous l'immense page.

Nous nous sommes penchés au-dessus de la carte. J'étais fasciné par les pays les plus lointains, les moins connus. L'Europe et ses nombreuses boucles étaient représentées avec force détails, tandis que les cartes de certains pays ressemblaient davantage à des croquis. De vastes étendues d'Afrique étaient vides. *Terra incognita*. Pareil pour la Sibérie, que la Carte des Jours nommait « la Vaste et Lointaine Solitude ».

— Y a-t-il des boucles dans ces coins-là ? a demandé Olive en indiquant l'espace vierge qui recouvrait la Chine. Est-ce qu'on y trouve des particuliers comme nous ?

— Probablement, a dit Millard. La particularité dépend des gènes, et pas de la géographie. Cela dit, de vastes étendues du monde particulier n'ont pas été explorées.

— Pourquoi ?

— J'imagine que nous étions trop occupés à survivre.

J'ai songé que cette préoccupation avait dû faire passer nombre de choses au second plan : le désir d'exploration comme la faculté de tomber amoureux.

Nous avons tourné encore quelques pages, à la recherche d'emplacements vierges. Ils étaient nombreux et possédaient tous des noms élégants. Le Lugubre Royaume du Sable. Le Pays de Colère. Un Haut Lieu Plein d'Étoiles.

J'ai articulé les noms en silence, appréciant leur rondeur.

Dans les marges, on trouvait des endroits effrayants que la carte nommait Déserts. L'extrême nord de la Scandinavie était le Désert glacé. Le centre de Bornéo, le Désert étouffant. La péninsule arabe, le Désert impitoyable. La pointe sud de la Patagonie, le Désert sans joie. Certains lieux n'étaient pas représentés du tout, telles la Nouvelle-Zélande ou Hawaii, et la Floride n'était qu'un petit cor au pied de l'Amérique. Quasi inexistant.

Sur cette Carte des Jours, même les lieux les plus menaçants en apparence me causaient un étrange pincement de nostalgie. Ils me rappelaient ces après-midi passées avec mon grand-père à étudier des cartes dans *National Geographic*. Des cartes tracées bien avant l'ère des avions et des satellites, quand les appareils photo à haute résolution ne pouvaient pas scruter les moindres recoins du monde. Quand la forme des côtes, désormais familière, relevait plus du jeu de devinettes. Quand les profondeurs et les dimensions des mers de glace et des jungles impénétrables étaient glanées dans les rumeurs et les légendes, ou dans les divagations d'explorateurs hallucinés, qui avaient perdu la moitié de leur clique au cours de leur expédition.

Tandis que Millard continuait à disserter sur l'histoire de la Carte, j'ai tracé du bout du doigt les contours d'un vaste désert, en Asie : «Où la créature ailée n'achève pas son vol.» Il restait un monde à découvrir, et je n'avais fait qu'effleurer sa surface. Cette pensée m'a empli de regret, mais aussi d'un sentiment de soulagement un peu inavouable. J'allais bientôt revoir mon foyer et mes parents. Et puis, ce vieux besoin d'explorer, juste pour le plaisir de l'exploration, n'était-il pas un peu puéril? L'inconnu a quelque chose de fascinant, de profondément romantique, mais une fois qu'un endroit a été découvert, catalogué et cartographié, il perd son charme. Privé de son mystère, il n'est plus qu'un fait poussiéreux parmi d'autres, dans les pages d'un livre. Ne valait-il pas mieux laisser quelques emplacements vierges sur la carte, afin que le monde conserve un peu de sa magie, plutôt que de le forcer à divulguer tous ses secrets?

Finalement, je me suis décidé à parler. Il ne servait à rien d'attendre plus longtemps. J'ai lâché la nouvelle comme ça, sans préambule :

— Je pars. Quand tout ça sera terminé, j'ai prévu de rentrer chez moi.

La surprise a laissé mes amis sans voix. J'ai croisé les yeux d'Emma ; ils étaient pleins de larmes.

Puis Bronwyn s'est levée et s'est jetée à mon cou.

— Mon frère ! s'est-elle exclamée. Tu vas nous manquer.

— Vous aussi, vous allez me manquer. Vous n'imaginez pas à quel point…

— Mais pourquoi ? a demandé Olive, en flottant jusqu'à la hauteur de mes yeux. Tu me trouves trop agaçante ?

Je lui ai posé une main sur la tête pour la faire redescendre.

— Mais non, Olive, ça n'a rien à voir avec toi. Tu es géniale.

Emma s'est avancée d'un pas.

— Jacob est venu ici pour nous aider, mais il faut qu'il retrouve son ancienne vie pendant qu'il en est encore temps.

Les enfants ont paru comprendre. Il n'y avait pas de colère en eux. La plupart paraissaient sincèrement heureux pour moi.

Miss Wren a passé une tête dans l'entrebâillement de la porte et nous a fait un bref compte rendu de la situation. Tout se passait à merveille. Miss Peregrine était en bonne voie de guérison. Elle serait tirée d'affaire au petit matin.

Puis l'ombrune est repartie.

— Remercions les dieux ! a fait Horace.

— Remercions les oiseaux, a complété Hugh.

— Remercions les dieux et les oiseaux, a résumé Bronwyn. Tous les oiseaux, dans tous les arbres, dans toutes les forêts.

— Et Jacob ! est intervenu Millard. Sans lui, on ne serait jamais arrivés jusqu'ici.

— Nous n'aurions même pas pu quitter l'île, a ajouté Bronwyn. Tu nous as été tellement précieux, Jacob !

Ils sont tous venus m'embrasser à tour de rôle. Puis ils se sont éloignés, me laissant seul avec Emma. Elle m'a serré contre elle. Cette longue étreinte, douce et amère, ressemblait beaucoup trop à un adieu.

— Te demander de partir est la chose la plus difficile que j'aie faite de toute ma vie, a-t-elle avoué. Je suis heureuse que tu aies accepté. Je ne crois pas que j'aurais eu la force d'insister.

— Cette situation me révolte. Je voudrais qu'il existe un monde pour nous. Un monde où l'on pourrait vivre ensemble, en paix.

— Je sais.

— J'aimerais..., ai-je commencé.

— Stop !

J'ai continué quand même :

— J'aimerais que tu puisses m'accompagner chez moi.

Elle a détourné les yeux.

— Tu sais ce qui m'arriverait si je te suivais ?

— Oui.

Emma détestait les adieux interminables. J'ai senti qu'elle se blindait, pour tenter de contenir sa douleur.

— Bon, parlons logistique ! a-t-elle repris. Quand Miss Peregrine aura retrouvé sa forme humaine, elle te conduira jusqu'au métro en retraversant la fête foraine. En sortant de la boucle, tu te retrouveras dans le présent. Tu crois que tu pourras te débrouiller, à partir de là ?

— Ça devrait aller. J'appellerai mes parents. Ou j'irai trouver la police. Connaissant mon père, je suis sûr qu'il y a une photo de moi dans tous les commissariats de Grande-Bretagne.

J'ai ri pour ne pas me mettre à pleurer.

— Bon, d'accord, a fait Emma.

— D'accord, ai-je répété.

Nous nous sommes regardés. Nous n'étions pas vraiment prêts à nous quitter, mais on ne savait pas trop quoi faire d'autre.

J'ai réprimé mon envie de l'embrasser. Je ne m'y sentais plus autorisé.

— Tu vas partir…, a-t-elle murmuré. Si tu n'entends plus jamais parler de nous, un jour, tu pourras raconter notre histoire à tes enfants. Ou à tes petits-enfants. Ainsi, on ne tombera pas complètement dans l'oubli.

J'ai compris qu'à partir de maintenant, tous les mots que nous échangerions nous blesseraient. Je devais m'éloigner sans plus attendre, pour éviter de nous faire souffrir davantage. J'ai hoché tristement la tête, je l'ai serrée une dernière fois dans mes bras et je me suis retiré dans un coin pour dormir, car j'étais mort de fatigue.

Peu après, les autres ont traîné des matelas et des couvertures dans la pièce, et sont venus former un cocon autour de moi. Nous nous sommes blottis les uns contre les autres pour nous tenir chaud, car le froid était engourdissant. Mes amis se sont endormis, mais je n'ai pas fermé l'œil, malgré mon état d'épuisement. Je me suis levé et j'ai fait quelques pas dans la pièce en les observant de loin.

J'avais éprouvé une multitude de sentiments depuis le début de notre voyage : de la joie, de l'espoir, de la peur… mais jusqu'à présent, je ne m'étais jamais senti seul. Bronwyn m'avait appelé son frère. Elle se trompait. Au mieux, j'étais un cousin éloigné, désormais. Emma avait raison : je ne pourrais jamais comprendre. Ils étaient si vieux ; ils avaient vécu tant de choses. Et je venais d'un autre monde. Il était temps de rentrer.

***

J'ai fini par m'assoupir, bercé par les craquements de la glace dans les étages inférieurs et au grenier. Le bâtiment tout entier résonnait de ces bruits. J'ai dormi d'un sommeil agité, peuplé de rêves étranges, obsédants.

Je suis de retour à la maison, et j'ai repris mes bonnes vieilles habitudes. Je mords dans un gros hamburger dégoulinant de graisse. Je roule à tombeau ouvert dans la CrownVic de Ricky, l'autoradio à fond. Je déambule avec mes parents dans les allées du supermarché, sous l'affreuse lumière des néons. Au rayon poissonnerie, j'aperçois Emma qui se rafraîchit les mains dans la glace. Une large flaque d'eau s'étale autour d'elle. Elle ne me reconnaît pas.

Je suis à la salle de jeux où j'ai fêté mon douzième anniversaire. Je tire avec un pistolet en plastique. Des corps explosent, mais en fait, ce sont des ballons pleins de sang.

« Jacob, où es-tu ? »

Me voici à l'école. Le professeur écrit au tableau, mais je n'arrive pas à déchiffrer les mots. Puis les élèves se lèvent tous au même moment et se ruent dehors. Une sirène déchire le silence. Nous nous figeons et nous regardons le ciel.

Un raid aérien.

« Jacob, Jacob, où es-tu ? »

Une main se pose sur mon épaule. Je me retourne et je découvre un vieil homme. Un homme sans yeux. Il est venu me voler les miens. Non, ce n'est pas un homme ; c'est une chose. Un monstre.

Je cours derrière ma chienne. Un jour, il y a des années, notre bonne vieille Snuffles m'a échappé pendant une promenade. Elle s'est enfuie avec sa laisse et l'a entortillée autour d'une branche en essayant d'attraper un écureuil. Elle s'est étranglée. Pendant deux semaines, on a arpenté le quartier en l'appelant. On l'a retrouvée au début de la troisième.

La sirène est assourdissante. Je cours. Une voiture s'arrête à côté de moi, et la portière s'ouvre. Mes parents sont à l'intérieur, en costume de cérémonie. Ils refusent de me regarder. Je monte, les portières se referment, et nous roulons. Bien qu'il fasse une chaleur torride, le chauffage est allumé, et les vitres fermées. La radio fonctionne à plein volume, mais elle est réglée sur les parasites, entre deux stations.

« Maman, où va-t-on ? »

Elle ne me répond pas.

« Pourquoi on s'arrête ici ? Papa ? »

Nous marchons dehors. Je recommence enfin à respirer. Tout est vert alentour, et une odeur d'herbe coupée embaume l'air. Des gens vêtus de noir sont rassemblés autour d'un trou dans le sol.

Un cercueil ouvert est posé sur un dais. Je jette un coup d'œil à l'intérieur. Il est vide, mais une tache huileuse s'étale dans le fond. Elle noircit le satin blanc.

«Vite, fermez le couvercle ! »

Un liquide noir et épais, semblable à du goudron, emplit le cercueil et déborde sur l'herbe en bouillonnant.

« Jacob, où es-tu ? Dis quelque chose.»

Je déchiffre le nom inscrit sur la plaque de cuivre : «ABRAHAM EZRA PORTMAN». Puis je trébuche et je bascule dans la tombe ouverte. Les ténèbres m'enveloppent ; elles m'avalent. Je dégringole dans un puits sans fond et je me retrouve quelque part sous terre, seul. J'erre au hasard dans un labyrinthe de tunnels. Il fait un froid glacial. J'ai peur que ma peau ne gèle, que mes os n'éclatent. Autour de moi, des yeux jaunes luisent dans l'obscurité.

«*Yakob, viens par ici. N'aie pas peur.*»

Je me laisse guider par la voix. Le tunnel remonte, et j'aperçois une lumière au fond. Et là-bas, à la sortie du boyau, je découvre un jeune homme qui lit tranquillement. Il me ressemble. Je ne suis pas loin de croire que c'est moi, quand il se met à parler. Je reconnais le timbre de la voix de mon grand-père. « J'ai quelque chose à te montrer.»

Je me réveille en sursaut, dans le noir complet. J'ai conscience d'avoir rêvé, mais je ne sais pas où je suis. Je ne suis plus couché sur mon lit de fortune, ni dans la salle de réunion avec les autres. Je suis ailleurs, dans les ténèbres ; je suis allongé sur la glace et une crampe me tord le ventre...

« Par ici, Jacob. Où es-tu ? »

La voix vient du fond du couloir. Elle est réelle.

Puis le rêve reprend. J'assiste à un combat de boxe. Sur le ring, dans la lumière des projecteurs, mon grand-père se bat contre un Sépulcreux.

Ils se tournent autour. Grandpa est jeune et agile. Il est torse nu, un couteau à la main. Le Creux est voûté, tordu. Ses langues ondulent dans l'air. Une substance noire goutte de ses mâchoires béantes. Il fait jaillir une langue, que mon grand-père esquive.

« Ne combats pas la douleur, c'est la clé, me conseille-t-il. Elle te communique un message. Accueille-la, laisse-la te parler. La douleur te dit : « Bonjour, je ne suis pas une étrangère. J'appartiens au Creux, mais à toi aussi. »

Le monstre lance une nouvelle attaque, que Grandpa pare sans difficulté. À la troisième tentative, il sectionne la langue du Creux d'un coup de couteau. Son extrémité tombe à terre où elle continue de s'agiter, prise de soubresauts.

« Ce sont des créatures stupides. Extrêmement influençables. Parle-leur, Yakob. »

Grandpa prend la parole — mais pas en anglais, ni en polonais, ni dans aucune autre langue que je connaisse. On dirait une série d'éructations, produites par un organe inconnu : ni une gorge ni une bouche.

Son adversaire capitule. Il ondule légèrement sur place, comme hypnotisé. Sans cesser d'articuler son effrayant charabia, Grandpa baisse son couteau et s'approche lentement du Creux. Plus il est près, plus la créature semble docile. Elle finit par tomber à genoux sur le tapis. Je crois qu'elle va fermer les yeux et s'endormir, quand soudain, elle s'arrache à l'emprise de son adversaire, fait jaillir toutes ses langues et l'empale. Grandpa s'effondre. J'enjambe les cordes du ring et je cours vers lui. Le Creux se retire en rampant. Mon grand-père est allongé sur le tapis. Je m'agenouille près de lui et je pose une main sur son visage. Il me chuchote quelque chose. Du sang s'échappe de ses lèvres en faisant des bulles, et je suis obligé de coller l'oreille contre sa bouche pour l'entendre. « Tu es plus fort que moi, Yakob, dit-il. Plus fort que je ne l'ai jamais été. »

Je sens son pouls ralentir. Les battements de son cœur s'espacent. De longues secondes les séparent. Puis des dizaines de secondes. Et enfin...

« Jacob, où es-tu ? »

Je me réveille une nouvelle fois en sursaut. Les premières lueurs de l'aube filtrent par la fenêtre. Je suis agenouillé sur la glace, dans la pièce à moitié ensevelie. Ma main n'est plus sur le visage de mon grand-père. Elle repose sur le crâne du Creux piégé sous la surface. Il a les yeux ouverts et me fixe. Je lui rends son regard.

« Je te vois. »

— Jacob ! Qu'est-ce que tu fais là ? Je t'ai cherché partout !

Emma a jailli du couloir, hystérique.

— Qu'est-ce que tu fais ? m'a-t-elle répété.

– C'est pour très bientôt, a-t-elle annoncé. Et quand cela se produira, ne vous précipitez surtout pas sur elle. Votre ombrune sera probablement confuse. Il faut qu'elle voie d'abord mon visage, qu'elle entende ma voix. Je veux lui expliquer ce qui s'est passé.

Elle a joint les mains et murmuré :

– Reviens-nous, Peregrine. Allons, ma sœur. Reviens-nous.

Althea est descendue de la table. Elle a ramassé un drap, qu'elle a déplié et tenu devant Miss Peregrine pour former un écran entre elle et nous. Quand les ombrunes reprennent leur forme humaine, elles sont nues ; ce tissu lui épargnerait l'embarras d'apparaître en public dans le plus simple appareil.

Nous avons attendu en retenant notre souffle, tandis qu'une succession de bruits étranges s'élevaient derrière le drap. Un souffle bruyant, un battement de mains. Puis Miss Wren s'est levée d'un bond et a reculé en titubant.

Elle avait l'air terrifiée.

– Non, ce n'est pas possible ! s'est-elle exclamée.

Althea a lâché le drap, et nous avons découvert une forme humaine sur le sol. Mais ce n'était pas une silhouette de femme.

C'était un homme nu, recroquevillé sur lui-même. Il a commencé par s'étirer, puis s'est déplié, avant de se mettre debout.

– C'est Miss Peregrine ? a demandé Olive. Elle a drôlement changé.

Il s'agissait de toute évidence de quelqu'un d'autre. La personne qui se tenait devant nous ne ressemblait absolument pas à notre ombrune. C'était un petit homme chétif aux genoux cagneux, avec un crâne chauve et un nez semblable à une gomme usée. Il était nu comme un ver, et couvert des pieds à la tête d'une substance gélatineuse translucide. Miss Wren le regardait bouche bée, tout en cherchant à tâtons un endroit où s'appuyer. Des cris de colère et de surprise ont fusé :

— Qui êtes-vous ? Qu'est-ce que vous avez fait de Miss Peregrine ?

Lentement, très lentement, l'homme a porté les mains à son visage pour se frotter les yeux. Alors, seulement, il les a ouverts. Ses pupilles étaient blanches, vides. Quelqu'un a hurlé.

— Je m'appelle Caul, a déclaré l'homme d'une voix calme. Et à partir de maintenant, vous êtes mes prisonniers.

***

— Ses prisonniers ? s'est esclaffé l'homme pliant. Comment ça, ses prisonniers ?

Emma s'est tournée vers Miss Wren.

— Où est Miss Peregrine ? a-t-elle crié. Qui est cet homme, et qu'est-ce que vous avez fait de notre directrice ?

L'ombrune semblait avoir perdu l'usage de la parole.

Passant de la surprise à la colère, nous avons assailli le petit homme de questions. Il nous a écoutés avec un air de léger ennui, debout au centre de la pièce, les mains modestement ramenées devant ses parties intimes.

— Si vous me laissiez parler, je vous expliquerais tout…

— Où est Miss Peregrine ? a de nouveau crié Emma, tremblante de rage.

— Ne vous inquiétez pas. Elle est saine et sauve, sous bonne garde. Nous l'avons kidnappée voici plusieurs jours, sur votre île.

— Alors, l'oiseau que nous avons sauvé du sous-marin, me suis-je étranglé. C'était...

— C'était moi, a achevé Caul.

— Impossible ! s'est exclamée Miss Wren, retrouvant enfin sa voix. Les Estres ne peuvent pas se changer en oiseaux.

— C'est vrai, en général. Mais Peregrine est ma sœur, voyez-vous, et bien que je n'aie pas eu la chance d'hériter de ses talents de manipulatrice de temps, je partage avec elle le plus inutile : la capacité de prendre la forme d'un méchant petit oiseau de proie. J'ai interprété son rôle à merveille, n'est-ce pas ?

Il nous a fait une courbette.

— Seriez-vous assez aimables pour me fournir un pantalon, je vous prie ? Je ne suis guère à mon avantage dans cette tenue.

Nous avons ignoré sa requête. Pris de vertige, je me suis souvenu que Miss Peregrine avait deux frères. Elle les avait men-tionnés devant moi. Je les avais même vus en photo : un cliché pris à l'époque où ils étudiaient auprès de Miss Avocette.

Puis j'ai eu un flash. Des souvenirs des jours que nous avions passés avec l'oiseau que l'on prenait pour Miss Peregrine me sont revenus pêle-mêle. Tout ce qui nous était arrivé, tout ce que nous avions vu... L'oiseau en cage que Golan avait balancé dans l'océan était la véritable Miss Peregrine. Mais celui que nous avions « sauvé » était son frère. Les actes cruels de Miss Peregrine pre-naient tout leur sens, à présent. Ce n'était pas notre directrice qui les avait commis. N'empêche, un million de questions se bouscu-laient encore dans ma tête.

— Tout ce temps, ai-je repris, pourquoi êtes-vous resté sous votre forme d'oiseau ? Juste pour nous surveiller ?

— J'ai trouvé vos chamailleries enfantines fascinantes, mais j'espérais surtout que vous pourriez m'aider à terminer un travail inachevé. Vous m'avez beaucoup impressionné quand vous avez tué mes soldats dans la campagne. Vous êtes pleins de ressources. Naturellement, après cet épisode, mes hommes auraient pu se manifester et vous enlever n'importe quand. Mais j'ai jugé préférable de vous laisser la bride sur le cou encore quelque temps. Je me doutais que votre ingéniosité pourrait nous mener à cette ombrune qui s'obstinait à nous échapper.

Il s'est tourné vers Miss Wren et lui a décoché un sourire éclatant.

— Bonjour Balenciaga ! Ravi de vous revoir.

Miss Wren a grogné et s'est éventée d'une main.

— Bande de crétins ! a rugi le clown. Vous les avez conduits droit sur nous !

— En guise de bonus, nous avons rendu une petite visite à votre ménagerie ! a dit Caul. Mes hommes sont arrivés peu après notre départ. Les têtes empaillées de l'ému-rafe et du chien feront très bien au-dessus de ma cheminée.

— Monstre ! s'est exclamée Miss Wren.

Elle est retombée en arrière contre la table, ses jambes refusant de la porter plus longtemps.

Bronwyn a écarquillé les yeux.

— Oh, mon oiseau ! Fiona et Claire !

— Vous les reverrez bientôt, l'a rassurée Caul. Je les ai placées sous bonne garde, elles aussi.

Tous les éléments commençaient à s'assembler pour dessiner un tableau effrayant. Caul savait qu'il serait le bienvenu dans la ménagerie de Miss Wren s'il se faisait passer pour Miss Peregrine. Voyant qu'elle n'était pas à demeure, il nous avait incités à partir à sa recherche à Londres. Nous avions été manipulés depuis le début – depuis le moment où nous avions quitté l'île et choisi de gagner le continent. Même le conte qu'il avait suggéré à Bronwyn de nous lire cette première nuit, dans la forêt – celui du géant de pierre –, faisait partie de son plan. Il voulait qu'on trouve la boucle de Miss Wren, et que l'on soit convaincus d'avoir nous-mêmes percé son secret.

Ceux d'entre nous qui n'étaient pas muets d'horreur écumaient de colère. Plusieurs personnes voulaient exécuter Caul sur-le-champ. Les rares qui avaient gardé la raison essayaient de les en dissuader. Pendant ce temps, Caul attendait tranquillement que la tempête se calme.

– Un conseil... À votre place, je renoncerais à m'exécuter. Vous pourriez me tuer, bien sûr. Personne ne vous en empêcherait. Mais la suite des évènements vous sera beaucoup plus favorable si je suis sain et sauf.

Il a fait mine de consulter une montre inexistante à son poignet.

– Mes hommes ne devraient plus tarder, à présent. Ils sont probablement en train d'encercler le bâtiment, de surveiller toutes les issues, y compris le toit. Figurez-vous qu'ils sont cinquante-six, armés jusqu'aux dents. Avez-vous déjà vu les dégâts qu'un mini-pistolet peut faire à un corps humain ? Surtout un enfant...

Il a regardé Olive.

– Tu serais changée en chair à pâtée, ma jolie.

– Vous bluffez ! s'est écrié Enoch. Il n'y a personne dehors !

— Je vous assure que si. Ils ne m'ont pas perdu de vue depuis que nous avons quitté votre petite île déprimante, et je leur ai donné mon feu vert au moment où Balenciaga nous est apparue. Il y a plus de douze heures de cela. Ils ont eu largement le temps de réunir une armée.

— Permettez-moi de vérifier, a fait Miss Wren.

Elle s'est retirée dans la salle du Conseil des Ombrunes, où les fenêtres, bien qu'obstruées par la glace, étaient équipées de petits périscopes permettant de voir la rue en contrebas.

Pendant que nous attendions son retour, le clown et la fille au serpent ont discuté de la meilleure façon de torturer Caul.

— Commençons par lui arracher les ongles des orteils, a suggéré le clown. Ensuite, on lui enfoncera des tisonniers incandescents dans les yeux.

— Dans mon pays, a enchaîné la fille, on punit les traîtres en les enduisant de miel, puis en les ligotant à une barque, qu'on envoie sur un marais stagnant. Les mouches les dévorent vivants.

Caul faisait craquer sa nuque et étirait les bras. Il paraissait s'ennuyer profondément.

— Veuillez m'excuser. Rester un oiseau aussi longtemps m'a ankylosé.

— Vous pensez qu'on plaisante ? lui a demandé le clown.

— Je pense que vous êtes des amateurs. Si vous me trouviez de jeunes pousses de bambou, je pourrais vous montrer un supplice vraiment odieux. Mais je vous recommande plutôt de faire fondre cette glace. Cela vous épargnera beaucoup d'ennuis. Je dis cela pour votre bien. Je m'inquiète sincèrement de votre avenir.

— Ouais, c'est ça ! a fait Emma. Vous vous êtes inquiété aussi, quand vous avez volé les âmes de ces particuliers ?

— Ah, nos trois pionniers. Leur sacrifice était nécessaire. C'est le prix du progrès, mes chers amis. Nous essayons de faire évoluer l'espèce des particuliers, voyez-vous.

— Quelle farce ! Vous n'êtes que des sadiques assoiffés de pouvoir.

— Je sais que vous êtes tous déconnectés de la réalité et profondément ignorants, a répliqué Caul. Pourtant, vos ombrunes ont dû vous enseigner des rudiments de l'histoire de notre peuple. Nous, les particuliers, nous étions de véritables dieux sur terre, autrefois ! Des géants, des rois, les gouverneurs légitimes du monde. Hélas, au fil des siècles et des millénaires, nous avons connu un terrible déclin. Nous n'avons cessé de nous mélanger avec des gens normaux, si bien que notre sang s'est dilué dans des proportions alarmantes. Et regardez dans quel état nous sommes ! Vous vous cachez dans ces boucles ridicules, figés dans une enfance perpétuelle par cette confédération de commères ! Ne voyez-vous pas à quoi ces femmes vous ont réduits ? N'avez-vous pas honte ? Avez-vous seulement une idée de votre pouvoir ? Ne sentez-vous pas le sang des géants qui coule dans vos veines ?

L'Estre s'échauffait à mesure qu'il parlait ; il était écarlate.

— Nous n'essayons pas d'éradiquer la particularité, bien au contraire. Nous voulons la sauver !

— Sans blague ? a fait le clown.

Il s'est approché de Caul et lui a craché au visage.

Vous avez une façon drôlement tordue d'arriver à vos fins.

Caul a essuyé le crachat d'un revers de main.

— Je savais qu'il serait inutile de raisonner avec vous. Les ombrunes vous gavent de mensonges depuis des siècles. Mieux vaut prendre vos âmes, et tout recommencer à zéro.

Sur ces entrefaites, Miss Wren est revenue.

— Il dit vrai, nous a-t-elle appris. Une cinquantaine de soldats armés jusqu'aux dents entourent le bâtiment.

— Oh non! a gémi Bronwyn. Qu'est-ce qu'on va faire?

— Vous rendre et sortir tranquillement, a suggéré Caul.

— Peu importe leur nombre, a dit Althea. Ils ne pourront jamais traverser la glace.

La glace! J'avais failli l'oublier. Nous étions à l'intérieur d'une véritable forteresse!

— Exact! a répondu Caul d'une voix enjouée. Elle a raison, ils ne peuvent pas entrer. Le moyen le plus rapide et indolore consiste donc à faire fondre immédiatement cette glace. L'autre solution, triste, interminable, obstinée, se nomme un siège. Pendant des semaines — des mois si nécessaire —, mes hommes monteront la garde dehors, pendant que nous mourrons lentement de faim, cloîtrés ici. Vous renoncerez quand vous serez affamés et désespérés. À moins que vous ne décidiez de vous entre-dévorer. Une chose est sûre : si mes hommes sont obligés d'attendre aussi longtemps, ils vous tortureront à mort lorsqu'ils entreront. Car ils finiront par entrer, c'est inévitable. Enfin… si vous choisissez d'emprunter ce long chemin ennuyeux, je vous prierai juste de m'apporter un pantalon.

— Althea, va chercher un pantalon pour cet individu! a ordonné Miss Wren. Mais surtout, quoi qu'il arrive, ne fais pas fondre la glace!

— Oui, madame, a répondu l'intéressée avant de nous quitter.

Miss Wren s'est tournée vers Caul.

— Maintenant, voilà ce que nous allons faire. Vous allez commander à vos hommes de nous laisser sortir d'ici sains et saufs, sans quoi, nous vous tuerons. Puis nous percerons un trou dans la glace pour y jeter les morceaux de votre cadavre puant. Pendant que vos hommes les ramasseront, nous aurons tout le temps de réfléchir à la suite. S'il faut en arriver là, je vous assure que nous n'hésiterons pas une seconde.

Caul a haussé les épaules.

— Entendu.

— Vraiment ? a fait Miss Wren.

— Je pensais vous avoir effrayés. Mais vous avez raison : je préférerais rester en vie. Conduisez-moi à l'un de ces trous dans la glace, et je crierai des ordres à mes hommes.

Althea est revenue avec un pantalon. Elle l'a lancé à Caul, qui s'est empressé de l'enfiler. Miss Wren a ensuite chargé Bronwyn, le clown et l'homme pliant de surveiller l'Estre, armés de stalactites de glace. Précédés du prisonnier sous bonne garde, nous sommes sortis dans le couloir. Mais, alors qu'on traversait le petit bureau sombre qui servait d'antichambre à la salle du Conseil des Ombrunes, tout a basculé. Quelqu'un a trébuché sur un matelas et s'est affalé. J'ai entendu un bruit de lutte dans l'obscurité. Emma a allumé une flamme juste à temps pour voir Caul tirer Althea par les cheveux. Elle se débattait, tandis que l'Estre pressait une pointe de glace contre sa gorge.

— Restez où vous êtes, ou je lui enfonce ça dans la jugulaire !

Nous avons suivi Caul à une distance prudente. Il a traîné Althea dans la salle de réunion, l'a fait basculer en arrière sur la table ovale et lui a serré le cou à l'étrangler. De l'autre main, il tenait le morceau de glace à quelques centimètres de son œil.

– Voici mes exigences..., a-t-il lancé.

Avant qu'il ait pu continuer, Althea lui a arraché d'une tape le morceau de glace, qui est allé se ficher sur les pages de la Carte des Jours. Alors que la bouche de l'Estre était encore arrondie par la surprise, elle a empoigné d'une main le devant de son pantalon. Le O s'est changé en grimace de douleur.

– Maintenant! a hurlé Emma.

Bronwyn, Emma et moi nous sommes rués sur eux. Mais la distance qui nous séparait a paru s'étirer, et, en quelques secondes, la bagarre a dégénéré. Caul a lâché le cou d'Althea et plongé sur la table, les bras tendus, pour récupérer son arme. Althea a basculé avec lui, sans le lâcher. Elle avait désormais les deux mains serrées autour de sa cuisse, et une couche de glace s'étendait à toute vitesse sur la moitié inférieure de l'Estre, le paralysant de la taille jusqu'aux pieds. Il a effleuré d'un doigt la pointe de la stalactite, puis a réussi à refermer la main autour. Avec un grognement de douleur, il l'a arrachée à la Carte des Jours et s'est redressé pour la placer contre le dos d'Althea. Il lui a hurlé de le lâcher et de faire fondre la glace, sans quoi il lui enfoncerait le pic entre les omoplates.

Nous n'étions plus qu'à quelques mètres d'eux, mais Bronwyn nous a retenus.

– Arrête! Arrête immédiatement! a vociféré Caul, le visage déformé par la douleur.

La glace a recouvert son torse, puis ses épaules.

Althea a refusé d'obtempérer, et l'Estre, mettant sa menace à exécution, lui a planté la pointe dans le dos. Tout son corps s'est tendu sous le choc, puis elle a poussé un grognement sourd. Miss Wren a couru vers eux en criant le nom d'Althea. La glace, qui avait envahi presque tout le corps de Caul, s'est mise à fondre rapidement. Au moment où l'ombrune est arrivée à leur hauteur, il était presque entièrement libéré. Puis elle a fondu partout ailleurs, cependant qu'Althea agonisait. L'eau du grenier coulait à travers le plafond, comme le sang de la jeune fille s'échappait de son corps. Elle a rendu son dernier souffle dans les bras de Miss Wren.

Bronwyn, montée sur la table, serrait la gorge de Caul dans une main. Dans l'autre, elle tenait les restes de son arme, pulvérisée. On entendait l'eau couler aussi aux étages inférieurs. Lorsque les vitres ont été entièrement dégagées, nous nous sommes précipités pour regarder dehors. Des torrents s'échappaient des fenêtres les plus basses et se déversaient dans la rue, où des soldats en tenue de camouflage grise s'accrochaient aux réverbères et aux bouches à incendie pour ne pas être emportés par le raz-de-marée.

Puis on a entendu un bruit de bottes dans l'escalier et sur le toit, au-dessus de nous. Un instant plus tard, les soldats faisaient irruption dans la salle en hurlant, leurs fusils pointés sur nous. Certains portaient des équipements de vision nocturne, et tous étaient hérissés d'armes en tout genre : mitraillettes compactes, pistolets à visée laser, couteaux de combat... Ils ont dû se mettre à trois pour détacher Bronwyn de Caul, qui peinait à respirer.

— Emmenez-les, et ne les ménagez pas ! leur a-t-il crié.

Miss Wren nous a suppliés de ne pas résister.

— Faites ce qu'ils vous disent, ou ils vous brutaliseront !

Nous avons eu aussitôt la preuve qu'elle disait vrai. Comme elle refusait de lâcher le corps d'Althea, les soldats l'ont arrachée de force et projetée au sol, où ils l'ont rouée de coups. L'un d'eux a tiré une salve de mitraillette au plafond pour nous effrayer. J'ai vu Emma faire une boule de feu. Je l'ai saisie par le bras et implorée :

— S'il te plaît, arrête ! Ils te tueraient !

Le canon d'un fusil m'a percuté violemment la poitrine, et je me suis plié en deux en suffoquant. Un soldat m'a passé un nœud coulant autour des poignets et m'a attaché les mains dans le dos. Je les ai entendus nous compter. Caul a récité nos noms, sans oublier Millard. Forcément : après trois jours en notre compagnie, il savait tout de nous.

Un soldat m'a obligé à me relever et m'a poussé dans le couloir avec mes amis. Emma titubait à mes côtés ; elle avait du sang dans les cheveux.

— Je t'en prie, obéis-leur, lui ai-je chuchoté.

Elle a fait mine de ne pas m'entendre, mais j'étais sûr qu'elle avait reçu le message. Elle avait une expression de rage, de peur et de surprise mêlées. Et de la pitié aussi, je crois. À cause de tout ce qui venait de m'être confisqué.

La cage d'escalier menant aux étages inférieurs était un véritable torrent. La seule issue possible était par le haut. Les Estres nous ont fait monter quelques marches et sortir sur le toit, où la lumière du jour nous a éblouis. Nous étions trempés, frigorifiés, et la terreur nous rendait muets.

Sauf Emma.

— Où nous conduisez-vous ? a-t-elle demandé.

Caul lui a souri, pendant qu'un soldat tenait ses mains menottées derrière elle.

— Dans un endroit très spécial, où aucune goutte de vos âmes particulières ne sera gaspillée.

Elle a tressailli, et Caul s'est détourné en riant. Il a étiré les bras au-dessus de sa tête et bâillé. De ses omoplates saillaient deux étranges protubérances, comme des moignons d'ailes. Le seul indice que cet horrible individu était apparenté à une ombrune.

Des cris ont fusé sur le toit voisin. Des soldats installaient un pont rétractable entre les deux immeubles.

— Et la fille morte ? a interrogé un Estre.

Caul a fait claquer sa langue.

— Quel gâchis ! J'aurais aimé me régaler de son âme au dîner.

Puis, s'adressant à nous :

— L'âme particulière n'a pas de goût, et sa consistance est un rien gélatineuse, mais mélangée à un soupçon de mayonnaise et tartinée sur de la viande blanche, c'est un mets succulent.

Sur ces mots, il a éclaté d'un rire tonitruant.

Alors que nos gardiens nous faisaient franchir à tour de rôle le pont suspendu, j'ai ressenti une crampe familière à l'estomac. Elle était légère, mais se renforçait ; la pulsation, lente au départ, s'accélérait progressivement. Le Sépulcreux, décongelé, revenait lentement à la vie.

***

Nous avons traversé la fête foraine sous le regard intrigué des badauds pour regagner la salle des déguisements, puis le métro. Dix soldats nous ont fait quitter la boucle de force, un fusil pointé dans le dos. Ils nous piquaient pour nous faire avancer, aboyaient

l'ordre de nous taire – bien que personne n'ait prononcé un seul mot depuis de longues minutes –, de garder la tête baissée et de marcher bien en rang, si l'on ne voulait pas être frappés.

Caul n'était plus avec nous. Il était resté avec le gros de sa troupe pour « nettoyer les lieux ». À mon avis, il écumait la boucle à la recherche de particuliers cachés ou retardataires. Quand nous l'avions quitté, il enfilait une paire de bottes et une veste militaire. Avant notre départ, il nous avait assuré que nous nous retrouverions « de l'autre côté », même si la perspective de revoir nos visages lui donnait la nausée. Allez savoir ce qu'il entendait par là...

À la sortie de la boucle, nous nous sommes retrouvés à une époque plus récente, mais dans une version des tunnels que je ne connaissais pas encore. Les rails et les éclisses étaient tous métalliques. Les souterrains n'étaient plus éclairés par des lampes à incandescence rouges, mais par des néons qui diffusaient une lumière verdâtre. Quand nous sommes montés sur le quai, j'ai compris que nous n'étions plus au XIXe siècle, ni même au XXe. La foule des Londoniens qui s'abritaient des bombes avait disparu ; la station était quasiment déserte. L'escalier en colimaçon que nous avions descendu était remplacé par un escalator. Sur un panneau déroulant à LED, fixé au-dessus du quai, on lisait « train suivant : 2 min. ». Au mur, j'ai reconnu l'affiche d'un film que j'avais vu au début de l'été, juste avant la mort de mon grand-père.

Nous avions quitté 1940 et nous étions de retour dans le présent.

Quelques enfants ont réagi avec des regards de surprise et d'effroi, comme s'ils craignaient de vieillir en accéléré. Mais la plupart d'entre eux étaient si choqués d'avoir été capturés que cette pensée ne les effleurait même pas. Ils étaient terrifiés à l'idée que les Estres allaient leur extraire leurs âmes, et se souciaient peu d'avoir des cheveux gris ou des taches de vieillesse.

Les soldats nous ont parqués au milieu du quai en attendant l'arrivée du train. Des pas ont résonné sur l'asphalte. J'ai lorgné par-dessus mon épaule et vu approcher un officier de police. Derrière lui, trois autres descendaient l'escalator.

– S'il vous plaît ! a crié Enoch. Messieurs ! Par ici !

Un soldat l'a frappé à l'estomac ; Enoch s'est plié en deux.

– Tout va bien ? nous a demandé le policier le plus proche.

– Nous sommes prisonniers de ces gens ! a déclaré Bronwyn. Ce ne sont pas de vrais soldats. Ce sont des...

Elle aussi a reçu un coup dans le ventre, qui l'a laissée de marbre. Si elle n'a pas achevé sa phrase, c'est parce que le policier a ôté ses lunettes noires, révélant des yeux blancs comme du lait. Bronwyn s'est recroquevillée sur elle-même.

– Un conseil..., a repris l'homme. Inutile d'appeler au secours, personne ne vous aidera. Nous sommes partout. Faites-vous une raison, et tout sera beaucoup plus simple.

Des gens normaux arrivaient dans la station. Les soldats se sont pressés contre nous, dissimulant leurs armes. Puis un métro plein à craquer est entré en gare. Ses portes se sont ouvertes dans un bruit de pneumatique, et une foule de passagers s'est déversée sur le quai. Les Estres nous ont poussés vers le wagon le plus proche, tandis que les policiers se chargeaient de chasser les quelques voyageurs restés à l'intérieur.

– Sortez ! Trouvez-vous une autre voiture !

Les gens ont grommelé, mais obéi. Cependant, d'autres personnes attendaient derrière nous sur le quai. Certaines ont voulu entrer de force dans le wagon. Plusieurs soldats se sont éloignés afin de les repousser. Et soudain, ça a été la pagaille la plus complète. Les portes avaient commencé à se fermer automatiquement, mais les policiers les maintenaient ouvertes de force, jusqu'à ce qu'une alarme retentisse. Puis les soldats nous ont poussés en avant si brutalement qu'Enoch est tombé, emportant trois autres enfants dans sa chute. L'homme pliant, dont les poignets étaient si fins qu'il avait réussi à retirer ses menottes, en a profité pour filer. Il est parti en courant.

Un coup de feu a retenti, puis un second. Le fugitif a trébuché avant de s'effondrer. La foule, paniquée, s'est éparpillée. Les gens se ruaient vers l'escalator. Ce qui n'était encore qu'une simple pagaille a dégénéré en véritable chaos.

Les Estres ont quand même essayé de nous faire monter dans le wagon à coups de pied. À côté de moi, Emma résistait, obligeant le soldat à se rapprocher d'elle. J'ai vu ses mains menottées émettre une vive lueur orange. Elle a tendu les bras derrière elle et l'a touché. L'Estre s'est ratatiné à terre en hurlant, un trou sur son uniforme. Le soldat qui me poussait a levé le canon de son arme. Il allait le poser sur la nuque d'Emma, quand, pris d'une soudaine impulsion, je lui ai enfoncé une épaule dans le dos.

Il a vacillé.

Emma a fait fondre ses menottes, qui ont formé une flaque de métal par terre. Entre-temps, mon soldat, écumant de rage, avait tourné son arme contre moi. Avant qu'il ait pu tirer, Emma s'est jetée sur lui et a plaqué les mains sur son visage. Ses doigts incandescents ont fait fondre les joues de l'homme comme du beurre. Il a lâché son fusil et s'est écroulé en hurlant.

Tout cela s'est passé très vite, en quelques secondes seulement. Deux autres soldats se sont rués sur nous. Presque tous nos amis étaient dans le métro, sauf Bronwyn et les frères aveugles. Ces derniers, à qui l'on n'avait pas passé de menottes, se tenaient bras dessus, bras dessous. Voyant qu'on allait nous tirer dessus, Bronwyn a fait une chose dont je ne l'aurais jamais crue capable. Elle a giflé violemment l'aîné des frères, puis arraché le plus jeune à son étreinte. Au moment où ils ont été séparés, les garçons ont poussé un cri si perçant qu'il a créé une mini-tornade. Elle a traversé la station de métro comme une boule d'énergie pure, nous renversant au passage, Emma et moi. Les lunettes noires des soldats se sont brisées, et mes oreilles n'ont plus perçu qu'une seule fréquence, un hurlement suraigu : « Iiiiiiiiiiiiiiii… »

J'ai vu toutes les vitres du train exploser. Les écrans à LED ont frissonné avant de projeter alentour des échardes de verre. Au plafond, les néons ont éclaté à leur tour, et nous nous sommes retrouvés dans le noir. L'instant d'après, les lampes de secours se sont mises à clignoter.

Ma chute sur le dos m'avait coupé le souffle, et mes oreilles bourdonnaient. Quelqu'un m'a tiré par le col, en arrière, pour m'éloigner du train. J'étais incapable de faire fonctionner mes bras et mes jambes pour résister. Sous le sifflement, j'ai commencé à distinguer des voix qui criaient : « Va-t'en. Ne réfléchis pas, va-t'en ! »

J'ai senti un contact mouillé sur ma nuque. On m'a traîné jusque dans une cabine téléphonique. Emma s'y trouvait déjà, pelotonnée dans un coin, à demi inconsciente.

— Remonte tes jambes, m'a lancé une voix familière.

De derrière moi, j'ai vu surgir une créature poilue au museau aplati et aux joues flasques.

Le chien. Addison.

J'ai trouvé assez de ressources en moi pour rentrer les jambes dans la cabine, mais pas pour parler.

La dernière chose que j'ai aperçue, dans les éclairs de lumière rouge, c'est Miss Wren, qu'un Estre avait poussée dans le wagon juste avant que les portes se referment. Et, derrière la vitre brisée, tous mes amis qui tremblaient sous la menace d'un revolver, entourés d'hommes aux yeux blancs.

Puis le train s'est enfoncé dans les ténèbres en rugissant, et il a disparu.

***

Je me suis réveillé tandis qu'une langue me léchait le visage. Addison.

La porte de la cabine téléphonique était fermée et nous étions blottis tous les trois à l'intérieur, affalés par terre.

— Tu t'es évanoui, m'a dit le chien.

— Ils sont partis.

— Oui. Mais on ne peut pas rester là. Ils vont revenir te chercher. Il faut filer.

— Je crois que je ne suis pas capable de tenir debout, pour l'instant.

Le chien avait une coupure sur la truffe et il lui manquait un morceau d'oreille. J'ignorais comment il était arrivé jusqu'ici, mais visiblement, le voyage n'avait pas été de tout repos.

J'ai senti quelque chose me chatouiller la jambe, mais j'étais trop fatigué pour regarder. J'avais la tête aussi lourde qu'un rocher.

— Ne te rendors pas, m'a dit le chien.

Il s'est tourné vers Emma et a entrepris de lui lécher le visage. De nouveau, le chatouillis. J'ai déplacé mon poids et tapoté ma cuisse de la main.

C'était mon téléphone. Mon portable vibrait. Je n'en revenais pas. Je l'ai sorti de ma poche. La batterie était presque à plat, le signal quasi inexistant. L'écran indiquait PAPA (177 appels manqués). Si je n'avais pas été aussi groggy, je n'aurais pas répondu. À tout instant, un homme armé d'un fusil risquait de surgir pour nous achever. Ce n'était pas le moment idéal pour discuter avec mon père. Mais je n'avais pas les idées claires, et chaque fois que mon téléphone sonnait, j'avais le réflexe pavlovien de décrocher.

J'ai donc appuyé sur « répondre ».

— Allô ?

J'ai entendu un cri étranglé au bout du fil. Puis :

— Jacob ? C'est toi ?

— Oui, c'est moi.

Je devais avoir une voix atroce. Faible et éraillée.

— Oh, mon Dieu ! Oh, mon Dieu ! a fait mon père.

Il ne s'attendait pas à ce que je réponde. Peut-être même me croyait-il déjà mort, et appelait-il par simple réflexe.

— Je ne… Où as-tu… Que s'est-il passé ? Où es-tu, mon grand ?

— Je vais bien, ai-je éludé. Je suis vivant. À Londres.

Je ne sais pas pourquoi j'ai dit ça. J'avais sans doute l'impression de lui devoir un semblant de vérité.

Il s'est détourné du récepteur pour crier à quelqu'un :

— C'est Jacob. Il est à Londres !

Puis, s'adressant à moi :

— On te croyait mort.

— Je sais. Je veux dire, ça ne m'étonne pas. Je suis désolé d'être parti comme ça. J'espère que vous ne vous êtes pas trop inquiétés !

— On a cru mourir de peur, Jacob.

Mon père a expiré. Un long soupir tremblant qui disait son soulagement, son incrédulité et son exaspération à la fois.

— Ta mère et moi, nous sommes à Londres aussi. Comme la police ne te trouvait pas sur l'île… Enfin, c'est sans importance. Dis-nous où tu es. On viendra te chercher !

Emma a commencé à s'étirer. Elle a ouvert les paupières et m'a fixé avec des yeux vitreux, comme si elle était réfugiée quelque part au fond d'elle-même, très loin.

— C'est bien, c'est très bien, a commenté Addison. Maintenant, reste avec nous.

Il s'est mis à lui lécher la main.

— Je ne peux pas venir, papa, ai-je dit dans le combiné. Je ne peux pas t'entraîner dans tout ça.

— Oh, mon Dieu ! J'en étais sûr. Tu te drogues, c'est ça ? Écoute, quels que soient les gens qui te veulent du mal, on peut t'aider. On n'est même pas obligés d'en parler à la police. On veut juste que tu reviennes.

Soudain, tout est devenu noir dans ma tête. Quand j'ai repris connaissance, j'ai senti une crampe si violente dans mon ventre que j'ai lâché le téléphone.

Addison a relevé brusquement la tête.

— Quoi ? Qu'est-ce qu'il y a ?

C'est alors que j'ai vu une longue langue noire se presser contre la vitre miraculeusement intacte de la cabine. Une deuxième l'a rejointe, puis une troisième.

Le Creux. Le Sépulcreux décongelé nous avait suivis.

Le chien ne pouvait pas le voir, mais il n'avait aucun mal à déchiffrer mon expression.

— C'en est un ?

J'ai articulé un « oui » silencieux. Addison s'est tassé dans un coin de notre refuge.

— Jacob ?

La voix minuscule de mon père s'est échappée du téléphone.

— Jacob ? Tu es toujours là ?

Les langues se sont enroulées autour de la cabine, nous encerclant. Je ne savais pas quoi faire, seulement que je devais réagir. Alors, j'ai ramené les pieds sous mes fesses, appuyé les mains contre les parois, et je me suis relevé tant bien que mal.

Je me suis retrouvé face à face avec le monstre. Des langues s'agitaient devant sa gueule béante, aux dents tranchantes comme des poignards. Il a plongé dans les miens ses yeux noirs et humides, qui pleuraient des larmes d'encre à quelques centimètres de la vitre. Puis il a laissé échapper un cri guttural, un grondement sourd qui m'a liquéfié les entrailles. J'avais presque envie qu'il me tue sur-le-champ, qu'on en finisse.

Le chien a aboyé au visage d'Emma.

— Réveille-toi ! On a besoin de toi, ma grande ! Fais jaillir ton feu !

Hélas, Emma était incapable de parler, encore plus de se mettre debout. Nous étions seuls dans la station de métro, hormis deux femmes vêtues d'imperméables, qui reculaient, en se bouchant le nez pour faire barrage à la puanteur fétide du Sépulcreux.

Soudain, la cabine a oscillé d'un côté, puis de l'autre, et j'ai entendu grincer les attaches qui la fixaient au sol. Quand elles ont cédé, le Creux nous a lentement soulevés du sol. Vingt centimètres, trente, puis soixante, avant de nous reposer avec violence. Le choc a fait exploser les vitres, et une pluie de verre s'est abattue sur nous.

Plus rien ne me séparait du monstre. Il a introduit ses langues dans la cabine, les a enroulées autour de mon bras, de ma taille, puis de mon cou. Il a serré de plus en plus fort, jusqu'à ce que je ne puisse plus respirer.

Et là, j'ai compris que j'étais mort. Et comme j'étais mort, et que je ne pouvais plus rien y faire, j'ai cessé de lutter. J'ai lâché prise, fermé les yeux et laissé la douleur exploser dans mon ventre, tel un feu d'artifice.

Alors, une chose étrange s'est produite. La douleur s'est transformée. Elle m'a enveloppé et, sous sa surface mouvante, j'ai découvert quelque chose de tranquille et doux.

Un murmure.

J'ai rouvert les yeux. Le Creux me fixait intensément, comme pétrifié. Je lui ai rendu son regard ; je n'avais plus peur. Des petits points noirs obscurcissaient ma vision à cause du manque d'oxygène, mais je ne ressentais plus aucune douleur.

Le Creux a relâché son étreinte et m'a desserré le cou. J'ai pris ma première inspiration depuis de longues minutes, calme et profonde. Alors, le murmure que j'avais trouvé à l'intérieur de moi est parti de mon ventre. Il est remonté dans ma gorge et a franchi mes lèvres, produisant un son qui ne ressemblait à aucun langage, mais dont je connaissais exactement la signification.

« Lâche-moi. »

Le Creux a rétracté ses langues. Il les a rentrées dans sa gueule et a fermé les mâchoires. Puis il a baissé légèrement la tête, dans un geste de soumission.

Et il s'est assis.

Emma et Addison m'ont regardé, surpris par le calme soudain.

— Que s'est-il passé ? a demandé le chien.

— Il n'y a plus de danger.

— Il est parti ?

— Non. Mais il ne nous fera aucun mal.

Addison n'a pas demandé d'explications ; il s'est contenté de hocher la tête, rassuré par mon intonation.

J'ai ouvert la porte de la cabine et aidé Emma à se relever.

— Tu peux marcher ?

Elle a passé un bras autour de ma taille et appuyé son buste contre le mien. Ensemble, nous avons fait un pas.

— Je ne te quitte pas, a-t-elle dit. Que ça te plaise ou non.

À l'oreille, elle m'a chuchoté :

— Je t'aime, Jacob.

— Moi aussi, je t'aime.

J'ai ramassé mon portable.

— Papa ?

— C'était quoi, ce bruit ? Avec qui es-tu ?

— Je suis là. Tout va bien.

— Je ne te crois pas. Dis-moi où tu es.

— Papa, je dois partir. Je suis désolé.

— Attends ! Ne raccroche pas ! Tu es perturbé, Jacob.

— Non. Je suis comme Grandpa. J'ai la même chose que lui.

Un silence a plané au bout du fil. Puis il a dit :

— S'il te plaît, rentre à la maison.

J'ai pris une profonde inspiration. J'avais trop de choses à dire et pas assez de temps. Il faudrait qu'il se contente d'un résumé.

— J'espère pouvoir rentrer un jour. Mais d'abord, j'ai des choses à faire. Je veux juste que vous sachiez que je vous aime, maman et toi, et que je n'ai jamais eu l'intention de vous faire souffrir.

— Nous aussi, on t'aime, Jacob. Et ça nous est égal si tu te drogues, ou quoi que ce soit. On t'aidera à t'en sortir. Je te le répète, tu es perturbé.

— Non, papa. Je suis particulier.

J'ai raccroché. Puis, dans une langue que j'ignorais connaître, j'ai ordonné au Creux de se lever.

Aussi obéissant qu'une ombre, il s'est exécuté.

CRÉDITS
ICONOGRAPHIQUES

*C*omme celles du premier livre, toutes les images de *Hollow city* sont d'authentiques photographies anciennes. Hormis quelques-unes qui ont subi des retouches numériques, elles n'ont pas été modifiées. Elles ont été recueillies méticuleusement au fil des années : découvertes dans des marchés aux puces, dans des expositions de papiers anciens, et, le plus souvent, dans les archives de collectionneurs de photographies beaucoup plus accomplis que moi, qui ont eu la gentillesse de se départir de quelques-uns de leurs trésors les plus particuliers pour aider à créer ce livre.

Les photos suivantes ont été gracieusement prêtées par leurs propriétaires.

REMERCIEMENTS

ans les remerciements de *Miss Peregrine et les Enfants particuliers*, tome I, je rendais hommage à mon éditeur, Jason Rekulak, pour sa patience apparemment infinie. Aujourd'hui, après un second livre que j'ai mis deux fois plus de temps à écrire, je crains de devoir le remercier pour sa patience véritablement légendaire – pour ne pas dire sainte. Sérieusement, il a eu la patience de Job ! J'espère que l'attente en valait la peine, et je lui serai éternellement reconnaissant de m'avoir aidé à trouver ma voie.

Merci également à l'équipe de Quirk Books – Brett, David, Nicole, Moneka, Katherine, Doogie, Eric, John, Mary Ellen et Blair, la plus sensée et la plus créative de toute l'édition. Merci à tout le monde chez Random House Publisher Services, et à mes éditeurs à l'étranger, qui ont je ne sais comment réussi à traduire de façon élégante mes mots inventés et excentriques (et accessoirement hébergé un auteur américain, grand, pâle et légèrement confus ; désolé pour le désordre que j'ai mis dans votre chambre d'amis).

Merci à mon agent, Jodi Reamer, qui a lu mes nombreux brouillons et les a annotés pour améliorer le livre. Et qui a – presque – toujours utilisé sa ceinture noire premier dan pour faire le bien, plutôt que le mal.

Un merci du fond du cœur à mes amis collectionneurs de photographies, qui m'ont énormément aidé : Robert E. Jackson, Peter J. Cohen, Steve Bannos, Michael Fairley, Stacy Waldman, John Van Noate, David Bass, Yefim Tovbis et Fabien Breuvart – je n'aurais pas pu faire ce livre sans vous.

Merci aux professeurs qui m'ont mis au défi et encouragé au fil des années : Donald Rogan, Perry Lentz, P. F. Kluge, Jonathan Tazewell, Kim McMullen, Linda Janoff, Philip Eisner, Wendy MacLeod, Doe Mayer, Jed Dannenbaum, Nina Foch, Lews Hyde, et John Kinsella, parmi de nombreux autres.

Et surtout, merci à Tahereh, qui a illuminé ma vie d'innombrables façons. Je t'aime, *azizam*.

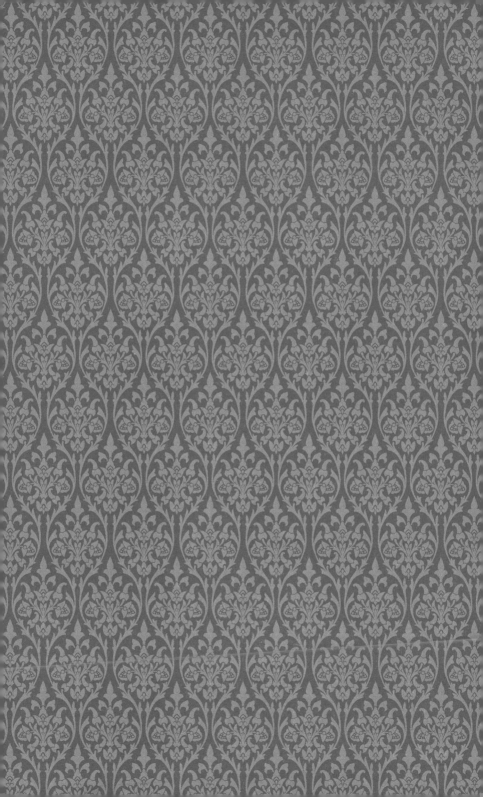

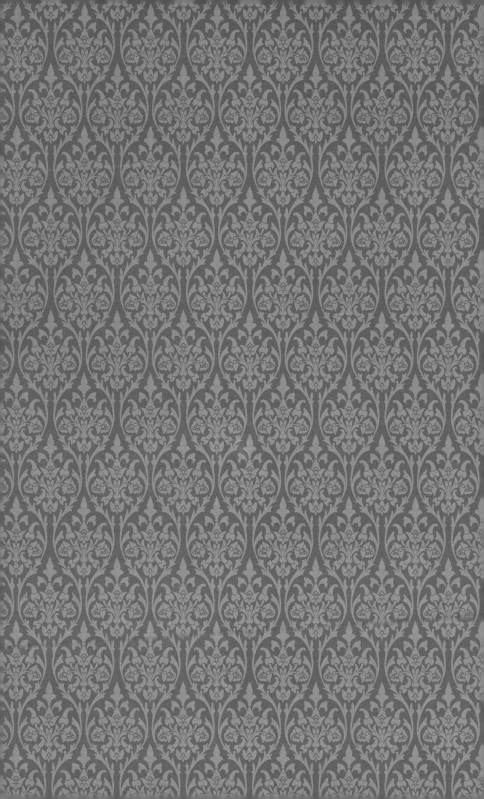